Sesiones

Terapia
Para
El
Alma

Una Novela de

Paz López

Sesiones, Terapia Para El Alma

Primera Edición: Enero 2019

ISBN 978-0-578-21674-4 Versión papel

ISBN 978-1-64516-312-1 Versión digital

©Publicado por Marcela Paz López, Estados Unidos.

©Diseño de portada Marcela Paz López, Mac Maldonado, Renée Maldonado, Estados Unidos.

©Corregido por Patricia B. Margain Reyeros, México.

Protagonistas

Dennis Russell

Rona Michaels

Mark Wilson

Tammy

Eileen Harrison

Mary Harrison

Lucas Verdi

Sarah

Sofía Weer

Prólogo

Ésta es la historia de Dennis, una joven atormentada por los eventos y situaciones que, debido a su corta existencia, no ha podido comprender, pero que serán con los que tendrá que batallar por un buen tiempo, antes de encontrar el balance que su vida necesita. La búsqueda de las respuestas a todas sus preguntas, la llevará a encontrar una realidad diferente de la que ella conoce, pero el tiempo y sus virtudes le harán ver que su destino siempre fue el mismo.

La pérdida de sus padres será el comienzo de una cadena de sucesos que le irán mostrando un camino diferente, un camino hostil para ella, sin saber que el mismo camino, en un futuro, será el que le devuelva la paz y armonía que ella siempre ha anhelado.

Tendrá que lidiar con dolores e incomprensiones, que le arrebatarán la sonrisa de su rostro. Pero el corazón de Dennis es mucho más grande y no podrá albergar odio ni rencores, por lo que comprenderá que ella no nació para odiar, y mucho menos al que fuera el amor de su vida.

La vida pondrá a Dennis frente a situaciones difíciles y extremas. Irá descubriendo, poco a poco, cuál es su misión en esta vida, y su carisma la llevará a ser una persona muy querida por todos aquellos que la lleguen a conocer. Dennis será siempre recordada y admirada por quienes viven a su alrededor.

Conocerá gente, personas que irán tomando un lugar importante en su vida y en su corazón, a los que ella llegará a querer tanto, o más, que aquellos que ya no estaban a su lado. Ellos serán, a fin de cuentas, la familia que la vida le dio como recompensa a su amor y dedicación.

Dedicatoria

Sé que no era necesario que compartiera este sentimiento con el lector, pero creo que para mí siempre será necesario extender el agradecimiento hacia quien me ha dado el apoyo incondicional y quien ha estado a mi lado por muchos años, empujando sin dejarme caer, esperando a que un día yo tomara la iniciativa y de una vez me decidiera a plasmar en papel, mis historias y reflexiones, experiencias y sueños; esa visión de cómo yo veo la vida. Nunca tuve que esperar la inspiración, pero la determinación es lo que me faltaba; la que busqué y no la encontraba, aun sabiendo que la idea estaba. Tal vez eran los miedos, esos que todos cargamos encima, esos que a veces no nos dejan ni siquiera intentar saber de qué somos capaces. Muchas veces para comprender la razón de la vida sólo hace falta vivirla. En mi mundo actual no hay mentiras, ni pensamientos oscuros, mas, tengo miles ideas y sueños, en los que prevalece el aprecio a la vida después de haber aprendido a quererla y al amor a la naturaleza y todo aquello que nos rodea.

A mi esposo, a quien amo con todo mi ser y a mis hijas, que son quienes me enseñaron a ver que la vida es hermosa y en quienes veo a diario, el reflejo de lo que es un sueño hecho realidad, *gracias.* No puedo dejar de lado a quien hace muchos años atrás me dijo; *"Tú puedes hacerlo"* y nunca no dejó de darme su apoyo incondicional, gracias a mí querida amiga hermana Wendy.

Nunca lo olvides, los sueños no se hacen realidad si no lo intentas.

Paz López

Table of Contents

Capítulo 1

El Primer Paso

L a sala de espera estaba llena de personas y eso era precisamente lo que Dennis había querido evitar, pero ya era imposible dar un paso atrás. Había hecho el esfuerzo y ya estaba ahí, ahora solo quedaba esperar y seguir adelante. Después de todo no habría sido en vano toda esa extra energía que le tomó decidirse a buscar a alguien que le ayudara a lidiar con aquel difícil problema que ella tenía en sus manos.

Dennis levantó la cabeza y recorrió con sus ojos la habitación en busca de algún asiento vacío para poder sentarse. Sabía que no podría aguantar la mirada de todos, si no encontraba rápido un lugar dónde sentarse y así desaparecer de la vista de los demás. Enseguida, una señora que estaba justo al lado de la puerta de entrada fue llamada, era su turno, y rápido se paró, dejando un asiento vacante. Dennis no hizo más que verlo y sentarse, solo quería dejar de ser el objeto de atracción de ese lugar, sentía que todos la miraban y esto la hacía sentir muy incómoda.

Una vez sentada y acomodada para la larga espera, puesto que estaba lleno de pacientes, sus ojos comenzaron a mirar a su alrededor. Lenta y detenidamente, ella observaba todo, como era costumbre en Dennis. De pronto sus ojos se detuvieron en la esquina opuesta de la sala de espera, allí había una pequeña mesita junto a un dispensador de agua, y sobre la mesita, había vasos y otros suministros para preparar café. Pensó en levantarse para ir por un café y sobrevivir a la espera, pero al mismo tiempo, le asaltó la idea de que alguien le tomaría el asiento y ella se quedaría otra vez de pie, y quién sabe por cuánto tiempo más, lo que la hizo desestimar la posibilidad de ir por ese café.

Los minutos comenzaron a pasar rápidamente y el reloj que colgaba sobre la ventanilla de atención a pacientes, ya marcaba la cinco de la tarde en punto. Dennis constató la hora con el reloj que llevaba en su mano izquierda, y sí, eran las cinco de la tarde, una hora más de lo que su cita había sido estipulada. Para asegurarse de que estaba en lo correcto, Dennis abrió su bolsa en busca de una pequeña tarjeta blanca, la cual le habían enviado por correo confirmando la fecha y hora de su cita y, en efecto, ésta decía para las cuatro de la tarde, de aquel jueves, y ya eran las cinco.

Ella pensaba que seguramente había otros pacientes antes que ella, y que ésa era la razón de tal retraso. De pronto, su atención se la llevó de lleno un fuerte portazo provocado por una mujer rubia, quien salía del consultorio del doctor. Fue tan fuerte, que las litografías que estaban colgadas en la pared, temblaron y perdieron su perfecta alineación, dejándolas todas desordenadas. La mujer no dejaba de hablar, y el tono de su voz daba a entender que estaba muy molesta. Se le escuchó decir un par de palabras insultantes, mientras cruzaba el vestíbulo y recogía su bolso y paraguas que estaban colgados en el gancho, al lado de la puerta de entrada. Dennis se preguntaba ¿Qué podría haber enojado tanto a aquella mujer, como para que reaccionara así?

Afuera la tarde se mostraba gris, triste y aunque ya había dejado de llover, el cielo continuaba viéndose amenazante. Esa mañana, los informativos del tiempo habían dicho que las probabilidades de lluvia eran menos de un treinta por ciento, y había llovido casi todo el día. ¿Pero quién les podía creer a los meteorólogos? Ya no le acertaban a nada.

La muchacha que estaba detrás de la ventanilla, se veía que estaba atareada, se podía percibir, además, que estaba cansada, cada vez que el teléfono sonaba, ella daba de golpes en la mesa y refunfuñaba. El tono de su voz mostraba a leguas que estaba muy irritada, ya hace rato que ella había perdido los buenos modales, puesto que ya no había un saludo cortés, como era de costumbre cada vez que ella contestaba el teléfono. Dennis pensaba que tal vez tendría que ver directamente con el hecho de que, por alguna razón, que ella no sabía, las citas de la consulta no estaban corriendo a tiempo y esto hacía que los pacientes se molestaran y volcaran su enojo en contra de la recepcionista.

No hubo nadie que quisiera levantarse, o tan siquiera moverse, después de que la rubia malhumorada se marchara. La habitación se sumió en un silencio largo. El tiempo avanzó y Dennis comenzó a mirar con un poco de impaciencia, quería ver quién sería el próximo paciente que se parara de su asiento para entrar a la oficina del doctor, pero aún no había ninguno que diera indicios de ser el siguiente.

La consulta médica albergaba a tres doctores, un traumatólogo, un cardiólogo y un sordo mudo, o sea un psicólogo (Dennis pensaba que los psicólogos eran así, puesto que estas personas nunca decían mucho). Al ver que el tiempo avanzaba y que no había signos que indicaran quién sería el próximo paciente, Dennis pensó en levantarse e ir directamente a preguntarle a la recepcionista cuándo sería por fin su turno. Ella sabía que corría el riesgo que la mandara a freír monos muy lejos, pero en el preciso momento en que Dennis se ponía de pie, ella escuchó su nombre. Era la recepcionista llamándole. Le hacía un gesto con la mano, indicándole que se acercara a la ventanilla. Dennis recogió su bolsa y caminó hacia la recepcionista.

Dennis miró a la muchacha con un poco de temor, pensando que ésta podía explotar y desquitarse con su persona, pero decidió no pensar más y escuchar lo que la muchacha le iba a decir, no fuese a ser cosa que algo cambiara y tuviera que quedarse ahí, sentada, quién sabe por cuánto tiempo más.

Ya en la ventanilla, la recepcionista le dijo con voz baja y de tono normal.

—El doctor la verá ahora, sígame por favor.

Dennis sintió algo especial, un escalofrío le recorrió el cuerpo, y mientras la muchacha caminaba alrededor de la pequeña recepción para mostrarle el camino a Dennis, Dennis notó las lágrimas en sus ojos. La muchacha había estado llorando. Dennis sintió una inmensa tristeza que emanaba de la muchacha, y cuando ésta le abrió la puerta indicándole dónde entrar, Dennis le tomó la mano, diciéndole que todo iba a estar bien. La muchacha la miró un poco contrariada y solo dijo;

—Pase y tome asiento, el doctor ya viene. —Dennis la miró y asintió con un gesto, pero no dijo palabra alguna.

Los ojos de Dennis recorrieron la habitación, observando todo mientras caminaba despacio en dirección a una pequeña área en donde había dos sillones, una pequeña mesa y una lámpara de pie. Pensó que ahí debía sentarse.

Su mirada fue de izquierda a derecha, muy despacio y con cuidado, sin dejar nada atrás.

Observó fotografías en la pared, y unas repisas con unos cuantos libros, como quien dice, para decoración. Probablemente eran de algunos doctores, de esos que nadie sabe nada, pero que alguna vez hicieron algo que los hizo importantes, famosos, así como los abogados que colocan los códigos penales, tomos y tomos, acompañados de años de polvo, libros que en realidad jamás son abiertos y menos leídos.

Luego se encontró de frente con el escritorio del doctor. Una mesa grande y amplia, se veía que era tratada con cuidado, podía notarse que el lustre era reciente, pues brillaba con ese buen brillo que solo un rico aceite sobre la caoba vieja, sabe dar. Además, todo estaba muy bien organizado (demasiado para el gusto de Dennis), era de contraste con todo el resto de las cosas que había en la habitación.

La mesa tenía una lámpara pequeña en el costado izquierdo, también una mísera planta enana, de esas que crecen en botellas de vidrio y que, seguramente por eso, estaba al lado de la luz. Además, una libreta de apuntes junto a un vaso de agua, y nada más, el resto era solo la superficie de la mesa expuesta.

En cambio, el resto de la habitación mostraba paredes congestionadas, y estanterías con cosas que nadie tomó preocupación en poner, o más bien, sería falta de atención; siguiendo hacia el lado derecho, había una pieza anexa, que tenía una puerta que comunicaba a las dos habitaciones. Ésta estaba entre abierta, se podía ver cierta claridad que provenía desde ese lugar. No así, la habitación en la que Dennis se encontraba.

Esta habitación estaba a oscuras, solo la luz de la lámpara iluminaba el lugar, porque la ventana que estaba detrás del escritorio, tenía unas cortinas bastante gruesas, de esas que son diseñadas para cubrir toda claridad. Era como preponderante que el lugar mantuviera una luz tenue.

Dennis siguió recorriendo el resto del lugar, ya dejando atrás la puerta de esa otra habitación. A continuación le seguía una pared sin nada, pelada, vacía, y los dos sillones que había visto al comienzo, cuando entró a la habitación. Ya en este punto Dennis terminaba de recorrer visualmente todo el lugar y solo le quedaba sentarse en el sillón a esperar que el doctor viniera y que la interrogación comenzara. Dennis había tenido malas experiencias en el pasado con este tipo de doctores, por lo que se le hacía un nudo comenzar terapia otra vez.

Una vez ya sentada, pudo observar que en la pared detrás del sillón que estaba enfrente de ella, se exhibía un cuadro de pared que enmarcaba un diploma, éste leía así;

—Rona Michaels, Licenciada en Psicología, Universidad de Búfalo (estado de Nueva York) —a lo que inmediatamente su mente exclamó;

— ¿El doctor es mujer? ¡Estaba segura de que era hombre! — pensó Dennis un poco confusa.

Dennis se acomodó en el sillón y dejó su bolsa de mano en el piso, justo al lado de ella, apoyándola en la pata del sillón, puesto que no había otro lugar disponible para ponerla, dejando el piso como única opción en esos momentos. El silencio embargó la habitación, y los minutos comenzaron a pasar. Pasaron por lo menos otros diez minutos antes de que ella escuchara un ruido, el cual provenía de la pieza adjunta. Era el sonido de una ventana que se cerraba, así como cuando la empujas hacia abajo con fuerza. El vidrio tembló.

Eso le dio a entender a Dennis que la doctora estaba en la habitación contigua, y que había estado con la ventana abierta, disfrutando de la luz del día y aire fresco, no como ella, en penumbras y en el más horrendo silencio, y muy aburrida después de tanta espera. Ya iban a dar las seis de la tarde, dos horas más tarde de lo que su cita había sido programada.

Capítulo 2

Recordando El Dolor

La puerta de pronto crujió, sacando a Dennis de sus pensamientos. Era el doctor que finalmente se había decidido a atenderla. Dennis se sintió un poco confundida, ya que ella se había preparado para ver al doctor Michaels, por lo que había pensado que era un hombre, pero ahora que tenía al doctor en frente, comprendía que había hecho una suposición equivocada, el doctor en realidad era una doctora.

La doctora hizo la entrada en la habitación, después de haberla hecho esperar un buen rato y, sin darle algún pretexto, él o ella como fuese, se presentó ante Dennis. Para el caso ya daba lo mismo, era un psicólogo y de seguro la trataría como tal.

Dennis pensaba para sí misma, que además de toda la espera previa, tendría también que pagar por tiempo que no había ocupado con la doctora, y le parecía bastante injusto y tal vez, hasta de poca ética, ya que ella había llegado a la hora indicada.

La doctora Michaels se acercó primero a su escritorio, y sin voltear a mirar a la paciente que sentada allí la esperaba, tomó el vaso con agua y lo bebió. Luego, recogió su libreta de apuntes, el lápiz y dio vuelta. Caminó con lentitud, mientras hacía algún tipo anotación en su libreta y no levantó la mirada, hasta que llegó justo al lado de Dennis.

La doctora Michaels finalmente le habló;

—Hola. Buenas tardes, soy la doctora Michaels, tú debes ser Dennis, ¿Correcto? —dijo la mujer, quien se sentó sin esperar a que Dennis le contestara. Dennis asintió con la cabeza.

Dennis comenzó a prepararse en su mente, sin saber qué sería lo próximo que ella le preguntaría, aunque había practicado para algunas posibles preguntas, como las que ella pensaba que serían infaltables, tales como; ¿Por qué estás aquí? y ¿Qué problema tienes? Y así otras varias otras preguntas que según ella, podrían preguntarle.

La doctora, ya una vez sentada en su silla frente a Dennis, la observaba en silencio. No hacía preguntas, ni gestos, casi ni respiraba. Dennis continuaba esperando que la doctora dejara ir la primera pregunta, pero parecía que no tenía ningún apuro en hacerlo, aun siendo ya muy pasada la hora de su visita.

Las manos de Dennis comenzaban a sudar y eso le estaba produciendo un acaloramiento, el cual se reflejaba en una muestra de inquietud en el semblante y, por consiguiente, en sus pies, que no dejaban de moverse, claro, disimuladamente, creía ella. Dennis ya estaba cansada de esperar, angustiada y lista para salir volando de ahí en cualquier minuto.

10

Dennis miraba a todas partes, mientras esperaba que la doctora hiciera la primera pregunta para iniciar aquella sesión, pero evitaba que su mirada se encontrara con la de ella. Como la habitación estaba más bien oscura, el ambiente se propiciaba para poder hacer miradas perdidas sin que se notara mucho. Los minutos pasaban y aquello no parecía avanzar. Nadie hablaba y ella, aunque quisiera, no sabía qué decir, más la doctora no le había preguntado nada aún. Cómo o por dónde comenzar, era la gran incógnita.

(Dennis pensando)

El calor que emanaba de sus manos la transportó a sus recuerdos, la hizo pensar en aquella ocasión en que estaba tan preocupada esperando por Mark, (ya de eso había pasado algún tiempo, un poco más de dos años) fue en el aeropuerto, estaba lleno de gente, mucha bulla, tanto de la gente, como de los aviones y ella sentía mucho nerviosismo. No le veía desde hacía cinco años, increíble cómo había pasado el tiempo. Ella tenía miles de preguntas y dudas también, — ¿Qué sentiría al verlo otra vez? —se preguntaba con la vista pegada en la salida de la puerta número cuatro, pero aún no lograba verle.

Mientras la multitud la empujaba pasando por todos lados, ella trataba de mantener la mirada centrada en aquella puerta.

Durante algunas conversaciones previas a su llegada, Mark le había dicho que no lo recordara como antes, que él había cambiado, que su pelo ya no tenía aquellos rizos que ella siempre había elogiado. El cabello de Mark era algo que Dennis siempre admiró. Aquel pelo dorado y rizado, lleno de vida y resplandor,

11

siempre había sido algo que atraía a Dennis y ponía una sonrisa en su rostro, además de hacerla suspirar profundamente.

Claro que Mark no solo había perdido el cabello divino que había tenido desde niño, también había perdido una pierna y ésa era la razón por la que él volvía a casa. Al menos esto era lo que Mark le había dicho a Dennis, en una de sus llamadas telefónicas, en las cuales no había habido mucha plática, porque siempre estaban acompañadas de largos silencios. Claro, cada vez que Dennis presionaba y comenzaba con preguntas, aquellas que Mark no podía contestar aún, la conversación parecía terminar al instante, por lo que la respuesta era siempre la misma, "*Ya habrá tiempo para que conversemos*", le decía Mark.

Mark y Dennis habían sido novios desde siempre, habían compartido tantas cosas, que era imposible haber pensado en verlos separados. Pero Mark se fue, la dejó sin ninguna explicación, más bien, ni siquiera le dijo que la dejaba, Mark no dijo nada. Así se fue, rompiéndole el corazón y dejando un profundo vacío en su alma, algo muy difícil de sobrepasar para Dennis.

Mucho tiempo después de su inexplicable partida, Dennis recibió noticias de él diciendo que se había unido a la Marina y que viajaría por un tiempo, y de no ser por aquel accidente, tal vez, Dennis no habría vuelto a verle nunca jamás.

Sus pupilas se dilataron al máximo cuando finalmente lo vio, ¡ahí estaba él! Era real, Mark estaba ante sus ojos. Mucho más delgado desde la última vez que le vio, aunque se veía más alto, tal vez por la pérdida de peso y sin cabello. Parecía que le habían rasurado la cabeza hacía pocas horas, porque no había muestra de cabello alguno, pero nada de esto le importó. Para Dennis fue como volver a la vida después de haberla perdido por tantos años.

No podía creerlo, estaba mirándolo de frente y no podía sentir enojo hacia él. Lo había amado tanto, que no tenía palabras para describir lo que él había sido en su vida, pero a la misma vez, había sido él quien causara uno de los dolores más grandes, después de la pérdida de sus queridos padres. Él lo había sido todo, incluyendo su presente, pasado y futuro. Habían soñado realizar cientos de planes, que se destruyeron el día que él se marchó.

Vestía una chaqueta deportiva, negra, de cuello alto y vaqueros. Le notó muy poca dificultad para caminar, era increíble cómo lo hacía de bien, claro, Mark había pasado los últimos 8 meses en rehabilitación, y como tal, se mostraba muy bien recuperado. Es lo que él le había contado a ella en sus llamadas telefónicas, que aunque no habían sido muchas, pero fueron las suficientes para poner al tanto a Dennis de aquel terrible accidente que él había tenido y, que a consecuencia de esto, él regresaba a casa, regresaba al lado de Dennis.

Agitada comenzó ella a gritar — ¡Mark!, ¡Mark aquí!, ¡por aquí! — Saltando en la puntas de sus pies y haciendo señas con sus manos. Él la pudo ver sin problemas, era difícil pasarla inadvertida. Mark levantó su mano asintiendo y se dirigió hacia ella. Se abrazaron tan fuerte como pudieron, como querer fundirse en la piel del otro. El segundo se convirtió en minuto, y el minuto en más. Parecía que nunca había habido distancia, o ¿sería que nunca se habían dejado de querer? Mark estaba de vuelta, y eso era lo único que le importaba a Dennis en ese instante.

(En la consulta)

Se escuchó una leve carraspera, la cual sacó a Dennis de sus pensamientos. La doctora tragó saliva y mojó sus labios tomando un sorbo de agua, pero no dijo ni una palabra, solo observaba a Dennis. Dennis no sabía qué hacer, ella había perdido un poco la noción del tiempo, mientras que se había transportado al pasado recordando sus dolorosas experiencias y también había vuelto a vivir el reencuentro con Mark, él que había sido el gran amor de su vida, o tal vez el único, después de todo ella había decidido no querer a nadie más.

Preocupada por cuánto tiempo había pasado, buscaba la oportunidad de mirar su reloj, pero Dennis siempre usaba su reloj con la esfera en el antebrazo, lo que hacía imposible que pudiera ver qué hora era sin tener que levantar el brazo para mirar. Esto delataría sin lugar a dudas a Dennis, quien estaba ansiosa por salir de ahí.

En un momento ella ya no aguantó más y se movió con cuidado, utilizando la mayor destreza para cambiar la posición de sus piernas, así logró reacomodarse en el sillón, que por suerte era cómodo, y tenía un buen respaldo, de lo contrario habría sido imposible pasar tanto rato sentada ahí y sin hacer nada.

Después de tanto intento, levantó el brazo y, con delicadeza lo volteó, dejando el antebrazo al descubierto con aquella esfera blanca donde las manecillas indicaban que eran ya las siete y quince de la tarde. Había transcurrido más de una hora desde que la recepcionista la había hecho pasar a la consulta del doctor, y tres desde que se suponía que ella tenía su cita. La verdad era que ella había llegado a la consulta faltando diez minutos para las cuatro de la tarde, a Dennis siempre le gustaba tener unos minutos de tiempo y no llegar tarde a sus citas, pero ese día todo había sido extremadamente fuera de lo normal.

Sorprendida por lo rápido que había pasado la tarde, se inclinó para recoger su cartera y seguido a eso, miró a la doctora y con voz sutil le dijo;

—Debo irme, tengo un compromiso al que no puedo llegar tarde, lo siento.

A lo que la doctora respondió de forma inmediata;

—No te preocupes, no hay problema Dennis, creo que hemos tenido un buen comienzo, nos vemos el próximo jueves a la misma hora, ¿te parece? —dijo ella.

Dennis entre confundida y asombrada y ya en movimiento hacia la puerta de salida, le respondió;

—Sí, seguro, el jueves a la misma hora —respondió Dennis.

¿Pero qué estaba diciendo? Se dio cuenta que con lo que acababa de decir había firmado su sentencia de muerte, ¡había confirmado que volvería la semana entrante!

¿Cómo podía ella haber hecho eso, después de haber estado más de tres horas en tremenda agonía? ¿Cansada de estar sentada, y sin haber hablado ni una palabra con el doctor? Que más bien era doctora y, que además de todo, ella (la doctora) pensaba que habían tenido un buen comienzo. ¿De qué comienzo hablaba ella? Dennis se sintió muy confundida, pero solo quería salir de ahí lo más rápido que pudiera y fue eso lo que hizo, volar.

Al salir de la habitación notó que ya no quedaban pacientes en la sala de espera y que la recepcionista se había marchado. Caminó rápidamente a la puerta, la abrió de una vez y salió. Se apresuró a cruzar la calle al estacionamiento donde su auto la esperaba, abrió la puerta, puso la llave en la ignición y se marchó.

Capítulo 3

Lo Importante… Seguir Adelante

La semana de Dennis transcurrió con el ritmo acelerado como de costumbre. Ya para la mañana siguiente se había olvidado de su primera e insólita experiencia con su nuevo terapeuta, y para finales de semana ni recordaba que volvería a verle. La vida de Dennis era inquieta, siempre estaba corriendo de un lado a otro y casi no le quedaba espacio para tener una vida privada. A pesar de no tener familia, siempre estaba falta de tiempo, por lo que no tenía amigos o novio. Esto le facilitaba la actitud de volcarse la a su trabajo, lo cual la mantenía alejada de turbios pensamientos y muchas preguntas sin respuestas.

El exceso de trabajo era algo que ella sabía cuándo tomó la responsabilidad que se le había presentado. Estar en la gerencia de la agencia de publicidad, era una cosa que ni en sueños se podría haber imaginado. Ésa había sido una de esas oportunidades que solo se presentan una vez en la vida y ella estaba feliz de haberla tomado. Además, la posibilidad de ser una persona de mucho éxito y renombre le había tentado, y no podía pedir más, su esfuerzo y dedicación la habían guiado a ello y el fruto se estaba viendo, ya casi como que lo estaba logrando.

Sin duda, ella era responsable y muy inteligente, además Dennis estaba siempre dispuesta a tomar los desafíos que se le presentaran, sin importar cuán difíciles fueran.

Aunque era joven, la realidad era que los treinta se avecinaban, y esto le daba un poco qué pensar. Siempre recordaba los planes que en algún tiempo había hecho con Mark, por supuesto que la situación no era la misma, por lo que prefería no pensar mucho y abocarse a lo que mejor ella sabía hacer, trabajar.

Si bien Dennis no era devota del ejercicio, se mantenía en perfecta condición física, tal vez un poco más delgada de lo que quisiera, lo que podría ser producto del estrés que el trabajo le producía, y por qué no decirlo, había otras situaciones que se habían transformado en algo de constante preocupación, hasta el punto de ya no saber si era normal o era algo de lo que debía realmente preocuparse.

En los últimos años, le habían ocurrido cosas increíbles. Pasó de ser una simple asistente, a ser la jefa del departamento, y muchos se preguntaban cómo era eso posible. También estaban los infaltables comentarios de aquellos que gustaban de inventar rumores, diciendo que ella había conseguido esa posición a cambio de favores no muy claros a su jefe.

La verdad era que no había un "jefe" como tal, sí había gente más arriba, pero eran dos mujeres, las dueñas de la compañía. Un par de hermanas, ya mayores, que un día tuvieron un sueño, que a corta edad decidieron alcanzar. Ellas dieron su todo por esa compañía, la que significaba mucho más que una simple agencia de publicidad, sino que fue algo muy especial, como un proyecto personal, pero que con los años y dedicación, lo habían logrado convertir en lo que era hoy, una de las agencias más famosas y prestigiosas de la ciudad.

La característica principal de las hermanas Harrison era el apoyo a la mujer, además ayudaban mucho en obras sociales, sobre todo las que fueran en beneficio de niños y mujeres jóvenes. ¿Por qué? Porque ellas habían enfrentado grandes dificultades, como haber perdido a sus padres a muy temprana edad, lo que las dejó huérfanas y prácticamente sin familia, solo ellas dos. Esto fue lo que impulsó los grandes esfuerzos que estas dos hermanas hicieron, con tal de llevar el mensaje de que sí se podía salir adelante. Quién mejor que ellas para saber de sacrificios y sufrimientos, que eran muchos de los problemas que las jóvenes con grandes sueños enfrentaban de manera cotidiana.

Así, tal como Dennis, muchas otras muchachas jóvenes pasaban mucho sacrificio tan solo para terminar de estudiar la secundaria, viendo el sueño de aspirar a la universidad casi imposible. Pero era aquí en donde la beca Harrison abría las posibilidades a una decena de mujeres luchadoras cada año.

La beca Harrison era una de las becas más conocidas en el medio. Cada año, la agencia de publicidad Harrison, seleccionaba diez estudiantes, basándose en el currículo estudiantil y laboral de los participantes. Esta beca consistía en el pago anual de sus colegiaturas, sin descartar las posibilidades de trabajos que se pudieran presentar en un futuro. Claro que esto no venía solo, había requisitos que cumplir, como participar en actividades de la agencia, y dar tiempo de voluntariado para obras sociales en representación de la agencia de publicidad Harrison, sin dejar de lado que su rendimiento educacional no debía bajar y en esto la agencia era muy rígida.

Dennis entró en relación con la agencia en una ocasión en que se hacía una obra social. Éstas eran típicas de la agencia, que además de recobrar fondos para las becas anuales que la compañía entregaba, también presentaban proyectos de participación pública, claramente refiriéndose al área laboral en la que la agencia se desenvolvía. Dennis recordaba el momento muy bien, aunque ya habían pasado más de dos años, dos años repletos al máximo de trabajo, actividades, desafíos y muchas otras situaciones, un poco más tristes tal vez...

(Tiempo atrás)

Dennis siempre fue una buena estudiante en sus tiempos escolares, siempre se había esforzado a su máxima capacidad para lograr su mayor objetivo, que en esos tiempos era llegar a graduarse. Le había ido muy bien, aunque le fue imposible mantener la duración de su carrera dentro del periodo normal, lo que la forzó a extender un año más, por un par de materias por finalizar, solo le faltaban meses para terminar, pero a veces sentía que nunca lo lograría.

Con menos clases que cubrir, disponía de más tiempo para trabajos, entrada que le permitía sobrevivir, pero ese año en especial había estado lleno de complicaciones, parecía que todo iba de mal en peor. Su situación económica estaba más compleja que nunca, había perdido el mayor apoyo monetario con que contaba, su crédito estudiantil no había sido renovado, puesto que no se había graduado el año anterior, que era cuando su programa indicaba. Pero eso ya estaba fuera de sus manos y aunque ella hiciera todo por cumplir, no era posible.

Trabajó en lo que se le presentó y estudió hasta las tantas de la madrugada la mayor parte del tiempo, pero era humana y simplemente no había podido. Siguió adelante como pudo y no pensó mucho en la situación, hasta que ésta le golpeó en la cara. Sin saber bien cómo seguiría pagando los meses restantes de escuela, siguió adelante, con fe en que algo ocurriría y podría continuar, en eso Dennis era muy acertada. Como siempre decía, —*algo ocurrirá*—, y así fue, ocurrió.

Durante el tiempo de universidad, Dennis había entablado una bella amistad con su maestra de Publicidad, hasta tal punto, que la maestra le había dado a Dennis la oportunidad de hacer pasantías para ella en esa materia, por gran parte de la carrera.

Tammy, le decían de cariño a la profesora, aunque su nombre real no tenía relación con Tammy. No había una explicación pública del porqué no le gustaba que la llamaran por su nombre que era Mary, ella era bastante reservada con sus cosas personales, y ésta era una de ellas.

Tammy era muy buena gente, mujer carismática, que siempre había mostrado gran interés por ayudar a quien lo necesitara. Dennis había conocido a Tammy desde el comienzo de sus años de universidad, pero los primeros semestres solo los había hecho a medio tiempo por no tener los recursos adecuados que le permitieran ser estudiante de tiempo completo. A pesar de esto,

Tammy había visto el esfuerzo y la tenacidad de Dennis por seguir adelante sin importar qué. Así fue que la relación de maestra y estudiante creció y fue solidificándose a medida que el tiempo pasaba.

En los últimos años, Dennis no solo le hacía las ayudantías en la universidad, sino también tomaba trabajos con los proyectos que Tammy tenía en su otra ocupación, sí, Tammy era publicista, y trabajaba para la agencia de publicidad Harrison. Ella daba clases en la universidad, no solo para mantener sus ingresos económicos, sino porque le gustaba enseñar y transmitir su pasión por la carrera de publicidad.

Dennis la admiraba y soñaba ser como ella algún día, aunque muchas veces se sentía casi incapacitada, tanto en la parte económica, como la psicológica. Muchas veces se sintió cansada, batallando entre seguir manteniendo la ayudantía en la clase de Tammy y los trabajos de medio tiempo que a veces encontraba. Eran estos trabajos los que le producían una entrada extra, dinero que le permitía darse vuelta para sus gastos menores, contando con su crédito universitario como la entrada principal de subsistencia.

Así fue como una tarde en su último semestre de escuela, Tammy le preguntó si quería ayudarla con uno de sus proyectos de la agencia, y claro, Dennis nunca decía que no. Este proyecto era una presentación en la que participarían varias agencias de la ciudad, por lo que requería de mucha precisión y organización. La organizadora del evento era la agencia de publicidad Harrison, este acontecimiento se estaba convirtiendo en una tradición de la agencia.

Ese año, Tammy se sentía privilegiada al haber sido escogida para representar a la compañía y ofrecer sus ideas, pero sabía que necesitaría ayuda extra y el primer nombre que se le vino a la mente fue el de Dennis. En esa ocasión, como en muchas otras, la agencia Harrison, estaba recaudando fondos para la entrega de becas anuales, por lo que las dueñas, Eileen y Mary Harrison estarían presentes en el evento.

Dennis no conocía a las dueñas personalmente y en realidad no era de mucha importancia en ese momento, más le importaba ayudar a Tammy, que era a quien admiraba. A Dennis le importaba mucho lo que ella pudiera pensar de su persona, al igual que mostrarle que era capaz de manejar el estrés que el trabajo real podría ocasionar. Sabía lo que quería y lo demostraba cada vez que podía, por esta razón había decidido ayudarle en todo lo que pudiera, para que aquella presentación fuera todo un éxito.

(Recordando el día del evento)

Todo estaba preparado y muy bien organizado para que el evento saliera a la perfección. *—Confiar en Dennis era esperar resultados perfectos.* —decía Tammy.

La noche comenzó con un desfile de presentaciones de proyectos ecológicos y multiculturales, que todos aplaudieron. Hubo quienes no estaban muy complacidos, aquellos que se mostraban en desacuerdo a las ideas que se estaban explorando, y también estaban los otros, que tenían la cara seria y mostraban poco entusiasmo en lo que estaba aconteciendo, infaltables en este tipo de reuniones.

La primera parte del evento transcurrió rápidamente y acorde a lo anunciado en el panfleto de la jornada. Dennis había permanecido en su puesto desde el comienzo de la jornada, no quería perderse por nada del mundo la presentación de su admirada profesora Tammy.

El intermedio llegó y todo mundo salió a estirar las piernas y conseguir algún refrigerio, porque de que había comida, ¡la había! El salón del cóctel estaba al cruzar el vestíbulo principal, ya preparado con muchos aperitivos y pastelillos de canapé. Los participantes y todos los invitados del evento disfrutaban del cóctel. Se podía escuchar las conversaciones de los invitados que comentaban lo bien que estaba la velada y lo novedoso de los proyectos presentados, y claro, estaba latente la curiosidad por lo que sería el proyecto de la agencia Harrison.

Según lo anunciado, la presentación de Tammy vendría inmediatamente seguida del invitado especial de la jornada, un historiador de reconocido renombre. En esta ocasión, la agencia propondría la restauración de una vieja librería, que había sido rematada por la ciudad y que por fortuna la agencia había logrado adquirir. Con la compra de este importante edificio, la agencia Harrison ahora llamaba a concurso público para colectar las mejores ideas, incluyendo las que la agencia podría proporcionar, por lo que este proyecto quedó en manos de Tammy. Dennis había ayudado a desarrollar este proyecto trabajando junto a Tammy por muchas horas.

Dennis prácticamente le había organizado toda la presentación a Tammy, por lo que tenía amplio conocimiento de lo que se trataba. Sabía que Tammy le había dedicado mucho tiempo a este nuevo desafío, ya que sería algo que le traería renombre y reconocimiento a tantos años de arduo trabajo, y aunque Dennis no esperaba tal reconocimiento para ella, la hacía sentir bien el saber que ella tenía la capacidad necesaria para desarrollar un proyecto de este nivel.

Nadie podía ignorar el entusiasmo de Tammy. Esta oportunidad era muy especial, el proyecto le había sido entregado por completo, y si recibía la acogida necesaria, significaría que ella estaría encargada de su desarrollo, lo que se presentaría como una nueva etapa dentro de su carrera. Aunque ella nunca había hablado con Dennis de forma directa sobre esto, Tammy siempre reconocía el potencial que Dennis tenía para esta carrera, razón por la que siempre estaba hablando muy bien de ella, tanto por ser su ayudante en las clases, como su asistente en toda clase de proyectos.

(Esa tarde, día del evento)

Horas antes del evento, Dennis había hablado con su profesora Tammy. La había notado algo diferente, sin poder saber con claridad qué le pasaba, inclusive le preguntó;

—Tammy ¿todo bien? —preguntó Dennis.

—No es nada, debe ser que estoy un poco nerviosa, pero nada serio. —contestó Tammy.

—No te preocupes, todo saldrá de maravilla. —dijo Dennis.

Tammy solo asintió con la cabeza y continuó acarreando unas cajas que contenían panfletos para poner a la entrada de vestíbulo, y desde lejos le contestó;

—Sí, tienes razón, debo estar un poco cansada, dormí poco anoche, eso es todo, pero mañana domingo descansaré todo el día —Dennis sonrió y le dijo;

—Sí, eso espero, ya que no quiero reemplazarte el lunes, tal vez no vaya a clases, tengo un compromiso que debo atender con urgencia. —concluyó Dennis la conversación.

Habían llegado más temprano para poder poner todo en orden y Dennis llevaba algún rato observándola. Ella había visto con claridad que una pequeña luz blanca y brillante se movía alrededor de Tammy. Esto era algo que Dennis veía desde hace muchos años, más específicamente, desde que tuvo el accidente en el cual sus padres murieron. Por razones obvias, esto se había convertido en algo muy personal y secreto, que no lo comentaba con nadie.

Ella no sabía exactamente qué indicaban esas luces brillantes que algunas veces veía junto a las personas, o flotando cerca de ella, pero el caso era que ella las veía.

Dennis vivía atormentada con la idea de que estás luces pudieran ser como una maldición que ella acarreaba, y le preocupaba mucho el pensar que ella pudiera ser la causa de cosas malas que les pudiera ocurrir a personas que ella estimaba, algo que ya había experimentado en el pasado con personas a las que ella quería.

Dennis sintió que algo no andaba bien esa tarde y se preguntaba una y otra vez ¿Qué otra cosa podría significar la aparición de aquella luz brillante en el entorno de Tammy?

Aunque sintió el impulso de correr a donde Tammy y contarle, Dennis siguió adelante con la jornada en forma normal. No porque no tuviera sentimientos, sino porque ya en el pasado había tenido muchas situaciones similares, en las que por hacer un comentario bien intencionado, terminaba dejándola en una muy mala posición, por esta razón, prefería callar.

Era un tema complicado y la mayor parte de la gente no aceptaba la idea de algo que no tuviera explicación científica, y esto, definitivamente no lo tenía y más aún, era difícil de entender, tan difícil que ni siquiera ella lo comprendía.

Dennis decidió pensar en que lo mejor sería que ella comenzara a ver cómo diablos conseguiría dinero para seguir pagando la escuela, y no en lo que le pudiera pasar a Tammy, ya que, de todas formas, no había posibilidad de decírselo a ella. Dennis estaba segura de que ella no le creería, y tal vez hasta pusiera en peligro la hermosa relación que ambas llevaban, como había ocurrido en el pasado, incluyendo su relación con Mark, la que siempre venía a nublarle el día.

Esos trámites de gestión bancaria debían hacerse pronto. Dennis sabía que su situación no podía esperar más, así es que tan pronto como a primera hora, ese lunes debía ir al banco a buscar la forma de negociar su crédito. Casi era seguro que tendría que faltar a la escuela, justo durante las horas en que ella tenía la clase de Tammy.

(El evento continuó)

La música del intermedio se interrumpió por la voz que sonaba en el altoparlante instando a todos los invitados a volver a sus asientos para comenzar la segunda parte de la velada y conclusión del evento. Todo mundo caminó de vuelta a sus lugares incluyendo a Dennis quien estaba ubicada en uno de los costados, cerca del podio central, aunque ella seguía con esa preocupación en el estómago, ya que aún no había visto a Tammy desde antes que comenzara el evento. Ella debería ya haber estado ahí, no podía imaginar dónde pudiera estar Tammy.

Uno de los representantes de la agencia Harrison tomó el micrófono y les dio las gracias a los presentes. Les recordó que, además del evento en sí, la reunión recaudaba fondos para las becas, así que no olvidaran dejar sus donaciones con la persona encargada.

Luego de esto, el invitado especial se hizo presente con su discurso. Mediante ayuda de imágenes visuales que la gran pantalla iba mostrando, él les iba contando la historia de la vieja librería; lo importante que había sido para la ciudad y que ahora quedaba en manos de la agencia, mediante invitación de concurso público, ponerla de vuelta a funcionar, claro, no como librería, pero como algo igualmente importante para la comunidad y así poder conservar el valor histórico de la construcción.

Seguido a eso, cerró su presentación haciendo una cordial invitación a la presentación de la agencia Harrison.

El funcionario de la agencia prosiguió a llamar a Tammy, para que se presentara en el escenario, pero ella no estaba ahí. Hubo un silencio de espera, pero nadie subió al podio. De la nada salió otra persona que trabajaba para la agencia, tomó del brazo a

Dennis y, con urgencia, le pidió que la siguiera. Dennis un poco confusa se dispuso a correr con esta persona.

Salieron del salón donde se hallaban para ir directo a unas oficinas que estaban en la parte de atrás del edificio. Dennis, asustada, abrió la puerta para encontrarse a Mary Harrison, sí, una de las hermanas Harrison, una de las dueñas de la agencia Harrison, para la cual Tammy trabajaba y la organizadora del evento en el que estaba ella colaborando.

Capítulo 4

Sentimientos de Culpa

La intriga y el susto, estaban matando por dentro a Dennis, las personas ahí no terminaban de ponerse de acuerdo, hasta que ella levantó la voz y les dijo;

— ¿Pero, qué está pasando?, ¿dónde está Tammy?

Hubo un silencio y luego Mary Harrison habló, y le dijo con voz muy suave, pero clara;

—Disculpa ¿me han dicho que tú eres la asistente de Tammy? Pues bien, necesitamos que nos ayudes a continuar con el evento y te hagas cargo de la parte de la presentación que le tocaba a Tammy, que hables por ella. —dijo la señora Harrison.

Muy sorprendida Dennis preguntó;

— ¿Qué le ha pasado a Tammy?, ¿dónde está? —Dennis se notaba muy contrariada. Aún parecía no entender nada de lo que estaba pasando.

Nuevamente el silencio, pero ahora fue menos, uno de los otros colegas de Tammy que estaba ahí, le dijo;

— ¡Se la han llevado al hospital! Tammy no se sentía bien, la noté muy demacrada durante la primera parte del evento y vi el momento en que ella se desmayó. Hubo que llamar a los paramédicos rápidamente y no fue hasta cuando ellos llegaron que Tammy recobró la conciencia, pero de igual modo, ellos decidieron que lo mejor era llevarla al hospital para hacerle otros exámenes. —agregó el colega de Tammy.

Dennis llevó sus manos a la cabeza en signo de culpabilidad, no podía creer lo que había sucedido, solo pensaba en que ella de alguna forma lo había visto venir y no había hecho nada para prevenirlo. Su corazón latía de forma acelerada y no podía decirles lo que sentía. Ese sentimiento de tristeza la embargaba, porque sabía que ése era el significado de haber visto la luz brillante cerca de Tammy. Hasta sentía deseos de maldecir, gritar y llorar, pero no podía, al menos no enfrente de quienes no lo entenderían.

Dennis hizo un corto silencio y luego les dijo;

— ¿Pero por qué quieren que yo hable por ella?, yo no sé qué es lo que ella iba a hablar, es más, no tengo los detalles de lo que Tammy tenía planeado, sé que sería una gran idea porque es una creadora, pero no sé más. —Mary levantó su mano para llevarla al hombro de Dennis y con sutileza le dijo;

—Yo estaba aquí cuando a Tammy se la llevó la ambulancia y ella estaba consciente y antes de irse con los paramédicos, fue ella quien sugirió tu nombre y exactamente dijo, —Busca a Dennis, ella sabrá qué hacer, por eso es que te hemos llamado, ¿Qué dices?, ¿Podrás ayudarnos? —dijo Mary.

La cara de Dennis estaba pálida, pero era como siempre ella se decía, —los eventos que traen desafíos a tu vida, son los eventos que vale la pena tomar —y sin más que decir, le contestó a Mary Harrison;

—Sí, claro que ayudaré, pero no podría plantear la idea que Tammy tenía pensado, así es que si quieren que hable, hablaré lo que yo pienso sería una buena idea. He estado cerca de la elaboración del plan de Tammy, pero no podría ejecutarlo de la misma forma, pero si puedo exponer lo que yo hubiera creado como proyecto ¿les parece? —dijo Dennis tratando de sonar con voz firme y resolutiva.

La señora Harrison la miró de frente y lo único que agregó fue;

—Me gusta que seas sincera y que además tengas el carácter de decirlo, muy bien pues adelante. —y continuó —Al parecer, Tammy se quedó corta con la descripción que en ocasiones había entregado sobre su muy brillante estudiante, la cual dice ella, tiene un futuro maravilloso, sí, porque ella nos había hablado mucho de ti, y aunque no es la mejor situación para habernos conocido, créeme que estoy muy contenta de poder hacerlo. —terminó diciendo Mary Harrison, mientras le estrechaba la mano a Dennis con una amplia sonrisa en su rostro.

Dennis tomó el podio y lo hizo suyo sin mayor inconveniente. Primeramente disculpó a Tammy, expresando de forma pública, sus buenos deseos para una pronta recuperación y luego prosiguió con una descripción impresionante de un proyecto que tenía a la audiencia cautivada, sin exagerar, incluyendo a Mary y Eileen Harrison, que la observaban sentadas desde la última fila, detrás del resto de la audiencia.

Claro que Dennis en ningún momento dejó al descubierto que ella no sabía nada del proyecto en cuestión, sino lo contrario. Las palabras fluyeron con gran versatilidad y toda su presentación la mostraba a ella como una gran conocedora de dicha idea, más aún, entusiasta y de personalidad muy segura, entregando toda fama como creadora de esta idea, a su querida profesora y mentora Tammy.

Todos y cada uno de los presentes aplaudieron, incluidas las hermanas Harrison, que no dejaban de estar sorprendidas por lo que acababan de presenciar.

(Al finalizar el evento)

Dennis estaba recogiendo unas cosas dejadas en las mesas de la entrada, a pesar de que todos ya se habían marchado, ella aún permanecía ahí. Sabía que si Tammy hubiera estado ahí, se habría quedado a recoger las cosas que el resto habría dejado tiradas, como los panfletos en esas mesas. Es verdad que eso no era su trabajo, pero se sentía mal de dejar todo eso tirado, después de todo Dennis era así, responsable por sus actos y en muchas ocasiones por los de otros y se preguntaba ¿quién vendría al día siguiente a ordenar si Tammy no estaba disponible?

De pronto escuchó bulla, ruidos, como una conversación que provenía de una de las salas adjuntas, era Mary y Eileen Harrison, las que salían de una de las oficinas del recinto y se dirigían a la salida, justo donde estaba Dennis. Cuando Mary la vio aún ahí, y además recogiendo esas cosas, la miró, sonrió y le dijo;

— ¿Pero Dennis qué haces todavía acá? ¡Es hora de ir a casa, deja eso, que ya alguien lo hará mañana! Me aseguraré que alguien de la oficina venga y recoja todo lo que pueda quedar. — dijo la mujer, mientras se acercaba a la puerta principal.

Dennis sonrió de forma cortés, pero no quiso agregar nada para no cortarles el paso que llevaban, así es que ella asintió moviendo la cabeza, hasta que las vio salir. Afuera les esperaba el chofer, que les abría la puerta de pasajeros del aquel viejo Rolls-Royce, un bello automóvil muy bien mantenido; se notaba que aún tenía mucha vida en él, su elegancia y brillo lo mostraban a distancia.

De pronto, Dennis pegó un salto, asustada por los golpes en el vidrio de una de las puertas de la entrada. Era el chofer de las hermanas Harrison, él le estaba haciendo gestos para que Dennis se acercara a la puerta. Ella se acercó para ver qué era lo que pasaba. El chofer le dio un mensaje de parte de las hermanas Harrison;

—Señorita, que la esperan en el auto en este instante. Dice la señora Harrison que le llevarán hasta su casa. —dijo el chofer.

Dennis de todos modos ya estaba preparándose para irse, por lo que no lo pensó dos veces. En esos tiempos Dennis solo se movía en transporte público, lo que en la noche era más complicado, porque la transportación pasaba más distanciada, así es que esto le venía muy bien.

Recogió el abrigo y su bolsa y salió. Unos segundos más tarde el chofer tomaba la autopista principal para salir de la zona céntrica de la ciudad. Vio que el vidrio que separaba a la cabina delantera de la de atrás, bajaba, y, con voz muy natural y propia de la hora, el chofer preguntó;

— ¿A dónde se dirige la señorita?

Eileen, una de las hermanas interrumpió al chofer y le dijo;

—Pasaremos primero por el café de la Plaza Madrid, y luego llevaremos Dennis a su casa, todos necesitamos un rico café, después de esta complicada velada ¿no es verdad Dennis? — añadió Eileen.

Las tres mujeres sonrieron aceptando que en realidad un café les vendría muy bien.

En la próxima hora, ellas habrían reído, conversado y compartido como si se conocieran de toda la vida. Dennis disfrutó muchísimo esos momentos, sin ni siquiera pensar por un instante en que si Tammy hubiera estado bien y presente en el evento, ella no habría estado allí. No tuvo tiempo de pensarlo, o tal vez no quiso hacerlo. El tiempo transcurrió rápido y ya luego se le vio a ella bajándose del auto y despidiendo a las hermanas Harrison, a eso de las once y treinta de la noche, las que seguían destino a un pueblo cercano, que era donde estaba el domicilio particular de ellas.

Aquel fin de semana transcurrió con mucha rapidez; el lunes llegó y en efecto Dennis lo dedicó a parar de banco en banco, llenando nuevas aplicaciones para un crédito estudiantil que le permitiera poder pagar ese último semestre de escuela. Mientras transcurría la mañana, ella había estado llamando muy seguido al hospital para preguntar por el estado de su profesora Tammy. Pensó que haría el tiempo para pasar a verla después de terminar de hacer esos trámites, además no quería importunar en horas de la mañana, sabía que la familia de Tammy estaría ahí, y ella era una desconocida para ellos, así es que se dijo;

— ¡Iré! pero solo dejaré las flores y no estaré más de cinco minutos. — pensó.

Como a las cuatro de la tarde Dennis estaba entrando a la sala de hospital en donde estaba Tammy. Siguió de largo por aquel frío pasillo, tal y como se lo indicó la enfermera a la entrada del pabellón. Abrió la puerta y vio a Tammy acostada en una cama, en esa inerte y desolada habitación. Dennis pudo sentir que la energía que ahí se sentía era muy débil. Tammy estaba sola, no había nadie con ella. Aparentemente, las visitas que la habían ido a ver, ya se habían retirado, y de seguro que una de sus hijas volvería luego para acompañarla a pasar la noche, o tal vez su esposo, pero era de seguro que no la dejarían sola en momentos como ése.

Para Dennis era más fácil que no hubiera nadie acompañando a Tammy, no sabía cómo podría enfrentar los estados de ánimo de todos los familiares de Tammy, de ese modo no tendría que interrumpir entre los presentes. Éste era un sentimiento especial, muy personal de Dennis, por el mismo hecho de ella ser sola, y no tener familia, estimaba a Tammy demasiado.

Cuando entró, la vio ahí acostada, y aún muy demacrada. A Tammy le dio mucha alegría verla y le extendió los brazos para que Dennis se acercara y le diera un abrazo.

Tammy dijo;

—Muchas gracias Dennis por haberme salvado el pellejo, no podía confiar más que en ti. —Tammy le hablaba, mientras trataba de sentarse al costado de la cama, en una pequeña silla que había junto a la máquina que controlaba los signos vitales de Tammy y controlaba el suero que permanecía conectado a su brazo.

Dennis, muy seria, le pidió que no hablaran de ese tema en esos momentos, que ella debía descansar, puesto que su salud estaba delicada y merecía descanso. Lo cierto era que su estado era aún crítico, según había dicho la enfermera a la entrada del pabellón, a pesar de que ella no había mencionado qué era lo que tenía su querida amiga y profesora.

Después de un rato vino la enfermera, quien le puso un sedante en el suero que le mantenían conectado a Tammy, así Dennis vio que lentamente ella se dormía. Mientras le hacía compañía Dennis pudo observar que había más visitantes en la habitación. Las luces blancas estaban de vuelta, aquellas que solo ella podía ver, estaban en la habitación y se movían muy despacio desde una esquina a la otra. Dennis pudo advertir que había cuatro luces, pero éstas no tenían tanto brillo como la que había visto el viernes, levitando junto a Tammy.

Lo curioso era que ella no sentía miedo, ya era casi normal verlas o sentirlas, era como saber que alguien siempre estaba con ella, aun cuando ella no pudiera explicarlo, ni contárselo a nadie, esto ya era cotidiano dentro de lo que era su vida privada. Muchas veces se sentía confundida con respecto a que si estas luces eran reales o no, y del porqué solo ella las veía, además de preguntarse cuál sería el propósito de éstas, dentro de su propia existencia.

Después de un rato de verla descansar y constatar que ella dormía tranquila y profundamente, Dennis salió de puntillas de la habitación, dejando a Tammy en compañía de su dulce sueño y aquellas luces blancas, que parecían haberse calmado a medida que Tammy se fue durmiendo.

Dennis no sabía cómo explicar sus sentimientos hacia estas luces. Muchas veces las condenaba y las acusaba de ser las causantes de su mayor desgracia, pero la mayor parte del tiempo que las veía, se sentía acompañada, como que alguien siempre estaba con ella, algo muy especial que le producía un estado de tranquilidad interna. Pero ella peleaba con estos sentimientos muy a menudo, tal vez porque no podía compartirlos con nadie.

Capítulo 5

Desahogo

(De vuelta a la realidad)

Martes, miércoles y, finalmente, el jueves llegó. Los días volaron... Desde temprano por la mañana recordó que la cita con su psiquiatra era esa tarde. Dennis no podía dejar de pensar en que pasarían unas cuantas horas entre la espera por su cita y el momento en que su nuevo psiquiatra la atendiera. Pero ella había resuelto que esta vez no esperaría tanto como la semana anterior, y que si ella, la doctora o doctor, como fuese que se llamara, no le hacía alguna pregunta para iniciar la sesión, entonces lo haría ella, por algo estaba pagando, ¿O no?

Había un tráfico de locos, mucha congestión y la larga línea de automóviles parecía no avanzar. Algunos conductores tocaban la bocina de sus autos queriendo apurar al de adelante. Como siempre, no faltaban los que ayudaban a incrementar el estrés, pero nada de eso era posible, el puente estaba abierto, mientras barcos cruzaban la bahía y hasta que estos no terminaran de cruzar, el puente no bajaría. De nada valía que ella se estresara por este motivo. El tráfico seguiría sin moverse por otros veinte minutos por lo menos, pensaba Dennis.

— ¿No es posible que siempre me toque a mí el puente abierto? ¡Debe haber algo que yo no sé, no puedo creer que esto sea solo coincidencia!

La verdad es que ya era un poco divertido. Aunque el paso del puente para barcos no tenía en realidad un horario definido, últimamente le había tocado a ella el puente abierto cada vez que cruzaba para ir a la ciudad. Por lo general le tocaba esperar de quince a veinte minutos cada vez que éste cedía el paso al cruce de barcos. Era muy extraño y a menudo se preguntaba por qué, pero no tenía una respuesta certera, digamos que era algo así como una rara casualidad, porque ella no cruzaba a las mismas horas, siempre eran horarios diferentes. Lo real era que a Dennis le pasaban muchas cosas raras y difíciles de entender, por lo que esta situación no era la única y seguro que no sería la última.

Mientras esperaba a que los barcos terminaran de pasar y el puente volviera a bajar para que el tráfico retomara su curso, Dennis se dispuso a esperar con paciencia, cosa casi usual en los últimos tiempos. Dennis había adquirido la costumbre casi involuntaria de alcanzar dentro su bolsa y sacar de ella una libreta de apuntes, la cual siempre llevaba a todas partes, y junto con ella, un lápiz.

Dennis no usaba su libreta para algo específico, sino que anotaba palabras sueltas, a veces solo rayas sin mayor importancia, o lo que se le viniera a la mente. Era algo que la relajaba, era como si entrara en trance o algo parecido. Esto era algo que ella hacía de manera casi automática.

Si eran más de cinco minutos de espera, de seguro que sacaba su libreta y comenzaba a matar el tiempo en aquellas hojas en blanco. Pero Dennis casi nunca revisaba lo que allí escribía, solo lo hacía hasta que llegaba la hora de seguir. Cuando la pausa terminaba, Dennis cerraba la libreta de apuntes y ya no la abría hasta que tenía otro momento similar, en donde la espera fuera obligada, pero eso sí, siempre y cuando estuviera sola, de este modo, no sentía miedo a explicar el porqué de lo que hacía, ya que ni ella lo entendía aun.

En esta oportunidad no fue diferente. Dennis se esforzaba por ver el letrero que estaba a mitad del puente, éste indicaba cuanto tiempo faltaba para que el puente se volviera a cerrar y así el tránsito pudiera proceder a cruzar para llegar a la ciudad. Dennis abrió la puerta del auto, ya había quitado las llaves del motor, dejándolas sobre el asiento del pasajero. Se bajó y caminó por el frente de su auto hasta llegar a la vereda derecha. Puso su mano sobre sus ojos, para cubrir el sol que le daba de frente, vio que aún faltaban 16 minutos, y pensó:

—Con este tiempo libre podría hasta dormir una siesta. — Dennis puso una sonrisa en su rostro y volvió a su auto.

Bajó los vidrios de las ventas para que entrara la brisa fresca de afuera y, sin más que pensar, alcanzó con su mano a la bolsa y sacó su libreta y rápidamente cerró sus ojos y comenzó a escribir. ¡Sí!, cerró los ojos y comenzó a escribir. No sabía cómo lo hacía, pero al cerrar sus ojos se sentía relajada y escribía, y había que ver que ni siquiera se salía mucho de las líneas. La realidad era que, poco o casi nada de las cosas que ella escribía tenían sentido, no solo porque no las leía, sino porque no sabía, no comprendía, al menos no por el momento.

El ruido de las bocinas que comenzaban a apurarla la sacó del trance en que se encontraba. Estaba relajada y completamente ida, pero después de recobrar la conciencia y lucidez, se acomodó y puso su auto en marcha. Levantó la mano haciéndoles gestos al de atrás para que dejara de apurarla y de tocarle bocina como loco.

El atracón del puente le había quitado ya veinte minutos a la media hora extra que ella llevaba, media hora que por costumbre le gustaba disponer por si algo se presentaba, pero parecía que esta vez esa media hora de anticipación no le serviría mucho, pues llegaría más tarde de lo previsto de todas maneras.

No estaba muy preocupada, porque pensaba en la experiencia de la semana anterior, y más bien se desanimaba un poco. ¿Quién querría llegar a tiempo a una cita, en la que tendría que esperar tanto para ver al doctor? Ella se hacía preguntas en su mente, las mismas que se respondía de inmediato, sin mucho qué pensar.

El resto del trayecto fue rápido y en menos de diez minutos estaba en el estacionamiento al frente de la consulta del doctor, o doctora, como fuese, ya no importaba mucho.

Abrió la puerta de la oficina con delicadeza para no llamar la atención de los ahí presentes, pero al abrirla, una música de campanitas sonó, alertando a todos los que estaban ahí, haciendo obvio que ella estaba entrando.

— ¡Oh, no! ¿Y esta musiquita de dónde salió, esto no estaba la semana pasada aquí? —pensó Dennis en silencio.

Se acercó a la ventanilla para dar su nombre y notó que esta vez ya no estaba la muchacha de la vez anterior, sino una señora un poco mayor, de tierno aspecto, quien le atendió muy gentilmente tomando sus datos. Y seguido a esto le dijo que el doctor la vería luego.

— ¿Qué tan luego, sería ese *luego* del que la recepcionista hablaba? —Dennis no podía dejar de pensar en lo que había pasado la semana anterior, una completa pérdida de tiempo, sin lugar a dudas.

En esta oportunidad la sala no estaba repleta de pacientes, más bien se veía bastante desocupada. Solo tres asientos estaban tomados y se podía respirar mucho mejor, por lo que se acomodó sacándose la chaqueta liviana que llevaba encima y se dispuso a prepararse un café, el cual bebería sentada en un asiento desocupado que estaba cerca de la ventana. Pero alcanzó solo a darle el primer sorbo al café, cuando Dennis escuchó;

— ¿Señorita Russel? —llamó la recepcionista con voz delicada.

— ¡Sí!, si soy yo. —exclamó, como para evitar que ella la volviera a llamarla. Dennis se acercó a la ventanilla y la señora ahí sentada le dijo;

—Por favor, pase, el doctor la verá ahora, ¿sabe por dónde es? —la recepcionista se paró de su asiento caminando hasta donde ella estaba para enseñarle el camino por dónde ir. — ¡Es la primera puerta aquí enfrente! —se auto-respondió la recepcionista mirando a Dennis.

Sin más demora, Dennis se devolvió hasta su asiento para recoger su chaqueta y su bolsa y dirigirse a la oficina del doctor, así como se lo había indicado la nueva recepcionista. Dennis empujó la puerta solo un poco, pues ya estaba entreabierta. Esta vez no se detuvo a mirar el entorno como lo había hecho la vez anterior, solo caminó directo a la silla, la misma en la que se había sentado la semana anterior. Se sentó y dejó sus cosas a un lado, quedándose con el café en la mano, lo que la hacía sentir mucho mejor, al menos tenía algo con qué entretenerse, por eso de la larga espera de la semana previa, pensó Dennis.

Gran sorpresa para Dennis, esta vez fue rápido y no tuvo que esperar. La doctora salió de la habitación sin haber dejado que transcurrieran ni cinco minutos. La puerta crujió alertando a Dennis, y así como la vez anterior, la doctora se dirigió primero a su escritorio, bebió agua y recogió su libreta de apuntes, su lápiz y prosiguió a sentarse enfrente de Dennis.

— Hola, Dennis ¿cómo has estado? —preguntó la doctora, lo que fue completa sorpresa para Dennis.

—Bien, he estado bien. —respondió Dennis un poco contrariada, porque la doctora le había hablado, cosa que no esperaba, además Dennis no había ensayado las preguntas y respuestas, que la doctora podría hacerle, como lo había hecho para su cita anterior.

Por un instante se sintió que carecía de su programa de defensa, pero rápidamente la doctora le preguntó algo a Dennis sin dejar tiempo para que ella reaccionara. Dennis, por lo mismo, no pudo entender lo que la doctora le preguntaba, ya que la mente de Dennis divagaba pensando en lo que no había sucedido, estaba distraída y no tenía control sobre sus pensamientos.

Dennis contestó de golpe, reaccionando con retraso a lo que la doctora Michaels le estaba preguntando.

—Bueno, no lo sé en realidad, creo que es un insomnio grave lo que tengo, pero el doctor dice que debe haber algo más que no me deja dormir, por eso sugirió que tratara con terapia, ya que ninguna de las medicinas han funcionado. —dijo Dennis, de modo muy rápido casi sin respirar.

Lo malo fue que no se había percatado de que la doctora no le había preguntado lo que ella pensaba que le estaba preguntando. Dennis respondió así porque pensó que ella le preguntaba cuál era el motivo por el que ella estaba ahí, pero en realidad lo que la doctora había preguntado era algo diferente.

—El clima ha mejorado bastante, ¿no lo crees tú?

La doctora la miró por unos instantes y le dijo;

—Veo que has estado preparando tus respuestas, déjame decirte que yo no estoy aquí para juzgarte o criticarte Dennis, solo quiero escucharte y ofrecerte mi ayuda, no tienes que venir si no lo deseas. Te aseguro que después de hablar, te sentirás mejor. —dijo la doctora con un tono muy pausado y esta vez mirándola de frente.

Dennis se sentía avergonzada y lo que acababa de ocurrir la hizo sentir muy incómoda. Bebió un sorbo de café y le respondió:

—Lo siento mucho, y sí, el clima ha mejorado y la brisa cálida me encanta, sobre todo cuando tengo la oportunidad de estar fuera de la oficina, cosa que por estos días no ocurre muy seguido. Espero me disculpes, no quise parecer que he ensayado mis respuestas, ni que no me importa tu tiempo, lo que pasa es que a veces no sé qué decir, de verdad pensé que… bueno en fin, es eso.

Dennis siguió hablándole a la doctora Michaels por un buen rato más.

—No sé lo que me pasa, la mayor parte de los días me desvelo, nunca puedo parar de pensar, siempre estoy haciendo algo, aun con los ojos cerrados y este último tiempo he dormido muy poco. Las horas son para mí como minutos, se me hacen muy cortas cuando estoy trabajando, y cuando llego a mi casa no puedo detenerme, algo dentro de mí siente la necesidad de seguir… seguir haciendo más cosas. Mis proyectos se han adueñado de mi vida y mi espacio, y creo que nadie puede entenderlo, porque yo tampoco puedo comprender por qué no puedo descansar o sentirme en algún momento relajada, ¡ah! pero no es que no me guste mi trabajo, todo lo contrario, el trabajo es mi vida.

Además, he comenzado a perder peso sin quererlo y mi doctor sugirió que buscara ayuda con un psicólogo, que tal vez podría ayudarme el conversar de otros temas o de mi vida personal, ya que mi salud física, según mi doctor, está bien.

Dennis continuó con su relato hasta vaciar todo lo que tenía adentro, al menos en esos instantes sintió la confianza necesaria como para hacerlo.

Capítulo 6

Las Luces

F ue como un desahogo, algo que necesitaba hacer, ya que nunca le conversaba nada a nadie y el hablarle de sus cosas a la doctora, la había hecho sentir mucho mejor. Dennis la vio haciendo unas notas y le preguntó;

— ¿Crees que es algo serio?, ¿Por qué será que no puedo descansar como el resto de las personas normales lo hacen? — Dennis preguntó con un poco de ansiedad, como queriendo encontrar una respuesta rápida a su mal.

La doctora Michaels le dijo;

—Calma Dennis, iremos por partes. Quiero que me cuentes de ti, ¿Qué haces, te gusta tu trabajo? ¿Qué planes tienes para el futuro? Háblame del modo que te sea más fácil, por favor prosigue—

Dennis respiró hondo y comenzó con su relato; un poco nerviosa porque no acostumbraba a hablar de sus cosas personales, pero continuó...

Parecía ser una larga lista la que señalaba todas las cosas que ella hacía, ¿qué si le gustaban?, claro que sí, y ¿qué si tenía planes?, claro que los había tenido, y habían sido los que habían alumbrado su vida por bastante tiempo. Pero de pronto todo se cayó y después de aquello nunca más había pensado en el futuro en forma personal. Ella prefirió abocarse a su trabajo, que era lo único sólido y estable por el momento.

Dennis continuó relatándole a la doctora Michaels cómo su vida se había ido derrumbando con tales eventos.

Desde que Mark se marchó sin un por qué, no dejando ni la más mínima explicación. Su vida se rompió una vez más, sin tener una razón o algo a qué aferrarse. Sufrió mucho hasta poder pararse otra vez, y cada vez que ella intentaba planificar algo, sentía que algo malo ocurriría, y por consecuencia, le era imposible tratar de evitar la angustia que la asociación de acciones le traía.

Pronto Dennis llegó a la parte en donde le contó sobre la pérdida de sus padres.

Este acontecimiento a muy temprana edad, había sido algo que para ella tampoco tenía explicación alguna, los extrañaba infinitamente, no había día que no se acordara de ellos, y no había día que ella no se preguntara por qué la habían dejado sola. Pero, sin lugar a dudas, había sido la perdida de Mark lo que más la había marcado, ya que junto a él, había encontrado una vida nueva, sueños y un futuro por qué luchar, pero ocurrió *otro evento sin explicación,* que la empujó a refugiarse en la soledad para poder de alguna forma sobrevivir a tal dolor.

Cuando Dennis hizo un descanso, la doctora prosiguió;

— ¿Dennis, cuéntame cómo es eso de que nadie puede entenderlo? —preguntó ella. — ¿Qué es exactamente lo que nadie puede entender? —la doctora Michaels la miraba de frente cuando le hizo la pregunta en un tono un tanto misterioso.

A la doctora Michaels le interesaba saber acerca de esas rápidas palabras que Dennis iba agregando en su relato, pero que eran las que Dennis más quería ignorar. Dennis movía sus ojos de un lado a otro, y pensaba en cómo ponerlo en palabras. Lo único que podía hacer era contárselo y rezar para que ella, la doctora, no pensara que estaba loca.

Dennis comenzó a hablar, un poco lento y con temor... ella siguió hablándole.

—A veces no sé qué es lo que me pasa, creo que pierdo la consciencia real, no estoy segura, solo sé que percibo la realidad de otra forma, no siempre, pero en algunas oportunidades. — respondió Dennis muy nerviosa.

— ¿Es algo que te pasa a menudo? Muchas veces es algo común que las personas que sufren de insomnio se sienten cansadas todo el tiempo porque no pueden tener un descanso restaurador y necesario para el cuerpo. —respondió la doctora Michaels al comentario de Dennis.

La doctora agregó más anotaciones en su libreta y le preguntó a Dennis;

— ¿Recuerdas cuando comenzaste con este tipo de problemas?

Dennis respondió de inmediato;

—Recuerdo cuando tuve la primera experiencia, pero en realidad en ese momento no sabía lo que me estaba pasando, lo que no recuerdo es cuando me di cuenta de que esto estaba convirtiéndose en un problema, ¿me explico? —Dennis trataba de poner en orden sus ideas para poner en palabras algo que la doctora pudiese entender.

—Está bien, vamos de a poco, cuéntame lo que recuerdes. —agregó la doctora Michaels.

—El día que mis padres murieron en ese terrible accidente, yo iba con ellos. —un silencio, Dennis se quedó pensando y la doctora pronto la interrumpió.

— ¿Y saliste mal herida? —preguntó la doctora.

— ¡No!, la verdad es que no recuerdo muy bien, solo algunas imágenes sueltas, pero nada concreto, creo que tuve mucho miedo, y que por esa razón lo he bloqueado en mi mente. Recuerdo que mi padre iba conduciendo por la carretera, momentos previos al accidente, sentí algo muy especial, ya que vi muchas luces. Eran esferas brillantes que flotaban por todas partes, estaban afuera y dentro del automóvil, de diferentes tamaños y colores, aunque abundaban las blancas. Las otras se destacaban más por sus tonos brillantes. Después de que el accidente ocurrió, el doctor me explicó en ese entonces, que fue una contusión en mi cabeza la que me hizo ver y sentir de ese modo. Pero con el tiempo he sentido que no fue eso lo que ocurrió con exactitud.

— ¿Dennis y qué crees que fue lo que pasó? —preguntó la doctora Michaels.

—No lo sé exactamente, pero sé que las luces no fueron producto de una contusión en mi cabeza, pues tendría que haberme quedado con una contusión permanente. —respondió Dennis con un tono un poco irónico.

— ¿Qué me estás tratando de decir Dennis? —replicó la doctora Michaels.

—Pues eso, que si fuera una contusión ya habría sanado, ¿no?

— ¿Me estás diciendo que aún ves luces? —preguntó la doctora.

Dennis titubeó un poco, y luego se armó de valor y continuó.

— ¡Sí!, sí las veo y no le puedo decir a nadie, eso lo más triste.

— ¿Por qué Dennis? —continuó la doctora Michaels preguntando.

—Porque ya pasé por eso, y estaría encerrada en una casa para enfermos mentales si no hubiera decidido dejar de mencionarlo.

—Mmm, ya entiendo. —dijo la doctora.

— ¿Qué más puedes recordar Dennis? —agregó.

—En partes de mis recuerdos veo a mi papá que me toma en brazos y me saca del auto en que viajábamos, después recuerdo que mamá me puso una frazada encima con la que me cubrió la cabeza, protegiéndome de lo que pudiese pasar.

— ¿Y cómo ves a tus padres en esas imágenes?, ¿están ellos bien o los ves heridos? —prosiguió la doctora preguntando y haciendo anotaciones.

—Los veo como siempre, como si nada les hubiera pasado. — Dennis respondió.

— ¿Algo más que te parezca importante dentro de lo que recuerdas?

— ¡Sí! —respondió Dennis. — ¡Las luces! las luces estaban nuevamente presentes y eran muchas, blancas brillantes y de colores. Se movían por todas partes muy agitadas, es algo que no he podido olvidar. —Dennis miraba a la doctora de frente cuando le contaba sobre aquellas luces, quería ver la reacción en ella, quería ver si por fin había encontrado a alguien en quien poder confiar.

—Cuéntame sobre esas luces, ¿cómo eran estás luces? — continuó la doctora.

—Bueno, en realidad eran como unas burbujas que flotaban en el aire, esferas transparentes. Había muchas, e irradiaban luz; tenían luz adentro, eran brillantes y algunas de variados colores. Algunas más pequeñas que otras, pero todas eran muy lindas y traspasaban la materia, se movían en todas direcciones. —le contaba Dennis.

La doctora se paró repentinamente de su silla y se dirigió a su escritorio, bebió agua y volvió.

—Por favor, Dennis continúa, ¿Cuéntame qué pasó después del accidente?

—Creo que desperté después de haber estado inconsciente por días, y solo mi tía estaba conmigo.

— ¿Cuándo te enteraste que tus padres habían fallecido? — preguntó la doctora.

—Creo que ya lo sabía, o sea, cuando los doctores vinieron a verme, fueron muy cariñosos y me hablaron con delicadeza. —le explicó Dennis.

— ¿Y fue eso lo que te indicó que te darían una mala noticia? —agregó la doctora.

— ¡No! —contestó Dennis con un tono un poco más exaltado. —las luces estaban ahí, conmigo, eso fue lo que me dio a entender que ellos ya no estarían conmigo. —añadió Dennis muy apenada.

—Dime Dennis, qué doctores te vieron después de que el accidente ocurrió, ¿alguien revisó tus ojos por algún daño al nervio óptico? —replicó la doctora.

—Bueno, creo que fueron varios, todos querían verme, y me hicieron muchos exámenes. No se explicaban cómo era que yo había salido ilesa, sin un rasguño, además los paramédicos me encontraron a un costado de la carretera, cubierta con una cobija, aquella que te conté, la que mi mamá me puso encima. Claro, de eso estoy segura, aunque muchos dicen que fue solo un sueño.

Yo sé que fue real, porque la vi con mis ojos, luego me besó en la frente y se fue caminando hacia el auto donde ya estaba papá, y los dos se tomaron de la mano y siguieron caminando por entre medio de los matorrales que era alumbrado por muchas de estas esferas brillantes. —Dennis bajó la cabeza, suspiró y luego dijo;

—Pero nadie me creyó, todos pensaron que fue producto del accidente. —dijo Dennis con voz temblorosa.

— ¿Dime Dennis, ahora que tú estás más grande, y han pasado tantos años desde el accidente, cómo es que son esas anomalías visuales? —preguntó la doctora mirándola de frente.

Dennis levantó la vista y la miró a los ojos, tratando de encontrar esa señal que le indicara qué hacer, si proseguir a contarle más del tema, o detenerse ahí, para no cometer un error al continuar con su relato. Como en todas esas otras veces en que había visto a otros médicos, ellos habían concluido que las visiones que Dennis tenía eran producto de la contusión que había sufrido durante el accidente.

Le habían hecho muchas radiografías de esas modernas y resonancias magnéticas para ver si el accidente le había ocasionado algún daño cerebral, pero nunca encontraron nada. Así, ella, poco a poco fue entendiendo que jamás nadie le creería, así es que, poco a poco, ella fue dejando de contar esos sucesos personales con otras personas, hasta ahora, en donde, una vez más, se encontraba sentada frente a la doctora Michaels.

De pronto, inesperadamente, en la esquina de la habitación, al lado derecho, casi detrás de la doctora Michaels, apareció una de esas esferas. Flotaba con suavidad, no era muy grande de tamaño y su brillo era más bien tenue, como queriendo pasar desapercibida, pero Dennis pudo advertir su presencia de inmediato.

Pensando que la presencia de esta esfera era la respuesta a su interrogante, Dennis le dijo a la doctora;

— ¿Cuál sería la diferencia entre ver algo que no se puede explicar a no ver nada?, ¿Estaríamos hablando de sanidad mental? El hecho de ver algo que otros no pueden ver, ¿me hace una persona inestable mentalmente?, ¿Loca? Por decir algo, o ¿dejaría de serlo solo por el hecho de no decirlo? ¿Cuál sería la respuesta doctora Michaels? ¿Qué cree usted? —preguntó Dennis en un tono exaltado.

Fue un instante algo complicado, por un momento los papeles se habían cambiado, parecía que Dennis era la encargada de la terapia y no la doctora, pero ésta reaccionó al instante y le dijo;

— ¡No Dennis!, no se trata de eso, yo no creo que estés desequilibrada, ni creo que estés loca, creo que hay mucho más que buscar para entender por qué te estás sintiendo de esta forma. —respondió la doctora con un tono suave.

El tiempo había transcurrido muy rápido, tal vez demasiado rápido para Dennis, ella acababa de empezar a soltar esa tremenda carga que acarreaba detrás de esa alegre y normal personalidad y el tiempo de la terapia no era lo suficiente largo como para todo lo que ella tenía que contar.

Ella sabía que, eventualmente, se vería forzada a enfrentar la situación tan compleja que su vida atravesaba, pero por miedo a que no le creyeran, se había mantenido en silencio por todos estos años. Cada vez que recordaba las experiencias del pasado, se daba cuenta de que los acontecimientos que ocurrían en su vida, serían solo parte ella porque nadie lo había podido comprender.

Pero ahora era distinto, sentía que necesitaba hablarlo, aunque su miedo era que una vez que sacara todo, no sabría cómo podría volver a acomodarlo dentro.

—Dennis, creo que has dado un paso muy importante al contarme cómo te sientes y lo que llevas dentro, no quisiera cortar la sesión aquí, pero ya hemos hecho bastante por hoy, ¿te sientes bien como para detenernos aquí? —preguntó la doctora mirando a Dennis detenidamente.

Denis asintió con la cabeza, aunque no muy convencida de que era eso lo que quería, se paró de su silla y tomó sus cosas. Mientras se despedía de la doctora, ella misma preguntó;

— ¿Mismo día, misma hora? —mientras caminaba hacia la puerta.

—Sí Dennis, nos vemos dentro de una semana. —respondió la doctora Michaels.

Capítulo 7

Tammy

Esa tarde Dennis dejó de la consulta más confundida que nunca. Ella prefería no explorar ese tema tan privado para ella, pues terminaba haciéndose demasiadas preguntas que no podía contestarse y, lo que es más, agregaba más estrés a su vida. Ella buscaba respuestas que le dieran tranquilidad a su alma y calmaran el desasosiego que dichas experiencias le ocasionaban.

Aún no era muy tarde, pues su sesión había tomado menos tiempo que la semana anterior, esta vez no hubo una larga espera para ver a la doctora. Todavía era temprano para llegar a casa, así es que decidió ir a tomar un café a su lugar preferido. El café era un lugar pequeño, pero muy acogedor, tenía todas sus mesitas en el segundo nivel con mirada a la calle, un largo y angosto corredor, bastante privado por cierto. Cada mesita sentaba solo a dos personas, separadas por un espacio de pared, en el cual colgaba una pequeña lamparita, como a media altura. En total sumaban diez mesitas.

Desde la calle se veía muy lindo, puesto que parecía la vitrina de un local comercial y no una cafetería. Las pequeñas luces de guirnaldas que adornaban el ventanal, le daban un tono cálido y festivo a la vez, agregándole un poco de misterio cuando no había gente. Pero, en otras ocasiones, cuando el lugar estaba lleno de gente, invitaba a la imaginación a viajar y situarse en alguna de esas calles parisinas, por allá en el viejo continente.

Dennis se sentía cómoda en ese lugar, siempre que lidiaba con problemas pasaba por ahí y con suerte, siempre la última mesa de aquel corredor estaba desocupada, lista para ella, como esperando a que llegara a ocuparla. Ahí se sentaba después de haber ordenado uno de esos tazones, los más grandes, con un rico capuchino con extra crema. Muchas veces solo miraba a la gente que pasaba por fuera; otras, hasta botaba algunas lágrimas por sentirse triste y sola, pero cuando esto pasaba, rápidamente la presencia de las esferas de luz hacían su entrada al lugar. ¿Extraño?, claro que lo era.

Dennis ya había constatado que las esferas se hacían presentes cada vez que ella estaba triste, o en alguna situación complicada, o algo que involucrara su persona. Estas esferas de luz aparecían por doquier, algunas veces las veía hacerse visibles justo frente a ella, otras, las veía atravesar paredes o flotar alrededor de algunas personas. Era como que estas luces hubiesen sido llamadas por algo o alguien, y así de simple, ellas siempre estaban ahí, con ella.

Dennis no tenía claro, si las esferas de luz acudían en forma de protección, pero sí estaba más que segura de lo que ella sentía cuando éstas se hacían presentes. La presencia de ellas la hacía sentir que no estaba sola, era difícil de explicar ya que muchas veces sentía que era mejor que estas esferas no aparecieran del todo. Pero la mayor parte del tiempo, la hacían sentir que alguien estaba siempre cerca de ella. Que algo o alguien estaban siempre escuchando sus pensamientos y compartiendo sus sentimientos.

Pero lo contradictorio era que gran parte de ese conflicto era por la presencia de estas esferas brillantes. El no poder hablar de tal magnifico evento, ni poder contar sus experiencias, la habían obligado a aislarse de las personas, sin poder expresarse libremente. Se sentía prisionera dentro de una celda sin barrotes, el mundo no podía comprender las experiencias que ella vivía y esto la hacía sentir muchas veces que se ahogaba sin poder entender por qué le pasaba esto.

Cuando iba en la mitad de su gigantesco capuchino, miró través del vidrio, a la vereda de enfrente, allí había una mujer y al lado de ella la seguía una de estas esferas. La mujer no se veía muy mayor, podría haberle echado unos cincuenta y algo. Le llamó la atención que la luz la acompañaba y zigzagueaba de lado a lado, y de arriba abajo. De pronto la mujer prosiguió a cruzar la calle, así como en dirección del café, y la esfera de luz cruzó con ella. Dennis le perdió la vista, pero esto la llevó a pensar en Tammy…

Tammy, su querida profesora, más amiga que nada. No había salido bien de aquella visita al hospital, desafortunadamente, habían encontrado una enfermedad más seria de lo que Dennis hubiese creído. Tammy tenía cáncer. Fue esto una de las cosas que cambió en forma radical la suerte de Dennis, al menos así lo entendió ella tiempo después.

(De vuelta a cuando Tammy estuvo enferma)

Habían pasado solo unas semanas desde que su profesora había salido del hospital y ya estaba reintegrada a sus clases y eventos normales, en otras palabras, ya nadie se acordaba de lo que había pasado, como era lo usual, pero no así para Dennis, ella la seguía mirando de reojo, no sabía cómo acercársele y preguntarle directamente, *¿cómo estás?* O *¿cómo te sientes?*, sentía que debía, pero no sabía cómo. No quería hostigarla con su preocupación al hacerle esas preguntas, pero ella sentía que debía conversar y estar cerca de ella.

Dennis había visto las esferas de luz alrededor de Tammy y cada vez que esto ocurría, así como en otras ocasiones, las personas se marchaban pronto, por no decir, *se morían*, y punto. Pero tenía miedo de invadir esa privacidad que Tammy había mostrado desde la vuelta a su —*vida normal*—. Tammy estaba más callada, más reservada y casi no hablaba, excepto lo necesario, ya no era la misma y Dennis lo notó.

Esa tarde, después de una de las clases que ya había terminado, encontró a Tammy sentada en su escritorio, en el salón de clases, revisando papeles para darles el grado, fue ahí que Dennis se acercó y le dijo;

— ¿Te puedo esperar e invitarte un café? —preguntó Dennis.

Ella rogaba por dentro que Tammy aceptara y antes que ella pudiera salir con alguna excusa, Dennis replicó;

— ¡No será largo!, ¿solo uno?, ¿Por favor? —agregó Dennis con tono de súplica.

Tammy levantó su mirada para enfrentar la cara de Dennis que estaba haciendo muecas para que ésta sonriera, y sin mucho titubear, le dijo que sí. Las dos mujeres salieron de la universidad cruzando el vestíbulo central con destino al lugar favorito de Dennis, el Café Italia, donde solía ir, sola o acompañada, el cual quedaba al doblar la esquina.

Ya una vez sentadas, cada una con su café, solitarias en el segundo piso del establecimiento, Dennis pensó en hacerle una pregunta tipo comentario para comenzar la conversación, la cual aún no se daba en forma natural, pero no fue necesario, Tammy comenzó primero;

— ¡Tengo cáncer!

Dijo Tammy sin mucho preámbulo, solo la tiró así, en frío, sin darle más largo a lo que era inevitable. Dennis se acercó a Tammy para tomarla de las manos y luego le dijo;

— ¿Y cómo se ve la situación?, ¿Tu familia ya lo sabe?

Solo dos preguntas, hizo Dennis. No quería exaltarla, pero ella ya lo presentía, siempre era lo mismo (se refería a otros casos en que había visto las esferas de luz alrededor de personas que ella conocía).

Tammy la miró y le contestó;

—Aún no lo sé bien, pero vendrán tiempos difíciles y mi familia ya lo sabe, no podría seguir adelante sin el apoyo de ellos, por esa razón he tomado una determinación. —le comentó a Dennis.

—Dejaré de trabajar y le dedicaré tiempo a tratar de reponerme, pero si no lo logro, pues entonces habré estado más tiempo con los míos, creo que es lo correcto. Después de tantos años pensar en dejar a mi esposo solo, se me hace un problema muy serio. Mis hijos están grandes y harán sus vidas, pero ¿él? ¡Él se quedará y yo me iré! —dijo con voz muy firme.

Las palabras de Tammy sonaban muy determinantes, no había lágrimas, ni mucha tristeza en ellas, solo determinación. Los ojos se le aguaron a Dennis, y no quería levantar la mirada, para que Tammy no la viera así, pero era imposible.

Tammy le habló y le dijo;

—No estés triste por mí, yo he tenido una vida plena, mi familia, y el amor de mi esposo, no tengo arrepentimientos. — Tammy continuó hablando.

Mientras Tammy hablaba, mostrando completa resolución, Dennis la miraba sin parpadear y pudo observar que Tammy comenzó a iluminarse con un hermoso brillo, las esferas de luz habían aparecido, y estaban alrededor de Tammy, era como si se desprendieran de ella. Luego comenzaron a multiplicarse y estaban por todas partes, algunas con mucho brillo, otras no tanto, pero levitaban suavemente por el espacio alrededor de Tammy.

Dennis trataba de mantener los ojos en Tammy mientras la escuchaba explicar cómo ella daba por hecho que era el final del camino, pero había tantas esferas brillando, que era difícil no mirarlas, después de todo era algo muy bello, algo que quizás nadie más había experimentado de la forma que ella lo hacía en esos instantes.

Fue en ese preciso momento cuando la primera duda concreta le asaltó su mente. Tammy se mostraba tranquila, y ella estaba dispuesta a recibir lo que viniera, incluso si eso significaba tener que partir. ¿Significaba esto que las esferas de luz eran las causantes de su desgracia? O ¿eran las guías de su futuro? O tal vez ¿eran quienes venían a buscarla? Pensaba Dennis.

Antes no había querido preguntárselo. De todas las veces que esto le había ocurrido, ésta era una de las pocas en que sentía que le estaban quitando a alguien importante en su vida. Así como cuando perdió a sus padres, claro, que en ese tiempo no tenía idea de que lo que había visto era real y no un producto de una contusión en la cabeza, como los médicos habían determinado, sesión tras sesión durante mucho tiempo.

Para cuando Mark dejó a Dennis, ella ya no era una niña y lo que sintió fue que estas luces eran traicioneras, porque desde que habían comenzado a aparecer alrededor de Mark, ella presintió que algo malo pasaría. En esos tiempos no pudo comprender o más bien no quiso comprender qué, o cuál era el propósito de estas esferas brillantes, solo las asoció con la tristeza que la partida de él le dejó.

(De vuelta en el café con Tammy)

Dennis, mientras observaba el movimiento casi artístico de las esferas de luz, pensó para sí;

— ¿Tal vez soy yo?, ¿y si soy yo quien trae la desgracia a estas personas? —era inevitable dejar de pensar, sus pensamientos estaban muy contrariados.

Tammy se mostraba conforme, aunque en apariencia, ya que era obvio que llevaba el dolor por dentro, pero aun así, ella había determinado que le diría a Dennis los planes que tenía, no solo para con su vida, o lo que quedaba de ella, sino para Dennis también.

—Escúchame atentamente Dennis, he decidido que serás mi sustituta, hablaré para que te den una oportunidad. —dijo Tammy con firme determinación en su voz.

—Estoy más que segura, de que tú sabrás hacerlo muy bien y podrás hacerle frente a las necesidades que se te presenten, no tengo dudas. —agregó Tammy.

Dennis estaba ida. Ida con su mente y más bien encerrada en uno de esos momentos de preguntas sin respuestas. Tenía pena y no sabía cómo expresarla y aunque sentía esa gran necesidad de decírselo a Tammy, no lo hizo.

— ¿Cómo dices?, ¿de qué hablas Tammy? —replicó Dennis.

— ¡Sí, te digo que serás quien me reemplace! —le respondió Tammy.

— ¿En la escuela?, ¿Pero cómo? aún no he terminado. —preguntó Dennis.

— ¡No tonta! ¿Cómo que en la universidad?, ¡no! en la agencia. —reafirmó Tammy.

—De qué hablas Tammy, como podría... ¡No!, ni hablar, si tú volverás, ya lo verás, pronto estarás mejor y cuando todo esto pase, volverás a la agencia. Esto solo será un tiempo de vacaciones. —le dijo Dennis a Tammy, rechazando su proposición.

— ¡No Dennis!, parece que no me has escuchado, no regresaré, de cualquier forma, ya no trabajaré más, estoy dejando la universidad y la agencia. —respondió Tammy con una actitud de seriedad que nunca antes había mostrado.

—Tammy, no hablemos de esto en estos momentos, ¿quieres?, ¡Por favor!, sé que estás de buen ánimo con tus cosas y tus decisiones, pero esto es tu vida, tu trabajo y no puedes ser así. —dijo Dennis.

— ¿Así cómo? ¿Tratando de hacer lo que mejor pueda con la situación que tengo enfrente de mí?, ¿A eso te refieres?, ¿O quieres que ignore y siga viviendo en un estado de negación? Dime Dennis, tú que me has conocido, ¡por favor dímelo! —exclamó Tammy con tono de desesperación.

Las manos de ambas se apretaron y las lágrimas brotaron sin poder escapar a la situación, dos mundos muy diferentes, pero al final, dos mujeres, una empezando a vivir y la otra aceptando que empezaba el último capítulo en su vida terrenal.

Unos cuantos días después de que Tammy le comentó sus planes, sentadas en aquel café, las hermanas Harrison estaban recibiendo a Dennis en la oficina para una entrevista personal, tal y como Tammy se lo había dicho, y aunque Dennis aún no estaba del todo convencida, había accedido a ir a la reunión en la agencia y por supuesto, escuchar el ofrecimiento que tenían las dueñas.

Había una buena base de por medio, porque tanto Eileen, como Mary, recordaban muy bien la acción casi heroica que Dennis realizó aquella noche durante el evento de la compañía, cuando Tammy dio la primera muestra de su enfermedad. Dennis les había mostrado que podía fácilmente abanderarse por la compañía y eso era muy importante para las hermanas Harrison, sobre todo después de escuchar las magníficas ideas que Dennis había expuesto para el proyecto en cuestión.

Durante la entrevista la conversación fue amena y no hubo muchas preguntas de índole personal, más bien se dedicaron a conversar y comentar sobre las propuestas recibidas para el proyecto del concurso que la compañía estaba auspiciando. Discutieron las ideas presentadas por algunos de los pretenciosos participantes, los que aspiraban a ser el diseño ganador. El periodo finalizaría dentro de poco tiempo y se requería de mucho para concretar este concurso, ya que se habían contemplado noventa días para el concurso, desde la fecha en que el evento tomó lugar, misma ocasión en la cual Tammy cayó al hospital.

Durante la entrevista, solo hubo un comentario acerca de la situación de Tammy, hecho por Eileen;

—Dennis, lo cierto es que no queremos que reemplaces a Tammy, sería imposible. A todos nos ha tomado por sorpresa su padecer y le deseamos lo mejor, nosotros creemos que ella ha tomado una sabia decisión, suceda lo que suceda de aquí en adelante, es una buena decisión el querer estar más tiempo con su familia, ella siempre contará con nosotros. Lo concreto es que necesitamos a alguien con talento y motivación, como lo es Tammy. Tú has sido muy bien recomendada para que puedas seguir los pasos de ella, quien ha sido la que siempre se ha involucrado con las grandes ideas y proyectos que la compañía toma en sus manos, lo que es el corazón de la agencia principalmente, es por esta razón que te estamos ofreciendo el cargo y si aceptas, la posición es tuya. —fue el comentario de Eileen.

Dennis se puso de pie, y con mucha seguridad dijo;

—Señora Eileen, y señora Mary, créanme cuando les digo que aparte de ser esto producto de un grave problema, es también un sueño hecho realidad. Me he dedicado por mucho tiempo a dar lo mejor de mí y esta vez no será diferente. Solo quiero decirles que no creo ser perfecta y que sé que puedo cometer errores, por lo que les pido tiempo. Pero además, quiero que sepan que no podría reemplazar a Tammy, lo que sí les puedo decir es que estoy dispuesta a aprender y dar lo mejor de mí, aprenderé rápido, se los prometo. —terminó Dennis acercándose a ellas para estrechar sus manos, pero ambas hermanas extendieron los brazos para darle un abrazo, simbolizando la bienvenida de Dennis a la compañía. Además, ahí comenzaba un lazo de amistad, que con el tiempo se convertiría en un lazo muy sólido.

Ése sería el comienzo de una nueva etapa en la vida de Dennis, aunque había llegado a ella de una forma que no consideraba la mejor, propiciada por la enfermedad de Tammy, pero las circunstancias se habían presentado así, y era imposible cambiarlas.

En poco menos de dos meses Dennis estaba sentada en la silla en la que Tammy había estado sentaba, detrás de un gran escritorio lleno de carpetas y documentos que requerían de su toda atención. ¡Sí! era verdad que era una gran responsabilidad, una cantidad casi abrumadora de trabajo, pero ella estaba fascinada. Ése era el mundo perfecto para ella, uno que la podía mantener ocupada la mayor parte del tiempo y que no le dejaría tiempo para pensar en su propia vida y en todas las inquietudes que la atormentaban cuando tenía tiempo para que su mente divagara sin rumbo.

Sin lugar a dudas, este trabajo le había venido a salvar la vida y además, era algo que le gustaba mucho y por lo que estaba dispuesta a esforzarse al máximo cada día.

Capítulo 8

Lucas

Dennis sintió una voz que le hablaba y le decía;

— ¡Señorita… estamos cerrando!, ¿Se siente usted bien? —le hablaba uno de los dependientes que atendía en el café.

El empleado del café era un muchacho que ya había visto muchas veces a Dennis, y aunque ella nunca lo había notado, él sí lo había hecho. A él le llamaba la atención ver a Dennis como perdida en sus pensamientos por tan largo rato, ¿largo rato? ¡No! Largas horas… inclusive, en más de una ocasión este muchacho, mientras hacía sus rondas, revisando que el segundo piso estuviera limpio y ordenado, notó que ella llevaba ahí mucho rato, por lo que él mismo le ofreció otro café, que ella recibió y agradeció. Aunque él notó claramente que sus palabras no sonaban normal, más bien ella parecía ida, casi en modo de piloto automático, o en trance tal vez.

Lucas la observaba a menudo durante el tiempo que ella permanecía en el café y además se preocupaba de servirle esos — *cafés extras* — para que los dueños del lugar vieran al menos que había consumo durante esas largas horas que ella pasaba ahí, después de todo era un establecimiento comercial y el estar ahí sin consumir obligaría a los dueños a que prestaran más atención y eventualmente la invitaran a abandonar el establecimiento.

Claro estaba que Lucas se sentía atraído por ella, desde el primer día que la vio, era algo especial, un sentimiento que le decía que debía cuidar de ella en esos momentos, aquellos cuando ella no estaba —*presente*— por decirlo de alguna manera. Ésa era la razón por la que él pagaba por los cafés que le servía, pero por su timidez aún no se había atrevido a abordarla cuando ella estaba 'lúcida'.

Lucas era especial, a su modo, claro está, por lo que aún le faltaba mucho que aprender, pero sabía muy bien que cuando tenía uno de esos impulsos que le apretaban el estómago, indicaban algo especial, por eso es que se había fijado en ella y soñaba con el momento en que pudiera hablarle de una forma más directa.

Dennis trataba de traer sus sentidos a su mente, pero todo iba como en cámara lenta, se había pasado horas sentada allí, y ya estaban cerrando el establecimiento, eso indicaba que debían ser cerca de la medianoche, según sus cálculos. ¿Pero cómo podía ser posible que hubiera pasado tanto tiempo ahí sin ni siquiera darse cuenta? ¿O sentir o ver cualquier otra actividad en dicho tiempo?

A esto es a lo que ella le temía, a estas ausencias de tiempo en los que no sabía dónde se iba o qué le pasaba, esto era lo que la había impulsado a buscar ayuda, la falta de control sobre sí misma.

Dennis, como pudo, levantó la mirada y entre avergonzada y desconcertada, le dijo a Lucas;

— ¡Lo siento mucho! No sé cómo se me fue a pasar el tiempo, de verdad lo siento mucho. —dijo Dennis y además agregó;

— ¿Nos conocemos? Tu cara se me hace muy familiar, perdona todo este fiasco, que pena siento por haberme quedado tanto tiempo acá, no sé qué decirte. —continuó hablando Dennis, mientras recogía sus cosas.

—No te preocupes, a cualquiera le puede pasar, y sí, bueno no, pero sí nos conocemos. —comentó Lucas entre un poco sonriendo y gesticulando con sus manos.

—La verdad, es que nos hemos visto acá, cada vez que vienes, yo soy quien te vende tu capuchino gigante… y… —Lucas hizo silencio, no sabía si decirle o no, pero se animó y continuó.

Dennis lo miraba intrigada.

—Por favor, continúa, ¿Qué era lo que me querías decir? —Dennis le preguntó, mientras se ponía de pie.

—Bueno, yo soy quien te trae los otros cafés. —replicó Lucas.

— ¿Cómo que otros cafés? ¿A qué te refieres con otros? ¿Cómo? ¿Cuándo? —Dennis estaba muy contrariada por la situación de la que se estaba enterando en ese momento.

—Como te decía, lo que pasa es que a menudo, cuando vienes al café, te quedas por largo tiempo y en una oportunidad, mientras hacía mis rondas, observé que estabas acá, sola y por largo rato, y te pregunté si estabas bien. Pensé que tenías algún problema, pero luego no supe qué pensar, fue como si no estuvieras acá, pero estabas, no sé si me explico claramente. La verdad es que me dio pena molestarte. Aquella primera vez que te hablé, y te ofrecí otro capuchino, ¿recuerdas? el cual tú aceptaste, entonces y desde ese día, siempre que vienes por acá sola, en mis rondas me acerco a ti y te pregunto si estás bien. Tú siempre me contestas que sí, aunque estás como ida, muy lejos de este lugar, y para no interrumpir tu viaje, es que yo te traigo otro café, así los dueños no dicen nada por todo el tiempo que pasas acá.

Lucas se sintió mucho más tranquilo después de que se lo contó, ya que llevaba varios meses pensando en cómo decírselo, pero nunca se daba la oportunidad, hasta ese momento. La sorpresa en los ojos de Dennis no era más grande que la expresión total que su semblante mostraba. Era algo extremo lo que ocurría, no solo se ausentaba del presente, sino que ahora había alguien que la cuidaba de no ser interrumpida, — *¿Qué cosa era esto?* — se preguntó ella ya de pie y tratando de marcharse, envuelta en vergüenza y humillación.

Dennis se fue bajando esas escaleras tan rápido como pudo, y sin despedirse o mirar atrás, ella salió esa noche del café con la más horrible sensación que jamás antes hubiera experimentado, las lágrimas comenzaron a rodar por sus mejillas, y ella no haría nada por detenerlas, más bien sentía la necesidad de gritar y explotar de una buena vez.

Esa noche mientras miraba el techo de su habitación ya casi de madrugada, después de haber gastado todas las posibles lágrimas, y sin poder cerrar los ojos de solo pensar en lo que aquel muchacho le había dicho, sintió que quería gritar muy fuerte buscando respuestas a todas sus preguntas, que nadie nunca había podido responderle. No podía aceptar la idea que ahora hubiera otras personas de cierta forma involucradas en su ya complicada forma de vida, casi como que patrocinando sus actividades, mismas que eran parte del problema que atormentaba a Dennis. ¿Pero por qué? se preguntaba ella, mientras las lágrimas comenzaban nuevamente a rodar por sus mejillas. No sabía de dónde salían, pero brotaban espontáneamente, solo las dejó fluir, sumida en un dolor casi indescriptible, angustiante y aniquilador.

Lloraba como cuando era niña y clamaba por sus padres, una y otra vez sin dejar de soltar esas sábanas, que apretaba con sus manos casi ya engarrotadas por la fuerza enrabiada que tenía en esos momentos. De pronto algo la paralizó, fue casi inmediato, no le tomó mucho tiempo ver una esfera de luz que comenzaba a entrar por la esquina de la habitación.

En esta oportunidad la esfera de luz era mucho más grande y brillante que cualquiera de las otras veces anteriores. Esta esfera en particular, destellaba un azul maravilloso, así como esos mares de ensueños que a veces se ven en la televisión, pero mirando con detención, en realidad bajo el tono de aquel azul deslumbrante, se reflejaban todos los colores. Se podía apreciar el verde turquesa y rayos dorados, sin dejar de lado el morado profundo, qué cosa más impresionante lo que ella estaba observando, algo que no podría describir, si no lo estuviera viviendo en persona.

¿Pero qué era aquello que ella presenciaba? Sus lágrimas cesaron por completo, casi de forma instantánea. La solución salina se secaba en sus mejillas, mientras el asombro la consumía. Dennis trató de incorporarse muy despacio, apoyando su torso sobre la cabecera de su cama, lo que le permitía mirar esta magnífica esfera de luz de frente, la cual era grande, así como quien ve un globo flotando en el centro de la habitación. La esfera se movió lentamente, de la esquina por donde había hecho su entrada y avanzó hacia el centro de la habitación para quedar a solo unos pies de distancia desde donde estaba Dennis.

El brillo era deslumbrante y la habitación se había iluminado lo suficiente, como para notar estos bellos colores que de ella se desprendían. A Dennis se le asemejaba a una —*bola disco*— de esas usadas en los años setentas y ochentas, considerando todos los hermosos destellos que salían de esta singular esfera.

Dennis respiró profundo y, haciendo un gran esfuerzo, trataba de sacar desde lo más profundo de sus cuerdas vocales palabras que le permitieran animarse a preguntar;

— ¿Qué o Quién eres tú? ¿Qué quieres de mí? —Dennis hizo silencio, como esperando por respuesta, pero claro, ésta no llegó.

— ¡No comprendo qué es lo que ocurre! ¿Por qué me siguen?, ¿Por qué se llevan a aquellas personas que se acercan a mí? ¿Es acaso porque yo les quiero? ¿Por qué? ¿Es esto algún tipo de castigo? ¿Por qué no logro entender todo esto que me pasa? — preguntó Dennis angustiada.

Parecía que quería desquitar esa rabia que estaba oculta en alguna parte de su ser. Rabia por la pérdida de sus padres, a los que extrañaba inmensamente, rabia por la pérdida de su novio, el cual nunca le dio ni una explicación del porqué se iba de su lado, de sus amigos, Tammy, y por todo lo malo que pudiera venir. Dennis estaba desahogando la carga pesada que su alma había llevado consigo por todos esos años, aunque no fuera de esta forma, ella lo sentía así.

Solo hubo silencio. La esfera de luz comenzó a girar con extrema suavidad, en la misma posición, y mientras giraba, otras luces comenzaron a aparecer en la habitación. Entraban por todas partes, atravesando las paredes, ventanas, subían desde el piso y bajaban desde el techo también. Todas las demás esferas brillaban, pero solo con luz blanca de brillo intenso y tonos dorados, en cambio, la esfera más grande, que permanecía en el centro de la habitación, seguía siendo — *una esfera muy especial* — a su modo de ver.

No supo en qué momento su cuerpo se sintió relajado, más tranquilo y más liviano. Dennis estaba ensimismada mirando aquel extraordinario espectáculo, digno de toda su atención. Parecía que las luces danzaban entre sí, movimientos majestuosos y perfectamente articulados, producían en ella una increíble relajación. Parecía que la habitación estaba a pleno sol, como un día maravilloso, lleno de fantástico resplandor.

De pronto una idea desquiciada abordó su mente y Dennis exclamó;

— ¿No será que me quedé dormida y ahora estoy soñando?, ¿podría ser que esté delirando? ¿O tal vez, de verdad he perdido la razón? —nuevamente se sintió acongojada. Era inevitable pensar que aquello solo fuera un sueño. Sostuvo sus manos y se tocaba los brazos, luego la cabeza, quería asegurarse que estaba despierta, necesitaba sentir que esa experiencia era real.

Seguido a esto, quiso ponerse de pie, por lo que primero movió con cuidado sus piernas, las llevó hasta la orilla de la cama, en donde luego las acomodó para dejarlas casi a tocar el suelo. Se movió con mucho cuidado como cuando uno no quiere ser percibido, claro, que era algo estúpido pensar que no verían que ella se estaba levantando. Finalmente, con el último impulso, se puso de pie.

Se quedó quieta en ese lugar por un par de minutos. Las luces se movían por todas partes y las esferas más pequeñas comenzaron a circular a Dennis, excepto la más grande, ésta aún permanecía en el centro de la habitación, a unos dos pies de distancia del techo. Tal vez si hubiera levantado la mano la podría haber tocado, pero no lo hizo. Dennis comenzó a mover la pierna derecha con la intención de dar el primer paso, y lo hizo con mucho cuidado.

Quería acercarse un poco más, pero cuando fue a mover la otra pierna, todas las otras esferas de luz comenzaron a moverse más rápido y el orbe más grande empezó a girar más y más rápido cada vez, sin parar. Todo daba vueltas, mientras Dennis, atónita por lo que acontecía, permanecía en el medio de todo, era como estar en el centro de un huracán, en donde se siente la mayor intensidad y al mismo tiempo, no eres absorbido por esa fuerza extrema y desconocida.

Dennis extendió sus brazos y pudo percibir una extraña sensación, parecía como que electricidad le rozaba la piel, múltiples veces, cada vez que las esferas de luz le pasaban por encima. Luego sintió una brisa, un tanto más helada mientras todo giraba, incrementando la velocidad segundo a segundo, la respiración se le hizo más difícil, el viento le alborotaba el cabello y amenazaba con hacerla volar. No sabía la razón de que o por qué, pero Dennis no estaba asustada, más bien estaba extrañamente maravillada con aquel increíble espectáculo. Solo habría que estar ahí para creerlo, más nunca podría contárselo a nadie.

Dennis pensó;

— ¡Esto sí que nadie me lo creerá! —mientras continuaba observando, perpleja por aquel evento.

De pronto se sintió un ruido un poco subido de tono, algo que ella no había escuchado antes o que al menos no podía identificar. Todo giró de tal manera, y a tal velocidad que todas las luces se sumaron en conjunto al orbe del centro, y en un solo segundo, todas las luces se juntaron produciendo un rayo dorado, que circuló por toda la habitación. Seguido a eso, en un solo abrir y cerrar de ojos, todo desapareció.

Todo desapareció perdiéndose en un minúsculo punto en el centro de la habitación, hasta quedar en nada. Después de eso ya no había nada, todo se esfumó, el orbe de color, las luces más pequeñas, la brisa… y solo quedó Dennis y el silencio de su habitación.

Capítulo 9

La Experiencia de Rona

Habían pasado unas cuantas semanas desde aquella experiencia incontable con las esferas de luz, tiempo en el que había estado lidiando con asuntos de la oficina, cerros de trabajo, sin mencionar, que lo que había ocurrido aquel día en el Café Italia, no la dejaba tranquila. Todas estas cosas le revolvían el estómago a diario, por lo que sus sesiones con la doctora Michaels habían sido cambiadas varias veces. Aunque aún no había pensado del todo en desistir por completo de las terapias, ya que ella comprendía que tenía que buscar la forma de lidiar con aquella tempestad, que se formaba dentro de su cabeza, con todas las cosas que le pasaban y que no podía contarle a nadie. El asunto de las luces era muy complicado, ni siquiera ella sabía qué o por qué podía verles y era una de sus mayores inquietudes.

Nuevamente era jueves y no tenía ganas de asistir a la sesión con la doctora Michaels, pero ya había cancelado varias veces en las semanas anteriores por variadas razones. Se preguntaba ¿para qué ir? Ella sentía que las terapias no la ayudarían, ni le facilitarían su diario vivir, y ella se lo mencionó a su doctor cuando él le sugirió lo de las terapias, las que podrían ser beneficiosas para ella y podrían ayudarla a comprender la razón de su agobio y confusión.

Había estado trabajando con mucho esfuerzo en los proyectos de la agencia, lo que le daba regocijo, porque podía ver sus ideas hechas realidad. Además, faltaba poco para terminar su tesis de carrera, y de esa manera poder graduarse de publicista. Todo eso era parte de sus sueños, bueno, uno de tantos, porque a pesar de todos sus conflictos existenciales, penas y sufrimientos del corazón, Dennis era normal y como todos, tenía sueños. Muchos de ellos un tanto escondidos, pero de seguro que los tenía.

En los últimos días se había acordado mucho de aquel muchacho, el que trabajaba en el *Café Italia*. Claro con el fiasco y la vergüenza que había pasado la última vez ahí, ella no había vuelto a comprar café ¡y vaya que lo extrañaba!, no había capuchino como el del *Café Italia*.

Sabía que en algún momento tendría que solucionar ese problema, pero no había pensado cómo lo haría, si iría de nuevo al café, o si esperaría a verle salir de ahí, pero de alguna forma, debía volver a hablar con aquel muchacho y darle las gracias por su gesto y por supuesto, tenía una cuenta qué pagar, ¡él había pagado por quién sabe cuántos cafés! Pero aparte de todo, tenía otro pequeño problema, no recordaba cómo se llamaba.

Mientras trabajaba en su oficina, con proyectos pendientes, los cuales debían ser revisados, abruptamente sintió un ruido, algo extraño, que la sacó de su concentración. Miró a los alrededores para ver si algo se había caído al piso, pero en su oficina parecía estar todo en orden. Luego se paró de su silla para dirigirse a la puerta con la intención de mirar fuera, tal vez algo había pasado en el pasillo. Fue sorpresa no encontrar algo que estuviera fuera de lugar, solo vio algunas personas que pasaban en el corredor y por lo demás, todo estaba en orden.

Al volver a su silla y sentarse frente al computador, pudo ver en la pantalla como su agenda había marcado el recordatorio de su cita con la doctora Michaels, apuntada para esa tarde. Solo faltaban dos horas y en esta oportunidad, ella no estaba lejos de la consulta de la doctora, incluso quedaba bastante cerca que hasta podría caminar, pero aun así, pensaba que sería mejor no asistir.

Era el remordimiento de no haber cancelado la cita con anticipación lo que no la dejaba tranquila, ella no era así, se tomaba sus compromisos muy en serio, porque respetaba el tiempo de los demás y por esta razón decidió que, a pesar de todo, asistiría, aun pensando que era tiempo perdido.

Cerró un par de cosas en las que estaba trabajando y se dispuso a mirar la hora para hacer un cálculo de cuánto tiempo le tomaría llegar allá si es que se decidía irse caminando. El día estaba bueno y caminar, le distraería, tal vez así sacaría un poco de la presión que llevaba dentro.

Y así fue, caminar fue la decisión final.

(En la antesala de la consulta médica)

Su hora había llegado y ya esperaba su turno, así como la semana anterior no había mucha gente. Esta vez la recepcionista era otra persona. También amable como la señora de la vez anterior. Ella ya le había anunciado que la haría pasar dentro cinco minutos, así es que Dennis no tuvo mucho tiempo de acomodarse en la silla. Más bien se quedó de pie mirando por la ventana una sección del río, al otro lado del estacionamiento que estaba al frente de la consulta médica.

(*Una vez dentro de la consulta*)

—Hola, Dennis, ¿cómo has estado? Pasa, siéntate. —dijo la doctora Michaels, apenas Dennis abrió la puerta de su oficina, ella ya estaba sentada a la espera de la paciente.

Un poco sorprendida, Dennis respondió;

—Bien —Dennis titubeó —bueno, no lo sé. Siento que tengo problemas. — Dennis hizo una pausa, mientras caminaba a sentarse enfrente de la doctora. —Sí tengo problemas, y no sé qué hacer para sentirme mejor. —terminó agregando Dennis.

—Bueno, tendremos tiempo hoy para que me cuentes todo lo que te preocupa, te lo prometo. —le escuchó decir a la doctora, mientras ella se acomodaba en su asiento.

Dennis, ya sentada, la miró y con un gesto dio por entendido lo que ella le decía, la verdad era que Dennis no tenía ni ganas de comenzar a hablar, no sabía por dónde comenzar o qué contarle.

La doctora rompió el hielo haciendo una pregunta sin perder mayor tiempo;

—Dennis, la vez pasada me contabas de esas extrañas visiones, podríamos comenzar por esto, yo quisiera trataras de expresar

¿que sientes tú cuando una de estas visiones se te presenta? — preguntó la doctora.

Dennis solo la miraba, era como que no le había entendido muy bien lo que quería que ella le contara, pero la realidad era que sí le había entendido con claridad, lo que pasaba, es que nunca había pensado que responder a una pregunta así. La doctora levantó la mirada y le habló de frente;

—Mira Dennis ¿dime cuál es el primer sentimiento que tienes cuando ves algo que es inusual?, ¿Te sientes nerviosa?, ¿Atemorizada?, ¿Tal vez amenazada? —agregó la doctora Michaels.

— ¡No! —de súbito respondió Dennis.

—No me siento así, es una sensación diferente, ya es habitual, no les temo, siempre vienen a mí cuando me siento sola o angustiada. —contestó Dennis.

—Entonces, si no sientes algo malo, y no lo sientes como presión, ¿por qué sientes que es un problema? —le preguntó la doctora.

— No lo sé realmente, a veces quisiera que otros me entendieran, pero nadie puede entenderme, ni entender lo que me ocurre. —agregó Dennis.

— ¿Tú crees que los demás deberían entenderlo Dennis?

— ¡No veo por qué no! —respondió Dennis en tono subido.

— ¿Aun así, cuando otros no han experimentado estas visiones, tú crees que cualquiera está listo para ver lo que tú ves? —continuó preguntando.

Dennis sostuvo su respiración y se detuvo por un momento.

— ¡Claro que no!, no todos tienen un accidente y pierden a sus padres.

— ¿Entonces Dennis tú crees que las visiones son producto del accidente y responsables del mismo causando la pérdida de tus padres? —dijo ella.

— ¡No! —exclamó Dennis. —no, lo que quiero decir que es que no a todos le pasan cosas como a mí, y no creo que esto sea producto o secuelas del accidente. —contestó Dennis.

— ¡No Dennis!, ¡me malinterpretas! no he dicho secuelas, dije a causa del accidente, son dos cosas distintas. Me explicaré mejor; me refiero que a veces hay momentos en la vida de las personas que son marcados por circunstancias muy fuertes y esos momentos proceden a convertirse en una puerta a la vulnerabilidad de nuestro ser. A veces es solo un segundo lo que toma que una persona cometa un acto indeseable, como suicidarse por ejemplo, u otras, es un trago más lo que hace que alguien se convierta en alcohólico, siempre hay momentos determinantes en nuestras vidas, lo que pasa es que no nos damos cuenta, hasta que la situación se da. Te diré, tú no tienes recuerdo de haber visto estas visiones antes del accidente, pero esto no quiere decir que no las tuvieras, lo que podría haber pasado es que en ese momento, el accidente se convirtió en el momento especial, en donde tu ser no tenía mucha atención para otras cosas, solo para lo que estaba ocurriendo.

La doctora cambió de posición y cruzó sus manos justo enfrente de ella.

Continuó…

Hay momentos en la vida que nos ponen al descubierto, los que hacen que nuestra mente esté abierta, sin todas esas capas de protección que, de manera común, llevamos encima. Esos momentos en que solo escuchas a tu voz interior, son momentos muy íntimos, y momentos o situaciones de extremo dolor o la alegría, nos llevan a ellos, enfrentando extrema vulnerabilidad.

— ¿Me está diciendo que esto es producto de mi voz interior? —dijo Dennis con la voz un poco quebrantada.

— ¡No Dennis!, te estoy diciendo que son pocos los que pueden hacer contacto con lo más profundo de su ser y de ahí abrirse y recibir la asistencia de otros seres. —dijo la doctora.

Dennis no sabía qué decir, no sabía si preguntar otra vez, porque la verdad no entendía bien lo que acababa de escuchar de labios de la doctora ¿Qué era lo que la doctora le estaba tratando de decir? ¿Otros seres? ¿De qué hablaba?

No hubo palabra por parte de Dennis. Solo atinó a mirarla con la expresión marcada en su rostro, ella estaba muy confundida.

—Sí Dennis, creo que es hora que entiendas que no estás loca, que no estás enferma, y como tú lo has dicho, estas presencias no te hacen daño. Creo que la falta de información y no comprender que es algo diferente, es lo que te produce confusión. Creo que deberías darte la oportunidad de creer que es algo nuevo y diferente algo que debe crecer en ti, así como crece cualquier otra idea. Debes entenderlo, evaluarlo, aceptarlo y vivirlo, pero más que nada, aceptarlo. No quiero que sientas miedo Dennis, no tienes nada de que temer, créeme. Lo que tú ves no es producto de un desbalance mental, ni del accidente, es algo mucho más grande de lo que cualquier persona puede entender.

La doctora Michaels le hablaba a Dennis, su mirada cambiaba de tono, un brillo especial le cubría las pupilas, mientras ella continuaba su relato.

—Déjame contarte esto, para que entiendas un poco mejor. Hace muchos años perdí a mi hijo en un accidente de montaña, fue algo que me devastó por completo. Yo y mi religión quedamos en el piso, sin que nadie nos pudiera levantar. Fue tanto mi dolor, que ya no podía ver más allá de mi sufrimiento, no quería que nadie me ayudara y no quería seguir viviendo. Mi familia se iba yendo poco a poco de mi lado también. Hubo un momento en que, sumida en mi dolor, quise terminar con mi vida y mi sufrimiento continuo, y consumí una dosis letal de medicinas. En mis últimos momentos de angustia, escribí una carta para mi familia, y cuando la terminaba de escribir, para mi gran sorpresa, vi que alguien estaba conmigo, ¡sí!, un hombre estaba a mi lado.

Un hombre diferente, especial, estaba sentado a mi lado y puso su mano sobre mi hombro, y yo para mi desconcierto pensé ¿qué estará haciendo ese hombre aquí?, ¿cómo había llegado?, ¿qué quería?, ¿sería acaso que todo aquello era producto de la ingesta de medicinas? ¡Tal vez ya estoy muerta! No pasó mucho tiempo y de pronto él me habló, me dijo que estuviera tranquila, que mi dolor se iría una vez que entendiera que mi hijo no había muerto. Así como lo oyes, me decía que mi hijo no había muerto. Lo miré con cara de incrédula por supuesto, pero él sabía más que yo. Me tomó la mano y me ayudó a levantarme de donde estaba, y lo seguí. Caminamos unos pasos y estábamos frente a una de las paredes, más exacto, a una que daba exterior de la casa. En cuestión de segundos vi algo increíble, algo así como una nube se formaba en la pared y poco a poco se abría un camino. Se veía iluminado, con un tono de un atardecer dorado, se sentía la suave brisa y me hacía sentir una tranquilidad que no puedo describir. Estupefacta es la palabra, no podía hablar, pero mis pasos siguieron caminando a su lado. Sentí que flotaba, además una brisa suave nos daba en el rostro. Vi árboles verdes, flores y césped, ah, y el cielo de un color especial, el sol tenue cubrió todo con un brillo dorado. Continuamos caminando por ese sendero hasta que llegamos a un jardín hermoso, lleno de hortensias y lirios de los colores más extraordinarios que puedas imaginar.

El hombre que me acompañaba me invitó a sentarme en un pequeño banquillo que estaba entre las plantas y al lado de unos árboles. Me senté, no sé cuánto tiempo transcurrió, estaba tan ensimismada con lo que mis ojos miraban, que fue solo hasta que vi una luz dorada, con forma redonda de color amarillento, que levitaba o flotaba avanzando hacia donde yo estaba sentada, cuando recobré la conciencia. Me puse de pie, sorprendida, tal vez asustada, no sabía lo que era, hasta que la luz llegó frente a mí. En un destello rápido, el haz de luz se disipó, dejando a una persona enfrente de mí.

¡Mi Hijo! Sí, ahí estaba él, me sonreía mientras me tomaba las manos, no hubo palabras que pudiéramos decir, no era necesario, entendía dentro de mi mente lo que él me decía. Él extendió sus manos mostrándome a sus alrededores y sentí claramente cuando me dijo que —*esa era su a casa ahora*— que él esperaría por mí ahí para cuando fuera mi tiempo de partir. Lo abracé y sentí su corazón, estaba latiendo, ¡sí! estaba vivo, tal vez no de la forma humana, pero donde quiera que fuera aquel lugar en donde estábamos, ahí, él estaba vivo y era lo único que me importaba.

Desperté al día siguiente, viva, claro, está, en mi habitación, pero algo ya no era igual, el dolor se había ido de mí, y solo sentía serenidad. Desde ese día todo en mí cambió, ¡todo! Hubo un tiempo de muchas preguntas, y luego un tiempo de mucha intranquilidad, aún extrañaba a mi hijo, pero poco a poco, cada vez que necesitaba reforzar este nuevo sentimiento de paz y aceptación, recibía el apoyo incondicional de otros, otros que no eran personas corrientes, otros que eran especiales.

Al pasar del tiempo comprendí que había una razón más poderosa por la cual aún necesitaba estar acá, y que me estaban guiando para hacer lo que hoy estoy haciendo, compartir mi experiencia con aquellas personas especiales, como lo eres tú. Dennis eres especial, ¡sin duda!, de alguna forma eres una persona escogida para una misión de amor, ayudar y recibir, estar ahí para otras personas que te necesiten, porque las hay, yo soy muestra de esto, y tú también, y quién sabe cuántas otras personas más, podrás encontrar. Siempre y cuando comprendas que tu regalo, eso especial que está dentro de ti, es lo que te diferencia de los demás. A pesar de ser algo que no todos comprenderán, ni aceptarán, es sin lugar a duda algo que debes aceptar y abrazar como una de tus primeras lecciones.

Finalmente, concluyó la doctora después de un buen rato de hablar y hablar, motivada por sus propias experiencias. Sin duda alguna, esto no lo esperaba Dennis, aun las palabras le daban vueltas en su cabeza como una grabación repetida, que sonaba una y otra vez. Era mucho lo que tenía que asimilar, tratar de alguna manera de entender todo aquello que la doctora le había dicho, o más bien, lo que le había confesado. Su corazón latía más fuerte que nunca, sus pensamientos se apilaban y la cordura le faltaba, por un momento pensó que todo era un sueño, solo un confuso sueño. Caminó y caminó y sin darse cuenta cuánto había caminado, pudo constatar que estaba frente al Café Italia. Volteó la cabeza para mirar al interior, y ahí lo vio, trabajando detrás del mostrador, preparando cafés como de costumbre. Ahí fue que recordó, sí, recordó que él le había dicho, —*me llamo Lucas*— Dennis sonrió, por fin su mente coordinaba con ella.

Capítulo 10

Dennis y Lucas

E ra bueno sentir que no todo era angustia. Hacía mucho que Dennis no sonreía de esta manera.

Entró al Café e hizo la línea para ordenar. Miraba al tablero enfrente de ella, uno grande que siempre tenía algún dibujo hecho con tiza de colores, en el cual se promocionaba el café del día, además algo para acompañar el café. Le llamó la atención lo bien dibujado que estaba y los colores muy atractivos, probablemente esta era la primera vez que ella se fijaba en esto. Lo buscó con la mirada y no lo encontró. — ¿Pero si recién lo había visto? ¿A dónde se habría ido? —Dennis se refería a Lucas, y ya solo faltaban dos personas para su turno.

— ¿Qué va a ordenar la señorita? —preguntó la señora que estaba atendiendo detrás del mesón.

Cuando Dennis se disponía a hacer su orden, se escuchó desde el otro lado la respuesta;

— ¡Un Capuchino doble, con chocolate, y extra crema! — Además agregó — ¡Preparándolo de inmediato! —era Lucas que la había estado mirando desde el otro extremo, donde estaba el área de preparación.

Dennis levantó la mirada, un poco sonrojada y se pudo ver que una amplia sonrisa se formaba en su cara, mientras le daba un billete a la señora, para pagar por su orden.

Después de pagar su orden, se dirigió hacia el lado izquierdo donde esperaría por el pedido.

Dennis tenía amplia vista en su frente, y podía observar muchas cosas que jamás antes ella había puesto atención, como por ejemplo que el lugar en sí era muy especial y tenía muchos cuadros de arte local colgados en las paredes. También podía ver que donde se ordenaba no habían ventanas reales, eran solo dibujos, retablos pintados en la pared, claro, era obvio, que no podía haber ventanas detrás, puesto que si miraba el local desde fuera, había un mural pintado, y solo los grandes ventanales en el segundo piso, tenían vista a la calle.

Pensó para sí ¿Quién habría hecho todo ese hermoso trabajo? No venía mucho al caso, pero era validar la connotación. Había algo más que podía observar, Lucas, él estaba ahí, y ella lo miró detenidamente. Solo podía ver su espalda, puesto que estaba preparando su café. Lo vio mucho más alto de como lo había visto la otra noche, era obvio que había mucho de él que no podía describir, porque sus recuerdos e imágenes de él, eran como reflejos de sol —*sabes que se ve, pero nunca ves bien*— Lucas terminó con todo y le puso su café en mostrador, le sonrió con amabilidad y ella le dijo;

—Gracias Lucas. —él la miró y sonrió.

Era la primera vez que ella se dirigía a él, de hecho, era la primera vez que cruzaba palabra alguna con él, de forma consciente, más ahora, llamándole por su nombre y con una mirada amigable. Ella nunca lo había mirado con otra mirada que no fuera la que uno le da a un asistente o trabajador cualquiera. Tomó su café y se dirigió a la escalera para subir al segundo piso. Cuando estaba en el primer peldaño titubeó, y le asaltó la inquietud de si debía subir o no.

Le inundó un sentimiento especial, algo le urgió a pensar, se detuvo y miró atrás. Nada en particular, gente en línea para ordenar, una muchacha barría el piso y la mujer que atendía detrás del mostrador, ah, y Lucas haciendo los cafés, todo se veía normal.

Continuó subiendo la escalera en dirección a su área preferida y se sintió muy contenta al ver su asiento favorito desocupado. Solo había una pareja que estaba sentada a tres mesas de la que ella usualmente ocupaba. Caminó con cautela hacia la mesa, bajó su bolsa, puso el capuchino en la mesa y se sentó.

Por algún rato solo se dedicó a mirar a través de los grandes ventanales. Miraba a la gente que pasaba por la vereda de enfrente junto a los locales comerciales, que lucían adornos muy bonitos. Estaban decorados con pequeñas luces en todas sus vidrieras y también los árboles en la vereda. Los árboles ya habían perdido las hojas, lo que anunciaba que la época de festividades estaba a la vuelta de la esquina.

Nuevamente festejos que le traían tremenda tristeza, a la que ya casi estaba acostumbrada. Muchos años practicando la misma rutina y escapando a todo lo que la pudiese llevar a ser feliz por un terrible miedo a perderlo todo.

Le había dado unos minutos a su café para comenzar a sorberlo. No podía tragar cosas muy calientes, así es que siempre esperaba un rato para que se enfriaran en forma natural. Ya estaba más relajada y trataba de hacer una recolección de hechos y eventos ocurridos en esa tarde, específicamente durante su sesión con la doctora Michaels. Cosa que no había ni querido pensar, porque era tan grande que ameritaba mucho tiempo. Quería volver a repasar cada una de sus palabras y ver que había entendido bien todo lo que ella le había contado.

Aun le parecía imposible y de cuando en cuando, tocaba sus manos para asegurarse que estaba despierta y no durmiendo y soñando. Pensaba y pensaba y todo quedaba donde mismo, en el más grande asombro. Dennis no podía creer lo que ella le había contado. Llegó a pensar que tal vez lo había imaginado.

Había deseado por tanto tiempo que alguien le entendiera, que era posible que su cabeza le estuviera jugando una mala pasada ¿cómo era posible que su psiquiatra le hubiera contado algo así como lo que sus oídos habían escuchado?, ¿Podría ser que fuera producto de su muy activa imaginación? O ¿De verdad había encontrado a alguien con algunas similitudes? ¿Alguien a quien finalmente poder contarle todo lo que le había pasado? ¿No era acaso lo que tanto había añorado? Pero ella no lo sentía así, ahora parecía tener más preguntas que antes.

Era un pensamiento el que se le repetía una y otra vez, y le daba una sensación de esas difíciles de describir. La doctora Michaels le había dicho que; — *Mi hijo no está muerto* — estas eran palabras muy poderosas, y muy fuertes. Esto, junto con todo el relato, la ponía en puertas de otra gran inquietud, el entendimiento que ella había estado buscando, y la pregunta surgió, casi de forma instantánea;

— ¿Y yo, volveré a ver a mis padres?, ¿será esto posible? — los ojos se le aguaron por un segundo con la intención de cubrir toda la retina del ojo, pero algo ocurrió que la hizo detener ese sentimiento, evitando que las lágrimas fluyeran de manera natural.

Lucas había subido al segundo piso, estaba revisando que las mesas estuvieran limpias y ordenadas, y mientras él movía sillas y recogía algunos pequeños residuos del piso, la pareja que estaba sentada a dos mesas de Dennis, comenzaba a recoger sus cosas para marcharse. Esta vez no era mucho rato el que ella llevaba allí sentada, solo unos cuarenta minutos y contando.

El hombre y la mujer se fueron y Lucas disimuladamente se acercó a la mesa, la limpió y organizó y luego, de una manera casi tonta, tratando de hacerse el desentendido, dio vuelta y la miró de frente. Casi siempre ella estaba en las nubes, pensando en sus cosas, o soñando, o simplemente viajando muy lejos de ahí, pero en esta oportunidad Dennis estaba consciente y, además, atenta a lo que él estaba haciendo. Dennis había subido al segundo piso pensando en que esta vez no se dejaría llevar y menos perder la consciencia y ponerse a viajar, no esta vez eso no ocurriría.

Dennis lo miraba con atención y en esta oportunidad pudo agregar otro adjetivo a la par del anterior, Lucas era delgado, ah, y tenía el pelo castaño claro, y la piel tostada. ¿Sería Lucas descendiente de europeos? ¿Tal vez italiano o español?

Lucas se encontró con la mirada de Dennis, cosa que no esperaba, lo que le dio un poco de vergüenza, no quería que ella pensara que le estaba atosigando o menos acosando, pero se encontraba ahí parado frente a ella y no sabía qué decir, por lo que las palabras escasas que salieron de la boca de Lucas fueron;

—Oh, disculpa, no pensé… —Lucas hizo silencio. —lo que quise decir es si es que ¿necesitas algo más? —concluyó esquivando la mirada de Dennis, pero esta no quería dejar de mirarlo y agregó;

—Estoy bien y sí, y aún estoy aquí. —una pequeña sonrisa se formó en la cara de Dennis. —Gracias por preocuparte de mí, hoy no me pasaré un largo rato acá, así es que no te sientas obligado a estar al pendiente de mí, solo terminaré mi café y continuaré mi camino a casa.

— ¡Oh, no, no es nada! No pienses que me molesta, por favor. —Lucas se sentía un poco nervioso con lo que acababa de decirle Dennis, y comenzó a frotarse las manos, lo hacía cuando se sentía un poco incómodo. Y le dijo; Además, es mi trabajo, subir y asegurarme que este lugar está limpio y ordenado. —él le sonrió.

Lucas dio la vuelta y comenzó a alejarse en dirección a la escalera y aunque hizo el suave intento de mirar de reojo, no pudo verla, estaba lejos de su ángulo periférico, pero no tardó un minuto cuando escuchó;

—Espera, ¿Lucas? Quiero preguntarte algo. —exclamó Dennis.

Con sorpresa, éste dio vuelta a mirarle y vio como Dennis se había puesto de pie.

— ¿Sí? ¿Necesitas algo?, ¿otro café tal vez? —agregó Lucas.

— ¡No!, no, en realidad quería preguntarte si tendrías tiempo uno de estos días, me gustaría poder devolverte tanta atención para conmigo e invitarte un café, ¿qué piensas?, ¿te agrada la idea?

Ni siquiera Dennis se creía lo que acababa de decirle a Lucas, ya que ella estaba siempre tan lejos de cualquier cosa que significara un compromiso personal, pero en esta oportunidad, ni esfuerzo tuvo que hacer, las palabras salieron en forma natural y lo dicho, dicho estaba, ahora solo tocaba esperar a ver qué le respondía Lucas.

Lucas tuvo que pensarlo un poco más de lo común, primero porque la verdad, no sabía si había entendido correctamente y segundo, porque las palabras no le salían. Esto había sido algo imprevisto, algo en lo que no había pensado, a pesar de que Dennis era una persona en la que él pensaba todo el tiempo.

— ¡Sí!, sí claro, ¿por qué no?, Tengo libre los domingos, ¿si quieres podemos hacer algo este domingo? —corto de palabras, pero se atrevió a contestarle y a concretar una cita, claro, de amistad, pero por algo debía comenzarse.

Dennis sonrió y le contestó que lo vería el domingo para almorzar a eso de la una de la tarde, en un paseo peatonal, en el parque de la bahía, donde habían varios restaurantes y tiendas de recuerdos muy bonitas. Sería un lindo paseo, además el resto del parque era muy amplio si quisieran caminar y conversar. Estaba más que entendido que Dennis y Lucas tenían bastante sobre qué conversar.

Mientras Dennis caminaba de vuelta al estacionamiento de su compañía, donde había dejado su auto por la mañana, pensaba un poco en todo. Pero algo era nuevo, en esta oportunidad sentía una liviandad dentro de ella, algo difícil de explicar, algo ya no era igual ¿Sería acaso que al escuchar el relato de su terapeuta, la había hecho sentir más relajada? ¿O tal vez el haber concretado una cita con Lucas? Fuera lo que fuera se sentía más liviana, menos angustiada, como que algo se había liberado y la dejaba respirar mejor.

Llegó al edificio y subió al nivel tres en donde estaba su auto. Caminó y mientras lo hacía, sacó las llaves de su bolsa para apretar el control remoto, así su auto encendería luces y sacaría el seguro. Ya era costumbre, siempre jugaba con el control remoto, pero en esta ocasión al hacerlo la primera vez se dio cuenta de habían esferas de luz flotando sobre su auto. La expresión de su cara le cambió de inmediato, no supo qué pensar. De pronto sintió que algo andaba mal, aunque podía ser que estuvieran celebrando junto con ella lo bien que ella se sentía. Dennis no podía aún saber con exactitud qué era lo que atraía a estos orbes.

Apuró el paso y cuando ya estaba a solo unos cuantos autos de distancia, se dio cuenta de que las esferas no estaban sobre su auto, sino sobre el que estaba a dos puestos de distancia del de ella. Pero esto no fue motivo de tranquilidad, más bien cuando constató de quién era el auto, fue peor. Era sin lugar a dudas una confirmación de que algo no andaba bien.

Era el auto de uno de los trabajadores de la compañía. Él siempre trabajaba hasta tarde, pero en el último tiempo había enfrentado muchos problemas, incluyendo la enfermedad de su esposa, que aún padecía. Esto le hacía pensar que las cosas no andaban bien con él y con su esposa. Siempre era igual, ella veía las luces y según cómo estás se movieran, era lo que ella sentía, y por lo general, estaba en lo correcto. Era una pena, puesto que no podía hacer nada, o en realidad no sabía lo que ella podía hacer por los demás. Pero las cosas cambiarían muy pronto.

¿Cuántas veces había tenido que volver la mirada y hacer como si nada pasara, aun sabiendo que algo andaba mal?, ¿Cuántas veces se fue a la cama llorando por no saber cómo ayudar a quienes lo necesitaban? ¿O las veces que lloraba porque no sabía por qué diablos veía aquellas luces? Pero esta vez no lloró, ni tampoco se enojó, solo miró y luego volteó la mirada para seguir a su auto, encender el motor y partir.

Tal vez, comenzar a aceptar era el principio de la mejor ayuda que ella podía dar, empezando por ella misma y todo lo que a ella le ocurría. ¿Era éste el mensaje que la doctora Michaels había querido transmitirle?

Capítulo 11-1

Incertidumbre

El día anterior había sido muy intenso y nada que hubiera pasado antes se le podía comparar. Había sido de seguro un día inesperado, pero era viernes y aún le quedaba ir a la oficina, claro que eso no le disgustaba, todo lo contrario. Pero esa mañana, todo se sentía diferente, algo le aprisionaba el pecho y no sabía exactamente lo que era.

A mitad de la jornada laboral, sumida entre uno de sus proyectos habituales, sintió una leve brisa en su espalda, que la hizo voltear a mirar qué era, o más bien de dónde provenía. Como no encontró nada que le indicara con claridad qué había sido eso que sintió, decidió pararse de su asiento he ir por un vaso de agua.

Mientras caminaba, sintió una sensación rara, como de ausencia, aunque veía al resto de las personas moverse por el lugar como de costumbre, nada fuera de lo ordinario. Dennis se sintió como si ella estuviese siendo un observador, era inquietante, y a la vez algo nuevo. De pronto se le vino la idea de hacer más notorios sus pasos, como queriéndose comprobar que estaba en realidad caminando, un colega que pasaba por ahí le preguntó;

— ¿Estás bien? — pensando que ella había tropezado con algo. Dennis asintió con la cabeza a modo de contestación, luego sonrió y siguió. Era obvio que sí estaba caminando por el pasillo de su oficina, y que estaba presente y consciente y no soñando o divagando en sus pensamientos.

Pero algo no andaba bien, ella lo sabía. Mientras pensaba volvió a recordar si tendría algo que ver con el hecho de haber visto las luces en sobre el auto de este otro trabajador la noche anterior. Tenía que pensar en algo para asegurarse de qué quería decir este presentimiento y sin pensarlo, agarró un manojo de papeles de su escritorio y se dirigió al área de diseño a ver si esta persona estaba ahí. En efecto él estaba ahí, trabajando como de costumbre y nada parecía fuera de orden, pero no se atrevió a acercarse y mucho menos preguntarle, ¿Qué le podría haber preguntado? ¿Cómo está tu esposa? No, sonaría imprudente, así es que volvió a su oficina sin mayor demora, evitando que él la viera.

La hora del almuerzo se acercaba así es que terminó algunas cosas pendientes y se apresuró a tomar su tiempo para irse a almorzar. A veces lo hacía en la cafetería de la empresa, otras, salía a tomar un poco de aire a un pequeño patio interior, espacio que la compañía mantenía en la parte posterior del edificio. En ese lugar ella se sentía a gusto, no muchas personas iban por ahí, solo algunos, ya que no estaba permitido fumar en ese jardín.

Ese día, ella había acordado que llamaría a Tammy como de costumbre. Dennis la llamaba muy seguido, incluso ella pensaba que tal vez las llamadas eran muchas, y que su familia podría sentirse un poco invadida por su excesiva preocupación, por esa razón, solo iba a verla los sábados por una hora, pero ¿de llamarla?... todos los días, a diferentes horas, y claro, inventaba siempre diferentes pretextos para que no se notara mucho lo de su preocupación por ella, además tenía la excusa perfecta, su nuevo trabajo, siempre había algo que podía preguntarle.

La verdad era que ella no quería que Tammy notara la gran falta que le hacía, porque Tammy nunca comprendió lo que significaba en la vida de Dennis, así es que su mejor excusa era hablarle de los temas de la compañía, y cada vez que Tammy le decía que ella ya no quería relacionarse con ello, Dennis le decía; *Pero tú me prometiste estar conmigo a lo largo de esta nueva oportunidad, ¿correcto?*

A Dennis le tocaba hacer de todo lo que viniera para que Tammy se mantuviera más activa. La había visto decaer en los últimos meses como producto de la quimioterapia que había estado recibiendo por los últimos meses, y ya estaba a poco de terminar el tratamiento. Le habían esquematizado un programa de ocho quimioterapias intercaladas cada tres semanas. Esto era lo más conveniente en el caso de Tammy. La semana que ella recibía el tratamiento, era la peor, la segunda mejor y la tercera para retomar fuerzas y así continuar con el tratamiento.

Le habían dado un buen pronóstico, su cuerpo estaba peleando con mucha fuerza y además recibía terapias de apoyo para mantener su espíritu más elevado y esto le hacía muy bien.

Los niveles del cáncer habían disminuido de manera considerable, esto mantenía a Dennis con mucha confianza en que ella saldría de ésta, aunque siempre la acosaba aquella visión de las luces, que eran muy brillantes, y le provocaban escalofríos, lo que le hacía pensar en que tal vez algo no saldría bien, porque lo sentía dentro de sí. Pero se había propuesto actuar y pensar como todos los seres comunes, como todo ser humano que pone sus esperanzas primero y deja de lado el pesimismo y los malos pensamientos.

En la familia de Tammy había muchos problemas, a pesar de saber lo de la enfermedad y la seriedad de ella, nadie había asimilado lo que el cáncer significaba. Sus hijos no lo entendían, y ver a su madre en ese estado, solo les provocaba rabia y sentían rencor en contra de Dios. Su esposo en cambio, se había entregado al silencio, no sabía qué pensar ni cómo asumir lo que les estaba aconteciendo.

Él se preguntaba a menudo en silencio *¿Y nuestros planes para la vejez? ¿Y todos nuestros otros planes sobre nuestro gran futuro?* Le era difícil comprender qué habían hecho mal para recibir tamaño castigo. Su cabeza le atormentaba con miles de estúpidos pensamientos, a veces pensaba que se habían equivocado en algo y pasaba horas pensando en qué era —*es algo*— que ellos habían pasado por alto, sin pensar que esas horas que él le dedicaba a pensar, las estaba pasando lejos de ella, lo que era peor. Pero ya luego él comprendería lo equivocado que estaba.

Ese día se había comprado algo liviano de comer, una ensalada y un refresco y caminó a las afueras del edificio. Con suerte encontró un asiento vacío debajo de un viejo ciruelo que ofrecía una amplia sombra, para que ella pudiera disfrutar de su almuerzo al aire libre. Una vez sentada y cómoda, tenedor en mano lista para comer su ensalada, Dennis sacó su teléfono del bolsillo, y se dispuso a llamar a Tammy, como quien dice preparada para una buena conversación.

El teléfono sonó, y sonó, y nadie contestó, su corazón se agitó y a la misma vez, se dijo,

— ¡Oh, no! Nada de malas preocupaciones. Puede ser que Tammy esté en el baño o dormida. —y sobre la misma se dijo;

— ¡Pero si ella sabía que la llamaría! ¡Nunca me deja esperando! —pensó para sí misma. —Bueno, esperaré un rato, puede ser que esté exagerando. —Dennis suspiró.

No pudo ni mirar su ensalada, solo bebió el refresco y trataba de mirar el reloj del teléfono contando los segundos, que se hacían eternos. Al cabo de diez minutos se paró y tiró su ensalada junto con el refresco al bote de la basura, ya no tenía apetito. Volvió a sentarse y apretó el número para volver a marcar.

La angustia la consumía, mientras el teléfono sonaba sin que nadie respondiera desde el otro lado. Lo dejó sonar largo rato, hasta que la grabación del teléfono apareció. Las preguntas una tras otra, ¿dónde estaba?, ¿qué le había pasado?, ¿estaría mal?, siempre había alguien en casa, ¿por qué no esta vez?

Cuando colgó la llamada se dio cuenta de que tenía que llamar al esposo de Tammy, a alguien tenía que preguntarle qué estaba ocurriendo, pero no quería importunar. Siempre se había sentido como un poco intrusa en la familia de Tammy. Ella siempre mantuvo a su familia muy separada de lo que era su relación con

Dennis, y ella siempre le respetó eso, aunque era verdad que Dennis algunas veces pudo sentir algo parecido a celos, ya que ella estimaba mucho a Tammy y a veces pensaba que los hijos de Tammy no sabían a quién tenían por madre.

Tal vez sus deseos de haber tenido a su madre, o a su padre vivos, se interponían para que Dennis pensara con objetividad, pero Tammy era una gran mujer y una buena madre, y como en todas las familias había problemas y la familia de Tammy no era la excepción.

Muchas veces Dennis imaginó que su madre podría haber sido como Tammy, dinámica, amable, una persona que se hacía querer. Pero Tammy no era su madre y Dennis sabía que no podía poner esas comparaciones en la amistad que existía entre ellas, si bien era cierto que Tammy la estimaba mucho, pensaba muy bien de ella, Tammy nunca la quiso o le dio cariño como una madre, sino más bien como una hermana.

Aún sentada en aquel jardín, respiró hondo y se animó a marcar el número del esposo de Tammy. El teléfono comenzó a sonar, y Dennis tenía un nudo en la garganta, hasta que alguien al fin le contestó, pero no era en el teléfono que tenía puesto en su oreja, si no en persona. Uno de los empleados de la oficina había venido a avisarle que tenía un mensaje de urgencia en el recibidor de llamadas. Dennis lo supo, lo sintió más claro, que nunca, esto era por Tammy, ella no estaba bien. Se paró y corrió bruscamente, no tomó el elevador si no las escaleras, pensó que esperar en esos minutos la podría matar de angustia.

Cuando llegó al sexto piso y trató de componerse y actuar normal, los pasos se hacían eternos hasta llegar a su oficina, que en realidad no estaba a más que un par de pasillos del elevador.

Entró a la oficina muy apresurada, cerró la puerta y se sentó. Miró con detención el recibidor de llamadas, una luz parpadeante indicaba mensaje en el buzón. Sabía que tarde o temprano tendría que apretar el botón, así es que no perdió más tiempo y levantó el auricular para escuchar el mensaje.

Era una de las hijas de Tammy, la menor. Ella le estaba avisando con tono acongojado y voz quebrantada que su mamá se había puesto mal y que la habían llevado a la clínica y que ahí ella se había compuesto un poco, pero que insistía en que la llamaran a ella. — se refería a Dennis.

Las lágrimas brotaron de los ojos de Dennis y ella las dejó fluir, debía liberarse de esa presión que sentía. A los segundos volvió a escuchar el mismo mensaje, lo cual hizo varias veces más. De pronto alguien golpeó a su puerta. Era la secretaria de la señora Mary Harrison que le traía un mensaje; *La señora Harrison quería hablar con ella de inmediato.*

Dennis no estaba en estado de conmoción, pero tampoco estaba del todo bien, tenía pena, era uno de esos sentimientos que solo ella podía comprender. Rápidamente se compuso y le comunicó a la secretaria que estaría allí dentro de unos minutos, quien del mismo modo, transmitió el mensaje a la señora Harrison.

Trató de limpiarse la cara para esconder sus lágrimas, pero nada podía borrar la expresión del dolor. Dennis tocó a la puerta pidiendo permiso para entrar, a lo que la secretaria respondió de inmediato. Dennis entró y se sentó por un instante en la antesala de la oficina de la presidenta, esperando a que le avisaran a la señora Harrison que ella ya estaba allí.

—Puede pasar. —dijo la secretaria.

—Gracias. —contestó Dennis, que se puso de pie y caminó en dirección hacia la puerta que se habría enfrente de ella.

— ¿Cómo estás Dennis? —preguntó la señora Harrison.

Mientras trataba de ocultar lo que sentía, Dennis pensaba cómo responderle para no dejar al descubierto ese sentimiento de gran tristeza que le embargaba. La señora Harrison se le adelantó y le dijo;

—Dennis, hemos recibido noticias de que Tammy ha tenido una complicación seria, aunque ella está bien, y la emergencia ha sido controlada. Toda la familia ha pasado un buen susto, y afortunadamente ella está estable en estos momentos. —dijo Mary y continuó hablándole. —Dennis te he llamado porque creo que te gustaría saber que puedes tomarte el resto del día, e ir a la clínica a ver a Tammy si lo deseas. De hecho, yo voy en esa dirección dentro de un momento, solo arreglaré algo que tenía pendiente y me iré. —ella agregó. — ¿te gustaría venir conmigo?

Dennis actuando con rapidez le contestó que sí, y mientras las dos ponían sus últimos pendientes a un lado, el chofer de la señora Harrison ya las esperaba en el estacionamiento para llevarlas a la clínica.

La conmoción se podía sentir en el aire, al llegar a la sala privada de Tammy ya había muchos de sus familiares allí y el ambiente se sentía cargado de emociones, que nadie quería comentar. La gente hablaba bajito, todos tenían unos semblantes de catástrofe, y la preocupación y desánimo se apoderaba del lugar.

Adentro de la habitación solo estaba el esposo de Tammy. Cuando Mary Harrison tocó a la puerta que estaba entreabierta, dijo;

— ¿Permiso, podemos pasar? —inmediatamente estiró su brazo derecho para que Dennis cogiera su mano y así pasaran las dos de una vez.

La cara del esposo de Tammy tenía un reflejo diferente, como adormecido, tal vez era de entender que esto era muy doloroso para él, por lo que se sentía como atontado.

Las dos mujeres saludaron al esposo de Tammy, mientras ella aún permanecía inconsciente. Tammy estaba dormida por la medicina que le habían proporcionado, y recostada en esa cama de hospital, no lucía muy bien, estaba demacrada. Había dos sillas al lado izquierdo de la cama, justo debajo de la ventana grande que daba al frente de la puerta. Al lado derecho y seguido de la puerta, estaba una máquina aparatosa que monitoreaba los signos vitales de Tammy, y además le estaba suministrando la medicina con suero vía intravenosa, por lo que lo solo se le podía acercar por el lado izquierdo.

La habitación era muy armoniosa, no fría como esas comunes habitaciones de hospital, sino una privada, con un bonito decorado y muy acogedora, incluyendo la cama de Tammy, que parecía más bien una cama de casa, que la cama común de un hospital. No había paredes peladas ni cosas de metal, sino una bella y delicada decoración, la que brindaba armonía y serenidad.

El marido de Tammy intercambió palabras con Mary y lo intentó con Dennis, pero Dennis no podía, ni quería hablar, tenía un nudo en la garganta. Después de un rato, él decidió salir y dejarlas ahí unos momentos a solas, después de todo, aunque nadie sabía, era la fundación Harrison quien había proveído a Tammy con la mejor atención médica que ellos pudiesen encontrar.

La agencia Harrison era muy firme a sus principios, los de ayudar a los que lo necesitaban, y todo aquel que pasaba por situaciones difíciles recibía la ayuda de la agencia, aunque pocos llegaban a saberlo, esto no era parte del programa de promoción de la agencia, siempre preferían permanecer en el anonimato aunque en este caso, habían factores que lo hacían muy diferente. Tammy tendría la mejor habitación y el mejor servicio médico que Mary Harrison pudiese conseguir, eso era algo irrefutable.

El tiempo pasó y ellas dos continuaron sentadas al lado de Tammy, aunque ella estaba ajena a todo acontecimiento, permanecía inamovible. Luego la enfermera de turno entró y les dijo que era hora de que la dejaran descansar. Claro, a ellas les pareció que las estaban corriendo, pero en realidad no importa dónde o cómo sea la clínica, el paciente siempre debe estar más bien solo y no atosigado con visitantes, y eso, las dos mujeres entendieron con claridad.

Ambas mujeres se quedaron en la antesala con otros visitantes por largo rato, intercambiando opiniones y conversando en ocasiones con los familiares de Tammy. Ya pasada las cuatro de la tarde, llegó el doctor que haría la ronda pertinente de la tarde. El doctor entró en la habitación junto con el marido de Tammy.

Al rato después salieron el doctor y el esposo de Tammy, y Mary se paró rápidamente y le pidió unas palabras al doctor. El doctor y Mary Harrison se fueron juntos por aquel sombrío pasillo, hasta llegar a la estación de las enfermeras. Desde la antesala donde permanecía Dennis se les podía ver mientras ellos conversaban. Dennis se preguntaba, sentada en aquel sillón de la antesala de la habitación de Tammy

— ¿Qué estarán conversando el doctor y la señora Harrison? —a Dennis le intrigaba la acción de la señora Harrison.

Un rato más pasó, y Mary indicó que se retiraría, pero que se mantendría en contacto, se lo dijo al esposo de Tammy. Los hijos y otros familiares habían estado de entrada y salida durante todo ese tiempo, y Dennis sentada en aquella esquina sin decir palabra. Mary se acercó y le dijo;

— Dennis ¿quieres venirte conmigo? Tal vez sería bueno que nos fuéramos a descansar, Tammy está bien, y está estable así es que no tienes que preocuparte mucho. —mientras le hacía el gesto de que la acompañara, extendiendo su mano hacia ella.

Denis la miró como un poco hipnotizada, y sin decir palabras se levantó y la siguió. No miró a nadie y no se despidió de nadie, estaba muy decaída. Las dos mujeres abordaron el auto que las esperaba desde hacía horas, y luego Mary dijo al chofer que

condujera. El chofer preguntó a dónde se dirigían y ella contestó
— Aún no lo sé, solo sácanos de acá. —y así, el auto tomó la
autopista con rumbo desconocido.

Manejaron por algún rato, ambas en silencio sin decir palabra,
hasta que el auto disminuyó la velocidad y se dispuso a detenerse
frente a unos portones de hierro bastante grandes, que después
de unos instantes comenzaron a abrirse muy despacio. Dennis
reaccionó de manera brusca y preguntó;

— ¿Dónde estamos? Perdón, no le dije dónde parar, que tonta,
venía muy distraída.

Pero el auto continuaba moviéndose a poca velocidad, entraba
por un camino cubierto de adoquines de piedra gris,
perfectamente alineados, con unos majestuosos pinos bordeando
el camino, algunas pocas luces aparecían cada un tanto, pero eran
de baja potencia, y el haz de luz solo iluminada una parcial parte
del camino que iba de subida.

Mary agregó;

—Oh, no, no te preocupes Dennis, el chofer ha dado vueltas, y
vueltas, y decidió traernos hasta mi casa. Ha pensado que podrías
gustar de un poco de compañía en estos momentos. Además, el
doctor me mantendrá al tanto de cualquier emergencia, y en ese
caso podríamos ambas salir de urgencia a la clínica, ¿te parece la
idea? De lo contrario puedo pedirle al chofer que te lleve a tu
domicilio, no es ningún inconveniente, claro, ¡antes me
encantaría que cenaras conmigo! —ella sonrió, y Mary también.

El auto había avanzado algo así como un cuarto de milla hasta
posarse frente a una hermosa casa, o más bien un caserón, tipo

inglés, con un marcado estilo Tudor. Muchas ventanas hacia el frente, claro, que pocas iluminadas, y la entrada era un tanto lúgubre, y oscura, aunque la propiedad era grande, parecía haber vivido tiempos mejores. Dennis y Mary se bajaron del auto y las dos caminaron por una pequeña escalinata, también construida de adoquines, hasta llegar a la entrada, ahí una mujer les abrió la puerta.

Una vez dentro de la casa Mary dijo;

—Estás en tu casa Dennis, por favor siéntete a gusto.

—Gracias. —respondía Dennis, mirando a sus alrededores.

—Cenaremos dentro de un momento, vuelvo de inmediato. — agregó Mary.

— ¡Sí, cómo no! —contestó Dennis tratando de absorber la vista de tan preciosa propiedad.

Estaba decorada con mucha elegancia y gusto. No era el exceso, si no la simpleza y delicadeza, lo que la hacía seguir mirando. Había muchos arreglos de flores cerca de las ventanas y un área para sentarse cómodamente cerca de la chimenea. Los pisos parecían ser de caoba, de esa antigua y oscura madera de tonos rojizos, ¡bellísimos! La señora que les abrió, le mostró dónde estaba el servicio, en caso de que ella quisiera hacer uso de él antes de cenar, lo cual Dennis agradeció.

Capítulo 11-2

Incertidumbre

Dennis se acercó hacia el área de la chimenea con la intención de sentarse y esperar por Mary, pero antes de poder hacerlo, su atención se desvió hacia unas fotografías que estaban sobre el manto de la chimenea. Eran unas fotografías de Eileen y Mary, y había una tercera persona: ¡Tammy! Para su sorpresa no había una fotografía, sino varias, como unas seis, tomadas en diferentes tiempos de sus vidas. Las preguntas asaltaron a Dennis de inmediato, sobre por qué Tammy estaba en aquellas fotografías y cuál sería la relación de ella con las hermanas Harrison. Un sentimiento confuso se apoderó de su mente, en esos instantes no podía comprender por qué sentía algo tan raro.

Dennis notó en una de esas fotos que Tammy estaba muy joven, podría remontarse al tiempo de escuela. ¿Cuándo era que la relación de Mary, Eileen y Tammy había comenzado? Era evidente que existía algo más que una relación de trabajo y claro, era posible que fuera de amistad, pero lo que no calzaba dentro de sus pensamientos, era lo joven que Tammy estaba en alguna de esas fotografías. Esto sí que había sido una sorpresa para Dennis, algo que no se esperaba y aunque ella no tenía por qué saber más de las vidas privadas, tanto de Tammy, como de Mary y Eileen, le llamaba muchísimo la atención. De todas maneras no podía evitar notar que las tres mujeres en las fotos se veían felices.

Claro estaba que Dennis no sabía mucho y no tenía razón alguna para estar más informada sobre la vida de ellas, más bien lo poco que Tammy le había comentado se reducía más que nada a sus actividades de trabajo, en la agencia y en la universidad. Tammy nunca entró en detalles de su vida personal, siempre eran muy vagos los comentarios que hacía en algunas oportunidades, siempre fue muy reservada con su vida personal. Y ahora más que nunca Dennis comprendió que sí lo había sido.

Finalmente Mary retornó y se dirigió hacia Dennis para invitarla a pasar al comedor. Éste estaba en una habitación contigua a la escalera de subida del segundo piso, a la derecha de la entrada. Era una habitación hermosa, las paredes estaban cubiertas por un delicado papel, estampado con rosas, con un tinte envejecido. En el centro de la habitación, un ventanal semiesférico que se extendía hacia un jardín contiguo que daba al patio posterior de la casa.

La mesa no era una de estas grandes estructuras para 12 personas o algo parecido, al contrario, era más bien pequeña y delicada, solo sentaba a cuatro, quizá tenía una hoja de extensión, pero no se podía ver, ya que la cubría un mantel de encaje de color rosa. Dos sillas adicionales se encontraban apoyadas en las esquinas respectivas del ventanal, y justo enfrente, se encontraba la puerta de vaivén que conectaba a la cocina.

La cena estuvo deliciosa y le cayó muy bien al estómago de Dennis, ya que no probaba bocado desde temprano y ya eran pasadas las 6 de la tarde. Luego, una vez que terminaron de cenar, el ama de llaves entró y les avisó que les pondría el té en la sala. Seguido a esto, ambas mujeres se pararon y se dirigieron allí.

La conversación durante la cena había sido amena, y no todo lo que hablaron había sido sobre Tammy. Pero ahora que estaban sentadas en la sala, enfrente de la chimenea, Dennis tenía la oportunidad perfecta para preguntarle a Mary sobre las fotografías que adornaban el manto de la chimenea. Dennis sentía que parecían ser muy preciadas por Mary, pues no había una, sino varias.

—Veo que conocen a Tammy desde hace tiempo, estaba joven en aquella foto, ¿verdad? —preguntó con curiosidad.

— ¡Sí! esa fotografía fue tomada el día de su graduación de licenciatura, fue un bello día después de todo. —contestó Mary. Ella se dio cuenta por donde iba la pregunta de Dennis y le siguió contando.

—Es que Tammy había estado delicada de salud y pensábamos que no iba a ser capaz de graduarse por las demasiadas faltas a clases, pero ella y su esfuerzo la sacaron adelante, como siempre. —concluyó Mary.

Dennis aún tenía en su mente la idea de preguntarle que si había una relación entre ellas, de por qué la conocían desde tan joven, y cómo es que sabían tanto y, claro estaba que se preocupaban mucho por ella. Pero no fue necesario.

—Dennis, ¿me imagino que te estarás preguntando cómo es que las fotos de Tammy están acá y qué relación existe entre nosotras? Pues bien, te contaré algo que pocos saben, ¡Tammy es mi hija! Sí, así como lo oyes, aunque no es mi hija biológica, es mi hija de corazón y siempre lo será. —continuó hablando. —Te contaré un poco para que comprendas mejor. —dijo Mary, y continuó contándole a Dennis.

—Muchos años atrás después de que habíamos establecido un camino a lo que sería nuestra compañía, conocí a una mujer que estaba atravesando unos problemas y traté de ayudarla, lo hice de corazón. Pero un día me contó que estaba embarazada y que daría a ese hijo en adopción. Yo, que aún no había tenido la posibilidad de establecer mi vida personal, me vi tocada por esto y quise, desde ese momento, ser la madre adoptiva de aquel bebé. Las cosas se dieron de tal forma que la madre quiso renunciar a todos sus derechos sobre el bebé, y así lo hicimos.

El proceso de adopción terminó para cuando Tammy tenía solo meses de vida y desde ese momento la crié como si hubiera estado dentro de mí, y le di todo lo que yo tenía. Luego creció y cumplió 13 años, y ahí fue cuando descubrimos que Tammy tenía una terrible enfermedad. Esto nos tomó por sorpresa, trayendo mucha angustia y sufrimiento a la familia que habíamos formado. En ese momento comenzó una nueva etapa para nosotras. Visitamos muchos médicos con la esperanza de encontrar un horizonte a este terrible problema que nos aquejaba, pero los resultados al final, eran siempre los mismos. Lo único que podría salvar a Tammy, sería un trasplante de médula de un pariente biológico, ya fuese algún hermano, la madre o el padre.

Fue muy difícil tener que confesarle a Tammy que no era mi hija biológica, y fue más difícil aceptar que no podíamos ayudarla aun con todas las posibilidades económicas a nuestra disposición. El diagnóstico de Tammy era leucemia infantil, no podrías imaginarte cómo me sentía, el mundo se estaba derrumbando y yo no podía hacer nada para detener esa terrible desgracia.

En el proceso de enfrentar esta situación, decidimos que lo mejor sería de alguna forma contactar a la madre biológica de Tammy. Sabíamos poco de ella y dentro de lo poco que logramos saber, nos encontramos con que ella había seguido por un camino muy diferente. Nunca más había tenido hijos o se había casado, era una mujer con una vida muy miserable y solitaria, esto nos dio la esperanza de que no encontraríamos mucho problema para ayudarnos.

Aun con la negativa de Tammy logramos que la operación se llevara a cabo y con ansias esperamos la noticia del doctor. Las horas fueron largas y la espera eterna, pero tres días más tarde pudimos constatar que el trasplante de médula había sido todo un éxito. Tammy había sobrepasado la terrible amenaza de esa cruel enfermedad y podía nuevamente hacer planes y soñar y vivir por ello. Pero no todo volvió a ser como antes, la relación entre nosotras había cambiado, una muralla invisible se formó entre nosotras.

El tiempo pasó y ella fue creciendo, convirtiéndose en una mujer adulta, pero así como ella creció en edad, también eso que nos separaba creció, llegué a pensar que el haber tenido que confesarle que no era mi hija biológica, fue lo que la hizo sentir que no podía llevar mi apellido. Eran muchas cosas las que la empujaban a sentirse así, contando a su madre, quien le trajo muchas penas a Tammy y creo que a cualquiera, al verla así, tan desvalida…

Cuando Tammy fue aceptada en la universidad, no entendí por qué no se fue lejos, como tanto lo había soñado, ella se quedó en el área, y parecía que las cosas estaban mejorando entre nosotras. Pensé que el hecho de quedarse acá tenía que ver con nuestra relación, pero tarde me di cuenta de que ella estaba ayudando a aquella mujer, su madre biológica, que la presionó de forma constante por dinero. Tammy sentía pena por ella y además, sentía que le debía el milagro de estar viva, por segunda vez, aunque las circunstancias no eran en absoluto lo que ella hubiera deseado. Ése fue el momento en que cometí un error.

— ¿Error? —preguntó Dennis.

Dennis escuchaba la historia con mucho interés, poniendo toda su atención en ella.

—Sí, ya que al enterarme de la situación, yo siendo su madre, y en mi afán de sacarle el problema de encima, se me ocurrió ofrecerle dinero a esta mujer para que dejara en paz a Tammy, y fue eso exactamente lo que ella hizo, tomó el dinero y desapareció. Con el tiempo, el dinero se le acabó y volvió a contactar a mi hija, quien se enteró de lo que yo había hecho, haciéndola enojar, tanto, que según ella, no podía perdonarme. Me acusó de querer separarla de su madre por segunda vez, lo que me trajo mucho dolor, tristeza, un inmenso pesar y después de esto, nuestra separación fue inminente.

Al cabo de unos años, un día sin aviso previo, vi a Tammy en mi puerta, no sabía qué pensar, pero sí estaba segura de que me hizo muy feliz volverla a ver, mis pensamientos y mi corazón habían estado con ella cada minuto de esa larga ausencia. Después de muchas conversaciones, comenzamos una nueva relación, simple y transparente, Tammy necesitaba tiempo y algo más, mi hija me pidió algo en particular, para que esta nueva relación funcionara, y por lo mucho que la amo, acepté esta condición, dejando de lado mi orgullo y mi tenacidad, me conformé con poder verla nuevamente, sin importar lo demás.

— ¿Cuál fue esa condición? Si es que puedo preguntar, claro. —preguntó Dennis.

Mary continuó con su relato.

—Bueno, en todos esos años que Tammy estuvo lejos de mí, ella trató de establecer la relación con su madre biológica. Durante ese tiempo, ella conoció al que hoy es su esposo, pero a él nunca le contó nada de lo anterior. No le dijo que ella era adoptada, ni que había estado muy enferma, no le dijo nada de lo que ella consideraba su pasado. Tammy se había resignado a vivir la vida que según ella, le había tocado vivir, considerando la vida a mi lado como caridad. La verdad era, que ella no tenía fundamentos para decir esto, yo jamás le mostré a ella que mi amor era solo amor de caridad, sino lo contrario, Tammy era mi vida, toda mi existencia y aún siento lo mismo, ella es mi razón de vivir.

Tammy continuó viviendo una vida muy humilde y esforzada y aun así salió adelante y conservó toda la enseñanza que pude darle en todos esos viajes que hicimos, los países que recorrimos, y tantas otras cosas, mientras nos duró la felicidad. Ella quería que todo siguiera igual a como estaba en esos momentos, sin preferencias en esta nueva relación, vendría a verme más seguido y trataría de acercarse, pero sin presión. Era lo único que yo podía hacer, aceptar con tal de verla, de saber de ella, de compartir un poco de su vida. Era mi hija, lo es, no importa lo que pase, siempre será mi hija.

— ¿Pero la relación mejoró? —preguntó Dennis.

—Sí, la relación creció, aunque ella igual se reusó a recibir cualquier beneficio que viniera de mí y yo respeté sus deseos. Nos hicimos amigas y ella se fue formando como una gran mujer y una excelente profesional, se graduó y se vino a trabajar a la agencia, pero nunca quiso nada extra, solo lo que podía ser fruto de su trabajo. Aunque siempre he estado a su lado, en su matrimonio y en el nacimiento de sus hijos, nunca pude estarlo más que como una amiga, una buena amiga. —dijo Mary con un largo suspiro, el que contenía algunas lágrimas que se le escapaban, sin poder detenerlas.

Dennis no dejaba de absorber toda esa desbordante información, ¡qué historia!, pensaba entre sí.

Tammy era una gran mujer, pero muy terca y dura, con sus sentimientos confundidos, y castigando a los que no eran culpables de sus pesares, pero ya le había llegado la cordura, tal vez un poco tarde, pero como muchos dicen, nunca es tarde, ¡mientras quede vida, quedan esperanzas!

La tarde avanzó y las horas pasaron. Dennis había estado poniendo atención a cada una de las palabras que Mary le había compartido, era mucho que asimilar, y ahora más que nunca, entendía la influencia que Tammy tenía sobre las hermanas Harrison, sobre todo cuando ella propuso a Dennis como su reemplazante. Pero ya estaba hecho y las cosas estaban así, lo que Dennis no podía entender era ¿por qué Tammy fue tan dura con Mary? ¿No había acaso razones de sobra para comprender que ella solo quería su bienestar? ¿Cómo era que Tammy no había visto que el amor que Mary le tenía era el verdadero amor de madre?

Dennis estaba dotada de algo especial dentro de muchas otras buenas cualidades, y eso era sentir las emociones y sentimientos de otros, y este caso no era distinto. Ella podía sentir el dolor y la agonía en cada una de las palabras que la señora Harrison le había contado. Lo más terrible que Mary había hecho, era darle amor y darle su vida, y estaba segura de que si ella hubiera podido dar su salud por la de Tammy, también lo habría hecho, sin siquiera pensarlo, porque su amor era tan grande, que solo se podría describir como *amor de madre*.

Dennis miró la hora en su reloj y se sorprendió al ver lo tarde que era, la conversación había estado tan interesante que el tiempo voló sin ella darse cuenta. La señora Harrison se paró a hacer una llamada a la clínica para preguntar por Tammy. Dennis esperó a que ella terminara la llamada para despedirse y marcharse a su casa. Al parecer en la clínica todo estaba bien, Tammy descansaba en estado estable y Dennis había constatado que a Tammy no le faltaría atención, más ahora que ella sabía que Mary Harrison era la madre de Tammy.

Cuando Dennis iba de salida, ya el chofer la esperaba, volteó y le preguntó a Mary;

—Señora Harrison ¿y la familia de Tammy lo sabe ahora? ¿Me refiero a que si ellos conocen la historia? —la señora Harrison le contestó;

—Desafortunadamente tuvo que ser en estas circunstancias, pero solo desde que Tammy enfermó, ya que la hicimos entrar en razonamiento para que pudiera recibir nuestra ayuda. Aún le quedan sus hijos por quienes batallar y eso la hizo pensar mejor las cosas y al fin aceptar la ayuda, después de todo, todo lo mío es de ella. Aunque soy una extraña para los niños, creo que no me costará mucho demostrarles lo mucho que me importan ¿no crees? El tiempo dictará lo que pasará. —concluyó Mary.

—Buenas noches Dennis, ¿quieres que te recoja mañana de ida a la clínica a eso de las diez? —preguntó la Mary.

—Sí, claro, estaré esperando. —respondió Dennis.

Dennis sintió la necesidad de reflexionar. Por primera vez sintió que sus problemas no eran tan serios como la tristeza y la agonía en la vida de Mary. O, por qué no decirlo, todo lo que la doctora Michaels había sufrido con la pérdida de su hijo, o ahora con la enfermedad de Tammy, ese gran miedo a dejar a su familia, a partir sin haber tenido la oportunidad de enmendar ciertas cosas… sus problemas pasaban a ser y sentirse menores comparados a los de estas grandes mujeres.

Algo nuevo la estaba haciendo reaccionar a un sentimiento diferente, profundo, además de todo, había algo importante, algo que le saltó a la mente cuando apagó la luz en su cuarto, en el momento que se disponía a dormir. No había visto a ninguna de las luces que veía con normalidad, no vio ninguna durante el tiempo que ella estuvo en la clínica, y tampoco hubo presencia de ellas en la casa de Mary Harrison, ¿significaba la ausencia de estas luces algo bueno? ¿Cuál sería la razón real de la ausencia de las luces? Las preguntas comenzaron a fluir una a una, se sentó en la cama y, con apuro, encendió la luz.

Caminó alrededor de su cuarto, fue a la sala, miraba y buscaba, no sabía cómo referirse a las luces, pero las quería ahí presentes, en ese preciso momento, así como en muchas otras oportunidades en las que solo aparecían sin que nadie las llamara. Comenzó a dar vuelta y vueltas y extendió sus brazos y con un poco de temor, habló en voz alta y aunque le sonaba tan estúpido, se le escuchó decir;

—Por favor, ¡necesito ayuda! —la voz de Dennis sonaba un poco temblorosa, un tanto miedosa.

Volvió a su habitación y se tiró con toda la fuerza de su cuerpo en el centro de su cama. Con la mirada al techo, con la cabeza en tantas cosas que sin pensarlo se quedó profundamente dormida, tan dormida que esa noche no despertó en mitad del sueño, sino que pasó de largo, hasta las siete de la mañana del siguiente día.

Dennis se levantó aquel sábado distinta, algo nuevo había en ella, no sabía explicarlo, pero se sentía tranquila, sentía algo así como una paz interior, era difícil ponerlo en palabras, pero se sentía en el aire una sensación de paz y tranquilidad.

Faltando diez minutos para las diez de la mañana, se dispuso a bajar a la entrada de su edificio a esperar por su transporte para ir a ver a Tammy a la clínica, lo que había acordado con Mary la noche anterior. Le parecía increíble saber que Mary era nada menos que la mamá de su muy querida amiga.

Todo estaba diferente, hasta Mary le comentó durante el tiempo que permanecieron juntas mientras viajaban a la clínica, que ella también se sentía muy positiva y eso era muy alentador. Al llegar al piso en el que Tammy se encontraba, notaron que había bastante conmoción, por un minuto el corazón de esas mujeres se aceleró hasta tal extremo, dejándoles en el rostro una expresión de angustia y preocupación. Mary apuró el paso, y a pesar de esto, se les hizo una eternidad recorrer ese último pasillo para llegar a la habitación de Tammy. Llegaron a la estación de las enfermeras y desde ahí vieron que entraba y salía gente de la habitación de Tammy. ¿Qué estaría pasando?, era lo único que Mary se preguntaba, mientras se echaba a correr, y Dennis detrás de ella.

Por fin en la entrada de la habitación, y casi con el corazón en la mano, Mary empujó la puerta para entrar y cuán grande fue la sorpresa con la que se encontró, que no pudo moverse de la impresión. Dennis que venía detrás de ella con el mismo impulso atolondrado, quedó pegada a la espalda de Mary que yacía ahí inmóvil, en medio de la entrada, aun sin moverse. Dennis al chocar con ella, la empujó bruscamente, y así de esta forma, las dos terminaron en el medio la habitación.

— ¡Oh, no! —exclamaba Dennis, mientras continuaba empujando a Mary sin poder detenerse, tratando de buscar algo donde agarrarse, pero sin más que decir Mary terminó agarrando una silla y Dennis las faldas de ella.

Todos los que estaban en la habitación primero rieron, luego vinieron las preguntas ¿Están bien? y todo terminó en una tremenda risotada y extra colorete en las mejillas de las visitantes mañaneras.

Grande había sido la sorpresa de Mary al ver a primera vista a Tammy sentada, con una posición erguida, de muy buen semblante y además de todo ¡comiendo!, sí, Tammy estaba desayunando, era un milagro después de haberla visto el día anterior tan descompuesta y verla ahora tan llena de vida, como quien diría ¡tan normal! Claro que era algo maravilloso, pero la había tomado por sorpresa.

Las primeras palabras de Tammy fueron para su amiga Dennis;

— ¡Dennis! Qué gusto verte, y qué pena que te hayas preocupado por mí, ya te he dicho que no quiero que estés tan preocupada por lo que me pueda pasar, recuerda que tengo todo bajo control, y comenzó a reír. —comentó Tammy, mientras seguía comiendo.

Una sonrisa amplia se desplegó en el rostro de Tammy lo que la hizo contagiosa para todos los demás, así es que, rápidamente, Dennis, Mary, su esposo y la enfermera aparte de una de las hijas de Tammy, sonreían en la habitación.

Después de las buenas risas y tan añoradas también, el esposo de Tammy indicó que iría por desayuno para él, ya que ahora Tammy tenía más compañía y podía dejarla un momento. Con delicadeza pasó por el frente de las visitas para salir de la habitación, claro, no sin antes darle un abrazo y un beso en la mejilla a Mary, lo que la tomó por completa sorpresa y le provocó que se le aguaran los ojos. Inmediatamente detrás de él salió la hija.

Mientras terminaba de arreglar algunas cosas en aquella máquina a la que Tammy estaba conectada, la enfermera les decía —*los dejaré acá, pero no hagan que mi paciente se exalte demasiado, debe descansar y todos ya sabemos el lema del lugar bla bla bla* — Dennis se acercó hacia el lado de la cama, se sentó en la silla justo al lado de Tammy y le tomó la mano;

—No sabes cómo me alegra verte así de recuperada, es maravilloso verte más animada, me da mucho gusto. —Dennis tenía los ojos aguados, claro, de felicidad.

Mary se había quedado cerca de la ventana, como más lejos de la cama y del tráfico de las personas, no quería importunar y mucho menos presionar a Tammy con su presencia, y desde ahí las veía y las escuchaba conversar.

—Gracias Dennis, la verdad es que me siento bastante animada hoy, he recuperado fuerzas y la enfermera mencionó que el doctor vendrá antes de lo esperado, porque mi cuenta de glóbulos ha subido, lo que es muy bueno. —comentó Tammy con una remarcada expresión de felicidad en su rostro.

De pronto Dennis sintió que tenía la urgencia de salir de la habitación. Pensó que sería un momento apropiado para que ellas estuvieran solas y darles más privacidad y se le ocurrió improvisar algo como excusa y así poder salir.

— ¿Saben? hoy no pude prepararme un café, algo estaba raro con la máquina, ¿te molesta si voy por un momentito a buscar uno a la cafetería? —a lo que Tammy respondió;

— ¡Claro que no!, pues ve de una vez y si encuentras algo rico de comer me lo traes también, siento que podría comerme un pastel con crema. —las tres mujeres rieron libremente.

Y así Dennis salió de la habitación camino a la cafetería, obligada a beber otro café, por estar dándoselas de mentirosa, pero era por una buena causa, no más qué decir.

(Adentro de la habitación)

La mirada de la señora Harrison no dejaba a Tammy, y ahora que Dennis había dejado la habitación Tammy sintió que era el momento preciso para decirle algo.

— ¡Mamá! —exclamó Tammy, mientras extendía su mano hacia ella.

— ¡Ven! Acércate. —le dijo Tammy.

Mary no había escuchado a su hija llamarla mamá desde que se había enterado que ella no era su madre biológica. Qué tremenda emoción, por un segundo pensó que tal vez estaba escuchando mal, o que eran tantas las ganas que tenía de abrazarla que estaba imaginando cosas, pero no, era real y lo volvió a escuchar.

—Sí mamá, ven acércate, dame tu mano, no estés tan lejos que quiero estar a tu lado. —dijo Tammy con voz fuerte y determinante.

Qué declaración más fuerte a los oídos de Mary. Ella se paró de su asiento y caminó al lado de la cama de Tammy. Cuando se disponía a sentarse, sintió la mano de Tammy que agarraba la suya. No faltó nada más para que Mary rompiera en llanto, profundo y hondo, salido del corazón, guardado por tanto tiempo, esperando el momento oportuno para salir afuera y liberarse.

Le soltó la mano para caerle encima y abrazarla tan fuerte que podría haberla hecho daño si no fuera porque se contuvo ella misma. Su abrazo fue ciertamente correspondido, sumido en el silencio, tan solo se escuchaban los latidos del corazón, y el momento duró hasta que el esposo de Tammy entró en la habitación, ya de vuelta junto con la hija menor de ellos y Dennis con un café en su mano.

Sonrisas había en la cara de todos, se sentía en el aire ese algo especial, solo había que estar ahí para entenderlo.

Capítulo 12

Un Nuevo Amigo...

Ese sábado había sido uno de los mejores días en mucho tiempo.

Para cuando Dennis volvió a la habitación, cosa que ella presintió antes, los vio a todos sonriendo, y lo más importante, Tammy sostenía la mano de su madre, sí, la mano de Mary Harrison. Extrañamente, ese día Dennis no se sintió fuera de lugar, ni ajena y no sintió que era ignorada, más bien todo lo contrario, sintió alegría, que era compartida por todos los que estaban en la habitación. Todo indicaba que Tammy había tenido una milagrosa recuperación, no del todo, pero se podía decir que en el camino hacia algo positivo. Tammy estaba fuera de peligro por ahora.

Dennis estaba entusiasmada con las conversaciones que iban saliendo entre los que acompañaban a Tammy ese día, pero la tarde caía y, de pronto, se acordó que al día siguiente tenía una cita con el muchacho del café. Se había comprometido con Lucas para salir a almorzar el domingo, por poco y lo olvida con lo contenta que estaba, pero aún quedaba tiempo y más con todo lo acontecido, era el momento perfecto para darse un poco de tiempo para sí misma. Se sentía de buen espíritu y algo muy importante, ¡no había visto ni una luz blanca brillando en los alrededores!

(El domingo llegó)

Hermosa mañana de domingo, cálida, soleada, el aire invitaba a tomar una buena caminata. Dennis se puso un vestido azul con unas pequeñas flores blancas, ceñido a la cintura, con cuello levantado y mangas a remangadas, perfecto para primavera, y para complementar, había decidido usar un sombrero de ala corta, que llevaba sentado en aquel clóset por largo tiempo, tanto, que ya casi ni la caja se veía, porque las pequeñas arañas habían hecho de aquel rincón su casa.

Tomó su auto y se dirigió a tomar la autopista para irse a su cita. Se sentía un poco nerviosa, pero de ningún modo incómoda o algo que la hiciese no desear el encuentro, todo lo contrario, hacía mucho tiempo que no salía con alguien y ya le parecía que no sabría qué hacer o qué decir. Encendió la radio y manejó con los ojos puestos en el frente, pensando que ya pronto vería la bahía, ¡ya casi podía oler la brisa marina!

Sabía que una vez que cruzara el puente estaría prácticamente ahí, a solo unos pasos del —Parque de la Bahía— donde había acordado reunirse con Lucas. Los domingos el paso de los barcos estaba restringido a solo dos horarios, por lo que el puente se levantaba a las 9 de la mañana y a las 8 de la tarde, dejando el tránsito libre de aglomeraciones y esperas para todos los otros conductores, claro, no era lo mismo durante los días de semana, pero nada qué hacer. Finalmente, Dennis llegó al parque y se estacionó a la sombra de un gran árbol, y luego se dirigió a buscar a Lucas.

Miró a sus alrededores, pero no lo encontró. Aún faltaban cinco minutos para la hora en que habían quedado, y Lucas podría aparecer en cualquier segundo, pero estaba claro, que sería a ella a quien le tocaría esperar. Dennis decidió caminar por la orilla de la bahía, a lo largo de la cual había banquetas para sentarse junto a unas hermosas jardineras llenas de hermoso follaje, llenas flores de temporada. Las petunias desbordaban las macetas con bellos colores morados y azules. Además, entre las macetas más grandes, había un poste de luz, al más estilo colonial, del que colgaban dos lámparas de aceite, igual que las que existían a comienzo de los 1900. Toda esta bella ornamentación hacía que el lugar fuera muy turístico y muy atractivo.

El parque, a lo largo de la bahía, corría por lo menos unas dos millas. Contaba con una corrida central de árboles, que dividían la avenida principal en dos vías, una de ida y una de vuelta. A la derecha, después de un amplio espacio para caminar, se encontraba la corrida de asientos que miraban a la bahía, desde ahí se podía ver los barcos y veleros de entrada y salida. Y, en el sentido contrario, a la izquierda del paseo peatonal, se encontraban una serie de negocios que se alineaban paralelamente a la bahía.

Todos los negocios tenían un aspecto muy peculiar, parecían ser muy pequeños a pesar de que eran dimensiones normales, pero era el estilo de las fachadas lo que los hacía parecer diferentes. La mayor parte de ellos eran locales turísticos que comprendían desde restaurantes, cafés, librerías, y algunos negocios con recuerdos, además una pastelería y la infaltable heladería, siendo estas dos últimas, las únicas de su tipo en el — *Parque de la Bahía* —

A este parque concurría mucha gente, tanto a pasear, como a comprar o simplemente disfrutar del aire libre. Después de visitar el área de comercio, se podía continuar caminando hacia las áreas verdes. Estas áreas se apartaban de la orilla de la bahía para adentrarse en tierra firme, a una zona boscosa, que contaba con variadas rutas para caminantes. Hermosa vista, nada qué decir, aquel lugar invitaba a disfrutar la vida al aire libre. Había mucho qué hacer desde almorzar, mirar vitrinas, caminar y disfrutar de todo lo demás, y además la compañía de una exquisita brisa marina.

Dennis se preguntaba, ¿dónde estaría Lucas?

Decidió volver a la entrada, tal vez Lucas estaría ahí esperando por ella, así es que dio vuelta y caminó en dirección a la entrada del parque. De pronto le pareció ver a alguien, pero no estaba segura, este muchacho se veía algo distinto, pero decidió acercarse de todas formas, podía ser que la luz del día la engañara con el reflejo del sol que le daba de frente. Y llegó hasta él, caminó un poco más para verle de frente y qué sorpresa, claro que era Lucas, aunque se veía ¡tan distinto!...

— ¿Lucas? —preguntó Dennis.

— ¡Sí! hola, te estaba esperando. Llegué hace unos cinco minutos. —contestó Lucas.

—Oh, sí, es que yo llegué un poco antes y caminé hacia la bahía pensando que tú podías ya haber llegado, pero luego me di cuenta de que tú no estabas por esos lados así es que decidí volver. —-ella gesticuló una amplia sonrisa. —y aquí te encuentro.

—Oh, pero yo pensé que habíamos quedado de encontrarnos acá, en la entrada ¿espero no hayas esperado mucho? —dijo Lucas.

— ¡No!, para nada, solo unos minutos, debo decirte que casi no te reconozco. —dijo Dennis sonriendo.

— ¿Tan mal me veo? —Lucas reía.

— ¡No, no es eso!, es que, te ves diferente.

— ¿Diferente?, ¿Diferente cómo? —agregó el muchacho.

—Debe ser que solo te he visto dentro del café, siempre con ese delantal negro. —ella volvía a sonreír. —pero no es nada, son solo tonterías las que hablo. —agregó Dennis.

—Bueno sí, es que no me habías visto de otra forma, solo en el café, entonces déjame presentarme nuevamente. —comentó Lucas.

Dennis soltó una pequeña carcajada y dijo;

—No Lucas, no hace falta.

Pero él insistió, haciendo un gesto extendió su mano y dijo;

—Hola, me llamo Lucas, Lucas Verdi. —Dennis no pudo evitarlo y le siguió el juego y entre risas le contestó;

—Hola, yo me llamo Dennis Rusell, ¡es un placer!

Ambos estrecharon la mano sonriendo.

Ya se habían presentado oficialmente y qué mejor comienzo que con risas. Dieron vuelta en dirección al interior del parque y mientras que hablaban y caminaban, llegaron hasta la orilla, se sentaron en uno de los asientos mirando a la bahía. La brisa era excelente, suave y tibia, la tarde se sentía perfecta.

Lucas se veía bastante más alto que la noche aquella o que cualquiera otra de las veces que ella lo había visto. Él llevaba ese día unos vaqueros en un tono prelavado, más bien pálido y unos calzados de gamuza grises, planos, muy sencillos, además usaba camisa abierta, a rayas delgadas en tonos blanco y azul, con un polo blanco debajo. El pelo se le veía distinto, pero no podía decir que era exactamente lo que le hacía lucir diferente. Dennis lo había mirado de pies a cabeza con cierta intriga, es que le parecía muy distinto.

La conversación se dio simple, Lucas era muy fácil de llevar. Dennis estaba de muy buen humor y se sentía muy cómoda con él. Sentados ahí, mirando los barcos navegar por la bahía, conversaban de cosas triviales, un poco del trabajo y un poco del lugar en sí, pero nada que ahondara en quienes eran ellos, al menos no aún.

Eran pasadas las dos de la tarde, cuando Lucas le dijo;

— ¿Dennis, qué dices si nos vamos a almorzar? Hoy tú eliges, ¿comida de mar o comida italiana? —ambos restaurantes tenían la fama de ser buenos ahí en el —*Parque de la Bahía*— y Dennis ya había comido en ambos lugares previamente, así es que no le sería problema decidir.

— Creo que es un lindo día para comer comida de mar ¿Tú qué crees? — Dennis comentó.

— ¡Excelente!, comeremos algo rico del mar, a mí me encanta esa comida, espero que tengan mi plato favorito, hace rato que no me doy un gusto.

— ¿Y cuál es tu plato favorito? — Preguntó Dennis.

— Te daré una pista, se come con papitas fritas... mmm ya mi apetito me está hablando. — Lucas le hacía gestos con las manos simulando lo rico que era aquel plato.

Y así, los dos jóvenes se pararon de donde habían estado sentados y cruzaron la sección peatonal para llegar a la vereda del frente y caminar un par de pasos más, hasta llegar al restaurante. Entraron, no había espera ese día, a pesar de ser domingo, la atención fue inmediata y los sentaron a un costado del salón principal, justo en una de las ventanas con vista al parque. Desde ahí se alcanzaba a ver claramente la bahía a través de la alameda de árboles que los separaba de la orilla.

El almuerzo estuvo muy ameno, se habían reído como hacía mucho no lo hacían. Dennis estaba pasando unos momentos increíbles, disfrutando como una joven normal, sin dejar que ninguno de sus problemas y tormentos cotidianos se hicieran presentes, lo que la hacía sentirse muy feliz, pero faltaba poco para que Dennis descubriera algo increíble, algo que la dejaría totalmente sorprendida.

—Ok, ahora te invito a que tomemos postre en la heladería de más allá. —dijo Dennis en un tono desafiante a Lucas, a lo que el joven respondió sin vacilación;

—Claro que sí, me comeré un rico helado de chocolate, en un barquillo de azúcar y con algunos pedacitos de nueces, si es que tienen. —le contestó Lucas.

—Ya verás, ahí tienen de todo y además el helado de chocolate es uno de mis favoritos y qué casualidad, a mí me gusta con nueces también. —Dennis lo tomó como una coincidencia, simple e inocente, ¿Era que Dennis se estaba dejando llevar y no había notado la gran afinidad entre ella y él?

Una vez que ambos estaban comiendo unos ricos helados, comenzaron a caminar lentamente a lo largo del parque. Sostenían una plácida conversación, hasta que llegaron a un punto en donde decidieron sentarse a contemplar la bahía. De súbito, Lucas le dijo a Dennis algo que la preocupó;

—Dennis, quiero confesarte algo. —dijo Lucas.

Dennis lo miró con cara de asombro y pregunta, como tratando de pensar de qué se trataba aquello que Lucas quería decirle.

—Dennis lo siento, te he estado jugando sucio y no quiero hacerlo, es que… —Lucas hizo una pausa y Dennis lo enfrentó de inmediato con tremenda urgencia.

—Pero dime Lucas ¿de qué estás hablando? —Dennis trataba de hacerse ideas en su cabeza, pero la verdad es que no tenía idea de lo que él le iba a decir.

—He tratado de agradarte toda la tarde, perdón, pero no quería que pensaras de mí que soy un aburrido, o que no quisieras volver a salir conmigo, pero ahora comprendo que será peor, que la he hecho grande.

—Pero Lucas, ¿me podrías decir de qué hablas?, porque no entiendo ni una palabra.

—Sí, lo sé, sé que no lo entiendes. —Lucas con su cabeza gacha y frotando sus manos le confesó lo siguiente;

—Lo que pasa es que por querer agradarte he hecho uso de algo que no debo, he leído tus pensamientos para saber qué te agrada. —Dennis comenzó a reír y al comienzo suavemente, pero luego soltó una gran carcajada y le contestó;

—Sí, claro, ya veo que puedes leer mis pensamientos, ¿a ver dime qué estoy pensando ahora? —Dennis le contestó para seguirle el juego, pensando claramente que Lucas estaba bromeando, y como de locura, pensó en Mark, ya que hacía mucho que no se sentía así, muy feliz, prácticamente desde que había estado con él, cuando ella era su novia.

—Estás pensando en alguien de nombre Mark, siento que él era o es muy cercano a tu corazón, ¿me equivoco? —la sonrisa de Dennis se detuvo, y la expresión de su cara cambió, de pronto todo lo que estaba pasando se quedó en el aire. Le tomó unos segundos reaccionar y darse cuenta que Lucas no estaba bromeando.

— ¿Cómo has hecho eso?, ¿lo del nombre? ¿Cómo es que lo sabes? Por favor, ¡explícate! —fueron las palabras de Dennis, quien estaba muy seria y un tanto confundida, casi se podría decir que enojada.

—No lo sé explicar, pero cuando estoy cerca de alguien, con quien siento, una conexión especial, siento lo que piensan, es como si lo escuchara dentro de mi cabeza. Ocurre de forma natural, y aunque trato de evitarlo y jamás digo nada, no quiere decir que esto deje de pasar. —Lucas se había acomodado sentándose de lado para poder mirarla a ella de frente y se notaba con claridad que ya estaba muy nervioso.

—Dennis lo miró a la cara, mientras pensaba para sí misma *¿y ahora puedes escuchar lo que estoy pensando?* Lo dijo solo en su mente, mientras ella lo miraba de frente esperando una confirmación, la cual vino de inmediato. Lucas levantó la mirada y le dijo con voz suave;

—Sí, ¡también lo puedo escuchar! —y bajó la mirada mientras se llevaba las manos a la cabeza, como reconociendo que había cometido un error.

La verdad es que esto sí la había tomado por sorpresa, ya decía ella que todo estaba muy prefecto, tanto que hacía falta la nota final para traerla de vuelta a la realidad.

De pronto algo pasó, era como estar escuchando a alguien hablar, pero en realidad nadie hablaba. Claramente estaba escuchando a alguien hablar, pero dentro de su cabeza;

—Sabía que no podía haberlo hecho, no sé por qué se me ocurrió de hacer esto y más encima en la primera salida, ¿qué estará pensando ella de mí?

Dennis no podía creer que había escuchado esas palabras, levantó los ojos buscando la mirada de Lucas y le dijo;

—Eres tú, ¿verdad? ¿Pero cómo puedo yo escucharte? ¡Es increíble! —ya no era tanto el enojo de Dennis, si no lo impactada que estaba con lo que estaba ocurriendo.

—No puedo creer que esté de alguna forma escuchando lo que tú estás pensando, ¿Cómo puede ser esto posible? —Dennis estaba más que sorprendida, estaba atónita. No sabía qué pensar sobre lo que estaba sucediendo. Rápidamente sus pensamientos se echaron a volar y tenía mil preguntas formulándose una tras otra, quería preguntarle tantas cosas, pero no sabía por dónde empezar

Lucas le contestó, esta vez hablándole de frente;

—Lo sé, se me hace muy difícil a mí entender esto que vive dentro de mí desde que desperté.

— ¿Cómo?, ¿no entiendo?, de qué hablas Lucas, ¿dices desde que despertaste? La verdad es que cada vez entiendo menos. — siguió hablando Dennis.

Las preguntas iban y venían dentro de la cabeza de Dennis y no fue hasta que Lucas comenzó a contarle que algunos años atrás, no recordaba cuántos, él había tenido un accidente, por el que permaneció en coma durante bastante tiempo. Incluso llegó el momento que les habían dicho a sus padres que era probable que nunca más despertaría y que debían tomar la decisión de desconectarlo de la máquina que lo mantenía. Y cuando ya habían tomado la determinación de desconectarlo, en ese preciso momento, cuando ya se despedían de él, fue cuando de un grito profundo, él reaccionó. Este increíble milagro casi mató a sus padres de la impresión, claro, de pura felicidad, ya que prácticamente pensaban que él moriría en ese momento al ser desconectado, pero en cambio, esto hizo que él despertara de ese largo sueño.

Desde el primer momento que Lucas tuvo conciencia después de haber despertado, se dio cuenta de que algo no andaba bien, algo era diferente, puesto que escuchaba voces y pensamientos dentro de su cabeza que no eran los de él. Se dio cuenta de que era muy difícil pensar en contárselo a un profesional, doctor o psiquiatra, ya que no lo comprenderían y quizás donde habría terminado. Además, ya lo había intentado y los resultados no habían sido nada positivos.

Paso algún tiempo antes que se pudiera acostumbrar a esa peculiar habilidad, si es que se le podía llamar así. Tuvo que transcurrir tiempo para que, tanto Lucas y su familia, comprendieran que él ya no era el mismo de antes. Él tenía un largo camino a recorrer antes de encontrar la razón del por qué había vuelto y cuál era su misión.

Poco a poco Lucas había comenzado a aceptar esta nueva — habilidad—, y aunque no estaba muy convencido de que podría hacer algo bueno con esto, sí había interrumpido un par de incidentes, que él sabía habrían terminado mal, y hacer un poco de labor social ayudando a gente en problemas. Cuando el tiempo transcurrió y con la ayuda de alguien que se había vuelto más bien su amiga, se sintió más seguro de sí, y de este — regalo divino— que es como su psiquiatra le había enseñado a verlo, y decidió que podía continuar con una vida normal y así reintegrarse a la comunidad.

Fue al poco tiempo que llevaba trabajando en el café, cuando un día, Lucas vio a Dennis. Su primera impresión no fue clara, sabía que algo le había llamado la atención, pero no supo qué era exactamente ese —*algo*— pero su corazón fue más fuerte e hizo una extraña conexión con ella. Por largo tiempo, Lucas solo la observó cada vez que Dennis asomaba por el café, nunca hizo el intento de entablar comunicación con ella y él mantenía su distancia, ya que no quería saber de sus pensamientos. Él estaba seguro de que había algo especial, y por esa razón continuó por meses haciendo lo mismo, la miraba y observaba a distancia.

Fue un poco más tarde cuando notó algo extraño en el comportamiento de Dennis, lo que dio pie a que Lucas comenzara a acercarse un poco más. Esto fue lo que lo ayudó a ver que Dennis era una chica especial. Aunque era muy complicado saber un poco más de ella, ya que Dennis se perdía en estos periodos de tiempo en que su mente viajaba, y viajaba muy lejos de ahí, y su cuerpo solo se mostraba ausente, sentando en aquella esquina con un café en la mesa, que muchas veces ni siquiera tomaba.

Lucas se preguntó muchas veces el porqué de esa ausencia, incluso en algunas ocasiones él hizo el intento de abordarla con alguna pregunta para confirmar que ella estaba bien, pero era en vano, ella no le contestaba, solo miraba hacia el horizonte. Lucas sabía que era una acción involuntaria, casi como lo que le pasaba a él, y sentía la necesidad de ayudarla, por lo que casi diríamos que Lucas era como el guardián de Dennis, mientras ella visitaba el lugar. Hasta había aprendido a comprarle cafés extras para que los dueños del lugar no presentaran objeción por el tiempo que ella gastaba allí.

En más de alguna oportunidad, Lucas había intentado saber algo más de ella, pero Dennis tenía una muralla muy sólida con la que se protegía del exterior y de todo lo que estaba afuera, hablando de forma metafórica. A veces, cuando estaban ya cerrando, él subía al segundo piso y veía la mesa donde Dennis se había sentado, él caminaba hasta el mismo lugar y se sentaba en la misma silla, tratando de entender un poco más qué era lo que le pasaba en esos lapsos de ausencia, pero solo nacían más interrogantes y no respuestas.

(De vuelta al día de la cita)

Dennis tenía muchas preguntas, pero no parecía desconcertada por aquella revelación, más bien era una curiosidad desconocida que afloraba, y que le traía una nueva y placentera sensación. A pesar de todo, ella estaba disfrutando al máximo el tiempo con él, momentos extraordinarios que casi había olvidado podían existir. Quedaban muchas cosas por delante, cosas que ocasionarían aún mayores sorpresas en Dennis, como enterarse de que ambos tenían a una persona muy especial en común, lo que los llevaría eventualmente a descubrir cuál era la conexión entre ellos, pero por ahora, en esos momentos, Dennis solo quería seguir sonriendo y disfrutando de tan amena cita.

Las horas pasaron sin darse cuenta y el momento de detener la conversación llegó. Y aunque con confusión, sorpresa y otras extrañas y nuevas sensaciones, Dennis no podría negar que era de cierta forma, algo fantástico, haber encontrado a alguien así de especial, alguien así como ella, alguien que podía entender perfectamente por las cosas y momentos que ella pasaba. Pensar que ya no estaba sola era casi increíble *¡había otro ser como ella!*

Capítulo 13

La Estancia y el Plan Divino

Dennis dio vueltas y vueltas toda la noche, sin poder conciliar el sueño, no fue hasta horas de la amanecida, que finalmente logró cerrar los ojos, aunque ella sabía que la alarma la despertaría de todas maneras.

Eran las 6:30 de la mañana y el despertador sonó por primera vez como era costumbre. Dennis estiró su mano para tocar el botón y detener el sonido atormentador que el pequeño aparato emitía. Con los ojos bien abiertos y la mirada en el cielo de la habitación, disfrutó del silencio que quedó después de haber apagado la alarma, pero titubeó al momento de levantarse. Por alguna razón ella sentía que su rutina diaria ese día era diferente.

Ya con los ojos un poco más abiertos, y su mente más consciente se quedó en su cama por otro rato sin pensar que los minutos transcurrían y que esa mañana, el tiempo se le haría nada. Tenía muchas cosas por hacer, pero su cerebro no dejaba de preguntarle ¿qué le respondería a la doctora Michaels esa tarde?, la proposición que la doctora le había hecho la tenía muy complicada.

Casi seis meses habían transcurrido, tiempo en los que habían pasado muchas cosas. Su vida había cambiado, sin lugar a dudas, en muchos aspectos. Ella se había abierto más con la doctora Michaels y había visto progreso en sus sesiones, se sentía más cómoda con hablar más y preguntar menos, era algo que estaba aprendiendo y trataba de practicarlo todo el tiempo. Dennis había decidido pensar que la ciencia de la vida estaba precisamente en eso, en aprender a aceptar las cosas como se presentaran, y actuar de acuerdo con lo que se necesitara, no a lo que se quisiera.

Durante ese tiempo había compartido muy a menudo con su amiga y mentora Tammy, quien seguía batallando con todas sus fuerzas por su derecho a vivir. Ella le estaba dando una buena pelea al cáncer, y tenía toda la intención de ganarle, aunque éste estaba muy latente y se mantenía en constante amenaza, pero en el transcurso de ese tiempo Tammy también había aprendido ver las cosas de otra manera, había tratado de sacar un poco de enseñanza de todo lo acontecido, incluso había restablecido relaciones con su madre, algo que le había hecho mucho bien a ambas y a toda la familia.

Todos estaban más unidos incluyendo su esposo, que estaba ahora más cerca de ella que nunca. No solo por el miedo a que ella se fuera a marchar, dejar este plano, sino porque sus pensamientos estaban claros y sus miedos se habían disipado. Ahora lo importante era estar ahí para toda su familia, más aún, desde que Mary Harrison había sido incorporada al clan familiar, cosa que los hacía felices a todos.

Además de todas las otras cosas buenas que estaban transcurriendo en su vida, Dennis no podía dejar de ignorar la llegada de esa persona especial a su vida, porque Lucas era especial, sin lugar a dudas, sobre todo desde aquel día en que él la tomó por sorpresa contándole aquella rara habilidad que tenía. Desde ese momento, la relación con Lucas se transformó en algo especial en su vida, aunque solo eran amigos, definitivamente era una amistad que rápidamente escalaba peldaños en el corazón de Dennis.

Las cosas en el trabajo marchaban muy bien, siempre había muchos proyectos y la agencia gozaba de gran prestigio, el que cada uno de los que ahí trabajaban, se enorgullecía en respaldar. Esto parecía ser todo lo que ella siempre había anhelado, A veces se preguntaba si era esto lo que la gente llamaba —Ser Feliz—

A través de las sesiones con la doctora Michaels, Dennis sentía que había crecido y vencido alguno de sus miedos y además había adquirido nuevos conocimientos. Ella le había enseñado a permitirse ver las cosas desde otro punto y aceptar que todas las vivencias y experiencias eran diferentes para cada persona.

Le había abierto la mente a recibir la sabiduría que estaba a su alrededor, muchas veces enfrente de ella. La doctora Michaels percibía el cambio en Dennis y por esto y otras muchas conversaciones, es que la doctora sintió que podía hacerle el ofrecimiento a Dennis.

La realidad era que Dennis estaba mucho mejor, la angustia constante que ella sentía había desaparecido, las noches las pasaba mejor, ya podía conciliar el sueño en forma normal la mayor parte de las noches. En resultado... Dennis se sentía mucho más en control de su vida, aunque aún no tuviera las respuestas a todas las preguntas que habían estado atormentando su existencia y que no le permitían vivir de forma normal. Lo importante era que ella ahora tenía las herramientas necesarias para seguir adelante y continuar aprendiendo en ese camino en el que el Creador la había puesto.

Fue esta la razón que la doctora Michaels tuvo para hacerle el ofrecimiento a Dennis, o más bien preguntarle si a ella le gustaría participar en este programa especial en el cual ella misma formaba parte. Esto era algo nuevo, diferente, completamente fuera de los conocimientos que Dennis pudiera tener, por esta razón no había contestado aún.

El ofrecimiento de ser o no ser voluntario en un hospital no era tan difícil de decidir ¿Qué podría haber de malo en esto? La verdad es que no era una mala idea, pero éste no era un hospital cualquiera, sino un psiquiátrico, por cierto bastante nombrado en los últimos tiempos. El lugar era conocido porque ahí recibían a muchos pacientes con trastornos mentales en estado terminal. La acción que este hospital realizaba al tratar de darles a los pacientes la mejor calidad de vida y brindarles lo mejor hasta en sus últimos días, era notable.

El hospital se llamaba —*La Estancia*— y estaba situado a las afueras de la ciudad, hacia la zona suburbana donde, por lo general, estaban las grandes hectáreas de predios y haciendas patronales. Antes de que este hospital dejara de ser solo un proyecto en la mente de algunos y un sueño para otros, había sido un tema que mantenía a muchos de los residentes de la ciudad siempre a la expectativa. La ciudad no contaba con un lugar en el que se pudieran tratar enfermos con problemas mentales y además con enfermedades terminales. Esto ponía a los residentes en situaciones muy difíciles, ya que en algunos casos tenían que viajar horas y horas a otro lugar para ser tratados. Y aun así era difícil por las disponibilidades de espacio, podría estar siempre limitada por el costo del mismo. Esto llevó a una familia de alto renombre a donar unas hectáreas de tierras, en las que se ubicaba ya una casona patronal muy grande, utilizada en algún tiempo como hotel, pero los avances llevaron al hotel a reubicarse en otro lugar y la casona quedó abandonada. Esta propiedad era perfecta para la clínica, habría espacio suficiente para alojar a una buena cantidad de pacientes.

Desde que el proyecto finalmente se hizo realidad y comenzó su funcionamiento, no solo los residentes se vieron beneficiados, sino también muchos otros pacientes de los alrededores, este era el único lugar que ofrecía algo distinto a los pacientes de este tipo. Lo que era en primera instancia una clínica, creció más y se estableció tiempo después, como una institución de salud de bastante renombre, que podía albergar a unos cuarenta pacientes adultos y unos cuantos más jóvenes con vivienda y atención de tiempo completo. La Estancia tenía como plan principal la terapia con animales para los pacientes, entre otras cosas, todos podían mantener rutinas con diferentes animales, como caballos, perros, gatos y otros animales de menor tamaño.

Esta institución había sido creada a base de donaciones de muchas buenas personas y de doctores que estaban dispuestos a donar su tiempo ayudando en esta clínica, y por mucho tiempo esto fue suficiente. Pero con el tiempo, como todo, los fondos se hicieron más escasos, y la falta de manos para ayudar al mantenimiento del lugar, hacía que la asistencia de voluntarios fuera siempre deseada. Poca gente en realidad sabía de este lugar o de las necesidades que este establecimiento tenía, porque la realidad era que por lo general, no era un tema que cualquiera tocase a menos que fuera de interés personal ya fuera porque afectaba directamente o a alguien que conocían.

La difusión era pobre, la gente no hablaba del tema de manera espontánea, y más difícil aún, era conseguir personas que quisiesen dar su tiempo. Solo las personas que tenían pacientes ahí eran las que más ofrecían tiempo voluntariado, ayudaban con el mantenimiento del lugar y otras actividades requeridas para el buen funcionamiento, incluso hasta los doctores que ahí trabajaban ayudaban en su tiempo extra. Había algunos otros que ayudaban de manera anónima en la parte monetaria, donaciones que por supuesto eran bien recibidas. Algunas otras personas llegaban a saber de este lugar solo cuando les afectaba en el plano personal, lo que era como una bendición, ya que el común de las personas, nunca están preparadas para algo así, situaciones marcadas como trágicas y traumáticas, en las que nadie sabe qué hacer o cómo actuar.

La doctora Michaels era uno de los médicos de La Estancia, y parte del personal de planta de esta institución desde sus comienzos. Ella no solo atendía a los pacientes, también era voluntaria cada vez que podía. La doctora sabía mejor que nadie lo difícil que a veces se veía la situación, además siempre que la oportunidad lo permitía, ella trataba de reclutar nuevos voluntarios, como en este caso con Dennis. Ella le había contado de qué se trataba, y confiaba en que ella aceptara y formara parte de ese bello equipo que participaba en las prácticas de La Estancia.

Dennis aún no sabía bien de qué se trataba esto de ser voluntario, solo sabía que la doctora le había comentado.

(Dennis recordaba lo que la doctora Michaels le había dicho)

—Dennis sería fantástico si pudieras visitar La Estancia, ahí verías todo lo que te he contado. —comentó la doctora Michaels en un tono muy entusiasmado. Pero para Dennis era algo confuso, no podía explicarlo, era algo dentro de ella, algo que casi le molestaba.

—En la próxima sesión me puedes contestar si irás el sábado o no, además ese día estaré allá y puedo personalmente mostrarte el lugar, será una buena experiencia, ya lo verás. —agregó la doctora.

Dennis sabía que podía inventar muchos pretextos para salir del paso, ella estaba de verdad, colmada con actividades, y no estaría mintiendo al decirle que no a la petición que la doctora le hacía, pero había algo más, desde que supo sobre este lugar, *La Estancia*, no podía dejar de pensar en ello. Un sentimiento raro, y por alguna extraña razón el recuerdo de Mark se hacía presente, y más fuerte que nunca y el día llegaría y tendría que darle una respuesta a la doctora Michaels le gustara o no.

Por esos días Dennis se repartía el tiempo entre las visitas a Tammy, algunas tardes tomaba té con Mary y por supuesto estaba Lucas, al quien veía por lo menos de tres a cuatro veces por semanas. Lucas tenía siempre un panorama planeado para ellos y Dennis realmente disfrutaba de su compañía, en realidad para ella no había nada mejor que estar con él y disfrutar al máximo del tiempo con él. Ella sabía hacia dónde iban esos sentimientos, pero no quería enfrentar la situación, al menos no aún. No era algo malo, pero ella debía terminar de cerrar algunos capítulos en su vida, antes de seguir adelante.

Las sesiones con la doctora le habían ayudado mucho, ahora tenía claro que las cosas del pasado no eran su culpa o mucho menos un castigo. Su vida comenzaba a tener más sentido y podía simplemente disfrutar de los momentos que iba viviendo. Su existencia se había vuelto más placentera desde que Lucas había llegado a su vida, sin lugar a dudas.

Después de todo, a Dennis no se le había hecho problema lidiar con la rara e inusual habilidad de Lucas, en cambio, era algo que ella más bien, de manera un poco extraña, disfrutaba. Cada vez que estaban juntos, Dennis volvía a comprobar que Lucas podía escucharla, ella le hablaba a través su mente y él le contestaba en silencio, era algo que la hacía sentir muy especial. Algunas veces solo caminaban por la calle y conversaban en silencio, esto le producía una sensación de seguridad, no entendía bien por qué, pero le era agradable a la misma vez.

Dennis llegaba tan cansada a su casa que no había prestado más atención a otras cosas que pasaban a su alrededor, de la misma forma, ya no había parado más por el Café Italia, ahora salía a diferentes lugares y acompañada por Lucas. Salían al cine, a ver conciertos, a comer, o simplemente a caminar, el tiempo con Lucas se le hacía nada. Su vida había cambiado, se le podía ver en su cara, el resplandor de sus ojos lo decía todo, estaba más alegre y más atenta con todo y todos.

Pero había algo que Dennis tenía como pendiente, y lo estaba dejando para más tarde. Cada día lo pensaba y sabía que pronto debería hacerle caso a ese pensamiento constante y tomarse el tiempo para cerrar un capítulo en su vida. Se refería a Mark, ¡sí! El que había sido su novio, ese que la abandonó sin palabras y que volvió de la misma forma, aún sin decir palabra alguna.

Tal vez era tiempo de razonar y lo más probable era que no fuese Mark quien tuviera que decir las últimas palabras, si no ella, por la sola razón que ahora ella ya entendía mejor ciertas cosas, que creía lo habían alejado de ella, probablemente hasta asustado, ¿quién sabe? Por mucho tiempo ella no había querido preguntarse de quién era la culpa, porque siempre consideró que las cosas malas le pasaban solo a ella, pero ahora, después de tanto reflexionar, era posible ver que tal vez era todo parte de un plan superior, ajeno a los momentos de entonces y a lo que ella pudiera saber.

Desafortunadamente para Dennis, sus sentimientos estuvieron muy comprometidos en aquella relación. Ella sufrió por años el abandono de Mark, sin llegar a entender o comprender la razón de tan nefasta acción. Después de tantos años juntos, planes futuros, de penas y alegrías, él se fue de repente, desapareció en el más insólito acto de crueldad. Nunca pudo entenderlo, solo había aprendido a sobrevivir con esa pena en el alma, la cual agregó junto con otros sentimientos que la mortificaban día tras día, por largo tiempo.

Ahora que sentía que un nuevo sentimiento estaba naciendo junto a Lucas, sabía que debía hablar con Mark. Si bien era cierto que Mark no la había buscado desde la última vez, ella sentía que necesitaba buscarlo para sentir que realmente se le ponía un final a ese capítulo en su vida. Pero no sabía nada de él, ni dónde estaba, ni qué pudiera estar haciendo, menos dónde encontrarlo, ya que lo último que había sabido sobre él, era que había dejado la ciudad. Sería algo en lo que tendría que pensar, sabía y lo sentía, no podía seguir adelante sin antes poner algún tipo de final a esa relación, pero ¿por dónde empezar, o donde buscarlo? Ésa era la gran pregunta.

(De vuelta a su día)

Como había previsto, por esos minutos más en la cama, todos sus compromisos de aquella mañana iban retrasados. Se levantó casi corriendo y se fue sin tomar su café, ése que tanto placer le daba cada mañana. Para cuando llegó al puente, éste ya estaba levantado, por lo que tendría que esperar otros 20 minutos para finalmente cruzar a la ciudad. Antes, con todas esas cosas que le ocurrían a ella, solía ponerse muy nerviosa, lo que la hacía escapar a la realidad, huyendo de cualquier situación que ella no pudiera controlar, llevando sus pensamientos a otros lugares, muy lejos de ahí. Pero esa mañana fue diferente, a pesar de todo no estaba nerviosa y estaba consciente de que estaba retrasada, y aun así no tenía ni la más mínima pizca de nerviosismo ¡eso sí que era un buen cambio! Se mantuvo pensando en qué le respondería a la doctora Michaels cuando la viera esa tarde, como de costumbre, era jueves después de todo.

Cuando finalmente estaba trabajando sentada en su escritorio, haciendo algunos cambios en un proyecto, el cual estaba a punto de finalizar, notó algo que la hizo exclamar con voz alta, y muy sorprendida;

— ¿Pero cómo es esto?, ¿cómo es que yo he trabajado todo este tiempo en este proyecto y no me di cuenta? —exclamó Dennis, quien miraba las proyecciones de una remodelación que tenía justo enfrente de ella. Claro, era un trabajo compartido en grupo, en el que ella llevaba semanas dando opiniones, trabajando en las revisiones y sugiriendo colores para el arte, incluso quería reunirse con la gente encargada para sugerir algunos cambios en la campaña de publicidad.

—Esto tiene que ser parte de ese -*Plan Divino*- el que tanto hemos discutido la doctora Michaels y yo, no queda otra explicación. —exclamó Dennis a toda voz, sin preocuparse de que la pudiesen escuchar. Estaba tan asombrada, que no sabía si lo que la había sorprendido más era el hecho que no había notado en qué estaba trabajando, o el hecho de que lo denominado —*Plan Divino*— era una realidad.

Rápidamente, Dennis apretó el botón para imprimir la hoja de información del proyecto en cuestión, que mostraba un pequeño mapa con la ubicación del lugar. Era increíble pensar que ella había estado trabajando por semanas en este proyecto y no era hasta ese momento que se daba cuenta.

—Es que esto del momento y el lugar indicado, es increíble, me está pasando y no lo puedo creer. —hablaba Dennis en voz alta. —es que tengo que contárselo a Lucas, sí, lo antes posible.

Ya con la hoja en mano se sentó y leyó;

—Campaña de Recuperación, La Estancia, Etapa II —, esto era lo que la había sacudido de su silla, el nombre del proyecto.

En efecto era el proyecto del hospital psiquiátrico del que la doctora Michaels le había hablado, era la etapa dos, donde se generaba una nueva adicción a la propiedad ya existente, un nuevo pabellón, para agrandar el cupo de pacientes. Ahora era cuando varias otras preguntas le asaltaban la mente, ya que este proyecto era una de las beneficencias de la compañía, como era bien sabido, las hermanas Harrison siempre estaban en esto, ayudando donde se pudiera, pero de forma privada.

Dennis recordó el día que Mary le dijo que este proyecto era especial, incluso hizo un comentario;

—Quiero que todo sea excelente y salga lo más rápido, queremos conseguir muchas donaciones, y depende de nosotros que el proyecto se realice, han puesto toda la confianza en nosotros, en que lograremos ese nuevo pabellón. —esas fueron las palabras de la señora Harrison aquel día.

Dennis se paró con la información en la mano y caminó por la oficina de un lado a otro, quería esclarecer la mente. Por una parte, le parecía que esto era exactamente lo que había estado tratando de incorporar a su vida, esta nueva filosofía del —Plan Divino—, las cosas ocurren porque así está destinado, pero por otra parte, pensaba en la relación de las hermanas Harrison con este lugar, o si existía alguna otra conexión que ella estuviese ignorando ¿tal vez entre la doctora y alguien más?

Quiso buscar y analizar la idea de que hubiera algo confabulado, algo escondido, algo que la llevara a pensar que ella estaba siendo manipulada. Un poco de temor la estremeció en ese momento, como que todas sus angustias retornaron sin aviso y pensó;

— ¿Sería posible que todo esto solo sea producto de una manipulación de algo desconocido para mí? —pensaba Dennis.

Ahora sí tenía una tremenda duda en su cabeza, aunque Dennis en realidad no tenía bases legítimas para pensar lo que su mente estaba orquestando. Sus pensamientos intentaban crear algo casi macabro, que pudiese ser la razón precisa para decir que *no* esa tarde a la petición de la doctora Michaels.

El día avanzó y Dennis se llevó la hoja consigo para preguntarle a la doctora si ella tenía conocimiento de tal hecho.

(Sentada en la consulta, 5:30pm)

Desde hace algún tiempo Dennis había cambiado su cita para la última hora disponible, que era a las 5:30, ya que esto le dejaba más tiempo de trabajo y ella ya se sentía más cómoda, tanto en sus sesiones, como en lo que al lugar se refería.

La secretaria de la doctora se acercó a Dennis para decirle que, por favor, ingresara a la oficina que la doctora la esperaba. Dennis saludó cordialmente a la doctora como era ya costumbre, intercambiaron algunos comentarios de cómo había estado la semana y si había habido algo en especial. Fue en ese momento cuando Dennis no pudo contenerse y le preguntó sin más preámbulo qué tenía que ver ella con la campaña de aquel lugar. Sonó como poco brusco y la doctora pudo ver que Dennis sentía algo más que curiosidad por saber. El brillo y la ansiedad al preguntar resaltaban en la voz de Dennis.

— ¡Oh, sí! Claro que ha habido algo especial esta semana, ¿no me preguntas por qué me he demorado mucho en darme cuenta? —dijo Dennis abruptamente.

— ¿A qué te refieres Dennis?, no comprendo. —agregó la doctora, aun sin mostrar rastros de incomodidad, cosa que Dennis esperaba ver casi de inmediato.

—Pues bien, me refiero a que tú debes saber que mi compañía es quien se ha hecho cargo de la campaña de recuperación de aquel lugar en el que tú trabajas. —dijo Dennis.

—mmm... —murmuró la doctora.

—No Dennis, ¡no tenía idea! Sí es cierto que estaba al tanto de que la campaña para recaudar los fondos pronto estaría lista y que como yo formo parte del comité, podría verla antes de que saliera al público, por si había que hacer cambios o algo más. Pero no sabía que la compañía en la que tú trabajas era, bueno, es la encargada de hacerla. ¿No te parece una grata coincidencia? —agregó la doctora.

Dennis se quedó en silencio, como reestructurando sus pensamientos por unos segundos, ya que prácticamente había dado por hecho que ella sabía, y que con decirle esto, Dennis estaría dejando al descubierto esta —confabulación— para hacer que ella se uniera también. Pero no alcanzó a terminar de pensar cuando la doctora la interrumpió;

—Y dime Dennis, tú que eres la que sabes de esto, ¿será una buena campaña? Sé que a la institución le hacen mucha falta estos nuevos ingresos para concretar los planes de edificar ese nuevo pabellón. Éste será solo para niños pequeños, y salones nuevos, y claro, renovar en general las instalaciones, ah, y por poco lo dejo atrás, también queremos mejorar los establos para así poder recibir más animales. —concluyó la doctora.

Era obvio que Dennis estaba equivocada, ¿qué conspiración podría haber detrás de todo, si no más que una buena acción? Lo sintió dentro de sí, pero trataba de buscar una razón para no aceptar lo que realmente era, solamente una buena acción. Dennis pensaba en lo que acababa de escuchar, era imposible que algo malo hubiera detrás de todos esos buenos deseos tratándose de —*niños y animales*— ¿cómo negarse a ayudarlos? era algo tonto pensar de esa manera. Dennis hizo un gesto de negación, reafirmando que sus temores eran infundados y más, muy mal pensados. Ella estaba equivocada, sin dudas.

La sesión de Dennis después de ese comienzo transcurrió sin mayores incidentes, como siempre ella se sentía muy cómoda y ya no solo hablaba de sus problemas, sino que ahora comentaba más de su diario vivir y sus planes y proyectos lo que era muy buen indicio. La mayor parte de la sesión era conducida por Dennis, lo que a la doctora Michaels le daba a entender que Dennis estaba de pie nuevamente y muy bien parada, casi lista para dejarla ir.

Dennis recogió sus cosas para retirarse y la doctora Michaels extendió su mano diciéndole;

—Hasta pronto Dennis. Espero que tu semana sea muy buena, nos vemos. —a lo que Dennis respondió;

—Gracias, lo mismo para ti. —Dennis volteó y siguió caminando en dirección a la salida, la puerta aún permanecía cerrada y mientras agarraba la manija se detuvo y miró para atrás y con voz fuerte le preguntó a la doctora Michaels;

— ¿A qué hora quieres que este en La Estancia el sábado?, para que me muestres las instalaciones, ah, y ¿puedo ir acompañada? —dijo Dennis, mientras miraba a la doctora desde la puerta.

—Oh, excelente Dennis, no quería importunar haciéndote la pregunta, como vi que lo otro te había sorprendido mucho, preferí dejarlo para otra oportunidad, pero con esto…, es magnífico que quieras conocer el lugar. El sábado es parte de mi voluntariado y normalmente llego temprano por la mañana y ya no me voy hasta por la tarde, así es que puedes venir a la hora que más te acomode, solo pregunta por mí cuando llegues a la recepción. Y la respuesta a tu segunda pregunta es sí, claro, que puedes ir acompañada, ¿vendrás con Lucas? —la doctora sonreía.

—Él conoce muy bien cómo llegar, ya que él nos ayuda mucho casi todos los sábados, excepto por los días en que tiene algún compromiso. —dijo la doctora.

La mirada de Dennis cambió casi instantáneamente, sorprendida hasta tal extremo que temía decir algo. Sabía que ambos, Lucas y ella habían decidido llevar las cosas despacio y

164

que tampoco tenían la obligación de contarse todo acerca de sus vidas, pero claro, estaba que ahora sí habían muchas —coincidencias— que conducían a un mismo punto, La Estancia, pero la pregunta más grande persistía ahí, ¿Por qué no había salido a relucir este punto en común que ambos tenían?

La doctora Michaels viendo la cara de interrogante de Dennis, agregó;

—Perdón Dennis, tal vez no debí asumir que sabías que Lucas era mi paciente, aunque ya no lo atiendo en forma profesional, más bien él se ha convertido en un buen amigo, discúlpame, de verdad te lo pido. —replicó la doctora, con tono muy preocupado.

—mmm… ¿y desde cuando sabes que Lucas y yo somos amigos? Porque yo no recuerdo haberte mencionado el nombre de ese nuevo amigo, del que tanto te he hablado, esto me produce confusión. —dijo Dennis mirándola directamente a la cara.

—Lo supe el sábado pasado, estábamos en La Estancia y a la hora de la colación, compartimos en la misma mesa, le mencioné que me daba gusto verle tan contento, y me dijo que me mostraría la razón de su alegría, lo cual me dio mucha curiosidad. Lucas sacó su teléfono y me mostró una fotografía en la que estaba junto a ti, a lo que yo exclamé de inmediato que yo te conocía, ahí fue que seguimos hablando y me contó cómo se habían conocido y lo mucho que disfruta de tu compañía. Me imaginé que él te contaría de inmediato. No entiendo por qué no lo hizo. —respondió la doctora Michaels.

—Creo saber la razón. Ahora entiendo, he estado tan preocupada de mis cosas que no le puse atención a lo que él tal vez quería contarme. Porque sí recuerdo que tenía algo muy interesante que contarme cuando nos vimos el domingo, pero no recuerdo que él me lo haya dicho, claro, yo con mi boca, no paro nunca de hablar y hablar, qué pena. —trató de cerrar la conversación con esto último, pero la doctora volvió a recalcar;

—Entonces ¿estás segura de que todo está bien? No quiero que te vayas con algún tipo de duda, ya sabes que nos ha tomado tiempo construir esta relación de paciente a doctor, y me importa mucho lo que puedas estar pensando, ¿me entiendes, verdad?

—Sí, todo está bien, no te preocupes, solo pensaba, en que jamás se me había ocurrido pensar que Lucas también podía ser voluntario allí, pero así es, otra coincidencia más, ¿será que todo esto es parte de aquel Plan Divino? —Dennis sonrió y finalmente salió de la habitación.

Fue ahí, cuando ella dejaba la oficina de la doctora y se dirigía a su auto, que la vio brillar, había un gran orbe de luz brillante que destellaba un color dorado, como si fuera oro líquido, así como en las películas de fantasía. La luz brillante estaba posada sobre su auto. Caminó con cautela, mientras no le quitaba los ojos de encima, no quería perderse ni un segundo de aquella maravillosa visión. La luz seguía posicionada en el mismo lugar, inmóvil, flotaba y soltaba unos intensos destellos de esta extraordinaria luz.

Dennis miró a ambos lados de la calle, preocupada de que hubiera más personas observando lo mismo que ella, pero ya era tarde, pasadas las siete de la tarde y la oscuridad se había dejado

166

caer y ese bello manto de oscuridad hacía que aquella luz brillante, destellara más y más. De pronto, en un abrir y cerrar de ojos, el orbe se desplegó a una rapidez impresionante perdiéndose en el horizonte.

Dennis avanzó hacia su auto y por primera vez en mucho tiempo, sintió una tranquilidad enorme y la sensación de que sus acciones estaban siendo aprobadas por esos seres especiales. Sintió que ella estaba haciendo lo correcto y más aún, sintió que no estaba sola.

Capítulo 14

Sorpresas Te Da La Vida...

(Viernes por la noche)

D ennis había llegado de la oficina cargada de cosas que había acumulado durante la semana, nada de urgencia, pero si tenía que ver qué haría con todas ellas. Entre las cosas, estaba una linda tarjeta que Lucas le había dado como regalo, sin haber un motivo especial. La tarjeta decía así; — *Solo por haberte conocido*— él se la había dado esa tarde, se habían juntado para cenar y concretar lo del día siguiente. Finalmente, había decidido que iría con Lucas a La Estancia, y que pasaría parte del día allá, con él, y de esa forma conocería el lugar.

Ella no hizo gran alarde sobre el hecho de que Lucas no le había comentado sobre la doctora Michaels, o sobre su participación en La Estancia, cosa que él hacía regularmente, ya que era posible que él hubiera querido contárselo y ella no le dio la oportunidad, pero aun así, ella lo pensaba y le daba vueltas en la cabeza al porqué de esta nueva coincidencia y sin dejar que esto le quitara el sueño, la curiosidad volvía a reaparecer.

Dennis se apoyaba mucho en todas esas conversaciones con la doctora Michaels y se había entregado a confiar en eso que ella llamaba —El Plan Divino— porque esto era lo que la empujaba a confiar en que todo tenía una razón específica, y que en algún momento dado, ella lo comprendería.

Entre todas las cosas que Dennis pensaba, concluía que ella también le había contado muy pocas cosas personales a Lucas. Más bien, había ido sobre su vida, sin ni siquiera sumergir la nariz ni un solo centímetro. Ella sabía que si indagaba lo más mínimo, tendría mucho que contar y las penas resurgirían, y eso era horrible de tan solo imaginarlo.

El realizar esta nueva experiencia sería para Dennis, algo bueno, por largo tiempo su mundo había sido muy reducido entre el trabajo y antes, la escuela. Su vida personal siempre había estado escondida en un rincón. Con la intención de no preocuparse mucho del porqué, no tenía gente en su vida, ella había volcado toda su energía entre la escuela y el trabajo, dejando completamente aislado el tema de su vida personal.

Pero con el tiempo, sus miedos y temores regresaron, y comenzaron a hacerle la vida miserable, lo que al final la llevó a buscar ayuda. Aunque ella trató por sí sola de salir adelante, eventualmente comprendió que la ayuda era más que necesaria, que sentía estaba perdiendo la cordura, y que no sabía hacia dónde se dirigía su vida.

Cuando las cosas fueron avanzando, la vida de Dennis fue tomando un color más claro, y la diaria problemática tomó otro color, fue cuando comprendió que en la vida hay que cerrar capítulos para poder avanzar, que no se puede pretender seguir adelante, sin antes aceptar los hechos y eventos que han ocurrido, como parte del pasado, y que se debía hacer todo lo posible por cerrarlos, especialmente lo que le perseguía en su inconsciente día y noche.

Cuando Dennis supo que Mark volvía, su corazón se había alegrado también. Cuando Mark llamó a Dennis para que lo fuera a recoger, ella sintió que él no solo estaba regresando a la ciudad, sino que estaba también de regreso a su vida. Lo que le dio mucha alegría, y a la vez la cegó completamente, sin poder pensar en todo lo que había sucedido antes y ya no le importó el pasado, ni todo el sufrimiento que había tenido que enfrentar.

Lo único que le importaba es que él estaba de vuelta y ella aun sentía que lo amaba, porque era al único hombre que ella había amado, y aun lo extrañaba tanto o más que el primer día de su partida. Eran tantos los momentos que ellos habían compartido juntos, que era muy difícil entender o encontrar una razón que sonara comprensible como explicación a su abandono. Pero la decepción fue más grande y dolorosa que la de su partida, la primera vez.

Nada de lo que ella pensó se concretó, en cambio, él se alejó aún más, y estando ahí tan cerca de ella, él no hizo nada por tener un contacto con Dennis, lo que le produjo un dolor aún mucho más profundo, seguido de muchas preguntas sin respuestas.

Ella, con el tiempo dejó de amarlo o tener sentimientos por él, pero aún persistía una gran pregunta en su mente, y ésa era ¿por qué él se había marchado?, ¿por qué la había dejado? y eso a ella, no la dejaba vivir en paz y mucho menos seguir adelante para dar un nuevo paso en su vida.

(Ya en su habitación)

Dennis se tiró en medio de su cama, ya con la luz apagada y cerró los ojos para tratar de conciliar el sueño, pero se encontró que había algo diferente, sí, algo que le sacó de esa idea, la de cerrar los ojos y dormir. Al instante que cerraba los ojos, le parecía ver una luz blanca, no mucho brillo, pero definitivamente era un orbe, pero esta vez en su mente, o al menos no en forma visible. Estaba tan acostumbrada a verlos con sus ojos abiertos que en realidad nunca los había visto de otra forma, pues bien esa noche Dennis experimentaba algo diferente.

Ella seguía experimentando aquella sensación, cerraba y abría los ojos y nada cambiaba, fue ahí cuando pensó; *¿puede ser que me haya dormido, y esto sea un sueño?* Lo que le pareció un tanto raro, ya que si era un sueño, era uno muy especial, porque ella podía pensar y razonar durante este posible sueño, y si esto fuese real, sería algo increíble.

Pasaron unos segundos, decidió quedarse los ojos cerrados por más tiempo y notó que esta luz se iba agrandando poco a poco, e iba acaparando más y más espacio y ya casi todo lo que su visión dentro de su cabeza podía percibir era un resplandor blanco. La sensación de relajación llegó hasta ella, y ya no quiso intentar abrir los ojos otra vez, en cambio, aguardó con paciencia, observando cómo esos destellos de luz cubrían todo el horizonte.

Luego de un rato, todo era blanco con destellos dorados y mientras Dennis permanecía con sus ojos cerrados, su mente observaba esa increíble visión, relajante e impresionante a la vez.

Se podían apreciar ciertos destellos de un color dorado por las esquinas. Era como pensar que al cerrar los ojos, se encontraba frente a una gran pantalla cóncava que abarcaba todo el frente, y que sus ojos ya no miraban con los párpados levantados, sino cerrados. Podía mover las pupilas de lado a lado, e iba explorando y buscando algo que fuese diferente. De repente estos destellos se comenzaron a hacer más y más visibles y brillaban como estrellas fugases, de color dorado. Sin lugar a dudas un espectáculo sin precedente para Dennis.

Le llamó la atención que en el centro de esta pantalla gigante, apareciera algo similar a un punto. Éste parecía acercarse y a la vez se agrandaba, por un momento no parecía nada, pero luego se extendió y ya fue tomando forma, y se parecía a la silueta de una persona.

Esta silueta no era negra, sino de color ámbar, y se venía aproximando a ella. Dennis no podía distinguir bien, pero en cuestión de segundos lo vio. ¡Era un hombre!, sí, podía verle y a medida que él se acercaba más, Dennis comenzó a pensar que le conocía. Su corazón se aceleró, y se sintió con mucha ansiedad. Podía ver que alrededor de esta silueta se formaban destellos que danzaban con una suavidad exquisita. Vio colores azules y verdes acompañados de unos rayos dorados intensos. Era como algo que delimitaba el contorno, y bordeaba la silueta de este hombre.

Dennis se dijo a sí misma;

—Claro que debo estar soñando, pero todavía puedo pensar.
—ella realmente creía que esto era maravilloso.

El hombre se acercó hasta ella a tal punto de quedar enfrente de su cara. Había mucha claridad, pero aun así, no podía verle la cara muy bien, hasta parecía que la imagen se movía como si fuera un holograma de esos que mostraran en películas futuristas. El hombre estiró sus manos invitando a las manos de Dennis a tomar las suyas. Dennis no trató de resistirse y rápidamente extendió las suyas también. Ella al tocar las manos de él, sintió algo especial, una extraña vibración que le aceleraba el corazón, sintió que le conocía, — ¿Pero de dónde le conocía? — esa era la pregunta que ella se hacía con insistencia.

La mirada de él era tierna, con mucho amor, y le conversaba con el pensamiento cosas que ella no podía comprender, pero entendía que de alguna forma, él se estaba comunicando con ella. Después de algún tiempo con las manos tomadas, él las dejó ir y se comenzó a alejar, y ella se quedó ahí observándolo, hasta que volvió a ser no más que un punto en aquella gigantesca pantalla blanca, llena de hermosas estrellas doradas, que soltaban destellos intermitentes.

El telón de aquella pantalla interna comenzó a cerrarse y la superficie blanca que ella había estado observando, comenzó a esfumarse rápidamente, hasta no quedar nada más que la negrura de la nada. Finalmente, abrió sus ojos y allí estaba, tirada en el medio de su cama, en su habitación, como si nada hubiera pasado.

Dennis suspiró un par de veces y se dio vuelta para el lado, abrazando a su almohada, mientras emitía pensamientos en su mente;

— No creo que haya sido un sueño, pude sentirlo, era real, estoy segura.

— ¿Quién era ese hombre?, siento que lo conozco, estoy tan segura de que le he visto antes, — ¿Pero quién era? —se preguntaba una y otra vez, y mientras no perdía minuto en recordar lo que acababa de vivir o experimentar. De a poco, sus ojos iban cayendo con el peso de sus párpados, y esta vez sí la llevarían a soñar.

Dennis cayó profundamente dormida en un sueño apacible, sin interrupciones hasta el nuevo amanecer.

La mañana llegó y Dennis se levantó muy tranquila. Estaba en un estado de serenidad increíble, sintió que la visita que ella haría esa mañana, sería sin duda algo bueno, algo muy esperado. No podía explicar de manera concreta cómo se sentía, pero estaba expectante de ir a conocer La Estancia.

La bocina sonó y Dennis se asomó por la ventana para hacerle señas a Lucas, quien le esperaba abajo, con su auto en marcha, estacionado a la entrada del edificio. Habían decidido que ambos viajarían el trayecto en un solo vehículo, y que estarían solo hasta cuando ella estimara que era suficiente, y que después regresarían a la ciudad para ir a ver una película o tomar café, claro, si es que no estaban muy cansados. A Dennis le encantaba hacer planes con Lucas, porque él siempre estaba de acuerdo con ella en todo, hasta parecía que lo hacía para complacerla, y esto la hacía sentir muy bien, ya que necesitaba sentir que contaba con el apoyo de él, después de todo, tenía mucho tiempo de estar sola.

Lucas era un muchacho reservado con sus pensamientos personales y más, en lo que se refería a Dennis, pero esta vez él sabía que ella se sentiría a gusto en aquel lugar y que no habría necesidad de venirse más temprano de la hora en que él volvía. ¿Cómo es que él sabía esto? Bueno, no era difícil ver que Dennis era una persona buena y de nobles sentimientos y ¿qué persona así, no se siente bien ayudando a otros en necesidad?

Lucas, aunque muchas veces no entendía bien el cómo o el porqué, se sentía tan atraído a Dennis, sentía esta necesidad de seguir su instinto interior. Era como una pequeña vocecita que siempre estaba diciéndole qué hacer o qué decir, y sin exagerar mucho, él ya había pensado muchas veces que dentro de su cabeza vivía otra persona, claro, debía ser un vago o un parásito, ya que nunca salía afuera para ayudarle a trabajar por lo menos.

El trayecto no fue para nada largo, más bien se sintió como un abrir y cerrar de ojos y ya estaban a la entrada de La Estancia. Al salir de la carretera, tomaron la entrada que estaba pobremente pavimentada, el auto levantó una polvorienta nube que se iba quedando detrás de ellos. Algo así como una milla y ya estaban estacionando frente a un gran sauce, viejo, enorme y lleno de ramas que pronto, cuando el sol estuviera en su máximo esplendor, darían una sombra exquisita, protegiendo el vehículo del calor extremo.

Dennis se bajó del auto y caminó hacia la derecha. Había una reja y un portón viejos de madera, que con poco y ya caían. Pero era imposible no quedarse perplejo con la vista que sus ojos presenciaban, un valle espectacular, verde esmeralda precioso y todas las tonalidades de rojos se apreciaban en el follaje de los árboles y completaban el paisaje con un inigualable cielo azul en el que las nubes brillaban por su ausencia. Vista típica de finales de octubre, pleno otoño.

Estaban como en una cima de una montaña pequeña, la mayor parte de la propiedad partía desde ese punto hacia ambos costados. A la derecha se veían los graneros que aparentaban estar de pie, pero en realidad estaban más como medios en el suelo, establos en los que los caballos asomaban sus cabezas, como queriendo saber quién estaba llegando, y mucho espacio de predio abierto. Animales sueltos como perros, gallinas y patos adornaban los campos. Y para el otro extremo, hacia el lado izquierdo, se veía una gran casona a la que no se le veía final y enfrente un viejo jardín inglés o al menos lo que quedaba de él. También había unas cuantas bancas de jardín arrimadas a los árboles más frondosos, y flores, sí, había bastante colorido a las orillas de los arbustos pequeños, que enmarcaban el camino hacia la entrada principal.

La casona se veía en urgencia de pronta atención. Tanto sus ventanas, pintura y techo, gritaban por reparaciones, pero aun así, este majestuoso inmueble de tres pisos, un poco raro para su época, ya que normalmente se construía por esos tiempos solo de dos pisos. Los dueños anteriores habían habilitado el espacio entre el techo y el segundo piso, dejándolo solo como extra espacio, con el fin de almacenamiento, pero con la nueva propuesta habían habilitado ese espacio para más dormitorios. La casona, contaba con dos extensiones en la parte atrás, que habían sido agregadas posteriormente, y que con el correr del tiempo ya no daban abasto necesario para la cantidad de personas que La Estancia albergaba.

Dennis podía ver la imagen en su mente de los planos propuestos por la agencia, planos que había visto en su oficina el día que supo que el proyecto de la Agencia y el lugar del que la doctora le hablaba, eran los mismos. Ahora mirando desde ese punto específico en tierra firme, veía que de concretarse el proyecto, el resultado podría ser hermoso.

Sintió que Lucas caminaba hacia ella.

— ¿No te parece que es una maravilla? ¡Y eso que aún no ves lo mejor! —exclamó Lucas.

— ¿Cómo que no veo lo mejor? ¿A qué te refieres? —preguntó Dennis de una vez.

—Me refiero a que aún no conoces a las personas que viven acá y a los animales, todos tienen su nombre propio y son muy buenos, ya lo verás. —agregó Lucas con la voz colmada de emoción.

—Bueno, claro, me imagino que todos deben ser muy especiales, incluso los animales — agregó Dennis tratando de ser cordial y continuó;

—Lucas, dime, tú ¿Qué es lo que haces específicamente aquí? Cómo para yo tener una idea. —preguntó Dennis con tono de curiosidad.

—Ah, ¿Quieres saber en qué gasto el tiempo acá? Bueno es fácil, aquí hago de todo. Cuando uno llega en la mañana, nos reunimos con otros que vienen a ayudar y con los que aquí residen en los comedores para desayunar y conversar y luego pasamos por la estación de ayuda en donde siempre hay unas listas largas de cosas que necesitan atención y ahí tú vas escogiendo en que ayudarás en esa oportunidad. —Lucas se lo decía con una amplia sonrisa en su cara y mostraba gestos que hacía con sus manos en los que confirmaba el aprecio y gusto por sus acciones.

— ¿Entonces tú no estás con los pacientes? —preguntó Dennis

—Bueno una de las primeras cosas que aprendemos acá es que no hay pacientes, solo residentes, y sí, claro, que estoy con ellos, todos procuramos dentro de nuestros días pasar un tiempo con alguno de los residentes, la variación y rotación les estimula. A muchos de ellos jamás les visitan. —esto último Lucas lo agregó con una expresión de profunda pena en su cara.

— ¿Cómo, pero es que no tienen familiares? —los ojos de Dennis se mostraban sorprendidos, como buscando una corrección en lo que Lucas le estaba diciendo, pero no, Lucas estaba en lo correcto, y muchos de los residentes de ese lugar eran personas olvidadas en el tiempo, rechazadas por la sociedad, excluidas de la realidades que otros vivían. Pero aún quedaban almas buenas en este mísero mundo de mezquindad en que Dennis y Lucas vivían.

Después de unos minutos, Lucas le invitó a seguir en dirección a la entrada de la gran casona, finalmente, iban a poner sus firmas de registro aquella bella mañana en la que Dennis se llevaría una gran sorpresa.

Tocaron a la puerta y ésta se abrió con un portero automático, ambos entraron y caminaron unos cuantos pasos, hasta llegar a la primera habitación que era como una pequeña oficina, ahí era donde todos se registraban. Ambos firmaron el tablero, uno que decía con letras grandes — *Voluntarios del día sábado* — Dennis se sorprendió al ver que solo había unos cuantos antes que ellos, y ella le preguntó a Lucas de inmediato;

— ¿Y dime, es que no hay más voluntarios hoy?

— La verdad es que nos cuesta mucho reclutar ayuda, hoy por hoy casi nadie quiere dar un poco de su tiempo, el egoísmo se ha apoderado de todo, inclusive del alma de los humanos terrestres. —Lucas comenzó a sonreír. —pero no te preocupes, ya luego van apareciendo más. —este último comentario lo dijo realmente confiado en lo que sus palabras decían.

Había una señora que los recibió muy amorosamente y con una sonrisa muy amigable le decía a Lucas que ya estaban sirviendo el desayuno, a lo que Lucas agregó que estarían en dirección al comedor en dos segundos. Lucas tomó la mano de Dennis y la llevó por el pasillo. Mientras avanzaban, él le iba mostrando las habitaciones. Las primeras estaban al lado derecho. Una de ellas era una gran habitación, que servía de recibidor común, con unos sillones viejos y unas cortinas que habían visto mejores días.

La siguiente habitación estaba al cruzar el pasillo y era la oficina de los doctores, la puerta estaba cerrada, pero le dijo que ahí se reunían para hablar y hacer sus cosas. Avanzaron un poco más y encontraron una gran habitación, ésta sí estaba más renovada, alguien le había pintado unos murales muy lindos. Por lo que ella alcanzaba a ver, ésta era una sala común, en donde podían ver televisión o jugar, había muchos juegos de mesas con cuatro sillas repartidas por toda la habitación. Los ventanales estaban despejados y nada cubría los cristales que dejaban entrar una gran cantidad de luz.

Hacia uno de los costados había una gran biblioteca llena de libros y unos cuantos sofás, que se veían bastantes confortables, listos para recibir a alguien que quisiera sentarse a leer un buen libro.

Siguieron casi al final del pasillo y abrió la puerta, finalmente, los comedores. Era enorme, una gran habitación con los cielos elevados tipo catedral. La parte final de la habitación era redonda, con muchas ventanas, que dejaban ver los predios de la propiedad. Había mesas que albergaban a ocho o diez personas, alineadas en tres corridas, eran nueve mesas en total. Al lado derecho estaba la cocina y se parecía mucho a un dispensador de comida rápida, un mesón largo y las vitrinas llenas de comidas que habían sido previamente preparadas. El aroma a café era extraordinario, fresco y fuerte, así le gustaba el café a Dennis.

Lucas entró rápidamente y le dijo;

—Ven, comencemos a poner las mesas, agarra esas bandejas que están al final del mesón y las repartes en las mesas. —fue tan rápido que Dennis no pudo replicar, solo se dedicó a hacerlo, mientras miraba cómo la puerta se iba abriendo con bastante continuidad, y así más personas iban llegando.

No sabía si tenía vergüenza de que la vieran ahí, o qué era, pero como que estaba muy tímida, hasta que vino el primer —

buenos días —de parte de una hermosa viejita que se le acercó y con mucho cuidado, le tomó la mano y le dijo;

—Buenos días, eres una cara nueva, gracias por venir. —y se alejó a sentarse en una de las mesas.

Esto hizo que Dennis quebrara el hielo y se sintiera mucho más cómoda y en muy poco tiempo ya estaba por todo el lugar, preocupada de que todos estuvieran tomando su desayuno. En un momento Lucas vino y le dijo;

— ¿Cómo estás? ¿Cómo te sientes? —Dennis respondió;

— ¡Fantástico!, la gente es muy linda. —mientras avanzaba con una jarra de jugo hacia una mesa en la que solo estaban unos niños, todos menores de edad, por lo que ella veía. Lo increíble es que ahí, a ella todos le parecían de lo más normales, no veía síntoma alguno de enfermedad.

Después de un largo rato, de estar en movimiento se sentó a tomar su café, y miraba por la ventana cuando vio algo, más bien a alguien. Se puso de pie casi de inmediato, pero ya esta persona había salido de su vista periférica. Por un segundo quiso inquietarse, pero en eso entró la doctora Michaels al comedor y desde el otro lado de la habitación le gritaba a Dennis;

— ¡Buen día Dennis!, es magnífico verte aquí, me alegro de que hayas podido venir, todos apreciamos tu servicio.

—No, no es nada, me siento muy cómoda y todos acá parecen ser personas muy lindas, no hay nada que agradecer. —replicó rápidamente Dennis ya con sus mejillas sonrojadas.

La doctora se sentó por un momento en la mesa donde Dennis estaba y luego llegó Lucas y así otras personas las que rápidamente fueron dándole la bienvenida a Dennis y en menos de treinta minutos había pasado de ser una extraña a ser una participante. Estaba a gusto y cómoda y salió del comedor con otro de los voluntarios, quien terminó de mostrarles las instalaciones. Cuando volvió, Lucas la esperaba para que lo acompañara a los establos. Iría a preparar los caballos para darles terapia a un grupo de residentes que estaban programados para las diez treinta de la mañana.

Dennis y Lucas se fueron por aquel largo pasillo para pronto salir de la gran casona y cruzar el predio de enfrente y llegar a los establos. Mientras caminaba, Dennis volteó a mirar atrás, hacia el lado en donde le había parecido ver a alguien y Lucas le preguntó;

— ¿Qué miras? ¿Qué te ha parecido algo raro? —era muy probable que él hubiera percibido la inquietud en Dennis.

—Nada, nada en realidad. —contestó.

— ¿Estás segura que es –nada- y no es algo que no quieres decirme? —Lucas le tomó la mano y esta vez con su mirada y su mente le dijo;

— ¿Segura?

—Claro que sí, estoy segura, no me pasa nada, solo que me pareció ver a alguien que conozco, pero es obvio que no era. —concluyó Dennis.

—Ah, ¿sí? Sería fantástico que encontraras a alguien acá. —dijo Lucas.

— ¿Por qué lo dices? ¿Qué tendría de fantástico? —exclamó Dennis.

—Bueno, lo digo por eso de que los residentes acá no tienen muchos visitantes y esto sería una razón más para que sigas dando tu tiempo aquí, en La Estancia. —dijo Lucas y siguió caminando en dirección a los establos.

Los dos comenzaron a abrir las caballerizas y trasladaron caballos desde allí hasta los corrales exteriores. Dennis nunca había estado con caballos, pero definitivamente era natural en ella, no tuvo ni un solo problema para hacerlo.

Luego de un rato vio cómo se venían acercando un grupo de personas desde la gran casona. Dos mujeres que usaban uniforme de color morado oscuro y otras cuatro personas, por lo que Dennis asumió que eran las que venían a trabajar con los caballos, sería algo nuevo que ver y aprender, definitivamente sí.

Una de las enfermeras se acercó a Lucas y le dijo;

—Nos falta un residente, ya luego vendrá, es que aún está adentro. —agregó la enfermera.

—No hay problema, sacaré otro caballo y lo dejaré listo para que haga su terapia, y ¿quién es el que falta? —preguntó Lucas.

—Es Mark. —dijo la enfermera.

Dennis al escuchar este nombre, giró tan rápido como pudo, con la pregunta en sus ojos, ¿estarían hablando de la misma persona?, ¿sería eso posible? Ya le había parecido verle desde adentro de la casona, mientras estaban en los comedores.

Pero cómo sería posible, más bien, era imposible, Mark se había ido de la ciudad, probablemente a otra, en busca de trabajo por no decir, para alejarse de ella, que es lo que ella pensaba. Siguió en lo que estaba, pero de cuando en cuando levantaba la mirada para observar si ese tal *Mark* se veía venir.

Ya Dennis estaba llenando los cubos con los que alimentaría a las aves del lugar, y las gallinas ya se le habían pegado de la pierna, por que conocían que aquel ruido que hacía el balde cada vez que lo tomaban para ir al granero en busca de la comida, así es que Dennis tenía una corte de gallinas, patos y otros pequeños animalitos de por ahí, que la seguían a todas partes esperando por su comida.

Dennis pensaba entre sí cuando observaba lo grande que era el granero y lo mucho que había adentro, que no era broma eso de que necesitaban de mucha ayuda. En realidad se podía ver, no había que ser adivino para darse cuenta de que la mano de obra escaseaba por el lugar. En eso escuchó a dos hombres conversar.

Dejó el balde en piso, del que rápidamente las aves se apoderaron sin pensarlo dos veces, y sin salir del granero aún, apegó su cabeza a la orilla de la puerta, pero no podía verles. Aunque casi estaba segura de que no era necesario, la voz que escuchaba era sin duda la de Mark. Sí el mismo Mark, aquel que había sido su novio, ése mismo que la dejó sin una explicación, ése que llevaba noches robándole el pensamiento, al que quería buscar para cerrar un capítulo más y así poder comenzar a reconstruir su vida.

— ¿Y qué hacia el ahí? —se preguntó Dennis, tratando de encontrar una respuesta rápida a miles de pensamientos que se comenzaban a desencadenar.

Capítulo 15

La Vida Junto a Mark

Dennis quedó sola a muy temprana edad. Un terrible accidente vehicular le arrebató la vida de sus padres, a los que ella amaba profundamente. Desde el momento en que aquel trágico accidente tomó lugar, la vida de Dennis fue otra, acompañada de una carga muy pesada, la misma que muchas veces la hizo flaquear, por las preguntas que siempre quedaban sin respuestas.

Aquel horrible evento transcurrió de forma diferente, o al menos eso es lo que ella podía resumir después de tanto pensar, claro, que siempre lo hacía solo para ella, había comprendido que sus relatos no eran del gusto de la gente, porque pensaban que ella había quedado mal de la cabeza después del accidente. Pero Dennis no era tonta y pronto comprendió que lo mejor era callar y siempre decir lo que el resto de la gente esperaba, lo que por cierto en este caso, no era la realidad, pero nada se podía hacer, ella lo había intentado todo y nadie le creyó.

Dennis vivió con su tía por parte de padre, por muchos años, si bien es cierto, la tía no fue una mala persona con ella, tampoco fue la mejor. Era la hermana de su papá y era bastante mayor. Ella asistió a la secundaria ya viviendo con su tía, que fue siempre muy poca compañía, ya que la tía solo se preocupaba por que Dennis tuviera un plato de comida y un lugar donde dormir. Pero la tía nunca creció algún tipo de afección hacia Dennis, y menos pensar que podía darle un poco de amor, como para compensar la falta de los padres, no. La señora era fría, y Dennis así lo entendió desde que llegó a esa casa, una vez que salió del hospital.

Dennis conoció a Mark apenas de entrar en el noveno grado. Primeramente se hicieron amigos, luego muy buenos amigos, y ya después fueron novios. Fue una conexión muy bella, existía una comunicación increíble, y ambos estaban como solos en este mundo. La vida les permitió encontrarse y hacer el uno del otro, ese ser de compañía que necesitaban. Ambos hacían planes y soñaban juntos, lo compartían todo, claro, que aunque les tomó un poco al principio, ya con el tiempo Dennis le confiaba hasta lo más mínimo a Mark.

Mark sentía un gran cariño por Dennis, eso no se podía dudar y su mayor deseo era poder pronto hacerse hombre y poder trabajar para así ser el sustento de Dennis y llevársela lejos de ahí para comenzar una linda familia con ella, y poder terminar con esa triste y solitaria vida.

El padre de Mark pagaba una condena en la cárcel, por un crimen que había cometido muchos años atrás, y lo que Mark sabía de él, era muy poco, ya que la madre que era la que sabía más del asunto, nunca le contó nada. Había continuado su vida así como podía, ya que ella se quedó sola y desamparada cuando esto ocurrió.

Para los años de más adultez de Mark, nunca se le ocurrió retomar el tema de su padre, Mark pensaba que no debía sentir nada por él, por lo que había hecho, además ya poco lo recordaba. La madre de Mark dejó todo eso en el pasado y nunca más habló de lo sucedido.

Mark sabía que Dennis había perdido a sus padres en un accidente, por la misma razón, él se había apegado mucho a ella y ella a él. Pero Mark sabía mucho más que eso. Con el tiempo Dennis había logrado contarle cada uno de los detalles de aquella experiencia, que si bien fue horrible y devastadora para su vida, también fue inexplicable. El contar lo que allí había pasado, se había convertido en algo prohibido, algo que nadie podía saber. Mark lo entendió así, y creció junto a ella y junto a la idea que su novia era diferente, especial, la que podía ver estas luces, que él muchas veces quiso ver, pero aparentemente, no era tan especial como para poder verlas.

El único desahogo de Dennis era él, el único al que podía contarle cuando se sentía mal, o cuando tenía estás visiones, aunque ninguno de los dos entendía por qué o para qué, pero al menos les hacía sentir mejor el hecho que podían al menos conversarlo entre ellos. Dada la naturaleza de lo que a Dennis le acontecía, habían decidido dejarlo en privado y preferían no complicarse más la vida con las interrogantes del por qué, aunque pensaban que sabían el significado de los orbes, o luces brillantes como ellos las llamaban, parecía muy evidente que las luces aparecían en presencia de personas en algún estado de peligro, ya fuera alguna enfermedad o que algo les fuera a ocurrir. Era como leer una novela de suspenso, cada vez que Dennis le decía que había visto las luces, Mark le preguntaba; ¿Dónde? ¿Quién será esta vez?

Muchas veces le seguían la pista, y volvían repetidas veces a ver a susodicha persona para ver qué iba ocurriendo, y en varios casos las luces desaparecían y las personas no morían. Eran esos los momentos en que más felices se sentían. Había costado mucho convencer a Dennis que ella no era la causante de lo que ocurriera en lo referido a esas luces. Mark se lo repetía a diario y la mayor parte del tiempo esto funcionaba, aunque existían ciertos días que nada servía, esos días en que la vida de Dennis era simplemente miserable.

Así crecieron ambos, año tras año, haciendo planes y esperando por el tiempo indicado para poder realizarse como dos seres independientes, casarse, y tener hijos para crecer la familia. Habían hecho planes para ir a la universidad juntos y buscar un plan que acogiera a los adultos casados, los que eran jóvenes, pues habían escuchado de ciertas becas y ayudas, pero nada claro, aún. Dennis contaba con una cantidad de dinero, no sabía en realidad de cuánto se trataba, pero le había dicho su tía que sería suficiente para que ella estudiara cuando el momento llegara.

Se habían graduado de la secundaria y Dennis había cumplido los 18 años ya. Todo indicaba que estaban listos para comenzar una vida juntos. Tantos años de planificación, sueños y deseos estaban tan cerca de concretarse, pero la mamá de Mark enfermó repentinamente y ella dejó de trabajar, lo que puso a Mark con una mayor responsabilidad en sus hombros. Por esto debieron postergar dichos planes hasta que la mamá de él se recuperara, ya que él no podía irse y dejarla así.

Una de las cosas que mantenían a Dennis al pendiente era el hecho que no había visto la aparición de ninguna luz el día que la fue a ver, y le repetía constantemente a Mark

— ¡No importa lo que tú digas, prefiero no ir a verla!

Se refería a la mamá de él. Ella sentía que las luces tenían una conexión con ella y no quería que a la mamá de Mark le fuera a pasar nada malo.

Pues bien, dicho esto, ella se mantuvo ausente de la vista de aquella mujer, pero las noticias que Mark le iba dando no eran las mejores. Así pasaron el verano con la señora enferma y para cuando llegó el otoño, ella empeoró, sin que se pudiera hacer nada. Un día Mark llegó al hospital y ella ya había partido.

Los momentos que de ahí en adelante se desencadenaron fueron de mal en peor.

Mark fue siempre un muchacho tranquilo y sano, nunca tenía problemas de salud. Pero en el último año todo andaba mal. Se sentía cansado y débil, no le dijo nada a nadie, lo asoció al hecho de que ya había salido de la escuela y ansioso de darle comienzo a los planes que habían hecho juntos. Pero luego vino el trabajo y al poco tiempo después la muerte de su mamá. Todo en un corto plazo, así es que él pensaba que lo que a él le pasaba, era solo cuestión de descanso.

Dennis se había conseguido un trabajo en un almacén, algo que le ayudaría a juntar un par de pesos extras, mientras se ponía en contacto con las personas indicadas por lo del dinero que sus padres le habían dejado, era un seguro de vida, que se consignó como producto del accidente. Pero como todo, esto tomaría algún tiempo, semanas, tal vez un poco más.

Aún estaba en casa de la tía y aunque la veía cada vez un poco más viejita, siempre la veía bien, era algo que ella sabía, lo sentía cada vez que la besaba al despedirse de ella. Era uno de esos presentimientos en los que Dennis sabía que ella estaría ahí por largo tiempo, o al menos eso es lo que ella pensaba.

Mark y Dennis solían pasar la mayor parte del tiempo juntos, y en uno de esos días Dennis vio algo que la dejó muy impresionada. Primero fue como que le pareció haber visto una extraña luz en la habitación en donde se encontraban, ya que como Mark estaba solo en su casa, Dennis pasaba bastante tiempo con él. Aún no habían hecho planes de mudarse juntos, porque aún no se podían casar. Dennis necesitaba terminar los trámites pertinentes y cobrar su dinero y luego procederían a hacerlo. Pero aún no estaban de acuerdo en donde vivirían.

Dennis no se sentía de lo más cómoda en la casa que había sido de la mamá de Mark, ella nunca fue apegada a ella, aunque la conoció desde el principio. La señora siempre fue callada y solitaria, poco conversadora y nunca prestó interés por las cosas de ellos. No obstante todo lo acontecido, Mark quería a su madre, y la extrañaba inmensamente, claro, que el hecho de estar con Dennis le hacía el dolor más llevadero, sin duda.

Aquella noche como cualquier otra estaban en la sala, cuando Dennis se había parado a la cocina a buscar una bebida y fue cuando volvía que vio esta luz que con rapidez se retiraba hacia la derecha, a alta rapidez, lo que la hizo pensar doblemente si en realidad la había visto o estaba alucinando. Titubeó y cuando se sentó, se lo dijo a Mark.

—Sabes, acabo de ver algo, algo extraño. —dijo ella.

— ¿Extraño? ¿Cómo qué? ¿Dónde? —contestó él.

Mark se enderezó de la posición en que se encontraba, tirado en aquel sofá negro, enfrente del televisor, y se dio media vuelta para esperar la respuesta de Dennis, que quiso como no contestar, pero dada la insistencia de él, prosiguió a contarle lo que había visto. La noche siguió sin mayores interrupciones y así continuaron por unos días, hasta que Dennis nuevamente vio algo que ya no la dejó muy tranquila.

Era un jueves por la noche, cuando Dennis venía llegando de su trabajo y paró en la casa de Mark para verlo y cenar con él. Cuando entró, lo vio tirado en el sillón, parecía durmiendo y ella se acercó a sentirlo, lo tocó cuidadosamente y se dio cuenta de que dormía, lo que no tenía nada de inusual, salvo por lo que Dennis vio. Ella acarició el pelo con ternura y en ese preciso momento los orbes comenzaron a llegar. Primero fue una, que cruzó la habitación rápidamente, luego cuando ésta captó la atención de Dennis, cruzaron otras, Dennis las seguía con la mirada como preguntándose ¿y ahora qué? Se puso de pie al lado del sillón, donde Mark dormía, y desde el frente de ella, por la pared, comenzaron a aparecer varias más, para en cuestión de minutos repletar la habitación.

Se movían y giraban por todos lados, algunas muy tenues, poco brillo, pero había las otras, las que irradiaban luz por montones. Parada ahí Dennis giró a seguir a una de ellas, y en un momento de pregunta, ella les gritó exaltada y conmocionada.

Dennis sintió algo, algo que no supo describir, algo que le oprimió el corazón. Con el grito que ella pegó, Mark despertó y todos los orbes se esfumaron. Mark con asombro preguntó;

— ¿qué pasa? ¿Cuándo llegaste que no te sentí? —y Dennis respondió;

— No hace mucho, acabo de llegar. —contestó ella.

Esta vez Dennis pensó con más calma las cosas y tomó una decisión, no le contaría a Mark lo que había visto, para que preocuparlo con esas cosas. El resto de la noche Dennis estuvo callada y un poco ida, pensaba y pensaba, qué diablos, significaba la presencia de las luces, para ella estaba claro que no era nada bueno. El tiempo pasó y ella se marchó a su casa.

Desde ese día en adelante las cosas cambiaron, las luces estaban cada vez más a menudo con ella, casi a diario, y ella seguía manteniendo el silencio. Pasaron las semanas y Mark parecía haber tomado más trabajo que nunca, ya casi no se veían, se estaba volviendo común que se vieran a la rápida y aunque a Dennis le parecía normal, sentía que de alguna forma era mejor. Ella creía que estas luces eran su desgracia y no quería verlas cerca de Mark, bajo ningún punto. No podría resistirse a pensar que le podía pasar algo a Mark.

Llegó el día en que Dennis fue llamada a firmar los documentos, y le entregaron una nueva cuenta de banco en donde estaba depositado el dinero del seguro de vida que acababa de recibir, claro, que era suficiente para estudiar y tal vez alcanzaría para varias otras cosas más. Estaba feliz y llamó a Mark para darle la noticia y así quedaron de verse esa tarde.

Apenas Dennis entró en la sala, notó a Mark muy preocupado, estaba demacrado y se veía de mal semblante, ella de inmediato le preguntó;

— ¿Te sientes mal?

Su corazón latía a mil, pero él le dijo;

— ¡No, no es nada! —y ella dijo, agregando con voz refunfuñona;

— ¿Cómo que no es nada?, de qué me hablas, mírate cómo estás, ¿qué pasa? ¿No vas a venir ahora con estas cosas? ¿O sí? — Mark se paró de la silla y le dijo;

—No te preocupes, es que quedaron muchas cuentas por pagar con la enfermedad de mi mamá y algunas requieren una fuerte cantidad de dinero que no tengo, y me dejó con pocas opciones, creo que tendré que vender la casa para poder terminar de pagar y creo que después de eso podremos buscar un lugar para nosotros. —agregó Mark en un tono como diciendo *lo tengo todo controlado.*

Dennis se acercó, lo abrazó, y le dijo;

—Pensé que ya no querías vivir conmigo, hemos estado como alejados este último tiempo.

— ¡No, no digas eso! sabes que te amo con todo mi ser, vivo por ti y para ti. —contestó Mark.

Cenaron y luego Dennis le conversó a Mark que por qué no hacer uso del dinero que ella tenía para saldar aquellas deudas y así no exponerse a vender la casa a la rápida, así, él tendría más tiempo para manejar la situación. Fue un rotundo no de parte de Mark, en cambio, Dennis le seguía dando razones por las cuales él debería aceptar y así pasaron esa noche discutiendo el tema y varios otros días. Finalmente, dos semanas más tarde, Mark llamó a Dennis y le dijo;

—Creo que tomaré prestado algo de lo que me has ofrecido, pero solo hasta que la casa se venda.

Para Dennis fue un agrado el hecho de que Mark aceptara el ofrecimiento, ya que ella lo consideraba su otra mitad. No había nada en el mundo que la hiciera pensar dos veces en lo que estaba haciendo, ¡absolutamente nada! Dennis no solo amaba a Mark, sino que vivía por él.

Una semana más tarde estaban en la sala, en la casa de Mark, habían estado revisando muchos lugares para alquilar. Habían decidido que rentarían un lugar pequeño, mientras la casa se vendía y aun les quedaba tiempo para hacer los ingresos a la universidad.

Después de todo, había sido muy bueno tomarse ese año y postergar el ingreso para estudiar, lo habían planificado por años y estaba resultando muy bien, con la excepción de la partida de la mamá de Mark.

Por un momento pareció que Mark quería decirle algo, la miraba de frente y le tomó las manos, uno de esos momentos en que Dennis se estremeció y rápidamente le preguntó;

— ¿Qué es lo que pasa?, ¿tienes algo que decirme?

La mirada de Mark estaba brillosa, como quien está a punto de llorar, pero no soltó ni una lágrima y la abrazó con fuerza. Él le dijo que la amaba y que siempre lo haría. Dennis sintió la emoción en las palabras de Mark y mientras le correspondía a su abrazo, divisó nuevamente las luces, estaban por todas partes, ¿qué diablos tenían ellas que hacer ahí? Se preguntaba para sí misma.

Pensó por un instante en decírselo a Mark, pero ahí mismo la idea se desvaneció. Dennis concluyó que de seguro sería un problema, el -por qué- no se lo había dicho antes y se quedó ahí sentada con él sin decir nada. Abrazados, cuerpo a cuerpo, disfrutando del momento, mientras las luces volaban por toda la habitación, como quien dice *haciendo de las suyas*.

Dennis finalmente se quedó dormida en el hombro de Mark y para cuando despertó a la mañana siguiente, ya él se había marchado a su trabajo. Fue una extraña sensación, como de vacío, algo no andaba bien, pero no supo lo que era, hasta un par de días más tarde…

Dennis por la mañana hizo sus cosas como de costumbre. Se fue a su trabajo, y durante la tarde le pareció raro que no había recibido ni una sola llamada de Mark. Así es que decidió marcarle para hablar con él. Lo llamó varias veces, pero siempre era su contestador quien respondía la llamada. Después de unos cuantos intentos, decidió no llamar más, de todas formas pronto lo vería, era ya fin de semana y siempre hacían algo juntos.

Ella pasaba con regularidad a la casa de Mark en las tardes y cenaban juntos, algunas noches se quedaba y otras se iba. Pero esta noche se iría directo a su casa, con su tía, ya que había pasado varios días en la casa con Mark haciendo los cálculos de las deudas que él pagaría con el dinero que Dennis le había pasado.

Por cierto, ésta era una suma bastante grande y además, estaban buscando un lugar para rentar, aunque aún no habían encontrado nada que les sirviera para comenzar. Ella procuraba de igual forma estar ahí para su tía, por si ella necesitara algo, la tía era muy activa e independiente, y aunque mayor en edad, no se le notaba, así como lo habría mostrado otra mujer de su misma edad.

Dennis pasó toda la tarde tratando de llamar a Mark, pero él seguía sin contestar y tampoco llegó a cenar con ellas. A la mañana siguiente decidió, antes de irse al trabajo, pasar por la casa y asegurarse de que todo estaba bien. La casa estaba cerrada y nadie abrió la puerta. Golpeó por cansancio, pero nadie respondió. El día transcurrió y luego otro día y seguía sin saber nada de él. Llamó a los hospitales, a la policía y nadie sabía nada de él.

El tiempo pasó y ella vio cuando le quitaron el letrero de venta a la casa de Mark, alguien la había comprado, ella pensó, aunque nunca nadie la habitó. Tenía la esperanza de que el nuevo dueño le diera información sobre Mark, pero nunca hubo alguien a quién preguntarle.

Casi habían pasado 5 meses, cuando recibió una carta de él, no decía mucho, pero sí decía claramente que estaba prestando servicios en el ejército y que no volvería por algún tiempo, y que era mejor que ella continuara su vida sin esperar por él. Además, una nota en la parte baja que decía

— Prometo que te devolveré el dinero prestado.

Dennis asumió que eso era el final, algo que le desgarraba las entrañas lentamente, un dolor que no podía explicar, algo adentro tan difícil de explicar mucho más difícil aceptar. Se sumió en la tristeza por días, semanas, no comía, no quería vivir, le parecía que todo confabulaba en su contra.

Sufría, profundamente, y los orbes de luz eran su única compañía, día tras día ellos estaban ahí, escuchando las recriminaciones y maldiciones que Dennis les gritaba. Los odiaba, porque decía que ellos, aquellas luces traicioneras, le habían arrebatado una vez más, algo que ella amaba. No había palabras de consuelo para Dennis.

El tiempo pasó, y fue como en forma automática que un día Dennis decidió seguir con su vida, se levantó una mañana y siguió adelante, encerrando aquello tan doloroso, junto a todo lo otro que ya antes había enterrado. Y así ella continuó sin él, sin sus sueños, sin aquellos planes, sin nada por dentro, pero siguió adelante.

De vez en cuando, pensaba en sus padres y se imaginaba que ellos querrían verla convertida en alguien de bien, sin dejar de lado que su tía ya no podía hacerse cargo de ella, sacaba fuerzas para empujarse a sí misma para salir adelante sin importar cuánto doliera.

Pasaron más de seis años desde que Mark desapareció sin una clara razón de la vida de Dennis, aunque no del todo, porque recibió un par de notas de parte de él. Definitivamente no eran cartas, decían apenas un par de palabras, las que la dejaban a Dennis más mal que bien, ya que ella podía sentir que él la seguía amando, pero sus míseras notas denotaban algo distinto.

Ella se preguntaba para qué diablos él le seguía mandando esos saludos estúpidos, ¿no era acaso comprensible que a estas alturas ella lo odiara? ¿O peor, repudiara por lo que él le había hecho? ¿Y cómo no mencionar las falsas esperanzas que ella se había hecho cuando supo que Mark volvía? Ella otra vez se había llenado de ilusiones y en cambio lo que ocurrió fue igualmente o peor, volvió a esfumarse sin dar una razón o una explicación.

Capítulo 16-1

El Reencuentro

(En el granero)

Dennis seguía pegada como lapa a la pequeña rendija que aquella puerta vieja le propiciaba, justo en el lugar preciso y momento oportuno para poder observar lo que afuera acontecía, sin que nadie la viera. Sin lugar a dudas, la voz que escuchaba era la de Mark, pero no podía verle la cara, solo la espalda y con gran dificultad. Sabía que dentro de poco aparecería Lucas o alguien más, en busca de ella, ya llevaba demasiado tiempo encerrada ahí.

¿Qué podía hacer? se preguntaba tratando de pensar claro, pero tenía una nube en su cabeza, y ésta estaba comenzando a dejar caer la lluvia, porque sentía que una gran emoción se estaba desbordando sobre ella.

Los escuchaba a todos conversar y también algunas risas, parecía que todos se conocían y actuaban como cualquier grupo de amigos actuaría. Pasó un instante y se vio que Lucas iba caminando y llevaba a uno de los caballos hacia uno de los corrales exteriores, al lado de donde ya había otros. La enfermera le seguía de atrás acompañando a Mark.

Este aún no se había dado vuelta por lo que Dennis seguía sin verle la cara y era tanta ya su desesperación por saber si estaba viendo fantasmas o si realmente él, era el Mark que ella conocía, que agarró impulso y salió del granero con bastante energía y un poco exaltada.

Ya casi a mitad de camino hacia el corral, Dennis vio venir a Lucas, que le habló de inmediato.

— ¿Dónde estabas? ¿Estás bien?— Dennis respondió;

—Sí, estoy bien, pero algo ha pasado, creo… —y ella hizo silencio aunque Lucas insistió con las preguntas.

— ¿Qué es lo que ha sucedido? ¿Te sientes bien? —esta vez no hubo respuesta de parte de Dennis, quien atónita miraba hacia el corral, por fin aquel hombre se había dado vuelta y mostraba la cara. ¡Sí era Mark! el mismo hombre al que tanto amó y aquel al que jamás pudo comprenderle la forma de actuar.

Ahí, justo enfrente de ella, montando arriba de un caballo, tirado por una enfermera, pero qué clase de jugada era esto. Dennis no podía comprender qué estaba pasando.

— ¿Por qué él estaba ahí?, ¿Qué diablos le pasaba?, ¿Qué significaba todo esto?

Fueron miles las preguntas que explotaron dentro de la cabeza de Dennis y solo reaccionó, hasta que Lucas la sostuvo por un brazo. Ella lo escuchaba hablar como quien escucha un eco. Sabía que algo no estaba bien, ella se sentía como que estaba a punto de desfallecer. La emoción la traicionaba.

— ¿Qué hacer? —se preguntaba ella, pero no lo sabía.

Lucas la ayudó a sentarse y fue corriendo en busca de un vaso con agua, por suerte ya tenía suministro cerca, ya que siempre mantenían agua para los que estaban haciendo la terapia. Lucas volvió con un vaso de agua, y aunque no tenía problemas para sostenerlo, la mano le temblaba. Él sentía lo mismo que Dennis, no podía evitarlo. Lucas se le arrodilló enfrente a Dennis y le dijo;

— ¿Es él verdad? Lo siento, no sabía que esto ocurriría, lamento que estés pasando por este dolor, pero estoy seguro de que tiene una explicación.

— ¿Pero qué hace él aquí? —preguntó Dennis exaltada y aun conmocionada.

—Bueno, él… Mark es una de los residentes aquí, vive aquí desde hace mucho tiempo.

— ¿Pero qué tiene?, ¿cuál es la razón de que él viva aquí?— preguntaba Dennis, mientras lo observaba desde lejos. Mark aún seguía en el caballo, dando vueltas en el corral a una velocidad constante como de quien no tiene apuro en llegar.

—Bueno, nosotros no sabemos lo que los residentes tienen, o la razón por la que están aquí, solo los ayudamos y compartimos con ellos, pero te puedo decir que Mark es un buen hombre, muy callado, casi nunca habla y ha tenido tiempos en los que ha estado muy débil por sus tratamientos.

— ¿Cómo? ¿Qué tratamientos? dime necesito saberlo. — exclamó Dennis.

—Bueno, como te dije antes, no es que nos cuentes, pero yo lo sé, cuando él viene a hacer sus terapias he podido sentirle y sentir su dolor, creo que está batallando alguna enfermedad terminal.

Dennis estaba ya casi un poco más recuperada y escuchaba lo que Lucas le decía y aun así no despegaba la mirada sobre Mark. Ella se levantó y caminó hasta llegar a la orilla del corral y esperó a que la vuelta se completara, y cuando tanto él como la enfermera, llegaron al mismo punto donde ella estaba, Dennis preguntó;

— ¿Si quieres, yo le puedo dar otra vuelta?, no creo que sea un problema o ¿sí? —la enfermera sonrió y dijo;

— ¡Claro que no! —y le pasó la soga que tiraba al animal, que por cierto era un bello ejemplar y además muy amigable.

Mark actuaba como dormido, ausente sería la palabra más correcta y aún no ponía atención a que alguien más llevaba al caballo, y eso que la soga no era más larga que unos siete pies, lo que le daba libertad para caminar delante del caballo sin problemas.

Dennis contaba los pasos mientras se decidía a decir algo, aunque tenía miedo a su reacción, aún era poca la información que tenía para poder entender tantos porqués, pero lo intentaría de igual forma. No podía seguir así con esa angustia, así que respiró hondo y habló.

— ¿Mark, sabes quién soy? —y en eso Dennis dio vueltas a mirarlo, pero tuvo que volver a pronunciar su nombre, porque aún no lograba captar su atención.

— ¡Mark!, ¡acá!, ¡Mark!, ¡mírame!, ¿sabes quién soy?

Dennis observaba que esta vez sí reaccionó, Mark levantó la mirada como si despertara de un sueño, y finalmente la miró de frente y movió sus ojos hasta encontrarse con los ojos de Dennis. Él mostraba asombro y se sostuvo de la silla y con un poco de esfuerzo logró bajarse. Caminó hasta quedar frente a frente, cara a cara, sus ojos y su semblante parecieron revivir, hasta un poco más de color volvió a sus mejillas. Levantó sus manos y las llevó a la cara de Dennis, y con un movimiento muy delicado Mark acarició el contorno de la cara de Dennis y dijo;

— ¿Debo estar soñando? Te he traído a mí con mi pensamiento. —Mark calló mientras la miraba perplejo.

— ¡Sí! soy yo Mark. —Dennis no sabía qué más decirle, a pesar de que minutos antes tenía tantas preguntas que casi la hacían explotar, pero en ese instante, nada. Su mente se había borrado casi del todo.

Parecía como si una chispa mágica hubiera cubierto todo el lugar y el tiempo se hubiese detenido. Todo se había paralizado, solo existían ella y él. Dennis podía sentir su respiración, el calor de la sangre que corría en aquellas manos, que le acariciaban su cara y el silencio… sí, el silencio que se amplificaba a cada segundo. Sus oídos podían escuchar el palpitar de su corazón, y también podía escuchar que a lo lejos escuchaba su nombre.

— ¡Dennis!, ¡Dennis! —Lucas llevaba ya un rato llamándola desde el otro lado de la barda, pero sin resultado alguno, fue por esto que decidió acercarse, aun sabiendo lo que Dennis estaba experimentando. No era intencional que él quisiera escuchar sus pensamientos, pero sus sentimientos también estaban en tela de juego. Lucas comprendió quién era Mark, o más bien lo que representaba para Dennis.

Pero él no sabía la historia completa, ni por todo lo que ella había tenido que pasar. También por el otro lado, él no sabía nada de la vida personal de Mark, solo sabía que él vivía allí, y que no era un mal hombre, que sufría mucho, sufría por un dolor personal. Además, por estar enfermo y por estar solo, es todo lo que Lucas podía percibir de él. Era obvio que pronto sabría más de la historia no solo de él, pero de la de ambos. Solo le quedaba esperar que esto no fuera el final para él.

Lucas comenzó a caminar más lento que de costumbre, haciendo tiempo a que ella le escuchara venir, no quería interrumpir, pero sentía que debía hacerlo. Comenzó a llamarle con la mente,

— ¡Dennis, Dennis, por favor, escúchame! —le repetía una y otra vez, pero esta vez ella estaba sorda de todo y con todo.

Llegó hasta casi al lado de ellos y Lucas tosió tan fuerte como pudo, cosa de cortarles el trance en que ellos estaban. Dennis un poco despabilada atinó a remover las manos de Mark que aún estaban pegadas en su rostro. Dio un paso atrás como queriendo excusarse con Lucas, después de todo no se veía bien lo que estaba aconteciendo, aunque aún no había algún compromiso entre ellos, era claro, que sí había algo, y ese algo debía ser respetado.

—Dennis, veo que conoces a Mark, qué sorpresa ¿no lo crees?— Replicó Lucas mientras observaba directamente a Mark y trataba de volver esa situación complicada a algo más normal.

—Sí, efectivamente, Mark y yo nos conocemos desde hace mucho, y la verdad es que ha sido una gran sorpresa encontrarle aquí, justo en este lugar. —Dennis soltó una pequeña casi leve sonrisa, la que ocultó de inmediato al bajar la cara.

— ¡Es increíble!, no pensé nunca que podría verte aquí. —con tono bajo pero natural, agregó Mark, mientras la miraba a ella y no le quitaba los ojos de encima. Mark ya conocía a Lucas, pero aún no se daba cuenta que Dennis había llegado aquel día con él.

— ¿Qué cosas no? ¿Quién pensaría que hubieran podido encontrarse en este lugar? y este día, que es el primero para Dennis como voluntaria, así como yo, porque ha venido conmigo. —terminó de agregar Lucas al mismo tiempo que daba dos pasos más y le ponía su mano sobre el hombro a Dennis.

¿Estaba Lucas dándole a conocer a Mark, que había una relación entre ellos? ¿O tal vez solo estaba tratando de hacerle la pelea a una batalla que posiblemente ya estaba perdiendo?

En esos momentos también llegó la enfermera, que les sonrió y les dijo;

—Me alegro que se hayan conocido y que estén conversando, pero me temo que es tiempo que Mark continúe su terapia. Ahora si quieren pueden continuar dentro de una hora, cuando él esté en su descanso. —la enfermera continuó a retomar su trabajo mientras lo tomaba del brazo y avanzaba con él al siguiente corral.

Mark la miró y le dijo;

—Me encantaría que pudiésemos continuar hablando. —a lo que Dennis respondió;

—No te preocupes, estaré aquí, y tendremos tiempo para conversar. —Dennis se dio media vuelta y caminó hacia el granero, mientras se llevaba ambas manos a la cabeza, se notaba muy perturbada y quién no, si el encontrarse con el hombre que tanto había amado, pero que la había abandonado, como un vulgar bandido ¿acaso no era motivo de locura?

Lucas le seguía los pasos desde atrás, esperando buscar el momento adecuado para poder interrumpirla, pero temía, sabía que podría costarle caro, así es que decidió a esperar. Ya una vez en el granero, Dennis se sentó sobre unos fardos de paja que estaban al lado de la puerta, y fue inevitable que levantara la mirada y lo viera ahí, callado y paciente, aunque muriendo por dentro, él no decía nada.

—Si quieres preguntarme, anda hazlo. —dijo Dennis;

—Pues bien, no sé si deba, más bien si tú quieres contarme, aquí estoy. —respondió Lucas.

—Es una larga historia, no sé si podría resumirla en poco tiempo, pero te diré que Mark y yo crecimos prácticamente de niños a adultos juntos, éramos novios, prácticamente vivíamos juntos y teníamos muchos planes y un día, sin más motivo o razón, me dejó, se fue sin decir ni una palabra.

Aunque hubo un intento de comunicación, éste siempre fue vano, y sin precedente, incluso cuando él volvió a este país, fui yo quien lo recogió en el aeropuerto y pensé que tal vez era una nueva posibilidad para nosotros, pero otra vez me equivoqué, y ya desde ese encuentro no volví a saber de él.

Después de un tiempo supe que él había dejado la ciudad, nuevamente sin un adiós o una explicación, por eso había decidido sacarlo de mi vida por completo, pero algo me decía que debía buscarlo y ponerle un final, buscar una última explicación del por qué él hizo lo que hizo, y cómo lo hizo, pero no logré ubicarlo y mira tú, cómo es la vida, de verdad que la vida te da sorpresas y de esta forma nos vuelve a reencontrar, ¡Pero en qué circunstancias!

—Entiendo, y siento que tus sentimientos por él están confusos, pero tú ¿aún lo amas? —preguntó Lucas;

— ¡Cómo poder explicarte lo que siento! —dijo ella con los ojos aguados.

—Siento tu emoción, y siento como tu corazón late, creo que eso indica que aún lo amas o ¿me equivoco?

— ¡No!, creo que nunca podría dejar de amarlo, él era todo para mí, pero eso no es lo que realmente importa, él dejó en mí una sombra oscura, llena de incertidumbre, y miles de preguntas por las que no he podido vivir, ni entender qué fue lo que pasó. Siempre sentí que algo terrible lo había alejado de mí, y creí saberlo y me odié por mucho tiempo, pero luego sentí que era algo más allá de todo esto, pero han sido solo conjeturas, nada en concreto.

— ¿Y qué sientes ahora que sabes que él está acá? —preguntó Lucas con una voz muy suave casi temblorosa.

Era visible que él estaba tan afectado como lo estaba Dennis, pues esta situación lo ponía a él en completa inestabilidad, además ¿cómo él podría estar al lado de ella sabiendo que ella amaba a otro?

—Bueno, no sé, aún estoy muy confundida, pero sé que me quedaré a esperar porque él vuelva y hablaré con él, no me iré sin antes tener respuestas, he esperado mucho para esto y aunque es insólito, si ésta es la forma, pues así será. —terminó diciéndolo con un tono muy marcado y determinativo, mientras miraba fijamente a Lucas, a quien le faltaba poco para que una lagrimilla saltara de uno de sus ojos, que contenía apretando la respiración y pensando en que pasaría.

De todas maneras Lucas había traído a Dennis a La Estancia y ella no tenía medios para volver, así es que era lo más lógico que él la esperara, si es que esa conversación tomaba efecto, aunque esta se tomara todo el resto del día.

Mientras Dennis permanecía en silencio sentada sobre unos fardos de paja, Lucas le dijo que él volvería a seguir en sus labores y que ella no debía preocuparse por seguir más, podía ir a la casona y esperar por Mark ahí, estaría más cómoda, pero ella se reusó a ir y quiso quedarse ahí. Era muy probable que el aire de afuera le hiciera sentir mejor, después de todo, esta situación era algo muy difícil de comprender.

Pasó un buen rato, como unas dos horas o más desde que él se había ido y una enfermera vino a traerle un mensaje, Mark estaba en su habitación, listo para recibirla. Dennis no pensó ni un solo instante, y se paró para ir enseguida.

Mientras caminada, algo escuchó en su mente que la hizo voltear, Lucas la miraba desde lejos, —estaré aquí. —eran las palabras de Lucas, que flotaban en la mente de Dennis.

Ella no dijo nada, solo bajó la cabeza como asintiendo a lo dicho y siguió. Sus pasos parecían traicionarle, pues no sentía que avanzaba y la llegada a la puerta principal se hacía cada vez más lejana.

Una vez adentro, la enfermera le indicó que debía seguir hasta el final del corredor y en donde estaban los comedores, ella debía girar a la izquierda y desde ahí hasta el otro final y luego girar a la derecha, ya ahí encontraría los dormitorios que estaban designados con una letra y un número. La habitación de Mark era W-1 porque el apellido de Mark era Wilson, y no había más apellidos que comenzaran con esa letra, tal vez un sistema un poco arcaico, pero funcionaba para los que ahí trabajan.

Dennis caminaba muy despacio y así como una vez se preparaba para ir a su primera sesión con la doctora Michaels. Ella ahora intentaba poner en orden sus pensamientos, no sabía si le gritaría o le insultaría, pero sabía que quería hablarle, necesitaba encontrar las respuestas a tantas preguntas, por qué él la había dejado de esa manera, siendo tan miserable, sin siquiera haber sido capaz de decirle adiós.

Ya se encontraba en la puerta que estaba entreabierta y titubeó para abrirla. Un frío le recorría la espalda y luego le subía a la cabeza. Respiró hondo y golpeó.

— ¿Hola? ¿Se puede? —preguntó Dennis, mientras empujaba la puerta.

— ¡Sí! adelante, pasa, estoy acá. —respondió Mark desde dentro de la habitación.

Cuando Dennis abrió finalmente la puerta pudo ver una habitación no muy grande, de forma alargada, rectangular. De frente a la puerta, en la pared opuesta, después de un corto pasillo, que era la pared que estaba más lejos, había una ventana, y un pequeño sillón justo debajo de ella. Había también una mesa pequeña con una lámpara, y unos libros apilados sobre ella. Mantuvo la vista en la pared contraria a la entrada, yendo hacia el lado derecho; le seguía otra silla, esta era una silla normal y luego, un poco más lejos de la silla, estaba la otra ventana.

Por cierto estas ventanas dejaban pasar mucha luz, eran grandes y estaban expuestas con las cortinas recogidas a los costados. Luego en la pared que continuaba, se encontraba primero un espacio vacío, luego la mesa de noche y al costado la cama que estaba apegada a la pared contraria. Y lo que estaba en ese corto pasillo era el baño y el clóset.

Dennis llegó al final del corto pasillo y sus ojos fueron en busca de Mark, de izquierda a derecha recorrió la habitación y finalmente lo vio a su derecha, recostado en la cama. Tenía varios cojines apilados en su respaldo por lo que estaba casi sentado.

También pudo ver que en el brazo derecho tenía unas vendas que cubrían parte del antebrazo.

Cuando Mark la vio, le dijo;

— ¡Acércate!, toma esa silla y arrímala acá, junto a la cama. Yo aún no me puedo parar, aunque quisiera ir a abrazarte en este instante.

Estas palabras de Mark convulsionaron los pensamientos de Dennis, ella lo miró y se le olvidó todo lo que tenía pensado decirle. Un poco como sonámbula tomó la silla, arrimándola junto a la cama y se sentó. Fue instintivo, ella llevó su mano a tocar la de él y él acercó la otra mano y la puso sobre la de ella.

Unos minutos de silencio en donde sus miradas no se apartaban de los ojos del otro, un momento que tal vez ambos hubieran querido preservar por siempre. Pero era inevitable, alguien debía decir la primera palabra y Mark fue quien dio el primer paso.

— ¡Estás igual de bella!, no has cambiado nada, tu pelo está más largo, pero tus ojos… tus ojos tienen el mismo brillo de antes. —las palabras de Mark le hacían daño al corazón de Dennis, el que tenía mucho dolor y resentimiento acumulado.

Ella quería gritarle y maldecirle, pero no podía, no tenía el valor, sus sentimientos por Mark iban mucho más allá que el odio o las recriminaciones. El amor por Mark era un sentimiento que había sido parte de ella. Dennis había crecido con él, Mark formó parte de su vida, no podía borrarlo aunque ella quisiera. Él lo había sido todo, su ayer, presente y pensó por mucho tiempo que también su futuro.

—Bueno, estoy más vieja, (ella sonrió) y sí, llevo el pelo más largo, está de moda, además me gusta de esta forma. —ella no sabía qué más decirle o cómo responder y mucho menos cómo hacer alusión a su estado de salud, que era lo que más le preocupaba en esos momentos.

—Me puedo imaginar lo que estás pensando. —dijo Mark.

— ¡Ah! ¿Sí? ¿Qué crees que pienso? —dijo ella en un tono juguetón, quería hacer el ambiente menos tenso y era justamente hacia donde las palabras iban.

—Diría que estás tratando de saber por qué estoy aquí, y por qué luzco de esta forma, y finalmente tratando de decidir en qué momento comienzas a aventarme lo primero que encuentres, para así herirme lo más profundo que puedas, pues no hay comparación a lo que yo he hecho. —dijo Mark con esta última parte en un tono quebradizo, su voz parecía que se estaba perdiendo, pero en realidad no era eso, sino que él comenzaba a dejar libre un dolor, algo tan grande que Dennis no imaginaba que él pudiera estar experimentando o mucho menos que él hubiera albergado dentro de sí por todo este tiempo.

— Sí, tienes razón, me gustaría saber por qué estás aquí. Cuéntame ¿qué es lo que te pasa? —agregó ella reacomodándose en su silla, claro, no quería mover la mano de la posición en que la tenía, pero era imprescindible que lo hiciera, puesto que el brazo se le estaba adormeciendo.

— ¡Ay mi niña! Si pudiera explicarte todo esto sin tener que revivir tantos malos recuerdos, lo haría, pero no creo que pueda. Cometí muchos errores, uno detrás del otro y cuando vine a ver ya no podía volver el tiempo atrás ni siquiera para rectificar algo del daño que había hecho. El tiempo se ha encargado de mostrarme lo equivocado que estaba cuando tomé aquella estúpida decisión que me ha matado en vida.

— ¿De qué hablas?, no puedo entenderte ni una sola palabra. —dijo Dennis con tono de preocupación.

—Hablo del momento en que arranqué de ti, del momento en que te abandoné, pensando que hacía lo mejor por ti. Creo que solo fui un cobarde que no pensó nada más que sí mismo, pero es hasta ahora que lo entiendo.

— ¿Por qué dices eso? Es verdad que actuaste como un cobarde, no lo negaré. Si no querías estar más conmigo no tenías que haberte ido de esa forma, yo lo habría entendido, -creo-, bueno puede ser que me hubiera enojado y te hubiera llorado también. Pero lo que sí es verdad, es que necesitaba una explicación… —ella hizo una pausa mientras hablaba y luego una corrección. En realidad nunca he dejado de necesitar esa explicación, soñé con poderte encontrar y preguntarte que había hecho mal, por qué me habías dejado de querer así tan de repente, sufrí mucho por ti.

Mientras ella decía estás palabras, sus lágrimas comenzaban a rodar sin esfuerzo, era imposible pensar en retenerlas, porque llevaban ahí mucho tiempo queriendo salir, y poder fluir libremente, y así dejar de comprimir su apretado corazón.

— ¡No llores!, que no podré contener mi llanto, —dijo él, acercando su mano a la mejilla de Dennis para tratar de secar algo de la humedad que la pena le iba dejando.

Dennis seguía sollozando sin nada que pudiese detenerla o ayudarla a contener sus lágrimas. Había esperado tanto tiempo para finalmente tenerlo de frente y poder decirle tantas cosas, pero ahora no podía ni hablar. En ese momento sonó una música, era una alarma que provenía de un pequeño reloj que estaba en la mesa de noche. La mano de Mark se fue de inmediato a alcanzarlo y poder así detener la alarma. Una vez esto hecho, él se acomodó un poco mejor y bajó sus piernas fuera de la cama.

Mark se sentó en la orilla de la cama, frente a Dennis quien seguía sentada en esa silla, casi inmóvil e inconsolable. Él estiró sus brazos para abrazarla con todas sus fuerzas, que no eran muchas, pero por varios minutos la sostuvo junto a él hasta que ella se sintió mejor.

Él sintió como su respiración se iba espaciando poco a poco y sus lágrimas y sollozos dejaban de correr. Dennis hizo un movimiento suave y se desprendió de los brazos de Mark quien la seguía abrazando, y limpió su cara con sus manos, mientras él le ofrecía un pañuelo que había tomado de la mesa de noche, y después de que ella lo recibió, se alejó un poco de él y le dijo;

—Cuéntame, quiero saber todo lo que no me dijiste, desde aquel día, lo que no te atreviste aquel día, cuando te recogí en el aeropuerto, todo, todo lo que me merecía saber, por todo ese amor que nos habíamos tenido, necesito saberlo y no me iré hasta que me lo cuentes todo. —ella le habló más golpeado, ya había sacado sus lágrimas afuera, y ahora estaba lista para pedir aquella explicación que por tanto tiempo había esperado.

Capítulo 16-2

El Reencuentro

E l relato de Mark comenzó sin más excusas ni demora. Lo primero que le dijo, es que a raíz de la muerte de su mamá, él notó que se sentía un poco descompuesto. Pero no había procurado ver a un doctor, porque en realidad no le había dado importancia a esos síntomas que había estado presentando y la verdad él no pensó que fuese a ser algo más serio, pero que al pasar del tiempo, otros síntomas más agresivos se presentaron, e hizo que finalmente él se decidiera a ver a un doctor. El doctor que le atendió, le ordenó unos exámenes, los cuales con el tiempo mostraron resultados inesperados. Estas fueron horribles noticias, que él no supo cómo comunicarle a ella.

En primera instancia, él no había querido darle preocupaciones a ella, porque él había pensado al comienzo que era algo sin importancia. Y además, estaba tan reciente lo de la muerte de su madre, más la presión de una cantidad de planes que se habían postergado por todo lo ocurrido, que prefirió esperar a una mejor oportunidad para decirle aquello.

Él sabía que Dennis se ponía muy nerviosa con esto de las enfermedades y sin mencionar que comenzaba de inmediato a hacer asociaciones con la presencia de las luces que ella veía. Por esta razón, él no quiso contarle, para que ella no se pusiera a pensar que podría ser la causante de algo malo, y mucho menos de ese nuevo problema de salud que él estaba enfrentando.

De hecho, él siempre pensaba más de la cuenta cada vez que Dennis hacía esos comentarios concernientes a las luces, eso que ellos llamaban secreto, pero que solo entre ellos se hablaba, lo *de los orbes de luz*, ésas que aparecían a llevarse a las personas, según decía Dennis. Pero Mark en realidad no pensaba exactamente eso, y mucho tiempo después, pudo con certeza y de manera definitiva, decir que esto no era cierto, ya que Dennis nunca le dijo que había visto alguna luz cerca de él en el periodo previo al saber de su enfermedad. Claro, cosa que él mantuvo en secreto, pero sin duda, de haber sabido que algo andaba mal, *ella habría hecho algún comentario*, pensó él.

(De vuelta en la habitación de Mark)

Dennis le interrumpió en seco, porque Mark estaba dando muchas vueltas y le dijo;

— ¿Qué fue lo que te dijo ese doctor?, eso que me ocultaste, ¡dime! —Dennis parecía exaltada, y sin más Mark respondió;

— ¡Leucemia linfocítica aguda! —dijo Mark.

— ¿Cómo?, ¿qué dices? —respondió Dennis incrédula de lo que sus oídos escuchaban.

—Así como lo oyes, yo tampoco supe cómo reaccionar, me pasé horas y días pensando en cómo comenzar a decírtelo, y no encontré una forma adecuada. Al final escogí la peor forma de enfrentar el problema, ¡escapar! —terminó diciendo Mark.

— ¿Pero...? —la cabeza le daba vueltas a Dennis.

— ¡Sí!, escapé, de una forma u otra, fue eso lo que hice. —él continuó hablando.

—Los exámenes lo habían confirmado, y ya no sabía cómo contarte, además el pronóstico del médico no era el mejor, aunque vino la parte en que me dijo que existía una posibilidad para mí, pero no era nada concreto, por lo que decidí esperar a tener algo bueno que contarte, conjunto te contara esta desgracia.

Pero esa buena noticia nunca llegó de la forma que esperaba. Te veía hacer tantos planes..., soñar con nuestro propio lugar. Tú esperanzada en nuestro futuro y yo sabiendo por dentro que ya no había nada, no había futuro para mí y después de pensarlo mucho, decidí que no te arrastraría a la desgracia de verme morir. No podía, sentí que era mi deber, no podía ser yo otro más que muriera y menos en tus brazos. — Mark se inundó de recuerdos y sensaciones que eran las que lo habían llevado a un frágil estado en su salud mental.

Entre las lágrimas que comenzaban a invadir sus ojos, Dennis le preguntó;

— ¿Y lo del dinero? ¿Para qué era? ¿Qué hiciste con él? — preguntó con cierta desconfianza aun, entre tanta noticia desconocida ya no sabía cómo soportar más dolor.

—Bueno, pensé que lo mejor que podría hacer era lograr que me borraras de tu mente para siempre, que me odiaras sin límite, y que mejor que aparte de canalla, ser un bandido y robarte la posibilidad de salir adelante. Lo siento, sé que ha sido lo peor que he hecho, y créeme, no hace falta castigo, ya he tenido lo mío. —después de una leve pausa, Mark tomó agua y Denis continuó preguntando.

— ¡Pero yo habría entendido! nunca debiste separarme de ti, de todas formas nunca logré odiarte, ni menos llamarte canalla, ¡te amaba!, ¿no lo entiendes? —Dennis se echó a puños enfrente del. Le golpeaba el pecho sin descanso, gritándole por qué, una y otra vez.

El silencio llegó y Dennis logró controlarse, nuevamente entre los brazos de Mark. Ella podía sentir su calor, y los recuerdos reaparecieron como si nunca se hubieran ido, a pesar de todos estos años. Parecía que el tiempo había vuelto atrás y que pronto despertaría y todo aquello habría sido solo un mal sueño, pero escuchó la voz de Mark que le decía;

— ¿Quieres que siga?

Dennis se echó nuevamente atrás y le dijo;

—Sí claro, continúa, por favor. —Mark prosiguió con su relato.

—Decidí irme a Canadá, conocía algunas personas a las que había contactado y luego a los que el doctor había recomendado para un tratamiento experimental. Tu dinero nunca lo ocupé, aún permanece guardado en el banco, y tiene instrucciones de ser devuelto a ti, junto con una carta que escribí hace varios años ya. Está en una caja de seguridad del mismo banco. Bueno, me animé a tratar esta nueva oportunidad y tenía pensado que si esto funcionaba, te buscaría y te contaría todo. Pero el tiempo comenzó a pasar y todo era mucho más lento de lo que yo había pensado. Pasó un año, luego un segundo año, que fue cuando te conté que estaba en la marina. Fue la mejor excusa en la que pude pensar para que no me pudieras hallar, pero necesitaba llegar a ti, me hacías tanta falta, aunque me había prometido dejarte a un lado porque era por tu bien. A veces perdía mi cabeza y sufría día a día por no poder verte, sentirte o al menos escucharte.

El primer tratamiento después de 18 meses no dio resultados, pero apareció otro doctor que me ofreció otros estudios a los que accedí rápidamente, fue este doctor el que me confirmó que mi enfermedad no era leucemia linfocítica aguda, sino más bien crónica, que podía durar años, aunque al final moriría, sin poder evitarlo. Fue como un respiro, una luz en el horizonte, una nueva razón para poder vivir y seguir albergando la esperanza de que algún dio podría curarme y volver a ti.

Tuve complicaciones y permanecí internado en el hospital general por meses y meses, sin nadie que me visitara. No sé cómo logré sobrevivir, y aún más, hacerlo sin saber nada de ti. Pero tienes que saber que de las peores crisis de tristeza y soledad, fue tu recuerdo el que me sacó adelante, el pensar en ti siempre me alegraba el día. —Mark dejaba sus energías irse mientras le hacia el relato a Dennis.

— ¿Es que no puedo entender lo que me dices?, ¿será que estoy soñando? O ¿qué? ¿Cómo ha de ser posible que hayas pensado que escapar lejos de mí era lo mejor?, ¿por no querer hacerme sufrir?, ¿es que tú no piensas que yo te amaba igual como tú me amabas a mí?, ¿Cómo no tuviste piedad para pensar en lo que significaría para mí el perderte? ¿Qué acaso no se te ocurrió pensar que yo podría sufrir más sabiendo que me abandonaste a saber que estabas enfermo? Trato, pero no puedo Mark, no puedo entender... —Dennis bajó la mirada, mientras decía estás últimas palabras.

—Si lo sé, y no estoy tratando de que comprendas, porque hoy ni yo lo comprendo, solo te pido que me dejes decirte todo lo que tenía guardado, ya no quiero seguir cargando con este dolor. —dijo Mark.

Dennis agachó la cabeza y él prosiguió;

—Ya casi al comienzo del cuarto año, fue cuando una infección en la piel me apareció debido a las bajas defensas, y no pudieron hacer nada para salvarme la pierna. Finalmente, los doctores decidieron que era lo más aconsejable de hacer, amputar para poder seguir con vida y todo porque el tratamiento que estaba siguiendo, estaba dando resultados positivos, no de una cura, pero sí de la dilatación del proceso. Las células cancerosas estaban creciendo mucho más despacio, lo que me ofrecía más tiempo de vida.

El tiempo pasó y pensé que quería verte, verte por última vez antes de morir. Pensé que no podía seguir esperando por aquel día, ya estaba muerto desde el primer día que supe que tenía leucemia, entonces pensé, ¿para qué vivir más? No tenía nada para ofrecerte, solo sufrimiento y tal vez un año a lo más, así es que tomé la decisión de terminar con mi vida, una vez te hubiera visto por última vez. —la voz se le quebraba y a punto del llanto, pero Mark seguía haciendo el intento por continuar.

— ¿Pero cómo dices eso?, ¿por qué hacerlo si habías luchado tanto?, no lo entiendo… —interrumpió Dennis.

—No lo tienes que entender, porque ni yo lo entiendo, pero sí, ya no quería dilatar más el tiempo de espera y quería abandonar todo y ya poder irme de una buena vez. — Mark hizo un silencio.

— ¿Y qué pasó?, ¿qué hiciste? Yo no pude encontrarte, aquel teléfono que me diste ya no funcionó, porque intenté llamarte, lo hice, no solo una, sino varias veces, pero ya no te encontré. — agregó Dennis.

—Traté de quitarme la vida, pero fracasé. Lo intenté una y otra vez y siempre me salvaron la vida, creo que era tan débil, que no supe hacerlo bien. Cada vez que lo intentaba, ponía tu rostro en mi mente, quería que aquello fuera lo último que mi ser viera, pero en cambio vi algo que nunca habría podido comprender si no fuera porque ya lo había escuchado antes, sí, ¡lo había escuchado de ti!

— ¿A qué te refieres? —exclamó Dennis.

—Me refiero a que cuando ya me había tomado las pastillas y solo esperaba por el momento para ya no despertar más, con mis ojos cerrados queriendo ver tu rostro, vi no solo tu rostro, sino, muchas luces blancas, u orbe de luz como tú las llamabas, brillantes y en todos los tamaños. La primera vez pensé que era el efecto alucinógeno de la sobredosis, pero luego comprendí que no.

— ¿Cómo? ¿Qué pasó?, ¿Qué te hizo pensar lo contrario? — esta vez la curiosidad le robaba el habla a Dennis.

—Porque comencé a verlas con los ojos abiertos, cada vez que te evocaba con el pensamiento, era una cosa maravillosa la que ocurría. Traté muchas veces de explicarles que era lo que veía, pero nadie me creía y, después de todo, terminé en un hospital, desamparado, sin futuro, muerto en vida, pero vivo. Pasó un tiempo y conocí a alguien que me dio más que la mano, me escuchó y me entendió, quien llegó a comprenderme y me hizo pensar de otra forma. Rona fue un ángel enviado a ponerme de vuelta en el camino correcto. —Mark mostraba una expresión de alegría en su rostro mientras le iba relatando esta parte de lo sucedido.

Cuando Mark dijo esto, Dennis interrumpió imprevistamente.

— ¿Rona? ¿Rona Michaels? ¿La psiquiatra? —preguntó Dennis.

—Sí, ella es mi psiquiatra, ella fue la que me trajo acá, por ella es que aún estoy vivo y respiro. —dijo Mark.

— ¡No lo puedo creer! —Dennis estaba muy conmocionada. —es que no lo puedo creer, ella es mi terapeuta, fue a ella a quien finalmente me abrí a contarle mi mundo de penas y cosas extrañas y sobre todo lo de mis luces inexplicables. Esto es increíble, pero, por favor, sigue, que quiero saberlo todo. —agregó Dennis.

—Bueno, Rona me habló de este lugar, me dijo que acá podría vivir y recibir mi tratamiento, ya que tengo que estar en constante tratamiento, el cual impide el crecimiento apresurado de estas células, lo que me permite vivir un día más, que es a todo lo que aspiro ahora. Cuando llegué aquí, todo fue diferente, la gente, los doctores, el lugar, y la vida que acá se lleva. Todo fue diferente. Mis primeros días me la pasé conociendo a los otros internos, bueno, acá nos llaman "residentes", y nadie te hace demasiadas preguntas. Todos nos escuchamos y nos convertimos en familia, casi todos los que acá viven, han sido olvidados por la sociedad, o sus familias de sangre. Muchos fueron condenados a la soledad porque no supieron aceptar que hay personas que son distintas, incluyendo la medicina. No todos los doctores son como lo es Rona, o como lo son los demás, ¡no!, ¡claro, que no!

—Sí eso lo sé, y lo entiendo. Si uno les cuenta algo, y esto no tiene pruebas científicas de la veracidad de tal hecho, uno está loco, y no hay más historia, o ¿acaso no recuerdas con lo de mis padres?, *secuelas del accidente,* ese fue el diagnóstico de los doctores cuando estaba pequeña. —ambos se echaron a reír, algo que les venía muy bien.

Aún tomados de las manos, la tensión comenzó a bajar y ya los ánimos se sentían mejor, aunque no se habían dado cuenta de que tenían compañía desde hacía algún rato.

— ¡Mira, ahí está! —exclamó Mark con tono de felicidad en su entrecortada voz.

— ¿Qué?, ¿qué quieres que mire? —dijo Dennis muy confundida por lo que escuchaba a Mark decir.

— ¡Voltea y mira a la ventana!, por el costado y la verás, aún no brilla mucho, pero ha venido y está observándonos. Creo que está esperando a que de una buena vez te cuente todo, porque ella ha estado conmigo por mucho tiempo, ¡si tan solo pudieras saber lo que ellas significan para mí!

Dennis volteó y la pudo ver. Era un orbe, grande, pero no de mucha luz, estaba como inmóvil en aquella esquina. Ella se paró y caminó a la ventana para mirarle más de cerca. Esta vez tenía que decir algo, habían cosas que no entendía del todo, o más bien cosas que comenzaba a ver desde otro punto de vista, era como que aquella luz esperaba por algo, algo que Dennis presentía estaba a punto de descifrar.

— ¿Qué quieres? ¿Qué haces allí?, ¿por qué no das vueltas y vueltas como las demás? —preguntó Dennis con la cabeza mirando a lo alto hasta donde estaba esta luz. En su voz se notaba la rabia y el sinsabor de otras tantas experiencias en el pasado. No sabía lo que sentía, o lo que pretendía con hablarle, pero quería escuchar algo, algo que le ayudara a calmar esa terrible inquietud que estás luces provocaban en su ser.

— ¡Sí, te hablo a ti!, anda y muévete, o más bien aléjate de acá, no quiero que nada le pase a Mark, no quiero que ustedes intervengan, ya es suficiente con todo lo que me han quitado, ¡déjennos en paz! —exclamó Dennis más que desesperada, pero para su sorpresa Mark la interrumpió.

— ¡No!, ¡No!, estás equivocada. No es algo malo, nunca lo ha sido, ellas vienen por ti, porque tú eres especial, ¿es que no lo ves? Ellas me salvaron la vida. Tres veces vinieron a socorrerme, cada vez que pensaba en ti, eran ellas las que aparecían y se quedaban por largos ratos dando vuelta e iluminando mi cielo oscuro. Ellas son las que me han ayudado a seguir, por ellas es que estoy aún vivo, y tú eres la conexión, tú las trajiste a mí, cada vez que te pensaba, ahí estaban. ¡Dennis! ¿No lo ves? Estuvimos siempre equivocados, tú eres un ser de luz, de eso no hay duda. Dennis, lo he aprendido, he leído y he conocido personas que me lo han explicado, tú estás aquí con una clara misión, la de ayudar a los demás. Es que tienes que escucharme, ellas, las luces, los orbes como tú les llamas, son seres de luz, que solo están acá para ayudarnos a nosotros, los que necesitamos de su luz. Acá hay dos personas más que ven las luces así como tú y yo, tienes que escuchar sus experiencias. Claro, nosotros no somos seres de luz como tú, pero hemos recibido la luz, no solo nos ayudan con la sanación de la enfermedad, sino con la del alma. Desde que entendí esto, todo estuvo mucho más claro, tan claro, que al final lo comprendí, eras tú, siempre fuiste tú, ese ser especial lleno de vida, y lleno de amor. Ibas por ahí ayudando a las personas sin saberlo, tú llevabas la sanación a ellos, cada vez que te acercabas a alguien y ese alguien necesitaba de tu ayuda, de esa luz, los orbes aparecían, pero no para llevar el mal, si no para llevar el bien, tú eres esa terapia para el *Alma*, que tanto necesitamos.

Dennis lo miraba atónita, sorprendida, no era la palabra. Más bien parecía que estaba escuchando a otra persona. No podía ser Mark. Su semblante estaba pálido, sin color, y su cerebro no lograba entender muy bien lo que él le decía. Caminó hacia la silla que estaba cerca de la ventana y se tuvo que afirmar para poder sentarse. Y luego le preguntó;

— ¿Cómo? No logro entender, esas luces se llevaron a mis padres y me han hecho infeliz muchas veces y siempre se llevan a los que quiero, no puede ser que lo que tú me dices sea cierto, ¡sencillamente no puede ser!

Mark caminó hasta donde ella estaba y le dijo tomándole nuevamente sus manos;

— ¡Sí!, sí lo es, ellas nunca se llevaron a nadie. En cambio, aquel día de ese terrible accidente ellas se quedaron aquí, cuidando de ti, son parte de ti, y van donde tú vas cuidando y ayudando a quienes están cerca de ti, porque esa era tu misión desde antes de tu nacer, entregar amor y luz. Piensa Dennis, piensa por un instante, piensa en las cosas que han acontecido, trata de recordar cómo fueron los hechos y lo verás, podrás entenderlo así como lo pude entender yo.

La mirada de Mark estaba llena de emoción por ver la reacción de Dennis, él esperaba que ella lo comprendiera de inmediato, pero Dennis aún tenía mucho que preguntarse, como siempre lo había hecho. No era una persona fácil de convencer, aunque ese día, todo lo convencional, sin lugar a dudas había dejado de serlo.

Dennis trataba de ordenar sus pensamientos, pero eran muchos y todo daba vueltas y era confuso, no podía pensar que de la noche a la mañana cambiaría de parecer en lo que ella pensaba de los orbes, aunque ya había aprendido otras cosas, toda esta información que Mark le compartía era realmente mucho como para procesar así a la rápida. De a poco algunos otros recuerdos comenzaron a poblar su mente, las experiencias en que ella sintió algo positivo, cuando podía sentir esa energía viniendo de estás luces, o como la visita de aquel ser en su cuarto unas cuantas noches atrás, ¿sería acaso que la estaban preparando para este momento? ¿Cómo podía ella haber estado tan ciega por tantos años y no comprender lo que en realidad eran estas luces?

—Debo decirte algo. —dijo ella.

—Dime. —contestó Mark.

Dennis prosiguió;

—Un tiempo antes que te fueras y me abandonaras, porque fue eso lo que hiciste, las luces estaban en tu casa. Yo las estaba viendo muy a menudo y no te lo dije, pensé que te preocuparías, como siempre me habías escuchado hablar de estas luces en circunstancias complicadas, preferí callar. Pero temía por ti, tal vez lo presentía, no lo sé, pero en un momento pensé que te habías ido por culpa de ellas, sentí que ellas te habían arrebatado de mí, como lo hicieron con mis padres. —el sollozo no dejaba a Dennis proseguir.

— ¡No, claro, que no!, ¿es que no lo ves? Si tú las viste, era porque yo ya estaba enfermo. Por lo menos tuve el tiempo para darme cuenta, y poder ir con un médico. Aunque el diagnóstico haya sido tremendo, podría haber sido peor. No haberme dado cuenta y perder la oportunidad de llegar a este momento en mi vida, en donde he tenido la oportunidad de entender cosas que nunca habría podido comprender. No sabes cómo me han cambiado, mi ser es otro, aunque siento mucho que haya tenido que ser de la forma en que sucedieron las cosas, y más, por haberte hecho sufrir. Lo siento y haría cualquier cosa para que no hubieras pasado por todo ese dolor, pero creo que eso es imposible, todo es siempre de la forma en que debe ser, el tiempo siempre llega y la luz también. ¡No sabes cómo te he extrañado! Deseaba de todo corazón decirte todo esto, pero sabía que debía esperar. Aunque ya sabía que vendrías, no sabía cuándo, pero te esperaba todos los días. Sí, desde hace un año ya sabía que llegaría este día en que estarías acá, conmigo otra vez y yo podría explicarte y contarte todo esto que me ha apretado el corazón por tanto tiempo.

Las manos se sostenían entre sí, el calor del amor que ambos se tenían afloraba espontáneamente, Dennis y Mark se reencontraban entre lágrimas y penas, producto de una mala jugada del destino.

Para ella era, todo lo que acababa de escuchar le parecía demasiado, casi como algo imposible de entender. Todo aquello por lo que sufrió tanto tiempo, se convertía en la historia del porqué de su existencia. Mark en cambio, concluía por fin su último anhelo, el de ver a Dennis y contarle todo aquello que le había estado oprimiendo el corazón y que no le dejaba liberar su alma.

Parecía que en ese instante inmortal, en donde aquellos seres se abrazaban como si el tiempo no hubiese pasado, que un puente de luz se edificaba entre ellos, uniendo aquello que estaba roto, acortando la distancia que había crecido entre ellos, y la unión volvía a ser un círculo total. Así como había sido en un principio, desde que ellos se conocieron y durante el tiempo que crecieron juntos, edificando un futuro prometedor, pero que siniestramente se truncó por esas cosas inexplicables de la vida.

¿Tenía alguien la culpa de lo que había ocurrido? ¿O simplemente las cosas se daban como debían haberse dado? ¿Estaban justificadas las acciones de Mark? ¿Bastaba solo con que él pidiera perdón? ¿Qué quedaba por decir? Aun eran muchas las preguntas que quedaban en el aire, si bien es cierto, Dennis sentía que había recuperado una parte de sí, aún faltaba lo más difícil.

El cielo de la habitación comenzaba a obstruirse. Lentamente fueron llegando más orbes al lugar. Se podía apreciar a través de la suavidad de sus movimientos, que no querían interrumpir o llamar la atención, pero era inevitable. La energía que Dennis estaba dejando salir era como un imán para estas luces, cuanto más profundo ella sintiera, más orbes acudirían a su presencia.

Fue esto lo que ella nunca pudo comprender, o más bien, no supo entender. Ahora esto sería algo con lo que ella tendría que lidiar, aprender a aceptar, y trabajar en pro de este maravilloso regalo. Sería como empezar de nuevo, desde el principio, cuando perdió a sus padres, con aquel inmenso dolor y la soledad absoluta en que se quedó. Tal vez ahora podría tratar de entender todo aquello que no pudo en aquel momento y dejar de lado esos oscuros sentimientos que la habían mantenido en el lado equivocado del camino.

Mark hizo un movimiento sutil, indicándole a Dennis que levantara la cabeza y mirara al cielo. El techo de la habitación estaba cubierto por aquellos espectadores, casi irreconocibles, por ese leve tono blanqueado, semitransparente que casi los mimetizaba con la superficie, pero su brillo dorado que bordeaba sus auras permitía verles rotando por todas partes.

Dennis observó, mirando de lado a lado de la habitación como habían llegado a la habitación una cantidad considerable de orbes, todos de diferentes tamaños, y aunque todos parecían iguales en color, ella podía sentir las diferentes energías que aquellas luces emanaban.

Su mente estaba confundida. Ella conocía perfectamente esa sensación que se apoderaba de ella cuando las luces estaban presente, era como perder la conciencia y entrar en trance. Por eso que había tratado durante tanto tiempo de suprimir esta sensación, evitando verlas o hasta el caso de llegar a ignorarlas, pero las luces nunca habían desertado, a pesar de todos los esfuerzos de Dennis por apartarse de ellas.

Los ojos de Dennis, aguados por la emoción, buscaron la mirada de Mark. Él, que aun sostenía las manos de ella, le miró y le dijo;

—Sé que no merezco tu perdón, y no quiero que pienses que es solo eso lo que busco, sino todo lo contrario. Tú fuiste el primer mejor regalo que la vida me dio y lo que más he anhelado ha sido una segunda oportunidad para volverte a ver. Y el segundo mejor regalo ha sido este momento, el que tú estés aquí y que yo haya podido después de todo este tiempo y decirte todo lo que tenía adentro. Siempre te amaré por haber sido la luz que iluminó mi vida y eres quien me dará la paz para yo seguir mi camino.

Las lágrimas rodaban por las mejillas de Mark, pero la expresión de su cara era de felicidad. Dennis lo miraba sin poder expresar lo que sentía, esa emoción, ese calor que había dejado de sentir tantos años atrás, hoy estaban con ella nuevamente, haciéndola sentir viva otra vez, y esforzándose para poner algunas palabras juntas, le dijo a Mark;

—Ya no habrá más mentiras, ya no estaremos más nunca separados, desde hoy volveremos a empezar. —ella selló aquellas palabras poniendo sus labios sobre los de él.

Capítulo 17

El Mensaje

Las cosas no podían haber cambiado más, en tan poco tiempo, más exactamente, en un día. Dennis después de que terminó aquellas horas de conversación con Mark, había tomado la determinación que las cosas ya no podían seguir como estaban, era inevitable tener que hacerle frente a otras situaciones, las que por razones obvias tendría que enfrentar.

Los días comenzaron a avanzar con rapidez y la vida de Dennis parecía no poder alcanzar el resultado necesario, puesto que llevaba varios días en vela, pensando en cómo manejar los nuevos desafíos que su existencia le estaba regalando.

Lo primero que pensó fue en pedir consejo a su terapeuta, después de todo ella la había ayudado a ver y aceptar cosas del pasado, lo que le decía de inmediato que sería una buena táctica la de comentar con ella todos estos nuevos eventos y sin dejar de lado que ella era también la doctora de Mark, lo que lo hacía aún más interesante, a su modo de pensar ella podría ayudarla a analizar la situación de la mejor manera.

Tenía muchas preocupaciones concernientes a Mark y su salud, quería informarse, y hablar con sus doctores para así entender un poco mejor su estado. Tenía claro, que no era algo alentador, pero quería saber en dónde estaba pisando, además de saber, aunque con miedo, cuánto tiempo le quedaba con él.

Las cosas entre ella y Lucas estaban de cabeza. Lucas aquel día se había limitado a comentar lo mínimo, él no quería perderla, ya le había tomado mucho cariño y sentía que estaba enamorado de ella, pero su corazón también le decía que esto era algo que estaba fuera de sus manos, por esta razón había decidido darle el espacio necesario a Dennis y ya luego las cosas se verían. Por el momento, era egoísta pensar que él tenía el derecho de poner a Dennis en la posición de tener que decidir, y si esto llegase a darse, Lucas sabía la respuesta de antemano, él no tenía lugar en aquella relación.

La vida diaria de Dennis se había intensificado, trabajaba más apurada cada día, para poder terminar sus obligaciones más temprano. Ya no solo necesitaba tiempo para las visitas a Tammy, las que eran casi a diario, sino que Mark estaba de vuelta en su vida y ella quería pasar el mayor tiempo posible con él.

Pero a pesar de todas estas nuevas preocupaciones, Dennis se sentía bien, un poco presionada, pero bien, era como si hubiese recuperado algo que había perdido. Aún no tenía el tiempo para sentarse y pensar a solas en todo lo que estaba ocurriendo, pero también era posible que ella misma no quisiese darse ese tiempo, porque habría especialmente una cosa con la que tenía que lidiar y no tenía ni las ganas ni el ánimo para hacerlo.

Su historia personal se estaba dando vueltas. Ese lastre que acarreaba por tiempo, ya no parecía ser un lastre más bien un don. Pero necesitaría tiempo para entenderlo, aunque de repente la mente y sus recuerdos le mostraban momentos pasados en los que ella podía sentir que la presencia de esas luces, no era nada malo, más bien algo bueno. Dennis pasó tanto tiempo a solas, culpando a esos orbes de luz por haberse llevado a sus padres, que nunca pensó ni pudo imaginar que las cosas hubieran sido de otro modo. Nadie estuvo ahí como para decirle que ella estaba equivocada, ni si quiera las luces se defendieron de lo que ella pensaba.

Había momentos en los que a ella se le arrancaba una lágrima por el solo hecho de pensar que si esto era cierto, ella había sido muy egoísta no yendo a visitar a la madre de Mark cuando ella enfermó. Pensaba que si todo lo que Mark aseguraba, de seguro ella podía haber hecho algo más por ella.

Dennis le esquivaba a esta situación, cada vez que se veía atrapada pensando, levantaba su mirada y buscaba algo qué hacer, no podía enfrentar esta realidad, porque sería una muy dura de llevar ¿Cómo era posible que en ella hubiera sanación para otros? ¿Cómo saber qué es lo que ella tenía que hacer para ayudar a esos que lo necesitaban? Claro estaba que si lo ponía así, la responsabilidad de ser un *ser de luz*, era muy grande para ella.

Era seguro que llegaría el momento en que Dennis podría ver las cosas desde otra perspectiva, pero ella no lo sabía con certeza.

Era martes, y las cosas iban bien, aunque aún no conseguía confirmar la cita adelantada con la doctora Michaels, puesto que la de ella aún estaba lejos, dentro de tres semanas. Dennis había decidido adelantarla, por todos los eventos que habían ocurrido.

Esa tarde llamó varias veces sin poder obtener un resultado positivo. La recepcionista le había dicho que solo podría darle una cita si alguien le cancelaba previamente, por lo que no había tiempo disponible para ella sin una cancelación de otro paciente. Aunque Dennis lo entendía, ella estaba impaciente de hablar con la única persona que podía entenderla, después de todo la doctora Michaels sabía de la existencia de las luces, sus crisis existenciales y definitivamente ella la escuchaba sin juzgarla.

La recepcionista no llamó esa tarde, así es que se decidió a ir a ver a Tammy como estaba previsto. Había pasado un tiempo desde que la mandaron a casa y ya ella estaba mucho mejor, su semblante se veía iluminado y la relación en la familia estaba como nunca, además de que ella ahora contaba con la presencia y ayuda de su madre, aquella mujer que siempre supo esperar.

Dennis llegó a la casa de Tammy y vio el carro de la señora Harrison estacionado afuera. No era algo raro verle ahí, ya que ella pasaba mucho tiempo con su hija después de la reconciliación. Dennis tocó a la puerta y la hija de Tammy le abrió. La muchacha no sonreía, sino más bien estaba seria y no dijo nada, ni siquiera el saludo, solo abrió la puerta y luego se alejó. Dennis se quedó con el saludo en la boca, pero no obstante rápidamente miró hacia el pasillo que conducía a la habitación de Tammy.

Con el paso apresurado se dirigió a la habitación, y allí se encontró a Mary y Tammy, ambas mujeres con el semblante palidecido, por lo que Dennis sin saludo cordial, ni nada, exclamó;

— ¿Qué es lo que está pasando por qué tienes esa cara?, la niña me abrió la puerta y ni siquiera me saludó ¿qué es lo que pasa? ¿Me lo pueden decir? — Dennis estaba como un poco contrariada por la situación, pero ya Mary comenzaba a ponerse de pie para ir a calmarla.

—Hola Dennis, que bueno que vienes, pensaba llamarte para que vinieras de todas formas. — dijo Mary.

— ¿Qué es lo que pasa Mary?, no me pongas nerviosa, que no soy buena con estas cosas —agregó Dennis.

Tammy interrumpió de súbito diciendo;

—No es nada serio, solo que el doctor decidió verme mañana, a modo de urgencia, ya que el último MRI mostró algo que no estábamos esperando. — dijo Tammy.

El semblante de Dennis parecía perder color rápidamente, y como pudo, se dejó caer en una silla junto a la cama de Tammy. No dijo nada, solo mantenía su cabeza baja, sin decir palabra.

— ¿Estás Bien? — preguntó Mary.

Dennis la miró y asintió con la cabeza. No podía pronunciar palabra, no podía, tenía un nudo en la garganta y solo quería ponerse a llorar, pero aguantó y contuvo las lágrimas. Los próximos 45 minutos fueron los más difíciles para ella, trató de ser cordial, y partícipe de la conversación, pero había puesto su estado en automático, mientras ella esperaba el minuto en poder salir de aquel lugar y romper en llanto. Ella sabía lo que se avecinaba, lo sintió de inmediato cuando Tammy le habló.

Dennis salió de la casa de Tammy y se subió a su auto, y en cuestión de segundos había reventado el llanto que la tenía ahogada por dentro. Manejó sin rumbo definido. Cruzó el puente de la bahía, y siguió por aquella carretera sin pensar a dónde. De pronto se dio cuenta que había manejado a las afueras de la ciudad y sin haberlo pensado se encontraba a la entrada de *La Estancia*.

Dennis detuvo su automóvil y trató de estacionarse en un lugar un poco más seguro a la orilla de la carretera. No quiso entrar, puesto que sería advertida por el cuidador y tendría que entrar a dar explicaciones de por qué estaba ahí, ya que eran pasadas las ocho de la noche, un poco tarde como para visitas y menos en las condiciones en que ella se encontraba.

Se bajó del auto y miraba la casona desde lejos. Sabía que la habitación de Mark daba al otro costado, por lo que no podía ver desde ahí su ventana, pero ella igual se quedó pensando por largo rato en él. Pensaba en que lo perdería, en que era poco el tiempo que le quedaba, y pensaba en que también perdería a Tammy. ¿Cómo podría ser que ella tuviese un don, si no era capaz de ayudar a ninguno de los dos? Sus lágrimas emanaban con gran caudal. No había nada que a ella la pudiese consolar en ese momento, nada. Tan solo con saber que ella los perdería, así como había perdido a sus padres, sentía que le quitaban el aire y que ya no podía respirar.

Los minutos comenzaron a pasar y luego sin ella darse cuenta las horas se dejaron caer. Dennis con menos sollozos, pero aun sentada en el suelo a la orilla de su auto, miraba las estrellas de manera estática. Pensaba en Lucas, se sentía mal y culpable de haberlo aislado y sabía que no podía ni siquiera llamarlo para hablar porque no era justo para él.

Dennis comprendía con claridad qué tipo de sentimientos eran los que Lucas sentía por ella, sentimientos que ella no podía corresponder en esos momentos, así es que tendría que hacerle frente a todo esto sola y tratar de no enredar más las cosas con él, porque no podía ofrecerle lo que él buscaba. Nuevamente se encontraba ella sola con sus sentimientos, como en un principio ¡simplemente sola!

Dennis estaba enojada con la vida y con justa razón, le había tocado enfrentar un sin número de situaciones adversas y sentía que las injusticias nunca terminarían, sobre todo al ponerle a Mark otra vez en su camino, saber que él nunca dejó de amarla y a la misma vez, quitárselo del todo. Lo que la vida le hacía a Tammy era aún peor, habían puesto tanta esperanza en el tratamiento, y ella había respondido bien y ahora, después de todo eso, volver a lidiar con la sombra ingrata del cáncer ganando la batalla. Sin Tammy, esa familia se volvería a desarmar, todo lo que estaba pasando era muy injusto.

Mientras miraba el cielo estrellado notó lo brillante de una estrella y pensó que era un lucero. La estrella avanzó y Dennis notó que ésta se movía, por lo que pensó que era una estrella fugaz, y se animó a pedir un deseo, pero solo llegó hasta decir *quisiera,* cuando la vio que esta estrella no era sino más bien una luz brillante.

Era un orbe de luz, resplandeciente y perfectamente circular, como del tamaño de una pelota de baloncesto, y había llegado a posarse justo enfrente de ella. Se mantenía con un movimiento circulatorio constante, por lo que Dennis la miraba sin sacarle la vista de encima. Luego Dennis acomodó sus manos en el piso y se puso de pie. La luz seguía ahí enfrente de ella, no más lejos que unos diez pies de distancia. Brillaba y soltaba unos pequeños destellos que se perdían con el contraste de la noche y el cielo oscuro. En eso Dennis dijo algo;

— ¿Por qué he de creer que tu presencia es algo bueno? ¿Si lo único que ustedes hacen es llevarse a los que amo? —ella permaneció ahí, como esperando por una respuesta.

Pero la luz no se movió de su lugar y tampoco le respondió. Dennis comenzó a ofuscarse al ver que no había respuesta a sus preguntas y en su desespero le grito;

—No quiero que estés aquí, vete, ustedes me han hecho sufrir siempre, no puedo aceptar que ustedes sean parte de mí. — Dennis rompió nuevamente en llanto y de rodillas se tiró al suelo sobre la tierra de ese polvoriento camino. De pronto ella sintió la sensación de ser levantada desde el piso, lo que hizo que ella levantara la mirada y ahí las vio. Eran dos orbes de luz, posicionadas a cada lado, las que estaban levantándola, y se encontraba flotando en el aire. Dennis sintió miedo y gritó;

— ¡No!, ¡no me lleven! ¡Déjenme! —Dennis se encontraba flotando con la ayuda de estos orbes, justo en frente a la Luz más grande de la cual una voz tenue se escuchó. La Luz le dijo;

—Tú has sido nuestra misión desde el principio. Se nos dijo que teníamos que protegerte y cuidarte, pero que no podíamos interferir en tu vida. —Dennis estaba muy sorprendida porque finalmente escuchaba palabras salir de estos seres, contestó a lo que sus oídos escuchaban;

— ¿Pero por qué yo?, ¿por qué cuidarme?, ¿qué es eso tan especial acerca de mí? —la voz de Dennis comenzaba a cambiar de tono. La presencia aquella había logrado robarle toda la atención y ahora Dennis estaba concentrada en escuchar qué más tenían ellos que decirle.

La luz principal seguía con su movimiento circular, el que no se detenía en ningún momento. Continuó hablándole.

—Dennis, tal vez no lo recuerdes, pero tú fuiste mandada de vuelta a esta vida por que fue tu decisión.

— ¿Cómo? —respondió con asombro.

—Sí Dennis. En aquel accidente, todos los ocupantes del vehículo en que viajabas cruzaron la barrera e iban de vuelta a casa.

—No entiendo, ¿de vuelta a casa? ¿Qué casa? ¿De qué hablas? —el grado de incomprensión en Dennis, subía a cada segundo.

—Bueno, es difícil para ti entenderlo todo, pero aquel accidente no estaba supuesto a ocurrir, pero ocurrió, por lo que ustedes, como los humanos le llaman, murieron, y al morir, volvieron a casa, al lugar de donde provenían.

Dennis tenía en su cara una expresión de estar escuchando una novela de suspenso, y además en otro idioma, del cual poco comprendía. Tenía que pensar doblemente en cada una de las palabras que trataba de procesar, porque no podía comprender exactamente lo que la luz le decía.

La Luz siguió hablando;

—Sí Dennis, no hagas gran esfuerzo por entender ahora, solo escucha, ya lo podrás comprender. —Dennis fue puesta sobre en el suelo con suavidad. Ella estaba de pie y en tierra firme, escuchando todo lo que la Luz tenía que decirle. Se apoyó en su auto y poco a poco se sintió más cómoda.

—Pero para ti tenían otros planes, tú tienes el don de ayudar a otros, y se te fue dado al venir a este mundo. Un don que desarrollarías con tiempo y con la ayuda de tus padres, pero aquel accidente ocurrió, un accidente involuntario, no previsto. Porque no todo se prevé desde antes, ya que la vida lleva su propio curso y nadie puede interferir en ella, solo hacer modificaciones que no representen grandes cambios en la vida misma y por esta misma razón la importancia de que tú estuvieras aquí en este plano, era imprescindible. Por eso es que decidieron que te quedaras en este plano, para que continuaras tu misión acá y tú accediste. Tus padres continuaron su camino y a nosotros se nos encargó velar por ti.

— ¿A quiénes te refieres cuando dice *decidieron*? ¿Quiénes son ellos? —preguntó Dennis con un tono suave y ya más calmado.

—Ellos son nuestras *guías espirituales mayores*. Fuera de este plano Dennis, todos somos energía y somos ayuda constante en el plano terrenal. Traemos energía a los seres humanos y ayudamos al equilibrio de la naturaleza. Somos quienes recibimos a los que vuelven a casa, una vez que han terminado su misión en el plano terrenal.

Dennis parecía estar procesando la información que la Luz le comunicaba. Un estado de calma la había envuelto y la había ayudado a relajarse. La ansiedad había desaparecido.

— ¿Pero aún no comprendo por qué yo? ¿Por qué tenía que volver y además, continuar mi camino, sola? ¿Qué es lo tan importante para mí? —preguntó Dennis.

— ¡No Dennis! no es para ti, ni por ti, es por los demás. Tú serás quien lleve la energía a muchas personas cerca de ti, energía suficiente para que esas almas terminen sus misiones acá, en este plano. Tú estarás ahí para ayudarles cuando sea necesario. Ahora recién comienza tu misión, y pronto lo comprenderás. También debes saber que siempre estaremos contigo, aunque no estemos visibles y tú no nos veas, siempre estaremos a tu lado, no debes sentirte sola, porque no lo estás. Es una misión difícil, pero es la tuya, créeme cuando te digo que has sido escogida porque eres un trabajador de luz, el cual ya ha trabajado desde hace mucho tiempo en esto. Recobrarás la armonía interior y lo entenderás.

Cuando Dennis comenzaba a prepararse para la próxima pregunta, la Luz le dijo;

—No te presiones Dennis, creo que por hoy es suficiente, debes prepararte y abrirte a la Luz, ahí encontrarás el entendimiento que necesitas para seguir adelante. Cuando sientas que necesitas de nosotros, solo tienes que hablarnos.

Ella exclamó…

—Pero aún tengo muchas preguntas, necesito saber… —Ya no hubo más tiempo, las luces comenzaron a girar muy rápido. Las tres luces estaban alineadas enfrente de Dennis, y las dos que habían llegado al último fueron las primeras en ascender a una distancia bastante considerable, y luego Dennis sintió una emoción que le inundaba su ser.

Era difícil explicar qué era exactamente lo que ella sentía, pero era algo así como una sensación de amor, algo que le estaba calmando esa ansiedad. Dennis vio que la Luz se alejaba, mientras su brillo aumentaba conforme ésta se iba distanciando. Las tres luces se detuvieron una última vez y luego se perdieron a una rapidez increíble entre la oscuridad de la noche, dejando solo las estrellas que alumbraban el firmamento.

Dennis aún estaba con su mirada perdida en medio del inmenso cielo, pensaba, y pensaba, envuelta en todas aquellas palabras que la Luz le había hablado, pero el ruido de un vehículo acercándose en la carretera la sacó del este mágico, pero extraño momento. El auto pasó y Dennis se transcurrió que tal vez era tiempo de subirse a su coche y comenzar el camino a casa.

Condujo a baja velocidad, era bastante tarde y ya había disminuido el tráfico en las carreteras. El trayecto hasta su departamento se le hizo muy corto, en un abrir y cerrar de ojos ya había arribado a su destino. Trató de actuar de manera normal, mientras estacionaba se percató de que habían orbes de luz cerca de ella, parecía ser que la estaban siguiendo, pero no estaba segura, así es que se bajó con calma y caminó en la dirección opuesta de la entrada de su edificio y al llegar a la esquina, pensó que ya las había perdido de vista, pero la cosa era que jamás las perdería de vista.

Ya parecía que estaba empezando a comprender que ellas siempre estarían ahí. Volteó para retornar a su edificio, llegó hasta la entrada y continúo subiendo la escalera, hasta llegar a su piso y abrir la puerta de su departamento.

Apenas abrió la puerta, vio que las luces daban vuelta en medio de la sala. Luego se detuvieron al percatarse de que Dennis estaba entrando. Fue ahí cuando Dennis se dio cuenta que en realidad no importaba dónde ella estuviera, ellas estarían siempre ahí, porque sencillamente siempre lo habían estado. Dennis entró, levantó la mirada y siguió sin detenerse a su cuarto en donde se tiró a la cama y cayó en el sueño más profundo.

La mañana llegó rápidamente para Dennis, y aunque podría haberse sentido muy cansada y agotada por la experiencia de la noche anterior, ella se sentía más bien renovada. Algo nuevo estaba con ella, algo que no podía explicar, pero se podía sentir en el aire. Dennis estaba en paz.

Se arregló como de costumbre, tomó su café y se dirigió a la oficina como lo hacía cada día, excepto, que esta vez no llevaba ese gran peso que por siempre había acarreado sobre sus hombros. Al llegar a la oficina, fue como de costumbre cordial con quien se le cruzaba por delante. Caminó lentamente por el pasillo de aquel piso hasta que entró a su oficina.

Después de dejar las cosas sobre su escritorio, caminó hacia la ventana, levantó la cortina que la cubría, y dejó que toda la luz de aquella radiante mañana entrara al cuarto. Luego se arrimó a la orilla y terminó de tomarse su café.

El teléfono sonó.

— ¿Sí? — dijo Dennis al recoger el teléfono.

— Buen día, Dennis, la señora Harrison quisiera hablar contigo. Te espera en su oficina. — dijo la asistente.

Dennis se encaminó a la oficina de Mary. Ella creía tenía idea de que era lo que preocupaba a Mary.

— Buen día Mary, ¿cómo has amanecido? — preguntó Dennis apenas entraba a la oficina.

— Buenos días Dennis, la verdad no te puedo mentir, estoy muy preocupada. Dentro de todo creo que debes saber algo importante. — dijo Mary.

— Si, por favor, cuéntame lo que sucede. — Dennis seguía pensando que se trataba de la condición de Tammy, pero no solo era la salud de Tammy, sino otras cosas también.

— Bueno, tú sabes que Eileen ha estado fuera por algún tiempo ya. La verdad es que estaba recibiendo un tratamiento que le fue recomendado para regularizar su diabetes, que siempre la estaba trayendo de cabezas, pero algo se ha presentado y ha surgido una complicación.

— Oh, ¿y qué es lo que ha pasado ahora? — preguntó con un tono de preocupación.

—Bueno, el doctor le ha dicho que tiene una infección pulmonar que la ha debilitado y tendré que ir por ella, por lo que me ausentaré unos días, pero tenemos tantas cosas que atender que he pensado en pedirte que me ayudes en esto.

—Claro, yo ayudo en lo que tú necesites. —respondió Dennis.

—Bueno, en primera instancia es Tammy quien más me preocupa. El doctor ha descubierto que aún existen células cancerosas en otra sección del cuerpo, pero nos ha dicho que confía en que el tratamiento siga su curso y veamos resultados finales con un mejor augurio. Dentro de unas cuantas semanas, sabremos si es que el número de quimioterapias será extendido.

—Pero eso es fantástico, esas noticias eran las que necesitaba oír, saber que aún hay más por hacer, sé que lo logrará, lo sé. —dijo Dennis contenta por la noticia.

—Sí, en efecto, casi no dormí esperando hablar con el doctor, y a primera hoy, él me llamó. Lo segundo será la oficina. No quisiera recargarte el trabajo, pero necesitamos que estés al tanto y en comando de los proyectos que están en marcha, sé que no debería haber problema, ya que nuestro equipo trabaja muy bien, pero en el caso que se necesitara, quiero que estés tú. Has demostrado ser mi mano derecha desde la ausencia de Tammy, y sin duda alguna para mí y los demás, es muy importante que estés aquí. —dijo Mary.

—Mary, no tienes que pedírmelo, lo haré con gusto. Yo les debo mucho a ustedes por haberme dado la oportunidad de probar que podía hacer este trabajo, partiendo desde el principio, cuando aún ni tenía la experiencia necesaria. Ve tranquila, yo estaré al pendiente de todo lo que se necesite.

—No serán más de unos cuatro, a lo más cinco días. —Mary cerró la conversación con esto.

—Está bien, todo estará bien, tú haz lo tuyo que yo estaré al pendiente acá y llévale mi cariño a Eileen, espero que pronto se recupere, y quisiera poder verla cuando ella llegue acá, si me lo permites claro, está. —dijo Dennis.

—Pero por supuesto, cuando estemos de vuelta cenaremos en casa. —concluyó Mary.

Dennis se retiró de la oficina y caminó por el pasillo de vuelta a su oficina. Cuando estaba a punto de abrir la puerta, se dio cuenta que había un hombre en el otro lado del pasillo buscando aparentemente el número en las puertas de otras oficinas. No había nadie más por ahí en esos momentos, aún era temprano así es que ella le habló desde donde estaba y le preguntó a quién buscaba.

El mensajero dijo;

—Busco a la señorita Rusell, tengo una entrega para ella. —el hombre sostenía una caja blanca en las manos, no muy grande, más bien de tamaño mediano. Dennis le contestó con una sonrisa en su cara.

—Bueno, creo que la ha encontrado, pues soy yo. —respondió ella.

—Tengo una entrega para usted. —el hombre abrió la caja y sacó un hermoso arreglo de flores y se lo entregó a Dennis.

— ¡Oh, muchas gracias! —mientras Dennis lo acomodaba sobre uno de los escritorios y le firmaba el recibo.

Seguido a eso, cuando el hombre ya se iba yendo, Dennis se apresuró a buscar la tarjeta o alguna nota, pero no encontró nada. Por lo que se fue corriendo detrás del mensajero y por suerte lo alcanzó cuando estaba a punto de tomar el elevador.

—Disculpe ¿No hay nota de quién lo envía? —el mensajero respondió.

—Oh, sí, casi lo olvidaba, discúlpeme usted a mí. —dijo el hombre un poco avergonzado por haber olvidado parte del mensaje.

—No hay problema. —respondió ella mientras el hombre se devolvía a darle un pequeño sobrecito blanco, que Dennis se apresuró a abrir.

Este leía así;

—*No quiero, ni necesito explicaciones, solo quiero saber si aún podemos tomarnos un café, juntos ¿así como antes?*

La nota la firmaba Lucas.

Fue inevitable, entre todo y a pesar de los eventos que habían ocurrido, ella sonrió y su corazón palpitaba más rápido que de costumbre. Dennis entró a su oficina y puso aquel hermoso arreglo de flores justo enfrente de la ventana a que recibieran los rayos del sol, luego tomó su teléfono y buscó el número de Lucas.

Primero pensó en llamarlo, pero prefirió mandarle un texto que decía así;

—Yo también creo que podemos tomarnos un café, pero no creo que pudiera explicarte aun todo lo que me está pasando. — y seguido a eso ella puso un corazón.

—No necesito saber lo que aún no quieres contarme, solo necesito saber que no te he perdido del todo, que aún hay un lugar para mí, a tu lado. —respondió él.

—Tú eres muy importante para mí, eso sí que debes tenerlo por seguro, pero necesito tiempo, tiempo para saber qué es y que será de mi vida. Puede que suene a pedir demasiado, pero de alguna forma necesito de ti, para seguir este camino, aunque no quiero ofrecerte lo que no puedo darte hoy.

Todo lo que escribía Dennis, era sin lugar a dudas, palabras que no habría podido decirle en persona. Pero por el momento, esta forma de hablarle a Lucas era la que se le hacía la más fácil.

—Entonces, ¿a la misma hora y en el mismo lugar? —preguntó Lucas.

—Sí, a la misma hora y en el mismo lugar. —respondió Dennis.

La mirada de Dennis brillaba, algo muy dentro la hacía sentir segura y tranquila. Ese algo era definitivamente Lucas.

Capítulo 18

Amor Verdadero

Después de todos los intentos fallidos que había hecho Dennis para ver a la doctora Michaels antes de su cita original, sin nada más qué hacer, tuvo que esperar a que el día llegara y éste llegó rápidamente. La hora para ver a la doctora Michaels estaba confirmada a las cinco de la tarde. Ésta era la última cita de la jornada. Dennis sabía que esta cita tomaría más tiempo que de lo normal, sentía que tenía una enorme cantidad de cosas que contarle a Rona.

El día transcurrió sin mayores inconvenientes. Mary había estado ausentándose constantemente del trabajo, entre las visitas a Eileen y Tammy se le hacía difícil pasar tiempo completo en la agencia. Por otra parte, las cosas en la oficina estaban bajo control y los proyectos iban bien. Dennis había ido a visitar a Mark el día anterior y había sido una visita muy amena. No lágrimas de por medio, más bien habían reído y habían logrado mantener una conversación larga y tranquila. Él le comentaba sus experiencias anteriores con otros pacientes que había conocido y Dennis le contaba cómo había llegado a conseguir el trabajo que por esos días ella tenía, del cual estaba muy orgullosa.

Ella había tenido la oportunidad de conocer algunos otros residentes de la estancia durante sus últimas visitas, pero en especial, tenía mucho interés en conocer más a fondo a la persona de quien Mark le había hablado por tantas semanas. Su nombre era Sarah, y estaba internada en la estancia desde hace ya un tiempo largo. Dennis no sabía con claridad la razón por la que ella estaba ahí, pero le había parecido muy normal y centrada al escucharla hablar cuando Mark se la presentó, y de mirarla físicamente, no se podía percibir ningún otro tipo de problema médico. Pero algo había en el rostro de Sarah que se le había quedado marcado en la mente.

Dennis se apresuró a guardar unas cosas en la bolsa de mano que cargaba consigo y partió a su cita. Estacionó como de costumbre en la corrida de enfrente en el estacionamiento y cruzó hasta llegar a la consulta. Una vez adentro, habló con la recepcionista y luego se dirigió a la salita de espera. Se sentó a esperar ser llamada. Su turno llegó y sin dejar pasar tiempo, ella entró en la consulta. La doctora aún no estaba ahí, así es que intentó acomodarse, mientras esperaba que la doctora entrara.

Pasaron unos cinco minutos y como que Dennis comenzaba a impacientarse, pero en ese momento la doctora Michaels entró en la habitación.

—Hola Dennis, ¿cómo has estado? Me alegra verte. —saludó Rona.

—Hola, gracias, he estado bien, bueno… en realidad no lo sé, o sí, lo que pasa es que han sucedido muchas cosas en estas últimas semanas. De hecho, me urgía verte, pero fue imposible adelantar la sesión contigo, por lo visto, estás muy ocupada. —Dennis sonrió nerviosa.

—No te apures, vamos con calma. ¿Sabes? He estado con la agenda completa, cosa que es buena, ¿no? No debería quejarme, no todo el mundo tiene un trabajo estable. —ella soltó una sonrisa y agregó;

—pero he estado trabajando en un proyecto personal y poniendo ciertas cosas en orden, ya cuando se den, te las comentaré, por ahora no es mucho lo que puedo decir.

—mmm… es que hay tanto de qué hablar, que no sé por dónde empezar. —Dennis se enderezó un poco y se sentó en la orilla de la silla y abrió la bolsa buscando algo. Era una nota que ella había hecho, con algunas de las inquietudes que quería compartir con su psiquiatra en aquella sesión.

— ¿Qué buscas Dennis? —preguntó Rona.

— ¡Mis notas! Es que no quería llegar acá y no recordar las cosas que quiero comentarte, que son con las que necesito ayuda.

—Oh, ya veo. Claro que sí, hablaremos de lo que tengas necesidad. —dijo ella.

Finalmente, Dennis encontró el papel y lo sostuvo en su mano. Lo primero que dijo fue;

—Creo que debemos hablar de Mark Wilson. —dijo Dennis.

— ¿Mark? ¿Mark Wilson? ¿Uno de los residentes de La Estancia?

— ¡Sí! Exactamente él. —respondió Dennis.

— ¿Qué quieres hablar en referente a Mark? —la doctora había sacado su bolígrafo para comenzar a tomar notas. Esto era algo nuevo en las conversaciones con Dennis.

— ¿Recuerdas cuando te conté cómo el amor de mi vida me había abandonado? Bueno, pasa que lo he reencontrado.

— ¿Te has reencontrado con tu exnovio? ¿Y qué ha pasado? ¿Han podido conversar? ¿Te ha dicho el porqué de sus acciones? —la doctora Michaels hizo varias preguntas seguidas al comentario que Dennis hacía con respecto a eso. Ella trataba de pensar qué tendría que ver el antiguo novio de Dennis, con hablar de Mark Wilson.

—Ése es el asunto ¡lo he reencontrado! ¡Es Mark!, ¡Mark Wilson! tu paciente en La Estancia. —estas palabras cautivaron la atención total de Rona y casi a modo de incredulidad le dijo;

— ¡Mark Wilson! Quién lo iba a decir. Debí haber asociado parte de su historia. Es que son tantos pacientes, y trato de darles a cada uno, su individualidad, y no mezclar sus casos. Pero sí, ahora que lo nombras él siempre habla de su novia, bueno no exactamente su novia, sino que se refiere a ella como la luz de su vida. —la doctora aún seguía asombrada de lo que sus oídos escuchaban, pero siguió preguntando;

—Cuéntame Dennis, por favor, ¿cómo fue que te enteraste?

—Fue aquel sábado en que Lucas me llevó a conocer *La Estancia*, para lo que habíamos hablado, ¿recuerdas?

—Claro, sí recuerdo, por lo del voluntariado.

—Sí, exactamente. Pero ese día fue cuando lo vi, y no lo podía creer. Era él, después de tanto dolor y tiempo, lo volvía a encontrar en el lugar menos pensado. Me enteré de muchas cosas que no sospechaba.

—Te contó lo de su enfermedad, me imagino.

—Sí, me lo contó todo, y ha sido muy difícil para mí asimilar todo lo que ha acontecido, pero hay más aún.

—Lo siento mucho Dennis. Te comprendo perfectamente, esto es algo que debemos hablar con calma, no quiero que te exaltes. Debes haber pasado por mucha tensión estos días ¿por qué no me llamaste? sabes que puedes contar conmigo en cualquier momento, más que tu doctora, quiero ser tu amiga, después de todo, creo que nos hemos aprendido a conocer, ¿o no lo crees tú?

—Traté, llamé varias veces para adelantar mi cita, pero tu agenda estaba ocupada al máximo. Ahora da igual, ya estoy acá.

—Dime Dennis ¿qué es lo que más te preocupa?

Dennis miraba su lista…

—Bueno…, son mis sentimientos. Siento que Mark sigue siendo lo más importante en mi vida, aun después de todo lo que me había costado aceptar su traición, pero al enterarme de que no hubo tal intención, sino todo lo contrario, saber que él está muriendo, siento que se me desgarra el alma. Es algo muy profundo, Rona, él se irá, no hay forma que yo pueda ayudarlo. Se irá y esta vez será para siempre y no sé cómo aceptarlo. Creo que hubiera sido mejor que él permaneciera en el silencio, así no tendría que sufrir lo que estoy sufriendo. —los ojos de Dennis comenzaban a soltar lágrimas.

—Comprendo, ¿pero no crees que después de saber que él ha estado enfrentando algo tan difícil, tratando de evitarte el dolor de vivirlo junto a él, merece la oportunidad de ser comprendido?

—Claro que lo entiendo, el problema es que siento que lo amo, y no quiero perderlo, siento que yo le fallé a él, si le hubiera contado...

— ¿A qué te refieres Dennis? —preguntó la doctora.

—Me refiero... —Dennis titubeó. — ¿Recuerdas cuando te conté lo de mis luces? ¿Las luces que se llevan a todos aquellos que he amado, o a los que han estado cerca de mí?

—Si recuerdo, claro que sí, pero también recuerdo que hablamos y llegaste a entender que la vida está llena de cosas maravillosas que no todos entendemos, pero que eso no significa que estas cosas sean malas, ¿recuerdas que te relaté mi propia experiencia?

—Por supuesto que lo recuerdo Rona, muy bien, eso fue lo que me ayudó a abrirme contigo. Pero es que aún hay más. —Por favor, continua.

—Es Mark. Él dice que mis luces son las que le han salvado la vida en el pasado, él dice... sé que puede sonar estúpido, pero él dice que soy un trabajador de la Luz.

En ese momento cuando Rona escuchó a Dennis decir esto, ella se paró de su asiento y caminó a su escritorio. Mientras lo hacía le dijo a Dennis;

—Dennis, espérame unos minutos, por favor.

—Está bien. —dijo Dennis.

La doctora volvió enseguida para continuar la conversación con Dennis.

—Dennis, estoy haciendo algo que no está permitido, pero creo que es necesario. Quiero que sepas que Mark ha sido evaluado como esquizofrénico, pero aun con esa evaluación, yo considero que las cosas que él me ha contado tienen mucha validez. Quiero que entiendas algo, y esto es de persona a persona. No puedo ir en contra de la ciencia y decirles a todos que la ciencia ha estado equivocada desde siempre, o decirles que lo que los pacientes dicen es real, estaría abandonando mi criterio y entregando mi posición como psiquiatra y terapeuta. Ya no podría escuchar a nadie, y no podría contarles mi historia a otros como tú. Pero todo esto no quiere decir que no te crea a ti, o a Mark, o a otros que ven en mí a alguien en quien pueden confiar y contarle esas cosas que no todos entienden. Solo puedo decirte es que Mark ha tenido lo suyo, ha sufrido y ha aprendido de ello. Si él cometió errores, son los mismos errores que cualquiera cometería sin saber lo que tú sabes ahora, o sin tener las experiencias que tú has tenido. Por ejemplo, la experiencia que tuve yo no podría habérsela contado a otro profesional, me habría desacreditado y posiblemente habría perdido mi licencia. ¿Me entiendes? ¿Recuerdas cuando hablamos de que nada es una casualidad en esta vida? Pues es cierto, mira las cosas cómo se han ido dando y podrás comprender mejor.

—Rona, ¡aún hay más!

—Sigue contándome por favor.

—Bueno, después de que Mark y yo, pasamos algún tiempo juntos me contó cómo las luces le habían salvado, y de cómo ellas llegaban hasta él cada vez que él pensaba en mí. Luego dijo que había conocido a otros que también veían estás luces y que de estas personas, él había aprendido que había tal denominación como *"trabajadores de la Luz"*, personas que tienen el don de ayudar y que movilizan esta energía pura y curativa, y que por consecuente, yo era una de ellas.

—Dennis, dime qué es lo que más te preocupa, ¿que tú seas una de esas personas?, ¿o que Mark esté perdiendo la razón y solo busque una excusa para que lo perdones?

—Bueno… creo que tengo la respuesta a eso. No creo que sea una excusa de Mark, ya que yo misma he tenido una de las experiencias más increíbles con una de estas luces…

— ¿Sí? ¿Qué experiencia has tenido? Cuéntame Dennis. —el tono de curiosidad en la voz de la doctora no se podía obviar.

—Es complicado. —contestó Dennis.

—Nada es demasiado complicado para mí después de mis propias experiencias. Complicado fue perder a mi hijo y, más aún, verlo reaparecer y no poder contárselo a nadie. Luego viví la maravillosa experiencia de ver donde él vive después de haber dejado este plano, y más aún, he tenido que aprender a aceptar a vivir con la idea de que no lo veré nuevamente hasta que el momento de partir llegue para mí, que fue como él me lo dijo.

—Sí… obvio, es que… se me hace difícil. —Dennis titubeaba. —una de estas noches las luces vinieron a mí. Había tenido una noche muy mala, parecía que todo se me estaba viniendo encima, las cosas estaban colapsando y en un momento de profundo dolor, una de estas luces vino y se me acercó, y finalmente me habló. —Dennis hizo una pausa y continuó. —así como lo escuchas, no vi a nadie y no había bebido, por si te lo estás preguntando. Yo misma lo dudé, pero después de un rato me di cuenta de que aquello que estaba presenciando, estaba ocurriendo y que sí estaba recibiendo un mensaje. Creo que mi desesperación y estado agónico fue lo que las movió a presentarse ante mí de esta forma.

— ¿Cuál fue el mensaje Dennis? —preguntó Rona.

—Una de ellas, la más grande y brillante me habló y me explicó casi lo mismo que Mark ya había dicho previamente, con más detalles tal vez, pero hubo algo más, la Luz dijo que me habían mandado de vuelta, ¿Quiénes? pregunté, y la Luz dijo que habían energías mayores que nos guiaban, las cuales velaban por mí y por otras tantas personas como yo, y que esas guías son las que me habían enviado de vuelta para continuar mi misión. De inmediato pregunté de qué misión estaba hablando y me dijo que yo estaba aquí para ayudar a las personas, y llevarles las energías necesarias para que ellos continúen sus vidas acá, en este plano, de acuerdo a cómo está destinado. ¿Me entiendes?

—Te estoy escuchando y trato de asimilarlo al igual que tú. Dennis esto es algo muy importante y me imagino que ha venido a cambiar todas las ideas y creencias que tú tenías, ¿o me equivoco?

— ¡No!, sino eso es lo que me pasa, ¿cómo entender de qué tipo de ayuda estamos hablando si a los que pienso que puedo ayudar se irán de cualquier modo? ¿Cómo puedo yo ayudar, si no sé cómo?

—Dennis, veo la presión que sientes y las muchas preguntas que tienes. ¿Tú crees que es algo que puedes aceptar? ¿O es algo que quieres rehusarte a recibir? Es importante que sepas si es aceptación o negación, ¿recuerdas que hemos hablado de esto?

—Sí lo recuerdo. No creo estar negándome a aceptar lo que ha ocurrido, sino que no sé cómo poder ayudar. Mira a Mark, no hay cura para su enfermedad y entonces ¿de qué forma podría yo ayudarle? Todo esto me confunde mucho.

—Dennis, tal vez deberías ver las cosas desde otro punto de vista y preguntarte si es esta vida, la única vida posible, y siendo así, ¿el buscar la inmortalidad sería la solución? ¿Debería yo haberme rehusado a creer que mi hijo estaba ahora en otro lugar, en donde él está vivo? Son tantas las cosas difíciles de comprender y aceptar por lo que yo comprendí que era más fácil fluir con las experiencias y situaciones que yo experimentaba.

— ¡No!, ¡claro, que no! No quiero decir que eso no sea cierto.

—Dennis piensa, piensa más allá de todo lo convencional, tal vez esta vida que conocemos no es la única, ni menos la última.

Yo lo vi con mis ojos, mi hijo vivía y sé que está ahí cuando lo necesito, puedo sentir su presencia.

—Sí, trato. En eso estoy. Pero quiero ayudar a que se queden acá ¿por qué tienen que irse? Me duele, me angustia pensar que ya no veré a quien tanto quiero. —lágrimas de dolor caían disimuladamente por las mejillas de Dennis.

—Lo sé, pero es como tú percibas las cosas, nadie se va del todo realmente, es como una transición. Mi hijo me dijo que nos volveríamos a ver y yo le creo, estoy segura de eso. Tal vez si repensaras la idea que tienes de lo que es la vida, tal vez en ese momento algo nuevo ocurra. No te des por vencida, te lo dije en un comienzo, eres especial y ahora que me cuentas esto, confirma lo que yo pensaba, así como cuando decidí ayudar a otros y creer en ellos, así tú debes creer en lo que tú eres y cultivar eso que está dentro de ti.

—Pero no sé qué es lo que soy, no sé cómo puedo dar ayuda a alguien cuando siento que yo necesito ayuda.

—Sé que es difícil, pero si al menos trataras de entender que la vida continúa… —Dennis quiso hacer una leve sonrisa, al ver a Rona tan emocionada hablándole y le dijo;

—Gracias por tu apoyo, sabía que podía contarte esto a ti. Tal vez no encontremos las respuestas, pero al menos sé que tú me crees. Necesitaba saber que esto que me pasa es real y no producto de mi imaginación. —ambas mujeres sonrieron.

—Dennis, creo que ha sido muy valioso para mí, el poder conocerte, creo que de alguna forma yo he podido llevar el mensaje que mi hijo me dejó, el de creer en la vida como un ciclo de interminable crecimiento y aprendizaje. Nuestras almas volverán a aquel lugar del que un día salieron, volveremos a casa, lo sé.

— ¿Tú crees que algún día nos volvamos a ver en otra vida?

—Estoy cien por ciento segura de que nos volveremos a encontrar.

— ¿Qué clase de ayuda crees tú que es la que estoy supuesta dar?

—Creo que estás muy cerca de entenderlo, así como cuando yo finalmente entendí que debía seguir atendiendo pacientes para estar en el camino de aquellos que habían experimentado cosas similares a las mías, para darles confianza y hacerles entender que sí hay quien les crea. Con el tiempo aprendí que son muchas las vivencias que podemos experimentar y muchas de estas jamás serán entendidas por la mayoría de la gente normal.

—Si es verdad, jamás lo entenderán. —Dennis levantó la mirada buscando la mirada de quien se había convertido en una buena amiga.

—Dennis, siempre encontrarás a las otras personas, las que sí esperan por ti, por esa ayuda espiritual, aquellos con quienes podrás compartir tus experiencias. Aquellas personas que tienen la necesidad de ser escuchados y tal vez aquellos que se irán de vuelta a casa y por supuesto los que quedarán acá sufriendo por la partida de ese ser amado.

—Sé que es tarde y que he abusado de tu tiempo, pero tengo algo más que preguntarte.

262

—No importa Dennis, cuando cosas así pasan el tiempo para mi es ilimitado. Si ésta es mi misión en la vida, pretendo hacerlo lo mejor que pueda ¿dime que más te preocupa?

—Siento el mismo amor de siempre por Mark. Es como si nunca se hubiera ido, pero sé que partirá. Quisiera retenerlo y poder ayudarlo, pero no sé cómo. Además, está Lucas, no sé cómo manejar las cosas ¿qué puedo hacer con él? —se sentía en el tono de su voz el conflicto interno por el que estaba atravesando.

—Bueno, creo que hay algo en lo que debes pensar, Mark ha estado desde hace mucho buscando esa luz, la cual eras tú, o sea, has venido a calmar sus últimas ansiedades. El hecho de que estés compartiendo con él, le dará la tranquilidad de saber que ya no te puede hacer daño y que lo has perdonado. Y con respecto a lo que ahora sientes, pienso que es porque has revivido sentimientos del pasado. La situación se ha dado de esta forma y estás un poco confundida. Creo que en el fondo tu corazón sabe perfectamente lo que tú sientes. Ahora bien, Lucas, creo que es un muchacho muy sabio, y le toca a él decidir cómo proceder. Él es un ser especial y tú lo sabes. Piensa con calma, puede ser que no tengas que excusarte de este conflicto emocional, pronto pasará. Recuerda, nada es coincidencia en esta vida, todo tiene un propósito, no lo olvides.

—Si tienes razón, creo que le hablaré y seré sincera con él con respecto a lo que necesito en estos momentos. —dijo Dennis disponiéndose a terminar su sesión.

—Me parece muy acertado, ¿Dennis, puedo pedirte un favor?

—Sí, claro, que puedes.

— ¿Podrías regalarme algo de ti? —Dennis sonrió, y preguntó;

— ¿Qué dices? ¿Cómo? ¿Qué quieres de mí? —las mejillas de Dennis estaban sonrojadas. Ella no podía imaginar que podría querer la doctora Michaels.

—Quiero que le preguntes a tus luces si pueden llevar un mensaje a mi hijo, no es que yo no le hable, sino que nunca más lo volví a ver después aquella vez. Quiero que sepa que espero con ansias el día que yo pueda ir a donde él está ahora.

— ¿Pero qué dices? ¿Cómo...? no creo que quieras irte tan pronto ¿a quién tendré acá en este mundo para contarle mis cosas?

—Es solo que a veces quiero sentirle, le extraño mucho. —las dos rieron y se abrazaron.

Dennis le cerró el ojo izquierdo y sonriendo le dijo;

—Ya veré como le hago para mandar tu mensaje. —y se dispuso a dejar la habitación.

Ya era de noche, y cruzó rápidamente el estacionamiento para llegar a su auto, pero antes de entrar en el auto, se detuvo en la puerta y miró por sobre el techo del auto, cómo se veía desde ahí el parque de la Bahía, lugar preferido desde que comenzó a salir con Lucas. Esto hizo que las memorias de Lucas vinieran a su mente de inmediato, tantos buenos momentos, alegrías, risas y también los momentos de paz y descanso, todo eso que Lucas le entregaba era puro y sincero. Su corazón latía fuertemente.

Entró en su auto, arrancó el motor y la radio se encendió. La radio tocaba una canción que decía -*aguardo tu llamada*- y ella lo sintió como un mensaje, de inmediato sintió la necesidad de hablarle, necesitaba escuchar su voz.

Cruzó el puente en dirección a su casa y cuando finalmente llegó, se apresuró a entrar para deshacerse de bolsas y cosas que cargaba y una vez a manos libres le marcó. El teléfono sonaba y sonaba, y nadie contestaba en el otro lado. Dennis colgó y esperó unos segundos y volvió a marcar. El teléfono sonó y sonó, y justo cuando ya parecía que la contestadora tomaría control de la llamada, Dennis escuchó la voz de Lucas;

— ¿Hola?

— ¿Lucas?

—Sí, soy yo ¿quién habla? —respondió sin poder terminar de decir la frase con completa seriedad. Era obvio que quería hacerse el que no sabía quién le estaba llamando, pero no le funcionó.

—Ah, que pesado, si sabes que soy yo ¿o qué me vas a inventar? —dijo ella.

—Perdona, solo quería ver qué tanta era tu urgencia por hablarme, por eso no contesté antes. Al menos sé que te urgía hablarme, de lo contrario no habrías insistido ¿estoy en lo correcto? —dijo él.

—Bueno… algo así. —dijo ella.

— ¿Qué te pasa? ¿Tienes algún problema? ¿Me necesitas? — dijo él.

—Bueno, no así como lo dices, pero sí quería hablarte. Llevas días sin llamarme, desde aquel día en que quedamos de tomarnos un café ¿qué te ha pasado? —dijo Dennis, tratando de indagar la razón de la ausencia de Lucas, pero ella en realidad lo sabía perfectamente.

— ¿A mí? Nada. Esperaba que tú tuvieras el tiempo necesario, porque sé que has estado ocupada.

—Sí, en realidad pensé… —Dennis se quedó callada por un instante al darse cuenta que también sentía algo profundo por él.

— ¿Por qué callas? ¿Aún sigues ahí? —preguntó Lucas.

—Sí, aún sigo acá, es que no sé cómo decírtelo.

— ¿Qué es lo que me tienes que decir? Lo que sea, solo dímelo, yo haré la otra parte y trataré de entender. —Lucas soltó una leve carcajada como forma de aprobación de que fuera lo que fuera que Dennis tenía que decirle, él estaría bien.

—No, no es eso, es que te extraño. —dijo ella y agregó;

—Te extraño y no sé cómo enfrentar esta situación que me está matando por dentro.

—Dennis, no tienes que explicármelo, lo sé. Sé que es un momento difícil, y me alegra saber que me extrañas, yo también te extraño, pienso en ti todo el día, pero trato de no interferir en tu vida y menos en tus decisiones. No podría presionarte, tú lo sabes.

—En realidad siento que no sé nada, estoy muy confundida y te necesito a mi lado. Quiero verte.

— ¿De verdad quieres verme? —y él comenzó con un tono de broma haciéndose de rogar.

—Es verdad, pero ya no te rías. —seguía diciendo Dennis.

—Pero necesito saber cuántas ganas tienes de verme, de lo contrario no me siento entusiasmado a complacerte. —replicó él.

— ¿Cómo? ¿De qué hablas? ¿Estás haciéndote de rogar? — Dennis sonrió.

—Bueno, cada cual tiene su encanto ¿o no? Vamos, dímelo ¿cuántas ganas tienes de verme? Del uno al diez, ¿sería el número cinco? ¿O más cerca al diez?

— ¡Hay que pesado! si te pones así, creo que será cero y ya mis ganas de verte morirán. —dijo ella.

—No, no Dennis, no te enfades. Solo quería quebrar la tensión.

—Ok, está bien.

—Entonces ¿cuánto me extrañas? —agregó él con seriedad, pero al mismo tiempo con un tono de voz suave.

—Ok, te lo diré solo una vez y no más y no te creas, porque ya no seguiré este jueguito tuyo.

—Está bien, ¿pero cuánto? —insistió él.

—Diez, creo que diez. —dijo ella con la voz seria y entrecortada.

La llamada se cortó y lo único que ella pudo escuchar fue el sonido del pitillo que le indicaba que había perdido la conexión.

Dennis insistió rápidamente y le marcó de inmediato, pero el teléfono sonaba ocupado. De súbito Dennis se llenó de angustia, pensó que hubiera preferido seguirle el juego a Lucas que perder la comunicación. ¿Pero qué había pasado? Se preguntaba Dennis.

Dennis se disponía a marcarle cuando sintió que alguien tocaba a la puerta. Caminó hasta llegar y acercó su ojo para mirar por aquel pequeño agujero en el medio de la puerta y ver quién tocaba. Ya era tarde y no era usual que alguien le visitara y menos sin anunciarse. Qué sorpresa se llevó Dennis cuando vio a Lucas parado en la puerta haciendo morisquetas, ya que él sabía que ella le miraba desde el otro lado.

El corazón de ella latía más fuerte y el rubor se le subió a las mejillas. Dennis abrió la puerta y Lucas entró. Dennis intentó hacerle preguntas, pero en solo eso se quedó. Lucas actuó rápido, él sabía que solo tenía una oportunidad de hacerlo bien y se la estaba jugando, porque la amaba, la amaba con todo su ser.

Lucas apenas puso un pie adentro del departamento, la abrazó con fuerza. Sus brazos rodearon el cuerpo de Dennis dejándola sentir ese inevitable calor de hombre y con extrema dulzura y suavidad la miró de frente y le dijo;

— ¿De verdad me extrañas tanto? —su mirada un poco esquiva y voz temblorosa, y dijo;

—Sí.

Lucas la besó intensamente sin dejarle tiempo a decir alguna otra palabra. Un beso en el que le mostró con esa gran pasión, cuánto ella significaba para él. No la dejó ni por un instante, mientras los besos y caricias continuaban y se extendían hacia otra dimensión. Lucas le estaba robando el corazón y ella solo se dejó ir y se entregó a los brazos de él, ni siquiera pensó en intentar detenerlo. Era esa necesidad que ella sentía por él, pero que no sabía explicar, y a pesar de todas las preguntas e inquietudes que la vida le presentaba, ella olvidó todo en ese momento para disfrutar lo que Lucas le ofrecía, amor, pasión, una entrega total.

Al rato después, Dennis, recostada sobre el pecho de Lucas, pensaba en cómo manejar las cosas y en medio de sus pensamientos, Lucas habló;

—No tienes que decidir, yo jamás te pediría eso, solo necesitaba saber que soy yo quien tendrá tu corazón.

—Dennis le sonrió y se acercó a besar sus labios tiernamente. —ella sabía que ya no necesitaba explicar nada más. Dennis finalmente comprendió que lo amaba. El milagro se había dado, y ella se estaba enamorando de Lucas.

Capítulo 19

Unos se van... Otros se quedan

La vida de Dennis parecía haber girado 360 grados, desde aquella noche en que Lucas le robó el corazón todo había cambiado. Ella se había entregado a él y se sentía inmensamente feliz, pero no solo eso, sino que había comprendido que aquella relación que ya llevaba meses, se había ido adueñando de cada parte de su ser. Era algo que le devolvía la vida, se sentía querida, respaldada, la vida le sonreía a pesar de todas las cosas difíciles que ella tuviera que enfrentar. Sabía que todavía tendría que hacerle frente a muchas otras circunstancias difíciles, pero estaba más optimista, se había propuesto abrirse más, tratar de comprender las cosas de una forma un poco menos convencional y para eso debía aplicar eso de que *nada es coincidencia y que todo tiene una razón,* aquello que Rona le repitió tantas veces.

Dennis y Lucas no se veían a diario, pero Lucas desde que comenzaba el día, hasta que terminaba, se mantenía mandándole mensajes a su teléfono, o a su correo, flores, o pequeños detallitos que alegraban la existencia de Dennis. Ella le correspondía casi en todo, excepto en eso de mandarle flores, no lo encontraba muy normal, aunque de vez en cuando, que salían por ahí, ella cortaba alguna flor y se la regalaba a él como gesto de amor, gesto que él apreciaba y conservaba con mucho orgullo, junto a su corazón.

Dennis había logrado organizar su agenda para poder compartir con aquellas personas que necesitaban de ella. Los lunes, miércoles y viernes, ella veía a Tammy después de la oficina, y los martes y jueves, manejaba hasta La Estancia en donde se pasaba unas buenas horas con Mark y con algunos otros residentes. Llegaba ahí a eso de las seis de la tarde después de la oficina y ya no se iba hasta las diez de la noche. El sábado por las mañanas lo dejaba para sus cosas personales porque aun necesitaba ir de compras, tenía qué comer, pero por la tarde se juntaba con Lucas y disfrutaban de diferentes actividades. Salían o iban al cine, de compras, o tan solo a caminar. El caso era que ellos pasaban largas horas juntos, incluso la noche, él se quedaba con ella, o ella con él. Dennis a veces sentía que su relación se comenzaba a parecer a lo que había sido su relación con Mark, en un pasado ya lejano, y a veces sentía temor, pero de inmediato comprendía que esta relación no era su pasado, sino su presente, lo que le ponía una sonrisa en su rostro y pensaba que todo sería diferente.

Los domingos él le hacía el desayuno, aunque muy temprano, ya que a ambos les gustaba aprovechar al máximo el tiempo. Por costumbre, después de desayunar, Dennis y Lucas visitaban nuevamente a Tammy, claro, que en esas oportunidades iban juntos. Dennis quería que su amiga la viera feliz, quería compartirle y mostrarle que ella había encontrado a alguien que finalmente la hacía feliz. Tammy siempre le había dicho que no todo en la vida era trabajo, aunque siempre elogió los esfuerzos de Dennis por salir adelante, cosa valiosa y digna de reconocer.

Una vez que pasaban por la casa de Tammy les quedaba el día libre, salían juntos a dar largos recorridos en el auto, hasta donde el camino los llevara. Les gustaba conocer nuevos lugares y así de ese modo siempre conocían a nuevas personas. La relación de ellos iba en ascenso, cada día un poco más.

Dennis se había dado cuenta de cómo Mark había estado decayendo en las últimas semanas y aunque a veces lloraba en secreto, porque no sabía qué más hacer y porque aun lo quería demasiado y tal vez jamás dejaría de quererlo, aunque había comprendido que el amor que sentía por él, era muy diferente al que hoy sentía por Lucas.

Había decidido aceptar que Mark se marcharía, pero esta vez era diferente, ella sabría a dónde y no habría secretos o mentiras que envolvieran su partida. Mark había comprendido que Dennis amaba a otro hombre. La verdad era que él nunca intentó, ni pensó tener el amor de Dennis de vuelta para sí mismo otra vez. A Mark le bastaba con que Dennis le diera su tiempo y su atención y más importante que todo lo demás, que le hubiera perdonado y que hubiera podido comprender todo lo que él le contó, todo lo que él se había tenido que guardar, y la verdadera razón de todo el dolor que él le causó.

Las visitas eran amenas, se reían, conversaban, y hasta jugaban juegos de mesa cada vez que era posible, invitando a otros residentes del lugar. Claro, Dennis ya no podía dar más tiempo, pero ese tiempo que pasaban juntos era muy placentero para él y los otros que compartían ese tiempo. Ella no sabía en realidad qué o cómo les hacía sentir mejor, pero sabía que lo hacía de corazón, era un deseo sincero y puro esto de querer ayudar y preocuparse por el prójimo.

De vez en cuando, se le podía observar a Dennis hablando sola, como cuando estaba por entrar a *La Estancia*, se detenía enfrente de la puerta antes de tocar, y trataba de entablar alguna conexión haciendo ciertas peticiones. Cerraba los ojos con fuerza y luego levantaba su mirada al cielo, y comenzaba a pedir, como quien pide a Dios, aunque se le hacía difícil vocalizar sus sentimientos, lograba hacer cortas plegarias, siempre pidiendo por fuerza para los demás.

Dennis no sabía bien cómo debía referirse a los orbes de luz, o cómo hablarles. Le sonaba raro el pensar en hablarles sin poder verles, aunque poco a poco se iba acostumbrando a decir ciertas frases como por ejemplo; *Bien, aquí vamos, espero que todos estén listos para trabajar,* a veces, cuando ella se sentía más segura de que lo que acontecía era algo maravilloso y puramente divino, dejaba su timidez de lado y exclamaba al aire; *quiero a todo el mundo con luz brillante, dispuestos a regalar energía a estos seres que tanto la necesitan.*

Dennis había tomado la costumbre de que cada vez que veía a Mark o a Tammy, los abrazaba y les sostenía por unos cuantos segundos y más, si se daba la oportunidad. Tal vez ésa era la única forma que ella había encontrado para de alguna manera canalizar un poco de su energía hacia ellos. Cosa que parecía ser real y efectivo, puesto que Tammy siempre decía, *cada vez que me vienes a ver, me siento muy bien, pero cada vez que me abrazas, es como si un montón de energía me llegara de un solo viaje.* Tammy no sabía aun de lo que Dennis era capaz de hacer, y tal vez nunca lo sabría, ya que Dennis no había pensado en contárselo o explicarle. Escasamente podía ella misma entenderlo, y no tenía idea cómo otros podrían.

Mark sí lo sabía. Él sabía que Dennis le entregaba energía cada vez que ella iba, no solo él la sentía, sino que además él veía las hermosas luces. Ellas inundaban toda la habitación con un brillo esplendoroso cada vez que Dennis llegaba, siempre habían estado cerca de Dennis, desde hacía muchos años, razón por la cual él se había alejado de ella, claro, él no sabía en realidad qué eran o por qué estaban cerca de él en ese tiempo, de haberlo sabido, Mark nunca habría dejado a Dennis. Él la amaba como nunca volvería a amar a otra persona, es más, aun la amaba, incluso más que antes.

Dennis había conocido a Sarah, una mujer ya adulta, en los cincuenta, por cierto, muy fácil de llevarse con ella. Era amable, se reía constantemente y le gustaba participar cuando estaban en grupos. Pero Sarah tenía un pasado que no comentaba con nadie, absolutamente nadie, ni su doctor había podido sacarle algo. Sarah esperaba cada martes y cada jueves, a que Mark se animara a compartir a Dennis con los demás. Es que a veces solo se quedaban en la habitación de Mark y Dennis no veía a nadie más. Pero en otras ocasiones, ambos llegaban a la sala grande y se sentaban ahí para compartir con los demás, que era lo que Sarah añoraba.

Se notaba el entusiasmo de Sarah al verle casi correr para ir a saludar a Dennis en las oportunidades que ellos se integraban a compartir con los demás residentes. Ella era la primera en línea, siempre dispuesta y se esmeraba por atenderla, le ofrecía jugo o café o lo que tuvieran, para hacerla sentir cómoda y querida. Sin duda, ella quería ser atenta y lo era con todos, pero en especial con ella, con Dennis.

A medida que fueron pasando los días, Mark fue decayendo más y más. Pero a pesar de esto, él insistía más frecuentemente en ir a la sala para compartir con el resto de los residentes. Incluso, Mark ya solo estaba usando la silla de ruedas motorizada, así se le hacía más fácil movilizarse, aunque Dennis muchas veces le decía, *quieres que nos quedemos acá, ¿yo te puedo leer?* Él insistía en que no, que prefería pasar tiempo compartiendo con todos los demás.

En el fondo Dennis presentía que Mark quería que la energía que se hacía visible con la presencia de ella, fuese compartida con todos los otros residentes y no solo con él, para que los otros se pudieran beneficiar de esta increíble energía curativa, porque él pronto se iría de este plano. Dennis presentía que el final, aunque triste, ya estaba cerca.

Uno de esos tantos días en que Mark y Dennis iban a compartir con los demás la sala grande, Dennis notó la ausencia de Sarah. La mayor parte de los otros residentes siempre estaban ahí, incluyéndola a ella, pero ese día Sarah no estaba entre ellos. A Dennis le pareció rara su ausencia y no pudo evitar sentir curiosidad por lo que fue a la estación de las enfermeras y preguntó por ella.

La enfermera le dijo que había estado muy decaída desde el viernes pasado y que no había apetecido comida alguna, lo que les tenía muy preocupadas, porque no sabían qué le pasaba. Dennis aprovechó un momento en que Mark recibía tratamiento, como eso de las ocho de la noche y se escapó de la habitación para ir a buscarla. Caminó por el pasillo de los dormitorios buscando las iniciales de ella, hasta que al final dio con la habitación correspondiente. La puerta estaba entreabierta, dio un pequeño golpeteo para anunciarse y luego esperó.

Al no escuchar respuesta, decidió entrar. Sarah estaba sentada en la orilla de su cama afanada leyendo un libro, además llevaba puesto los audífonos. Dennis caminó despacio para no asustarla, y se le hizo presente haciendo señales con su mano para que ella le pudiera ver. Sarah reaccionó rápidamente dejó el libro y se sacó los audífonos de un solo tirón. Dennis le dijo:

—Perdón Sarah no quería asustarte, es que no te vi hoy en la sala y al preguntar por ti me dijeron que no te has sentido bien, ¿es verdad esto? —comentó Dennis.

— ¿Y tú pensaste que al venir hasta acá y traer tus acompañantes podrías levántame el ánimo? ¿Eso es? —el tono que Sarah empleó era más bien el de estar molesta con la aparición de Dennis en su habitación.

— ¿Qué cosa dices Sarah? Solo vine a saber cómo estabas, no quise importunarte, lo siento, no debí venir. —dijo Dennis, mientras se daba la media vuelta para dejar la habitación, en eso Sarah se paró y exclamó para que Dennis no se fuera.

—Lo siento, soy yo quien se ha comportado mal, perdóname, no quise ser así de mal educada y grosera, perdóname por favor. —dijo Sarah, mientras caminaba acercándose a Dennis, y cuando

277

estaba ya cerca, Sarah saltó sobre ella y le dio un fuerte abrazo. Luego le dijo;

—Y sí, lo sé, sé que nos traes más energías. —Sarah sonrió, a lo que Dennis preguntó;

— ¿A qué te refieres?

— ¡Pues a que va ser! ¡A tus luces, niña! A ellas, a los orbes brillantes de las que Mark no deja de hablar. —con un poco de timidez Dennis le preguntó;

— ¿Es que tú las puedes ver? —la voz de Denis sonaba quebrantada y temerosa a lo que Sarah le respondió;

—En realidad, no como Mark, las ve. Yo en cambio las siento, sé que están acá, y para poder verlas tengo que cerrar mis ojos. —Dennis un poco confusa puso su cara de interrogación y pensando en qué preguntarle seguido a eso, Sarah exclamó;

—Pero ya no te preocupes por mí, estoy bien, ¿y tú cómo estás? —preguntó.

—Bien, pero... —Dennis quería insistir en el tema que ya Sarah había dado por terminado.

La mujer salió del cuarto acompañando a Dennis, colgada de su brazo, caminaron hasta la sala grande, en donde estaban los demás y Mark, que casi terminaba ya la bolsa de medicina que le habían puesto.

El tiempo transcurrió y la hora de marcharse llegó, pero Dennis se quedó muy pensativa por la actitud de Sarah. Las palabras que ella le gritó al principio le seguían dando vueltas en la cabeza, por lo que había determinado que necesitaba hablar con ella por más tiempo. Quería saber más de ella, el por qué estaba ahí. De hecho, Mark fue el primero en presentársela y en hablarle de ella, ¿sería que él sabía algo que aún no le contaba?

Cuando Dennis llegó el jueves siguiente, tenía la intención de preguntarle a Mark directamente, qué es lo que él sabía de Sarah, pero al llegar a su habitación y encontrarse con Sarah ahí, al lado de Mark cuidándole el sueño, la dejó muy sorprendida. Después de tratar de recuperarse de la sorpresa, se acercó a saludar a Sarah, y ella le contó que Mark estaba delicado. Dennis se le quedó mirando y Sarah le habló;

— ¡Ya lo sé! —Sarah exclamó.

— ¿Sabes qué? —preguntó Dennis.

—Ya se lo que quieres preguntarme, y la respuesta es complicada—.

— ¿De qué hablas? —volvió a preguntar Dennis.

—Quieres saber qué me pasa, ¿no es así? —dijo Sarah.

—Bueno, sí, pero ¿quién te lo dijo?

—Nadie, yo lo sé, así como sabía que vendrías y Mark te volvería a ver, fui yo quien se lo dijo, pero él no me creyó, hasta que tú finalmente viniste a verlo, claro, aunque sé que fue un encuentro que tú no esperabas. —agregó Sarah.

Muy sorprendida Dennis le preguntó a Sarah;

— ¿Y tú como sabes esto? es más, ¿cómo sabías que yo vendría a este lugar?

—Ese es el problema, es personal y además complicado.

—Yo no creo que sea más complicado que todo lo que yo he tenido que pasar. —la cara de Dennis tenía una clara expresión de *ya lo he pasado todo*.

—No creas Dennis, todavía te queda mucho por conocer, mucho qué entender. —Sarah suspiró después de hacer este comentario y se paró del lado de Mark para ir donde ella.

—No quiero presionarte, pero siento esa necesidad de saber de ti, no lo puedo explicar pero así me siento. ¿Crees tú que pueda existir alguna razón específica para que tú y yo tengamos que hablar? —preguntó Dennis.

—La verdad, no creo. ¡Nadie me puede ayudar! —expresó Sarah.

—Bueno, yo no puedo cambiar tu forma de pensar, pero quiero que sepas que estoy aquí y que me puedes contar lo que quieras. No pretendo criticarte o juzgarte, solo sé que a veces necesitamos ser escuchados, y qué mejor que por personas que saben de buena fuente que la vida no es como nos la han pintado en el pasado.

Dennis terminó diciendo esto y luego se sentó cerca de Mark, justo cuando comenzaba a despertarse. Sarah la miró y le extendió su brazo hasta tocarle el hombro en señal de agradecimiento y Dennis le alcanzó a tomar la mano y le dijo;

—¿Quiero saber qué es lo que te aqueja? ¿Quiero saber cómo es que dices saber cosas de mí? te pido que me des la oportunidad. —Dennis prácticamente suplicó.

—Dennis, tendremos la oportunidad de conversar muy pronto, te lo aseguro. —Sarah se retiró de la habitación viendo que Mark abría los ojos y trataba de acomodarse en la cama.

—Hola Mark, estabas durmiendo placenteramente cuando llegué, por eso no quise despertarte.

—Está bien Dennis, no debes darme una explicación, ya es bastante lo que haces con venir seguido a verme y a estar conmigo después de todo lo que yo te hice sufrir, ¿qué más podría yo haber pedido?

—No hace falta que hablemos de esas cosas, ya están en el pasado, pero sabes Mark, me encantaría saber qué sabes de Sarah. Siento algo especial por ella, pero no sé qué es. —preguntó Dennis con un poco de preocupación.

—En realidad no sé mucho, pero cuando comencé a hablar con ella, fue de recién llegado a este lugar, ella fue la que me dijo que tú vendrías, que yo tendría la oportunidad de verte antes de partir, y así mismo ha ocurrido. Creo que ella es muy dulce y me comprende cuando le hablo de mis cosas. —Mark se notaba sereno cuando hablaba de Sarah.

— ¿Sabes si viene alguien a verla, Mark?

—No, que yo sepa.

— ¿Y cuánto tiempo lleva acá?

—Ella ya estaba acá cuando yo llegué, y de eso ya va para dos años, ¿verdad? — dijo Mark un poco inseguro del tiempo que llevaba allí.

Dennis solo guiñó el cejo, pero no dijo palabra alguna. El resto del tiempo lo pasaron entre tomando un té y un poco de lectura, cosa que se había vuelto como una rutina que ambos disfrutaban. Luego de un par de horas, Dennis lo vio dormirse y se marchó.

Durante las próximas semanas, Dennis tuvo nuevamente una sesión con la doctora Michaels, a la que también le preguntó por lo que ella sabía de Sarah. Pero esta vez con poca suerte, ya que Rona no era la doctora de Sarah y quien sí lo era, era un hombre muy tradicional, mayor y que no discutía con nadie la salud de sus pacientes. Así es que estaba un poco difícil saber de ella, pero lo que sí hizo Rona, fue darle las gracias y decirle, *sí funcionó, he sentido la presencia de mi hijo en más de una oportunidad en estas últimas semanas.* Dennis solo la miró y sonrió.

Esta sesión había sido una simple, en donde habían conversado solo algunas cosas, nada con profundidad. Dennis se sentía confidente de que estaba tratando de hacer lo mejor dentro de sus habilidades, solo le quedaba al tiempo decir si ella estaba en lo correcto o no.

El tiempo pasó…

Dennis despertó la mañana de aquel lunes con el pecho comprimido, sintió que algo no estaba bien, no sabía exactamente qué, pero lo presentía. Lo primero que hizo fue asegurarse que Tammy estaba bien, ya que la había dejado el día anterior en perfecto estado, dentro de lo que se podía decir, pero sabiendo que las personas en esas condiciones pueden empeorar de un minuto a otro, decidió llamar y asegurarse. Por suerte todo estaba bien en esa dirección.

Lo siguiente fue llamar a La Estancia y pedir información de cómo había amanecido Mark, fue ahí cuando la enfermera le dijo que Mark estaba delicado, y que tal vez era buena idea que ella viniera a verlo esa mañana y no dejarlo para el martes. Dennis se aterró al pensar que pudiera ser la última vez, lo había estado pensando, pero de igual forma sabía que no importaba cuánto se preparara, el dolor sería demasiado grande al verlo partir.

Dennis hizo un par de llamadas alertando a la oficina y la señora Harrison que no podría presentarse a trabajar y que estaría en La Estancia por si algo urgente se necesitaba. Al poco rato, Dennis recibió una llamada de Mary, preguntándole si necesitaba ayuda o algo que ella pudiese brindarle, que contara con ella si lo necesitaba.

Durante los últimos meses la relación de Mary y Dennis había crecido increíblemente, primero por la relación que las unía con Tammy, y luego por la oficina y todo el trabajo que ésta desempeñaba. Al pasar el tiempo, la relación de trabajo se había transformado en amistad y esta amistad había crecido día a día, simplemente por todos esos momentos en que compartían, una cena o un almuerzo, o algo tan simple como un café. Momentos que les había servido a las dos para conversar todas esas cosas que ambas no conversaban con nadie más.

¿Cómo describir el sentimiento de saber que el ser que más quieres puede irse en cualquier momento? Ambas sabían ese lenguaje, ambas se miraban y no hacían falta preguntas o respuestas, ambas sabían de ese tipo de dolor, pero ambas eran mujeres fuertes y eso era el soporte que las mantenía más unidas aun.

Fue en los momentos antes de llegar a la estancia que Dennis notó que esta vez la acompañaban varias orbes de luz. Desde antes de entrar a la propiedad las vio moverse a su alrededor. Luego cuando ella se bajó de su auto, notó que había otro grupo de ellas justo al lado de la puerta principal, como esperando por que Dennis entrara a La Estancia. Sintió un nudo en garganta, pensó que lo que había temido por meses, había llegado.

— ¡Hola, buenos días! —dijo Dennis a la enfermera que estaba en la estación de la entrada.

—Hola Dennis, qué gusto verte. —respondió la enfermera y agregó;

—Mark se encuentra en la sala de cuidados especiales para que no vayas a su habitación, si no ve directamente allá, ¿Sabes cómo llegar, verdad? —preguntó la enfermera.

—Sí, claro, sé cómo llegar.

Y sin más conversación se apresuró a llegar hasta donde estaba Mark. Al doblar por el pasillo estaba Sarah, la vio sentada afuera de la habitación.

—Hola Dennis. —dijo Sarah.

—Hola, ¿cómo está Mark? —preguntó Dennis.

—Está bien.

— ¿Y cómo es que está acá?

—Dennis, él está bien, está preparado para su próximo viaje. Lo ha visto, se lo he enseñado.

— ¿Cómo? ¿Qué dices? No te entiendo, ¿puedes explicarme qué diablos está pasando? —Dennis estaba molesta, otra vez algo que no comprendía, parecía que a veces todos jugaban con ella y sus sentimientos, al hacerla sentir como una ignorante, tal y como se sentía en esos momentos.

—Ven, siéntate, te explicaré. —dijo Sarah con una voz muy tranquila. Le tomó la mano y la acercó a ella.

Cuando ya estaba lo suficientemente cerca, Sarah le tomó ambas manos, y puso su mano derecha sobre la mano derecha de Dennis e hizo lo mismo con la otra. De pronto Dennis se sintió relajada, algo la envolvía, algo suave y acogedor, y ella se dejó llevar por esa placentera sensación, sin intentar pensar en qué o para qué Sarah hacía eso.

Ya con los ojos cerrados, Dennis visualizó dentro de su mente, cómo una densa neblina comenzaba a disiparse, se esfumaba dejando a la vista un camino despejado. Era un camino de tierra, con pasto crecido a las orillas, un cielo azul, impecable y falto de nubes. Poco a poco comenzó a escuchar un sonido, era el cantar de pájaros, se escuchaban cerca, y también se escuchaba agua correr, tal vez un riachuelo pequeño o algo parecido. Dennis se sentía atenta a lo que pudiera ver, era como estar mirando una película, con la diferencia que se sentía más dentro de la pantalla que fuera. Todo se sentía muy real.

De pronto vio una casa, algo pequeña, pero con un bello antejardín, se veía cuidado y atendido. Y en el pequeño portezuelo, una mujer con una pequeña niña en sus brazos. Dennis sintió un frío en su espalda y de pronto la neblina volvió y ella pudo abrir los ojos.

— ¿Qué fue eso?, ¿qué es lo que estaba viendo?, no lo entiendo. —dijo Dennis asombrada y muy confundida.

— ¡Eso es lo que le espera a Mark! — dijo Sarah.

— ¿Cómo? ¿Qué le espera a Mark? ¿Cómo puedes tú saberlo? —preguntó Dennis mirándola de frente, a lo que Sarah respondió.

—Desde hace mucho que puedo ver lo que otros no, y también puedo sentir lo que otros no pueden.

— ¿Eres vidente? —preguntó Dennis un poco incrédula.

—No exactamente, te explico. No solo puedo ver lo que vendrá, sino que puedo ver más allá, en otros planos, o como tú dirías en otros mundos, cómo nuestras vidas cambian cuando dejamos este plano. Sé que no es fácil de entender, pero eventualmente lo harás, así como has entendido otras cosas. — dijo Sarah mientras se sentaba en la silla al lado de la puerta. Dennis había optado por quedarse de pie, pero eventualmente se sentó junto a Sarah.

—Sarah, dime una cosa ¿cuál es la razón por la que estás recluida aquí? ¿Por qué tenías que estar mi camino? ¿Hay algo que yo debo hacer por ti? Si es que tú lo puedes ver, ¿puedes ver o saber qué es lo que vendrá en mi vida? —eran muchas preguntas, pero Dennis ansiaba las respuestas en ese preciso momento.

—Dennis, no es precisamente así como lo piensas, algunas cosas con el tiempo puedo mantener control, pero esto ha sido después de muchos años de sentir que esto era una maldición. Perdí a mi familia de esta forma. Nadie me creía ni entendía lo que me pasaba, y después de tantos doctores y diagnósticos equivocados, comprendí que lo mejor que podía hacer era callar, y así lo hice callé. Por callar es que terminé recluida en un psiquiátrico, y eventualmente algunos de los doctores que me trataron, pensaron que yo era un paciente que podría beneficiarme de esta nueva institución. Calzaba en los requisitos para este nuevo programa.

— ¿Qué requisitos? — preguntó Dennis.

—Bueno, estar solo, desatendido, no ser violento y no mostrar síntomas de recuperación en el último tiempo. —dijo ella.

— ¿Pero por qué no recuperación? No entiendo.

— ¿Es que no lo sabías? La Estancia es un hospicio, por lo que las terapias y tratamientos, solo son experimentales. Además, es un establecimiento mantenido por el sector privado, y por esa razón pueden ofrecer este tipo de recursos y estudios, donde primeramente se dedican a la búsqueda de nuevos tratamientos que puedan funcionar y así ayudar a otros y así también ayudan a mejorar la vida de los pacientes que aquí residen.

—Dime algo Sarah, ¿tu estado clínico ha mejorado en el tiempo que has estado acá? —preguntó Dennis con mucha curiosidad.

—No sé bien cómo explicarlo, o qué es lo que me ha ayudado, pero al menos volví a hablar. Aún no logro soltarme a hablar de mis cosas personales, pero he vuelto a hablar con otros, sin sentir ese miedo que sentía antes, por poder llegar a ver algo en sus futuros o en sus pasados, tú sabes, esas cosas que nadie quiere saber, menos ver. —Sarah trataba de explicarle a Dennis.

— ¿Qué paso con tu familia?

—Mi esposo decidió que yo era una tarea muy dura para él y se divorció de mí hace muchos años y ya no supe más de él. —respondió Sarah con una expresión de tristeza en su rostro, algo que no podía evitar, ya que ella nunca dejó de amarle.

— ¿Tenías hijos?

— ¡Sí!, tengo dos hijos. —Sarah mantenía su mirada perdida en la distancia.

— ¿Y por qué no vienen ellos a verte?

—Al comienzo no me importó, pensé que era mejor de ese modo, cuando me internaron por primera vez, no quise verles. Luego de muchos meses comencé a sentirme mejor y sentí que los extrañaba mucho, y pedí que les contactaran, pero mi esposo había comenzado los trámites del divorcio y la petición de la patria potestad por completo para él, argumentando que mi situación, me limitaba a poder cuidar por mis hijos, opinión que el juez respaldó. Yo tendría que probar que estaba del todo bien por largo tiempo antes de poder volver a verlos. Me enojé con todo y todos, pasé muchos meses en un mal estado y luego me di a las medicinas. La depresión llegó a mí y no pude evitarlo, desde ahí crecí en un estado de soledad y me alejé de todo, sumida en el silencio. Recuerdo que hace unos ocho años probablemente, un nuevo doctor tomó mi caso en el hospital donde me encontraba y él quiso contactar a mi familia, alegando que el contacto familiar podría ser beneficioso para mi estado. La respuesta de ellos no fue la que el doctor esperaba, ellos no querían ningún tipo de contacto conmigo. Me tomó aún más tiempo tratar de comprender por qué no querían verme, pero con el pasar de los años comprendí que les ocasioné mucho dolor, y fui yo quien los abandonó primero, estaban muy pequeños cuando les dejé, y no supe verlo, ellos me necesitaban y yo huí lejos sin poder comprender que mientras esto pasaba, también los estaba perdiendo a ellos.

— ¿Sarah, qué fue tan grave que terminaste en un psiquiátrico? —Dennis titubeó un poco al hacerle la pregunta, pero sabía que tenía que preguntar, de lo contrario no podría entender por qué ella estaba permanecía recluida en La Estancia.

—Pensaron que yo pretendía atacar a mi esposo y que realmente podría hasta matarlo.

— ¿Cómo?

—Así como lo escuchas. Llevábamos bastante tiempo con problemas, discutíamos mucho. Yo veía cosas en mis sueños y le comentaba a él, y él me decía que yo estaba perdiendo la cordura, que debía dejar de soñar esas cosas ¿Cómo podía yo dejar de soñar cosas así? El problema se formó porque él no quiso reconocer que algo estaba ocurriéndome. Visité muchos médicos y lo único que hacían era cambiarme la medicina, muchos antidepresivos y antipsicóticos y todos producían aún peores efectos secundarios. La angustia creció y yo ya no era la misma, lloraba todo el tiempo y nadie me entendía. Veía gente y podía sentir que pronto se irían, o a veces veía almas cerca de personas, esperando la oportunidad para pasar un mensaje, cosa que traté de hacer, pero no fue lo más sabio, sino lo contrario, por lo general terminaba en algo erróneo. Aprendí a esconderme en mí misma y un día vi que mi esposo tendría un gran accidente y quise prevenirlo. Lo llamé y lo busqué para decirle que se cuidara que lo que pasaría podría causarle serios daños y esa fue mi desgracia.

— ¿Por qué? —preguntó Dennis

—Porque mi esposo tuvo el accidente, y fue malo, muy malo, por poco le cuesta la vida. —respondió.

— ¿Pero qué tenías que ver tú, con que él tuviera ese accidente?

—Simplemente que él me acusó de haber orquestado el accidente.

— Pero si tú no tenías nada qué ver con eso, ¿qué es lo que pasó? ¿O tuviste algo que ver?

— ¡No! claro, que no, ¿es que no me has escuchado? Lo vi, vi el accidente antes de que ocurriera, solo quería protegerlo, pero él no me creyó, todo lo contrario, lo usó para alejarse de mí. Dijeron que yo era un peligro si no estaba bajo supervisión y así fue que poco a poco el camino del silencio se convirtió en el más seguro para mí.

Aunque Sarah había tratado de evitarlo, las lágrimas rodaban de forma espontánea por sus mejillas. Cuando terminó de contarle a Dennis la historia, ya los sollozos la habían envuelto.

—En la visión que me mostraste, vi a una mujer y una niña pequeña, y tú me decías que eso es lo que espera a Mark, ¿a qué te referías con exactitud?

—Mark irá a otro plano, como todos lo haremos una vez que dejamos éste. Algunos van de vuelta a otros planos en donde solían vivir antes de venir acá, y otros van a nuevos lugares y nuevas misiones.

— ¿Misiones?

— ¡Sí, misiones! Todos tenemos misiones, somos seres de luz en busca del constante aprendizaje, estamos siempre abiertos a nuevos conocimientos, en este plano y en cualquiera de los otros.

— ¿Por qué estás tan segura de lo que dices? —Sarah se levantó y la miró de frente…

— ¡Lo he visto!, y he logrado entenderlo, pero son muy pocos lo que pueden entender qué somos en verdad, de dónde venimos, o qué sigue después de esta vida como humanos. — dijo Sarah con un tono de seguridad en su voz.

— ¿Cuánto tiempo has estado sola, escondida del mundo que no puede entenderte? —preguntó Dennis, aun con tono de curiosidad, parecía que cada minuto que pasaba, ella quería saber más de ella.

—Creo que desde hace mucho, no recuerdo bien, el día pero ya hace unos veinte años.

— ¿Y en todo este tiempo, después del último intento que hizo aquel doctor, no has tratado de contactar a tus hijos nuevamente? Deben ser adultos, tal vez yo podría tratar de encontrarlos y hablarles de ti, explicarles que estás mejor. —la mirada de Dennis albergaba esperanza. Ella creía que era algo posible. Dennis como siempre queriendo ayudar a los demás.

— ¡No! En realidad no es necesario, de vez en cuando los veo en mis sueños y sé cómo están.

— ¿Pero no sientes la necesidad de verlos y sentirlos junto a ti? —replicó Dennis.

— ¡Sí! todo el tiempo, pero sé que no es el tiempo ahora. También sé que un día volveremos a estar juntos, solo hay que esperar. —Dennis la miraba sorprendida de lo que Sarah le decía. ¿Cómo era posible vivir sabiendo lo que no pasa aún? ¿Cómo tener la paciencia de esperar? La situación de Sarah era increíble, pensaba Dennis.

—Sarah, ¿Mark está muriendo? ¿Verdad? ¿Y él se irá a ese lugar que me has mostrado? —Dennis estaba parada frente a la ventana y miraba a través de ella los campos verdes que eran los patios de La Estancia.

—Sí, él se irá pronto, desde hace mucho que lo esperan, claro, que en los otros planos, el tiempo no transcurre como acá, es diferente. Mark era un ser de otro plano cuando recibió la misión de venir a este mundo. Había algo importante que él debía hacer.

— ¿Qué era tan importante como para venir a este mundo?

—Dennis, todos, de alguna forma u otra tenemos misiones que cumplir. Trabajamos por el prójimo, en busca de una paz universal, claro, que no sabemos exactamente cómo ocurrirá o cuándo, solo queda pensar que cada cosa que hacemos, está previamente pensada, y que nuestros pasos aquí, en este plano, están trazados basados en un plan universal. —Sarah tomó las dos manos de Dennis y prosiguió diciendo…

—Dennis, Mark vino a este plano a ser tu compañero, específicamente a estar contigo. A ser amigo y soporte mientras crecías y te hacías una adulta, debía estar a tu lado y protegerte para que pudieras seguir tu camino. Sé que es algo difícil de entender. Espero no hacerte sufrir y que esta información, no sea más de lo que puedes comprender. Sé que has pasado por muchas cosas muy difíciles de superar y aceptar, lo sé, pero también veo todo lo que has podido hacer por gente que necesitaba de luz para seguir viviendo, la bondad que has desarrollado, tu carisma y tu gran fuerza por sobrepasar las dificultades, han sido resultados de la vida que has vivido. Cada evento en tu vida ha sido cuidadosamente planeado y aunque suene increíble, es así, tú no habrías sido la persona que hoy eres si no fuera por todo lo que has atravesado. La vida en este plano existencial, es un tanto complicada ¿no lo crees?

Como era de esperarse Dennis estaba atónita, tratando de procesar toda esa nueva información. Luego Dennis se dio vuelta y caminó a la orilla nuevamente y desde ahí miraba el terreno de afuera. Sentía que todo era irreal, aunque el verde y fresco pasto de afuera se veía muy real, pero ya nada parecía serlo, era como una pesadilla, de la cual no podía despertar.

Dennis le comentó a Sarah, mientras mantenía la vista fija en el verde del pasto que los caballos pisaban;

—Es verdad, Mark llegó a mi vida poco después que perdí a mis padres en aquel accidente. Sí es verdad, y desde que nos conocimos él fue todo para mí. Crecimos juntos, hicimos planes y luego todo se derrumbó, ahí fue cuando el sufrimiento retornó. Bueno el resto es historia y no creo que hay que volver a recordarla.

—Dennis, la existencia humana no es planeada de la forma que piensas, nadie planea hacerle daño a otros, nadie quiere que uno sufra, nuestras misiones dentro de este plano están limitadas por el curso natural de nuestra propia existencia. Nuestras almas siempre serán libres, e irán en busca del mayor conocimiento, ¡siempre! no lo olvides.

— ¿Entonces me dices que Mark se irá de vuelta a donde él vivía antes de venir a este plano?

—Sí Dennis, él ha terminado su misión acá, y debe retornar al lugar de donde vino. —Dennis con la expresión confusa en su cara preguntó;

—Pero la mujer que vi en la visión, se veía tan real como tú y como yo, ¿por qué morir entonces?

—En el fondo somos diferentes, eso que llamamos alma, es algo increíblemente hermoso, compuesta de una energía que aún no sabemos manipular. Evolucionamos en cada plano en el que existimos. A donde vayamos, no importa si es el futuro o si el pasado, nuestra alma comparte el cuerpo de la persona que ha elegido desde ante de emprender la misión. En otras palabras, es posible que el alma que hoy habita nuestro cuerpo, vaya a otros planos y coexista con otros tipos de vida que no sean exactamente como la nuestra acá. Y también es posible que, a modo de darnos a entender situaciones, nuestra alma o el alma que comparte nuestra existencia, nos muestre otras vidas de una forma un poco más familiar. Para que de esta forma podamos comprender mejor, ya que esta vida es la única que podemos entender, por esa razón creo que lo que vemos, es de alguna forma una imagen o semejanza, la cual nos puede ayudar a comprender qué, o cómo pasará, pero quién sabe en realidad lo que sigue. —Sarah sonaba muy confiada en lo que le explicaba a Dennis, aunque ella no parecía para nada estar conforme con esa explicación.

A Dennis le preocupaba pensar que en la vida que ella pensaba, jamás había sido lo que ella había pensado o creía que era. En cambio, un mundo infinito se presentaba enfrente de ella, otras vidas, otros seres, otros lugares, muchas cosas difíciles de comprender, pero que al pensar cuidadosamente, comenzaban a darle un nuevo color a la que ella conocía como su vida propia.

—Tú sabes que yo veo orbes ¿Las luces brillantes? —preguntó Dennis a Sarah.

—Claro que lo sé. —agregó Sarah.

— ¿Por qué las puedes sentirlas pero no verlas? —le preguntó Dennis.

—No lo sé, creo que al las verlas en sueños, me ha ayudado a sentir su presencia cuando estás aquí o cuando Mark las ve.

— ¿Fue Mark quien te dijo que yo podía ver estas luces?

—Sí, desde el principio, cuando pudo sincerarse, lo primero que me contó fue de cuando vio la primera luz. Luego no dejaba de hablar de ellas y más, después de que se reencontró contigo. Ahora ya está listo para partir, solo necesitaba dejarte en buenas manos y creo que ya lo estás, ¿o me equivoco?

— ¡Ah! ¿Te refieres a Lucas? —preguntó Dennis, aunque era obvio que Sarah se refería a él, después de todo, ella lo había visto en sus visiones.

—Sí, me refiero a quien será tu compañero por mucho tiempo. —replicó Sarah.

— ¿Sabe Mark que él tiene una mujer y una hija en otro lugar?

—No específicamente de esa forma, pero pronto los verá y podrá reconocerlos y recordará su vida y a quienes en ella viven. No te debes preocupar por eso, él estará bien, va de vuelta a casa.

— ¿Se irá pronto?

—Sí, pronto.

Capítulo 20

Nuevas Esperanzas

—Dennis ¿quieres crema en el café?

—No gracias, negro está bien.

—Qué bueno es verte menos triste.

—Sí, hasta yo me siento mucho mejor.

— ¿Cuánto tiempo hace ya?

—Ya serán seis meses desde cuando partió.

— ¡Seis meses! Cómo pasa el tiempo. Estaba pensando que quería hablarte de hacer una reunión para Tammy, su tratamiento ha dado grandes resultados, el doctor dice que este mes será la última quimioterapia de la segunda ronda y luego tendremos que esperar a ver qué sucede. Ellos tienen grandes expectativas lo mismo que yo, creo que el cáncer entrará en remisión porque mi hija es una luchadora, ¿no lo crees?

— ¡Oh, Mary claro, que sí!, Tammy saldrá de ésta, te lo puedo asegurar. Por supuesto que me encantaría ayudarte, ¿qué tienes en mente?

—No mucho en realidad, es que con la enfermedad de Eileen, su estado tan depresivo y todo el trabajo de la oficina es difícil tener tiempo para cosas extras, pero definitivamente quisiera hacer algo para celebrar el último tratamiento. Sé que puede sonar a un motivo tonto, pero creo que reconocer la fortaleza que mi hija ha puesto y sobre todo su determinación, es admirable y merece ser reconocido, además toda la familia ha puesto un poco en esta batalla.

—Entonces me encargaré de planificar algo, ¿te parece?

— ¡Oh, Dennis!, no sabes cómo te lo agradezco. —dijo Mary y también agregó;

—Pero también hay algo más, Tammy finalmente ha decidido tomar mi apellido por lo que la haré partícipe legal de esta empresa.

—Me parece una excelente idea, sé que ella lo tomará bien. —contestó Dennis, luego prosiguió.

—Mary, quería comentarte algo.

—Claro, dime lo que sea.

—Bueno en realidad solo quería decirte que me gustaría hacerle compañía a Eileen algunos días, si a ti te parece.

— ¿De verdad? ¿Hablas en serio?

—Claro que sí, tú sabes que aun después de la partida de Mark, continúo yendo a La Estancia, disfruto mucho cuando comparto con las nuevas amistades que he hecho allá, pero puedo definitivamente hacer tiempo para estar con Eileen. Pienso que eso sería bueno y además te daría un poquito más libertad algunos días de la semana para otras cosas, ¿te parece?

—La verdad Dennis, es que Eileen ha estado muy deprimida, encerrada en su habitación sin querer hacerle frente a la vida, solo piensa en que se va a morir y ya nada le importa.

—Entonces haremos que ella se sienta un poco mejor, ¿no crees que sería bueno?

Dennis y Mary conversaban amenamente sentadas en aquel rincón especial que Mary tenía en su oficina. Era una mesa y dos sillas, situado frente a una amplia ventana, que daba al pequeño jardín que la empresa había construido en el patio de atrás. Desde ahí Mary podía contemplar esa bella vista, paisaje que siempre la ayudaba a pensar, o despejar la mente cuando necesitaba inspiración para algún proyecto importante. En otras ocasiones era el lugar indicado para pensar en su hija Tammy, y en todo lo que fuera concerniente a ella. Eran tantas otras cosas las que le robaban su tiempo, que tener un lugar para escapar y relajarse era primordial.

Los días transcurrieron sin demora…

El ofrecimiento de Dennis le había caído como un regalo. Mary sentía muy buena energía viniendo de Dennis, era algo que ella no sabía cómo explicar, pero lo sentía. Sabía que Dennis tenía algo que ver con la recuperación de su hija Tammy, pero no podía ponerle un nombre o decir qué era exactamente, lo importante era que Mary lo sentía dentro de sí misma, un sentimiento muy sólido, y eso era suficiente. Mary estaba convencida de que Dennis era más que una influencia positiva, no solo en las personas con las que ella cruzaba, sino en todo aspecto, ya que desde el comienzo, todos proyectos que Dennis había tomado, siempre salían bien.

La vida de Dennis se podía describir como una montaña rusa, primero, todo iba de subida, sueños y esperanzas, un futuro prometedor y un amor puro e inocente, de pronto todo se volvió gris, cuesta abajo, sufrimientos y desengaños llegaron sin preguntar. La vida de Dennis se había complicado, tornándose casi siniestra y aunque parecía que ella nunca saldría de ese estado de inseguridad, las cosas comenzaron a cambiar. La vida luego se tornó un poco mejor, más amable y llevadera y todo comenzó a ir de subida nuevamente, pero esta vez ella sabía que probablemente habría cosas que tendría que enfrentar, ya no sería como antes, ya estaba más preparada, y no la encontrarían desprevenida. Pero sí había cosas que se iban quedando para algún día en su futuro. No todo lo nuevo en la vida de Dennis era malo, cosas increíbles estaban ocurriendo y ella lo sabía.

Dennis seguía yendo a La Estancia, visitaba tan a menudo como pudiera a Sarah, y se había prometido seguir haciéndolo, sabía que no era por pena, sino porque sentía que debía seguir haciéndolo. Ella había sido el eslabón que le faltaba, al mostrarle y explicarle cosas que ella aún no comprendía del todo, pero que definitivamente estaba dispuesta a tratar de entender. Sarah parecía apreciar la presencia de Dennis y se le veía muy animada cada vez que ella llegaba a visitarla.

Ya nunca más habían conversado acerca de lo que conversaron aquella mañana, sino que se dedicaban a hacer cosas, salían afuera y caminaban o a veces estaba en el jardín limpiando las malezas que por ahí brotaban. Era increíble que, aunque pareciera extraño, ellas disfrutaban hasta del silencio cuando estaban juntas.

La relación con Lucas iba en ascenso. Ella volvía a sentirse amada y lo que era mucho más, ella había vuelto a amar, y más, sabiendo que Lucas sería su compañero por mucho tiempo, era algo que no olvidaría, era como una reafirmación a lo que ella sentía. Él había tenido la paciencia de esperar por ella y al final había logrado conquistarla, ahora era tiempo de crecer y hacer planes juntos, pero no quería poner presión, quería esperar el momento oportuno y que las cosas se fueran dando solas.

Dennis había decidido que se daría un tiempo para aprender de sí misma. Se había interesado en clases de meditación, por lo que había encontrado un maestro de *Reiki*. Esto era algo nuevo para ella, pero estaba dispuesta a intentar aprenderlo. Había pensado mucho en las cosas que Sarah le había dicho, y recordaba el mensaje que el orbe de luz le había entregado, y todo concluía a que de alguna forma había cierta energía dentro de ella, la cual podría canalizar, y así de esta manera ayudar a los demás.

Por esta razón pensó que el mejor camino era partir por aprender a concentrarse y controlar su ansiedad por saber y por hacer. No se equivocó, Dennis estaba en el camino correcto, pronto entendería que esa decisión había sido la mejor y aquello marcaría el comienzo de muchas cosas nuevas en su vida. Así como antes, era un nuevo paso adelante.

Los preparativos para la celebración por fin se comenzaron a concretar una vez que el doctor confirmó tres meses más tarde que, en efecto, Tammy estaba en tierra derecha, le había ganado la batalla al cáncer. Era algo que los tenía a todos muy felices. A Dennis sobre todo, ya que desde el comienzo ella había estado junto a Tammy, y eso la hacía muy feliz. El saber que de alguna forma, su energía había ayudado a que Tammy se recuperara, era un sentimiento que no podía explicar. Claro estaba que la medicina había hecho su parte, pero sin duda que la energía que Dennis le entregaba a Tammy había hecho la otra.

Dennis tenía bandera blanca para preparar dicha celebración, no solo era una celebración familiar, sino algo un poco más grande, Mary le quería ofrecer la gerencia compartida a Tammy. Eileen había decidido que ya no quería trabajar más porque había decidido retirarse.

Mary, a raíz de esta decisión, pensó que lo mejor sería tener a su hija a su lado, y que este era el momento apropiado para que Tammy comenzara a pensar en retornar al trabajo. Al menos de a poco, así se mantendría ocupada, aún era una mujer muy joven como para dedicarse solo a la casa, además Tammy era y siempre había sido un gran potencial para la compañía Harrison. Solo le quedaba esperar a ver la reacción de Tammy cuando ella le hiciera el ofrecimiento.

Las clases que había decidido tomar Dennis, estaban dando grandes resultados, jamás se había imaginado que podría alguna vez llegar a relajarse a tal forma de poder finalmente meditar. Le parecía muy original que pudiera hacerlo, esto la revitalizaba y además la ayudaba a canalizar mejor la energía. Las primeras clases fueron un par de veces al mes, pero ya para el segundo mes, ella había confirmado clases semanales, estaba aprendiendo mucho y le encantaba lo que hacía.

Su maestro vio que había una energía innata dentro de Dennis, claro, ella no le había contado todos los detalles de su vida, ni las cosas inexplicables que conformaban parte de ella, solo se había remitido a aprender lo que le enseñaban y lo estaba haciendo muy bien. Le gustaba y había decidido continuar y eventualmente, después de pasar los niveles básicos, avanzar al más elevado, la agradaba la idea de llegar a ser un posgrado en *Reiki*.

Practicaba con todos, a todos les entregaba un poco de su energía. Tammy era la que más se reía de ella, le hacía bromas y todo, pero en realidad era la que más se había beneficiado de la energía que ella poseía, era como algo mágico en las manos de Dennis. Un día Tammy le dijo;

—No sé qué habría hecho si tú no hubieras estado en mi vida.

— ¿Cómo? ¿A qué te refieres? —preguntó Dennis.

—Bueno a eso… a que tú has sido muy importante en esta etapa de mi vida, has sido el ancla de mi vida a este plano, y no creo haber tenido la oportunidad de decírtelo, ¡no sabes cuánto te quiero Dennis! —Tammy abrazó a Dennis con un profundo sentimiento, a lo que Dennis le correspondió con el mismo aprecio o tal vez más.

La agenda de Dennis estaba extremadamente congestionada, eventos, proyectos, reuniones, llena de cosas por hacer, pero Dennis siempre buscaba la forma de hacer tiempo extra para poder incorporar algunas otras actividades. Había comenzado a leer y a escribir esas emociones que sentía, no serían un libro ni nada por el estilo pero si una forma de desahogo, y un buen método para después poder recordar cosas que en un momento dado le iban pareciendo interesantes. Lo de la lectura, se había dado desde cuando se pasaba largos ratos leyéndole a Mark, y luego siguió haciéndolo con Eileen a quien veía un par de veces por semana.

Definitivamente el pasar tiempo con Dennis le ayudaba a Eileen a balancear la diabetes avanzada que tenía y a lo que se le sumaba malos resentimientos de cosas del pasado. Ahora, de mayor, ella tenía poca energía para seguir batallando, y se había sumido en una depresión que si no hubiera sido por la compañía de Dennis, habría sido mucho peor. Ella iba a verla entre semana, o cuando podía, compartía con ella y le transmitía buena energía, le leía y le conversaba y Eileen parecía responder, ya incluso salían al jardín juntas, no por mucho rato, pero algo era mejor que nada.

El tiempo que Dennis estaba con ella, Mary lo ocupaba para irse a ver Tammy. Ella estaba muy agradecida de que Dennis le hubiera ofrecido visitar a su hermana, pero Mary procuraba no dejar a su hermana mucho tiempo a solas. Después de todo, ellas no tenían a nadie más y la relación de ellas siempre había sido buena. Siempre habían sido un pilar la una para la otra, por lo que era muy importante para ella no desatender a su hermana en estos momentos.

Todo parecía de alguna forma fluir fácilmente para Dennis, el compartir su tiempo con las personas que lo necesitan era lo que la movía y la hacía sentir bien. Ella aún no sabía bien qué debía hacer, si salir a las calles a buscar gente que necesitara ayuda o a veces incluso pensaba en ponerse un cartel para anunciarse, pero eran solo pensamientos tontos. Cada vez que se angustiaba pensando en esto, se acordaba de lo que ya más de una persona le había dicho -*todo sucederá en su momento oportuno*- y se daba ánimo y trataba de no pensar demasiado en ello. Era mejor actuar y dar lo mejor de sí misma cada día, que tratar de encontrar otra forma de dar esta energía, después de todo ella era así, le gustaba dar y ayudar.

Las prácticas de meditación iban muy bien. Dennis disfrutaba muchísimo al llegar a casa y poder cerrar los ojos y volar, sí, cerraba los ojos y se dejaba ir. Podía con facilidad ver un cielo azul claro, y sentir la brisa exquisita los árboles y escuchar el sonido de agua o mar si lo pensaba. Se relajaba tanto que pasaba de la meditación al sueño más profundo. Una de estas noches fue cuando ocurrió algo diferente. Ella pensó que aún estaba en su meditación, y trató de despertar, pero al hacerlo se vio ella desde afuera. Su cuerpo aún permanecía ahí, en la misma posición en donde hace un rato se había acomodado para iniciar la práctica.

Sintió temor, y luego curiosidad. Levantó sus manos para poder verlas y notó que estaban semitransparentes. Ella flotaba cerca de su cuerpo, por lo menos a unos cuatro pies del suelo. Era la primera vez que ella se veía desde afuera, y le era muy raro, se veía diferente, una visión un tanto distinta. Ella yacía ahí inmóvil, desprotegida, como casi sin vida. ¡Ese cuerpo que ella veía, era el suyo!

Luego de un momento se dio cuenta que podía moverse a voluntad, algo diferente de lo que ella podía pensar, era como si las acciones de su mente fueran saltadas, no en orden lógico, y mucho más rápido de lo que su cerebro podía procesar. De pronto se encontró pensando en Lucas, y de forma casi instantánea se encontró que estaba flotando en la habitación donde Lucas estaba, a muchas millas de distancia desde donde ella estaba físicamente. Pensaba que era increíble que estuviera ahí y el llegar ahí, no le había tomado ni un solo segundo, había bastado con pensarlo.

Lucas parecía estar enfrascado en sus papeles, lo vio sentado en su escritorio. Dennis quiso hablarle, pero la voz no salía de su garganta, así es que pensó en su nombre, *Lucas, Lucas,* lo llamó con la mente. Él volteó su cabeza de inmediato para mirar, porque si podía escuchar su voz y muchas veces sentirla, pero esta vez sintió algo diferente. Al escucharla, volteó a ver y no vio nada, pero él estaba seguro de que la había escuchado ahí a su lado.

La sensación de haber sentido a Dennis que lo llamaba, lo había desconcentrado de lo que estaba haciendo y decidió pararse de su silla. Comenzó a recorrer su departamento de esquina a esquina y finalmente no encontró nada. Mientras, Dennis seguía en el aire, flotando y mirando desde arriba lo que él hacía. Lucas no se quedó tranquilo, sabía que había escuchado la voz de Dennis que lo llamaba y pensó que podía haber sido un presentimiento de que algo no andaba bien, así es que sacó su teléfono del bolsillo y la llamó en ese preciso instante.

El teléfono timbró una y otra vez lo que hizo que la consciencia de Dennis se despertara abruptamente y de una buena sacudida y susto, Dennis despertó de aquel trance en el que se encontraba. A primeras, ella no pudo recordar todo lo que había acontecido, pero después de unos minutos, cuando hablaba en el teléfono con Lucas, las imágenes fueron apareciendo en su mente poco a poco. Sintió un frío que le recorría el cuerpo al comprender lo que había acontecido, por lo que le dijo a Lucas que lo llamaría luego, diciéndole que algo se había presentado, pero la verdad era que ella necesitaba poner sus pensamientos en orden.

Al terminar la llamada con Lucas, Dennis se sentó y con las manos en la cabeza preguntándose a sí misma y *ahora ¿qué es esto?* Se sintió un poco confundida, pero la experiencia no había sido del todo desagradable.

Después de un rato Dennis pudo entender que lo que le había ocurrido, había sido simplemente un desdoblamiento. Ella había oído hablar a algunas personas sobre esto y ahora podía asociarlo con más claridad con lo que ella había experimentado. Dennis se sentó en su computador a buscar información en el internet y revisó páginas y páginas de información sin percatarse que era tarde, en realidad ¡tardísimo!, y no había dormido nada. Se la había pasado toda la noche buscando información sobre este tema, que ahora le interesaba tal vez más de la cuenta, y como muchas otras cosas, esto era algo nuevo debía aprender a manejar sin sentir temor.

A la primera oportunidad que tuvo en su próxima clase con su maestro de *Reiki*, le preguntó qué sabía él, en referencia a ese tema y le comentó que ella había sentido una extraña sensación que podría haber sido una experiencia similar, pero sin decirle a totalidad lo que realmente le había sucedido. Sí, es verdad que Dennis estaba aprendiendo a confiar en las personas, más en aquellas iniciadas en el plano espiritual, pero aun así ella tenía sus reservas. El maestro le comentó que aquello para algunos era una práctica común, dominio de la mente, y relajación total del cuerpo dejando la luz libre, pero que él no había tenido nunca una experiencia así.

Luego el maestro agregó;

— Dennis, estas prácticas pueden ser guiadas, pero no es bueno que se hagan estando solos. —le dijo él.

— ¿Guiadas? —preguntó Dennis con curiosidad en su rostro.

—Sí, efectivamente, se hace con la meditación trascendental y un poco de práctica y el individuo puede aprender a controlar el tiempo que pasa fuera y saber cómo volver a su cuerpo, sin peligro de perderse. —dijo el Maestro.

—Maestro ¿y usted podría ayudarme en esto? me gustaría probar, tal vez hasta llegar a practicarlo, siento que es un llamado interno. —dijo Dennis mirándolo a los ojos.

—Claro que podríamos, pero tendría que ser más directo, un trabajo más personalizado, por lo que tendría que ser acomodado en otro horario, aunque solo sería para guiarte en ello, después de un tiempo deberás hacer las prácticas tú sola, es fundamental que estas meditaciones se efectúen dos veces al día, con la práctica y tiempo llegarás a lograrlo.

— ¿Dos veces al día, y no será mucho? —Dennis se veía saliendo fuera de su cuerpo sin pensar que eventualmente esto no sería constante, sino que sería a voluntad o necesidad de ella.

—Sí Dennis, de forma común, las personas que practican este tipo de meditaciones lo hacer con la salida del sol y cuando éste se pone cada tarde. —

— Mmm... —Dennis parecía un poco preocupada porque tenía poco tiempo que estaba muy bien distribuido y ya casi nada le quedaba libre, pero prefirió no hacerse un problema y tomar un día a la vez.

Aun le faltaban unas cuantas semanas para terminar el periodo de aprendizaje en *Reiki* I y II, y luego pasaría un año, antes que ella pudiera tomar el nivel más avanzado. Todas estas nuevas actividades solo harían una sola cosa por ella, reforzar más fuertemente las habilidades que estaba desarrollando y por supuesto ayudarla a ser más fuerte y poder canalizar de mejor forma esa energía que ella traspasaba a los que la necesitaban.

Le preocupaba pensar en que si lo que había ella experimentado debía decírselo a la doctora Michaels, a quien seguía viendo menos seguido que antes, o si debía callar y omitir el suceso. La misma pregunta le asaltaba al pensar en Lucas, no sabía si contárselo o no, o si en realidad se lo contaría a alguien o lo mantendría en secreto. Dennis nunca fue buena para abrirse a otras personas, tal vez por el hecho que siempre, o más bien, la mayor parte del tiempo estaba sola. Lo que más le tincaba en ese momento era seguir el consejo de Sarah, esperaría a que el momento llegara, estaba segura de que algo le haría saber si debía o no contárselo a alguien, y por el momento, ella solo seguiría aprendiendo lo que más pudiera.

Dennis meditaba cada noche, se sentía feliz, podía cerrar sus ojos y visualizar muchas cosas dentro de su mente, veía con mayor claridad a muchos orbes de luz, con diferentes colores e intensidades, e incluso algunos con unos brillos dorados, muy hermosos. Sabía que estaba aprendiendo a ver la energía real de la que esos seres estaban compuestos, lo que la hacía muy feliz.

Cuando se sentía cómoda dejaba ir su mente, y si las condiciones se daban, el desdoblamiento ocurría. Aunque aún no tenía mucha práctica y sentía un poco de temor, parecía que mejoraba cada vez un poco más. Con solo pensar en alguien, podía viajar y estar en el mismo lugar que aquella persona, claro, que no podían verla a ella, pero eso era lo de menos, a ella de cualquier forma le parecía increíblemente fantástico que esto fuera real.

Aunque Dennis se esforzaba en aprender y leer sobre esto nuevo que le ocurría, a veces se sentía muy desanimada, ya que algunos de estos viajes que se producían con el desdoblamiento no tenían para nada control. Viajaba a lugares en donde veía personas que nunca había visto, algunas veces veía gente durmiendo, otras despiertas, había visto tanto niños, como adultos, animales y lugares, en fin, cuando salía a viajar, como ella le llamaba a esta actividad, solo observaba.

Se había prometido no decir palabra, sabía que no debía interferir con el curso de esas vidas, eso lo tenía bien claro, pero de todas formas se preguntaba cuál será la finalidad de viajar y ver a esas personas, o lugares, y eso si le intrigaba mucho.

Como era de esperarse Dennis hacía lo mejor que podía con todo lo que se le presentaba. Estaba como predispuesta a superar cualquier inconveniencia incluyendo las de este tipo, así es que en los buenos momentos se repetía constantemente, que solo tenía que tener paciencia, que las respuestas llegarían y así pasaban los días y ella podía seguir adelante con su vida y todo lo que ella envolvía.

Los preparativos ya estaban listos para la reunión que Mary había organizado para celebrar la recuperación de su hija Tammy, ahora solo faltaba decírselo a ella. Además, Dennis había estado haciendo las gestiones necesarias para que Sarah pudiera asistir al evento. La amistad que se había formado entre ellas dos era muy linda. Sarah era una mujer muy fácil de llevar y que por estar siempre sola, había aprendido a recobrar el gusto por la gente. Estaba muy entusiasmada con la idea de salir de La Estancia, y se podía ver que la recuperación de ella estaba en pleno auge, ya conversaba y se reía, compartía y funcionaba muy bien. Ahora salir y enfrentar a la sociedad sería un paso más hacia el camino final de su recuperación.

Mary había sido informada de que Dennis había invitado a Sarah. Ya ellas habían tenido la oportunidad de conversar sobre eso en uno de los tantos almuerzos que Mary y Dennis compartían a menudo. Pero de todas maneras, tocaba esperar a que el director de La Estancia le firmara el permiso para darlo por hecho. Además, esto sería el comienzo, Dennis tenía pensado que si esto resultaba bien, le gustaría seguir sacando Sarah a paseos fuera de la estancia, cosa que seguramente Sarah ya sabía, o estaba por saber.

Esta nueva relación entre ellas se había convertido en una linda amistad. Dennis que desafortunadamente no sabía lo que era tener una madre o una hermana, podía ahora disfrutar de algo muy similar o tal vez mejor. Sarah por su parte sentía de alguna forma, que la amistad de Dennis la ayudaba a mantener viva la idea de que sus hijos algún día la perdonarían y volverían a verla como una madre y no como un enemigo que les hizo mucho daño. Muchas veces se preguntaba por qué no tenía visiones de sus propios hijos, en cambio veía la vida y sucesos de personas que muchas veces ni conocía, motivo que le infundía rabia al ver que algo bloqueaba esa comunicación.

A pesar de la amistad y la confianza que se hacía más sólida cada día, Sarah no había vuelto a hacer comentario alguno acerca de sus visiones o sueños sobre la vida de Dennis. Sarah había decidido mantener esa información en privado, y Dennis, que no preguntaba, pero comprendía el esfuerzo de Sarah, pensaba que de cierto modo esto era lo mejor.

Mary y Dennis habían decidido ir juntas esa tarde a casa de Tammy, le darían la noticia y esperaban que ella la tomara bien y se entusiasmara con la sorpresa. Como Tammy no estaba en condiciones de alterarse, sino todo lo contrario, fue que habían decidido hacerlo de este modo, una sorpresa pero menos impactante, o sea, contarle antes para que Tammy lo pudiera lo asimilar, ya que la vida de ella debía ahora ser lo más tranquila posible.

—Hola Tammy, ¿cómo te sientes hoy? —preguntó Dennis apenas vio a Tammy.

—Qué gusto de verlas a las dos, estoy bien, me siento muy bien, gracias. ¿Me he perdido de algo? ¿Cuál es la razón de esta grata visita? —dijo Tammy mostrando su extrañeza al ver a su madre y amiga juntas.

—No, la verdad es que no sabíamos que veníamos hasta que nos vimos en el estacionamiento, ha sido una casualidad. —dijo Dennis, pero ella no sabía mentir, y Tammy se puso muy sospechosa de que algo se tramaban las dos mujeres.

—Mmm, mira qué coincidencia, de todos modos me alegra tenerlas acá, ¿quieren tomar té o café? —preguntó Tammy.

—Bueno yo me tomaré un té, de ese verde con frambuesas, ¡me encanta! —dijo Dennis dejando atrás a Tammy con su madre, mientras ella se adelantaba a la cocina para preparase el té.

—Mamá ¿qué es lo que se están tramando ustedes? ¿Tú crees que no me doy cuenta de que algo se traen? Lo puedo oler en el aire. —Tammy sonreía mirando la reacción de su madre.

—En realidad no es que nos traigamos algo entre manos. —dijo Mary y continuó.

—Es solo que teníamos una idea y queríamos decírtela, a ver qué opinabas.

— ¿Una idea? ¿Qué clase de idea? —preguntó Tammy con curiosidad.

—Se nos había ocurrido que sería una buena idea tener una pequeña celebración, nada grande por supuesto, solo algo en familia, a modo de celebrar las últimas buenas noticias. —Mary caminó a la cocina y siguió hablando desde allá.

—Tú sabes que mucha gente ha estado pendiente de ti y preguntan a diario por el progreso de tu tratamiento ¿Lo sabes, verdad? —dijo Mary.

— ¡Sí, claro, que sí!, Por supuesto que sé que mucha gente se ha preocupado por mí y por lo que hemos atravesado y créeme que estoy muy agradecida. Pero a que te refieres con -celebrar ¿qué tipo de celebración mamá? —preguntó Tammy.

—Dennis había sugerido que podríamos usar el jardín de la compañía y dejar a los empleados de la agencia participar... — Mary se disponía a darle una serie de excusas, tratando de aminorar el hecho de que querían hacer una fiesta para celebrar la recuperación de Tammy, pero al fin, esto no fue necesario.

—Mamá, me parece excelente, pero qué gran idea, y claro, me gustaría que todos asistieran, si no es mucho pedir, ¿qué dices? —la respuesta de Tammy dejó a las dos perplejas, pensando que no habían escuchado bien lo que Tammy les haba respondido.

Mary ya de vuelta en la sala, la miró seriamente y fue ahí cuando Tammy extendió sus brazos hacia ella. Mary dejó él te en la mesita y abrazó a su hija, a quien tanto quería. Dennis volvía a la sala sosteniendo su té, y las vio abrazadas y riendo y preguntó;

— ¡Ah! ¿Esto significa que te ha parecido bien la idea? ¿O sea, que ya no te enfadarás si te digo que está todo arreglado? — Dennis sonrió y agregó;

314

—Entonces ya está listo y la fiesta se ha armado. —se les vio sonreír a las tres mujeres que se quedaron por largo rato conversando y comentando de cómo habían sido todos los preparativos para poder darle esa sorpresa a ella.

Las cosas estaban muy bien, Tammy se sentía renovada y llena de vida y esta reunión le serviría a ella y a todos aquellos que habían estado todo este largo tiempo a su lado para respirar profundo y poder solo disfrutar del momento. Ella siempre decía, *si no fuera por el apoyo de todos los que han estado a lo largo de este duro camino, no habría podido tener el coraje para pasar por todo lo que he pasado.*

Tammy era una mujer brillante y a pesar de todo lo que había pasada en estos últimos tiempos, se sentía muy afortunada. Había aprendido a querer a su madre como tal, la relación entre sus seres más queridos estaba mejor que nunca y había comprendido que Dennis era aquella hermana que jamás tuvo. Aunque la vida le fuese a decirle que todo terminaba aquí, ella sabía que había aprendido lo más importante, a valorar la vida por lo que es.

Capítulo 21

Dennis y Sarah

Habían cubierto los jardines de la compañía con unas carpas blancas, muy grandes y además muy lindas. Era como si fueran paredes, pues tenían ventanas y puertas de acceso. Adentro, las carpas estaban conectadas entre sí. Eran tres, siendo la del medio la más grande con una cúpula en el centro, desde donde colgaba un candelabro de cristal, de por lo menos unos cuatro pisos. La iluminación era espectacular. Los colores variaban desde los azules hasta los más suaves rosados. Había flores por donde quiera que se mirara, mesas y sillas se encontraban ubicadas en las carpas laterales. En el medio había una pequeña tarima, no muy grande, pero ese espacio sería utilizado por los músicos y el resto sería designado espacio libre.

La compañía de banquetes que estaba administrando el evento se había instalado en una de las oficinas del primer piso del edificio, a pocos pasos de donde las carpas habían sido colocadas, lo que era muy conveniente y funcional, exactamente como a la agencia le gustaba trabajar.

Todo estaba listo, solo faltaba que la gente comenzara a llegar. Entre los invitados estaban los empleados de la agencia y algunos amigos personales de las dueñas, también Tammy y toda la familia, ahora más unidos que nunca. Por su parte Dennis había invitado a la doctora Michaels y a su nueva amiga Sarah y por supuesto Lucas, su novio. Aún era temprano, pero la naturaleza de Dennis la hacía inquietarse, a quien de por sí, siempre le gustaba mantener un control apropiado de cada situación y esta vez no era diferente. Llevaba días trabajando para que todo saliera perfecto, tal y como se había planeado. Ésta sería una magnífica y memorable reunión, de la cual todos harían gratas memorias.

Dennis estaba sentada en una de las sillas a la entrada del entoldado principal y desde ahí observaba cada detalle, no quería que nada estuviese fuera de lugar. Sería simplemente imposible que alguien notara algo, después de todo ella había dedicado el tiempo suficiente, como siempre, en busca de lo mejor. Dennis sentía que necesitaba hacer algo para pasar el rato y así distraerse mientras esperaba a que Lucas llegara. Él había ido por Sarah, quien ya le había confirmado el día anterior, que a pesar de que en los últimos días se había puesto un poquito delicada por una gripe, asistiría a la reunión, ya que en La Estancia le habían permitido la salida.

A pesar de que ellos llegarían pronto, con tiempo de sobra, Dennis un poco impaciente miraba su reloj, que le decía que aún faltaba bastante para las cuatro de la tarde, hora fijada para que los otros invitados arribaran.

Aún no era medio día. Dennis quería que Sarah tuviera la oportunidad de estar algún tiempo con menos gente, para que se fuera acostumbrando. Además de aprovechar de estar a solas y compartir en forma más directa con ella y con Lucas. También tendría tiempo de entablar conversación con Tammy que pronto llegaría, y con Mary y otras personas, después de todo, hacía mucho tiempo desde la última vez que Sarah había estado con otras personas que no fueran las de La Estancia.

Eran las 12.00 del mediodía cuando el auto de Lucas se estacionaba en el estacionamiento de la agencia de publicidad Harrison. Dennis los divisó a la distancia y corrió a recibirlos. A quien primero saludo fue a Lucas, le dio un beso mucho antes de que él lograra terminar de cerrar la puerta de su auto. Luego se fue al otro lado y le abrió la puerta a Sarah.

—Hola Sarah, qué gusto verte, ¡bienvenida! —dijo Dennis.

Sarah lucía muy linda, era una bella mujer sin lugar a dudas.

—Gracias Dennis. —dijo Sarah con una amplia sonrisa en su rostro.

— ¡Ven! déjame mostrarte el lugar, espero te guste. —agregó Dennis.

Dennis se sentía muy orgullosa de lo que le estaba mostrando a Sarah, después de todo había puesto a trabajar su habilidad de organizar y coordinar aquel evento. Dennis era muy buena con la parte de decoración, cualidad natural en ella.

—Dennis, ¡qué hermoso está todo! Está increíblemente lindo, me gusta mucho te felicito. —dijo Sarah, mientras seguía recorriendo todo el lugar con su vista, sin dejar que se perdiera ni un rincón, nada. Sarah quería observarlo todo.

Dennis se había colgado del brazo de Sarah, y así la llevaba de lado a lado mostrándole y comentándole de todo un poco. Luego le dijo;

— Sarah ¿quieres venir conmigo? Te quiero mostrar mi oficina, el lugar donde trabajo ¿quieres conocerlo?

— Claro que sí, llévame, vamos a conocer tu lugar de creación. —Sarah se veía de verdad feliz.

— Lucas ¿quieres venir con nosotras? —Dennis extendió la invitación para no dejarlo solo, pero Lucas ya se había acomodado bajo la sombra de unos de esos hermosos sauces que había en aquel jardín.

— No mi vida. — le respondió Lucas.

— Te espero acá, para que cuando bajen comamos algo, creo que ya siento hambre. —Lucas sonrió.

Dennis movió su mano dándole a entender que estaba bien y se fue con Sarah.

Mientras las dos mujeres se fueron rumbo al piso más alto, que era donde Dennis tenía su oficina, Lucas se quedó sentado observando que algunas de las personas del servicio de banquetes comenzaban a mover cosas y preparar la cocina. De reojo, cada cierto tiempo Lucas elevaba la mirada al piso más alto, como queriendo divisar la figura de Dennis mirándolo por la ventana. Pero probablemente ella aún no llegaba arriba, el ascensor no era uno de los más rápidos, además era muy probable que ella estuviera más preocupada por mostrarle a Sarah su oficina que por mirarlo a él (pensaba Lucas).

Había tantas cosas en la cabeza de Lucas, sabía que se había enamorado con todo su ser de Dennis y que no podría vivir sin ella. Tenía tantos planes, pero nunca conversaban detenidamente de ellos, siempre salía algo en medio de la conversación y se veía obligado a cambiar el tema, pero este último tiempo lo había decidido, buscaría el momento para hablar con ella y contarle lo que hasta ahora no había podido, de eso dependería su futuro con ella.

Mientras tanto, Dennis en su oficina con Sarah disfrutaban de una rica conversación. Dennis le platicaba de sus cosas y proyectos y Sarah la escuchaba atentamente aunque Sarah sabía muy bien toda la vida de Dennis, lo que la apasionaba y lo que sería de ella en un futuro, siempre ponía atención a lo que Dennis le contaba, era su forma de demostrarle que le interesaba todo lo que ella le contaba. Dennis le estaba mostrando unas maquetas de uno de sus proyectos más recientes, cuando Sarah se desvió y caminó hacia la ventana, y ahí se quedó por un rato mirando hacia abajo. Dennis le siguió y se detuvo al lado de ella y un poco confundida le preguntó;

— ¿Estas bien? ¿He dicho algo que te ha incomodado? Te juro que ha sido sin intención. —replicó Dennis.

—No, para nada, es solo que… —Sarah hizo una pausa mientras observaba la gente que se movía en la primera planta y luego continuó.

—Pensaba en lo que podría haber sido mi vida, si no hubiera sido tan débil. Tal vez hasta habría logrado cosas como tú lo has hecho. Dennis, debes estar orgullosa de lo que eres y todo lo que has establecido.

—No digas eso Sarah, tú eres una gran mujer y estoy segura de que si te lo propones puedes hacer de tu vida lo que en verdad te llene. Todos pasamos por problemas, y es cierto que no todos sabemos salir de ellos, y los que sí salen, son los menos, ¡créeme! Todos necesitamos un buen consejo, la mano de alguien, el apoyo incondicional de algún ser cercano, en fin, y cuando no lo tenemos, es muy difícil dar la batalla. —los ojos de Dennis comenzaban a llenarse de ese brillo incontrolable que traían consigo las lágrimas.

—No te preocupes Dennis, lo sé muy bien. Es solo que por un instante pensé en lo que hubiera sido mi vida, si no hubiera tenido este regalo, que aunque sé que es divino, muchas veces me pregunto para qué sirve. Muchas veces me cuesta comprender cuál es la razón y como cualquier otro ser humano, me confundo y pienso cosas que no tienen respuesta. Pero todo está bien, créeme, es simplemente que a veces no logro controlar este deseo de haber sido más bien corriente y normal. —Sarah echó a reír y Dennis también.

— ¿Le has visto? Lucas no ha dejado de mirarnos, está buscándote. —dijo Sarah apuntándole a Lucas para que Dennis lo viera.

—Ah verdad, es Lucas, ahí está. —Dennis agitaba la mano para saludarle y Lucas le correspondía con una sonrisa en su rostro, finalmente, se había fijado en él, eso lo puso muy contento.

— ¿Estas enamorada de Lucas? —preguntó Sarah, mientras saludaba a Lucas haciendo gestos con la mano.

— ¿Enamorada? Creo que por fin he encontrado a la persona perfecta, él ha sido muy paciente conmigo y me ha dado mucho amor. Él ha logrado que yo vuelva a creer en que tengo derecho a amar. Él lo es todo para mí, y si esto es estar enamorada, entonces sí lo estoy. —respondió Dennis con un hondo respirar.

— ¿Y qué sientes hoy por Mark?

— ¡Mark! Aun lo extraño mucho y quisiera volver a verlo. Es algo muy distinto, no podría explicarlo. Aunque me siento mucho más tranquila, ya nunca será lo mismo, él fue…, no sé en realidad lo que fue. Lo que sí sé, es que cuando lo perdí fue cómo perder a una parte de mí, y cuando volví a encontrarlo, no encontré esa parte que perdí. Es como que esa parte de mí murió, desapareció cuando él se fue, y a pesar de haber entendido la situación y todo lo que pasó, nunca más volví a recobrar eso que perdí.

Cuando Mark murió, me di valor para no sufrir por él nuevamente, además Lucas ha estado ahí a cada instante y no habría sido justo para él, verme sufrir por Mark. —las lágrimas esta vez rodaron sin restricción por las mejillas de Dennis.

Mientras Dennis se secaba las lágrimas y se acomodaba el cabello, Sarah le miraba como queriendo decirle algo. Pero ella sabía que no podía decírselo aun, tenía que esperar. No era el momento ni el lugar, y se le hacía difícil poder guardar el secreto, todo a su tiempo… se repetía en su mente.

Sarah tenía el don de ver cosas que otros no y además en algunas oportunidades, tenía visiones cuando conocía a personas. Pero a pesar de esto, ella no podía saber con anticipación nada de ellas, esto solo ocurría cuando veía a las personas. Dennis le había contado acerca de todos los que para ella, significaban algo, y lo que le permitía a Sarah sentir como que si ella les conociera también, esto era solo una sensación, puesto que Sarah no tenía idea lo que sentiría cuando finalmente conociera en persona a las hermanas Harrison. Sarah no había tenido visiones, o presentimientos, o nada que le permitiera saber más sobre ellas, pero a ella, esto no le pareció extraño, ya que también había habido otras personas cercanas, de las cuales nunca había tenido visiones o sentido algo.

Dennis tardó mucho rato en volver, mientras tanto Lucas había decidido darle una mano a los que estaban instalando las flores y demás decoraciones, y el tiempo se le había pasado sin darse cuenta de que ya eran más de 2 de la tarde y aún no había comido nada. Hasta el hambre se le había olvidado.

Dennis y Sarah ya estaban de vuelta. Dennis comenzó a buscar a Lucas y rápidamente lo halló.

—Te estaba buscando, me preocupé al no verte. Perdona que me haya tardado tanto, es que se me fue el tiempo, la plática con Sarah estaba muy amena. —Dennis sonreía, mientras se le acercaba a Lucas y le besaba la mejilla.

— ¿De verdad? Pensé que ya te habías olvidado de mí. Yo acá triste y solo sin saber qué hacer, solo me preguntaba cuando alguien me daría algo de comer.

— ¿Pero es que aún no comes algo?

—Pero si tú te has olvidado de mí, ¿cómo yo podría haber comido solo? —Lucas sonreía, mientras seguía torturando a Dennis con sarcasmos irónicos.

—No me digas esas cosas que me haces sentir muy mal, sabes que no es así, yo si me preocupo por ti, es solo que se me fue el tiempo, ya ves que Sarah no conocía donde yo trabajo, tú lo sabes… —Dennis trataba de explicarse y no se daba cuenta de que Lucas solo la estaba martirizando con quejas, después de todo ni él se había dado cuenta de que había pasado bastante tiempo.

—No te preocupes más, son solo bromas, no tienes que ponerte tan seria, solo tomaba ventaja de la situación. —Lucas la abrazó fuertemente y le dio un beso para que Dennis dejara de excusarse.

—Ahora bien, ¿comemos algo? Antes de que los invitados lleguen y no nos dejen nada. —los dos echaron a reír.

Los tres caminaron al área designada como cocina y tomaron unos platos llenos de bocadillos y se fueron a sentar a la entrada del primer salón. La brisa era agradable y la compañía también, los tres conversaban y recordaban cosas de tiempos anteriores. Fue como uno de esos momentos en que nada es más importante que solo estar ahí presente, disfrutando de ese instante. Sarah lo sabía, tenía que disfrutar ese momento, porque así lo había visto previamente en sus visiones.

Cuando aún estaban sentados los tres en aquella mesa, Dennis divisó el auto de Mary, y corrió a saludarle. Cuando abrió la puerta, se sorprendió al ver que quien venía con ella era Eileen.

—Qué maravilloso verte aquí Eileen, me da mucho gusto que hayas decidido venir y compartir con todos, ya sabes que se te extraña.

—Gracias Dennis, creo que estar aquí hoy es importante para mí después de todo, mi familia estará aquí ¿no crees que es lo más importante? —respondió Eileen con una sonrisa en su rostro, cosa que era una novedad, pero Dennis solo optó por celebrar el suceso y no hacer demasiadas preguntas, después de todo eso era lo que todos buscaban, que Eileen volviera a ser la persona que siempre había sido.

—Por supuesto que lo es y estamos todos muy contentos. —mientras la ayudaba a salir de auto, Lucas y Sarah se habían acercado para saludar también.

Sarah conocía a Mary, más que nada por todo lo que Dennis hablaba de ella, pero no la había visto antes, lo mismo que a Eileen, era primera vez que les veía en persona. Cuando Dennis presentó a Sarah con Eileen, ella al darle la mano sintió como si una tristeza inmensa le caía sobre sus hombros. Sarah en ese instante comprendió que estaba sintiendo la tristeza que Eileen cargaba consigo. Era muy difícil comprender lo que en realidad le ocasionaba este sentimiento tan triste que ella cargaba consigo, sin conocer nada de su vida.

Sarah apretó la mano de ella con cierta intensidad y esto hizo que Eileen la mirara directamente a los ojos y quién sabe qué fue lo que vio ella en su mirada, algo que no pudo comprender en ese momento, realmente no sabía cómo explicarlo, pero era un sentimiento diferente. Sarah a su vez experimentó una sensación similar a la de Eileen, un poco confundida y también sorprendida, era como si ellas se conocieran desde mucho antes, a pesar de esa ser la primera vez que se veían.

Todos terminaron sentados en la misma mesa, esperando a que comenzaran a llegar los invitados. Mary estaba ansiosa por ver a Tammy, con quien había hablado hacía unos minutos, y estaba pronta a llegar. Ella quería que llegase antes que los demás invitados. Deseaba un tiempo a solas con su hija y con la familia para hacerle el anuncio, pero era posible que las cosas no se dieran tal y como ella las había planeado.

Era un panorama delicioso, verles a todos conversando y sonriendo. Lucas sostenía las manos de Dennis sobre sus piernas, mientras Eileen había encontrado en Sarah alguien con quien conversar plácidamente y Mary amenizaba con ellos, mientras mantenía un ojo en la entrada esperando por Tammy. Las personas del servicio de banquetes ya habían cubierto las mesas de ricos platillos de bocadillos y antipastos. La sección del bar estaba ya lista, solo faltaban los invitados pidiendo algún coctel.

Esta velada sin duda sería uno de los momentos más amenos de estas personas, Tammy llegaría y la celebración daría inicio a una hermosa velada. Risas, pláticas y buenos momentos quedarían para ser recordados en las memorias de ellos, aunque, esto no significaría que todo estaría bien por siempre. Más de alguno tendría que aprender a valorar el significado del aquí y ahora, que muchas veces es más importante porque en eso basarás tus memorias en el futuro.

El auto de Tammy finalmente arribó y Mary saltó de su silla para ir a recibirla.

—Hola mi querida niña, ¿cómo estás hoy? Me alegro verte, estaba ansiosa esperando por ti. —se podía ver la felicidad de Mary en su cara. Junto con Tammy bajaron del auto su esposo y sus hijos, todos muy contentos de estar ahí reunidos como una gran familia.

Poco a poco, después de saludar a Eileen y Dennis, le tocó el turno a Sarah, quien se había echado para atrás esperando ser la última. Después de todo, ella era la única que no era de familia, porque Lucas lo sería dentro de muy poco y Dennis, bueno, ni hablar de eso. Dennis era el punto de unión de todas esas personas, ¿pero Sarah? Ella sabía que era una persona de afuera.

—Tammy, déjame presentarte a mi amiga Sarah. —dijo Dennis muy contenta, mientras extendía la mano alcanzando a Sarah para que se acercara a donde ella estaba.

Tammy prestó atención a lo que Dennis le decía y ella amigablemente extendió la mano para saludarle.

—Hola Sarah, Dennis me ha hablado mucho de ti, me alegro verte aquí. —dijo Tammy, mientras estrechaba la mano de Sarah. Ella se quedó callada y no atinó a decir mucho, solo hizo una pequeña muestra de sonrisa y luego bajo la mirada. Dennis notó inmediatamente que algo no estaba bien, pero quiso disipar la situación e invitó a todos a seguir adelante.

Mary tomó a su hija por la mano y la llevó a una de las mesas en el centro y le dijo que tenía algo importante que decirle.

—Atención, atención, por favor quieren todos poner un poquito de atención, tengo algo que quiero decirles ahora que estamos en familia. —dijo Mary golpeando un tenedor en la copa de cristal que sostenía en su mano.

—Quiero darles las gracias a todos, y sobre todo al que nos mira y cuida desde los cielos, por permitirnos estar todos aquí en este día. Quiero además agradecerles por todos los buenos deseos y apoyo que le han dado a mi hija, a la que hoy, con mucho orgullo invito a que se me una aquí a mi lado.

—Tammy, querida, la vida me ha dado la oportunidad de estar a tu lado nuevamente y más que nada, la oportunidad de ser tu madre. Además, me has permitido ser parte de tu familia y por eso yo estoy muy agradecida, pero además de todo quiero decirte que no es a modo de presión, pero no aceptaré un no. —Mary reía. —así es que no lo pienses mucho y solo debes decir que sí. Desde este momento pasas a ser parte de Agencia Harrison, no como una colaboradora más, sino como una de las propietarias, te he dado en vida parte de mis acciones y derechos y quiero que como tal los aceptes, porque esto que hemos construido es tanto mío, como tuyo. —Mary miraba a su hija con un sentimiento de cariño profundo en sus ojos, como pidiéndole con el corazón que no fuese a rechazar el ofrecimiento.

—Oh, mamá, no tenías que haberlo hecho, no era necesario. —respondió Tammy, pero hizo una pausa y luego dijo;

—Pero ahora que las circunstancias se presentan quiero agregar algo. Sí, es verdad que hemos trabajado mucho, no solo tú y yo, también Eileen, a la que hoy llamaré por primera vez en muchos años, tía. Suena raro, pero ella es mi tía, también quiero incluir a Dennis, quien ha sido muy importante dentro de todo este proceso por el que hemos atravesado, sin dejar de lado todos los que han estado cerca de nosotros. En resumen, todos hemos trabajado mucho y puedo decir con mucho orgullo, que seguiré, por lo que me quede de vida, trabajando aquí y éste será el lugar donde mis hijos encontrarán sus raíces y por qué no decirlo, los hijos de otros que se nos unan en el futuro. Mamá, acepto tu ofrecimiento, más que nada porque sé que esto significa mucho para ti, y por mi parte porque lo que para ti es importante, quiero que lo sea para mí también, y ahora sí que podemos brindar. — exclamó Tammy y sonriendo con los demás brindaron a la salud de este acontecimiento. Tammy era oficialmente una de las propietarias de la Agencia Harrison.

Mientras Tammy sonreía abrazada a su madre, Dennis no pudo evitar mirar a Sarah, ella sabía que algo le pasaba, pues Sarah no estaba tan contenta como los demás, más bien estaba aparentando estarlo. Dennis se preguntaba si era tal vez que Sarah sentía que algo estaba fuera de lugar o que algo pasaría. Ella tenía que hablar con Sarah a solas para preguntarle qué era lo que le pasaba, así es que buscó el momento para llevársela de ahí.

—Voy por algo que necesito ¿me acompañas Sarah? — preguntó Dennis.

—Pero yo puedo acompañarte. —dijo Lucas un poco extrañado por que Dennis le preguntaba a Sarah y no a él.

—No, no hace falta, prefiero ir con Sarah así no se siente sola. —contestó Dennis.

— ¡A qué bien! Sarah no se puede sentir sola ¿pero yo sí? ¿Es que yo no importo? Sí, claro, yo entiendo. —Lucas hacia estos comentarios burlones solo para molestar a Dennis.

—No sigas, que te daré en el gusto y te dejaré solo. —respondió Dennis. Pero Sarah ya se había puesto de pie y sabía con exactitud lo que Dennis le preguntaría. Ahora la cosa era si decirle a ella el porqué de su tristeza, o callarlo.

No había situaciones más tormentosas para Sarah que las de este tipo. El no saber qué hacer cuando sentía estas sensaciones de agobio y tristeza, era lo peor. Sarah, desde que le dio la mano a Eileen, sintió esa extraña sensación, la cual no podía comprender y mucho menos sacarla de su mente.

Sentía mucha tristeza, por lo que pensó que algo podría estar pasándole a ella, o a alguien de su familia, pero no podía ver nada más allá, así como algo que le permitiera entender de donde venía esa ansiedad tan grande que ella estaba sintiendo.

Esto que sentía, no podía asociarlo a nada que hubiese experimentado antes. Pensaba en lo que sintió cuando conoció a Mark, quien estaba lleno de una tristeza, la cual parecía que nunca tendría consuelo. Pero ella, al poco tiempo, vio lo que vendría para Mark, las cosas cambiarían. También pensaba en otras situaciones, pero nada se le hacía parecido a lo que ella estaba sintiendo en esos momentos.

Se le hacía difícil decirle a su amiga, quien solo trataba de ayudarla, que ella sentía una sensación extraña con Eileen, en otras palabras cómo iba ella a preocupar a Dennis diciéndole que ella sentía una profunda agonía y tristeza que venía de parte Eileen. ¡No! Eso era prácticamente imposible, justo ahora que celebraban en familia, no podía ser ella quien pusiera preocupaciones adicionales. ¡No! estaba claro que debía callar.

—Bueno, ahora tendrás que contarme por qué estás tan triste, ¿qué te ha hecho sentir así? —dijo Dennis, mientras caminaban tomadas de la mano en dirección al edificio principal.

—No es nada serio, créeme, es solo que me dio un poco de nostalgia, verlos a todos y recordé a mi esposo, mis hijos... solo eso, perdona si te he causado preocupación. —dijo Sarah con la cabeza gacha.

— ¿Estás segura? Mira que no quiero que te sientas mal, sabes que mi intención ha sido que estés acá para que te distraigas, y compartas con nosotros, además eres muy importante para mí. De verdad Sarah, qué importa ese tipo, ya está en tu pasado, y ahora estamos trabajando para que te futuro sea mucho mejor y estoy segura de que lograremos que te reencuentres con tus hijos. Dennis de alguna forma logró cautivar la atención de Sarah y ella pudo sentirse mejor, aunque muy dentro de sí, tenía el presentimiento de que algo increíble pronto ocurriría.

La velada transcurrió como una de las mejores. Todos rieron, y disfrutaron como hacía mucho no pasaba. Muchos de los empleados de la agencia estaban ahí, y hacían turnos para conversar con Tammy y su familia, después de todo Tammy siempre mantuvo una muy buena relación con sus colegas de trabajo, además siempre había sido una muy buena jefa y por sobre todo, siempre tenía tiempo para cualquiera que lo necesitara, así le conoció Dennis desde el primer día que ella asistió a su clase en la universidad. Cómo no recordarlo si desde ese momento Tammy se convirtió en su mentora y eventualmente su amiga.

Dennis se creyó sin problema lo que Sarah le comentó, después de todo no había nada que pudiese indicar que algo andaba mal. Volvieron a la mesa y sentadas con los demás disfrutaron de la cena que están sirviendo. La música tocaba divinamente, una de las sinfonías de Mozart lo que era el perfecto complemento a tan bella decoración llena de arreglos florales y luces tenues que complementaban perfectamente el lugar.

Mientras servían el postre, Sarah notó que Eileen no le sacaba los ojos de encima. Ella se preguntaba si había algo que ella había hecho, o dicho por lo que Eileen la miraba tanto. Lo cierto era, que hasta un poco cohibida llegó a sentirse cuando la vio caminar hacia ella. Sarah sintió que algo pasaba pero no sabía qué.

— ¿Te molestaría si me siento un rato contigo? Me siento como muy sola en la otra mesa. —preguntó Eileen.

—No, claro, que no. Por favor… —Sarah se dispuso a abrir la silla para que Eileen se sentara. Fue ahí cuando le dio la mano para que ella se afirmara al sentarse, en ese preciso momento, Sarah sintió algo muy raro, más bien, algo que hace mucho no sentía. Una sensación que le inundaba su ser, era algo que estaba en su memoria, en algún lugar de sus recuerdos, pero no podía precisarlo.

Ella le quitó la mano rápidamente, se sintió como un poco incómoda con lo que sintió, pero a la misma vez curiosa del por qué sentía esa sensación a la que no le acompañaba ni siquiera una sola visión de su vida, ni lo más mínimo, no podía ver nada sobre ella. Eileen no se percató de lo que Sarah estaba sintiendo, pues tampoco sabía nada sobre ella, pero había una razón, algo muy importante por lo que Eileen había hecho el esfuerzo y se había aproximado para sentarse con ella.

Eileen entabló conversación con Sarah, aunque Sarah no estaba lo más comunicativa, le respondía a lo que ella le preguntaba. Eileen sabía que no podía ser muy directa así es que escogió temas muy fáciles de llevar. Hizo comentarios sobre el lugar, la música y la comida y ya después de un rato hizo una que otra pregunta un poco más personal a las que Sarah respondió sin problemas, a pesar de que eran preguntas más íntimas. Al pasar un rato, Sarah logró sentirse un poco más cómoda hablando con Eileen y luego con Mary. Ambas mujeres siempre parecían muy serias y rígidas, no de fácil acceso, pero en realidad solo bastaba un rato para ver que estas mujeres eran muy amenas y de buena conversación, y así es como lo había podido comprobar después de un rato de conversación con Eileen. Ella ya se sentía más en confianza y la situación ya no era extraña, al menos eso pensaba Sarah.

De pronto pasó por la mesa Rona, quien andaba saludando a todos y de muy buen ánimo, y le dio mucho gusto ver que Sarah estaba compartiendo y rodeada por nuevas caras. Cuando vio a Dennis, no pudo evitarlo y se fue a darle un abrazo.

—Hola Dennis ¿Cómo estás? Te ves bella y muy feliz. —dijo Rona, mientras la apretaba fuertemente contra ella.

—Hola, muy bien. Lo mismo digo yo, se te ve muy bien, me alegra que estés acá. —Dennis había aprendido a quererla mucho, pues ella había sido un pilar importante en todo este proceso y había entendido algo esencial, Rona Michaels, también era un ser humano y a pesar de su carrera y devoción por la ciencia, creía en ella y en estas otras cosas que muchas veces no se podían explicar.

Rona tenía muchas razones para estar contenta ese día, no solo disfrutaba de la celebración, sino que había tomado una resolución importantísima en su vida, algo que finalmente le traería paz interior.

—Dennis quisiera que fueras la primera en saberlo. —dijo ella con extrema felicidad. —pues es muy importante que sepas que a pesar de esto, mis puertas estarán siempre abiertas para ti.

—Rona ¿Qué me estás diciendo? No entiendo nada, por favor no me asustes. —dijo Dennis en tono de preocupación.

—No es para que te preocupes, pero estoy dejando la práctica médica desde el mes que viene. —dijo la doctora.

— ¡Oh, no! No me asustes, de qué hablas, pero si no me habías dicho nada. —Dennis se paró de la mesa y se acercó a Rona.

—Cuéntame, ¿ha pasado algo?, ¿necesitas ayuda?, ¿qué es todo esto que me dices? —las preguntas salían de la boca de Dennis más rápido de lo que Rona pudiese responder, mientras en la mesa quedaban los demás mirándoles con extrema curiosidad.

—No, no es lo que te imaginas sino que tengo el agrado de informarles. —mientras miraba a todos los demás. —He decidido abrir mi propio centro holístico y retirarme de la psiquiatría. —las voces de todos comenzaron a emitir comentarios y felicitaciones por la decisión de Rona, incluyendo a Dennis.

—Que increíble noticia, pero sí que casi me has matado del susto, no lo puedo creer, que bien que te lo tenías callado. Tú sabes cómo me ha servido tu ayuda, ni sueñes con que te irás a otro lado más lejos, no te dejaré. —Dennis sonreía junto con los demás.

—Gracias Dennis. No, ni te preocupes, ya te hablaré para que te pases por el centro. Aún falta mucho por hacer, pero estoy llena de planes y tal vez alguna sugerencia de tu parte me vendría bien.

De pronto se escuchó el toque del metal sobre una copa de cristal, Mary estaba parada en el centro, lista para dar un discurso. Todos voltearon a mirar y dispuestos a escuchar. Ella les agradeció a todos por estar ahí compartiendo ese momento tan importante para ellas, refiriéndose a la Familia Harrison, Eileen, Mary y ahora Tammy, y sin dejar a de lado a Dennis, a quien sentían ya como de la familia. Además, les dio las gracias por el apoyo que ella y su hija habían recibido por parte de todos los que ahí trabajaban, mencionando que la Agencia Harrison era lo que era gracias a la labor de todos en conjunto.

El discurso continuó por unos minutos más y llamó a Tammy a que la acompañase por unos segundos, ya una vez ella ahí a su lado, les dijo a todos;

—Sé que muchos ya lo saben, pero desde este momento les comunico de manera oficial que Tammy ha decidido tomar mi apellido, por lo que ella desde ahora es y será parte de esta Agencia, no solo como una empleada de altas calificaciones y experiencia, sino como mi hija, ¡bienvenida Tammy Harrison!

El bullicio no se dejó esperar después de anunciada la noticia. Todos elevaron las copas y brindaron, puesto que todo indicaba el augurio de una nueva etapa llena de felicidad. Pero había otros, a los que no les causaba la misma felicidad, como era el caso de Sarah, quien obligada a guardarse lo que ella estaba sintiendo, sin poder decírselo a nadie, ni siquiera a Dennis, con quien mantenía una buena amistad, pero por miedo a causar preocupaciones inadvertidas, prefería callar.

Capítulo 22

La Verdad Duele

—Sabes, ¿No te parece extraño que todo haya salido tan bien?

— ¿A qué te refieres? —preguntó Lucas un poco confuso.

—A que la fiesta fue todo un éxito y más que eso, todo estuvo en calma.

— ¿En calma? A qué te refieres específicamente con *¿en calma*?

—Bueno tú sabes, a eso, a que todo estuvo en calma, nada fuera de lo ordinario.

— ¡Ah! Te refieres a eso, ¿a qué tus luces no estuvieron presentes? —Lucas le respondió en tono burlón.

—No te hagas el payaso, sabes a lo que me refería, es que a veces me cuesta entenderlo, y a veces pienso que las quiero ver y otras que no, en fin, sí me refería a eso. ¿Pero no te pareció raro? —insistió Dennis.

— ¿Raro?

—Sí, raro. El día de la fiesta no hubo ni siquiera una sola luz a lo largo de todo el día, es más creo que llevo varios días sin verlas. ¿Será acaso que ya no las veré más? ¿Se habrán marchado? O tal vez ya han desaparecido. —se sentía un tono de voz ya casi atormentado por las preguntas sin respuestas, como era costumbre en Dennis.

—Mi amor, ¿estás preocupada por eso? Es que no te entiendo, creo que en el fondo las extrañas y no puedes vivir sin ellas. — Lucas se levantó de la cama y se fue al baño donde Dennis estaba mirándose al espejo, tratando de alistarse para irse al trabajo.

—No bromees conmigo, sabes que te hablo en serio, y tú te ríes de mí.

—Yo no me río de ti, siempre te tomo muy en serio, de verdad. —Lucas abrazaba a Dennis y con morisquetas la hacía reír. Él la amaba con todo su ser, pero tenía temor a que algo enturbiara la relación que estaban formando. A pesar de que le había dejado el camino libre de presiones Dennis, y Mark ya no era una sombra entre ellos, Lucas sentía miedo, y no podía evitarlo, sabía que había algo que podría cambiarlo todo y él sufría en silencio.

La relación de ellos había cruzado umbrales nuevos y ninguno de los dos daba a decir algo al respecto. Las cosas se habían ido dando solas y sin saber cómo, ya casi vivían juntos y se les encontraba haciendo planes a menudo, de la misma forma que Dennis los había hecho en el pasado con Mark. Pero Lucas siempre estaba temeroso de hacer o decir algo que pudiese hacer que ella cambiara de parecer y que todo lo que estaban formando ahora se viniera abajo de repente. Lo más tremendo para Lucas era pensar en esa situación, más aún cuando se ponía a pensar en aquel pequeño detalle que él había evitado traer a la conversación. Eso era más que seguro, que cuando Dennis se enterara, ella podría rechazarlo y odiarlo para siempre.

Lucas llevaba semanas con el mismo pensamiento dentro de su cabeza, y le daba vueltas y no quería violar el compromiso que había hecho con Dennis. Él le había prometido a Dennis que no entraría a su mente sin previo permiso y así los dos habían decidido que eso era mejor para ambos. Después de todo era una forma para tratar de vivir lo más normal que se pudiese y dejar las cosas inexplicables a un lado para lidiar con ellas cuando se diera el caso.

Todo esto Lucas lo comprendía muy bien y pensaba de la misma forma que Dennis, pero para él, esto era difícil, ya que lo que no le dejaba vivir y le atormentaba la existencia era lo que no le había dicho a Dennis, desde el comienzo de la relación, más aún desde que la conoció omitió lo más importante. Sabía que el tiempo se acercaba y tendría que de una u otra forma contárselo y pedirle a Dios que le ayudara.

Dennis finalmente dejó el departamento esa mañana, un poco intrigada por lo que le había robado el sueño, pero feliz porque sentía algo muy lindo dentro de su corazón. Por fin podía sentir que ella amaba otra vez y que se sentía totalmente correspondida. Lucas era esa otra mitad que la complementaba y había que ver que bien lo hacía. Aunque la vida iba avanzando de una forma inesperada para ella, comprendía que de todas formas siempre habría sorpresas, eso sí que ella lo sabía muy bien, pero lo que no acababa de entender era por qué sus luces no estaban con ella.

Mientras Dennis conducía esa mañana por la misma ruta que usaba cada mañana, pensaba en muchas cosas. Sus ojos se fijaron en el horizonte, en donde ya casi se podía divisar la bahía y el Parque, lugar donde se reunió por primera vez con Lucas y al que iban muy seguido. A los dos les gustaba pasear y disfrutar de aquel lugar. Ese día en especial todo estaba tranquilo, ni siquiera tuvo que esperar por algún barco que intentaba cruzar, nada de nada, el recorrido fue una brisa.

Dennis llegó a la oficina y como de costumbre le gustaba saludar a todo aquel que se cruzaba por delante, pero ese día no vio a nadie en particular, solo a un par de personas cuando llegó a su piso. Cuando entró a su oficina pensó que algo estaba raro, diferente, pero no sabía qué o por qué se sentía así. Hizo una pausa, tomó su café y se paró frente a la ventana y detuvo la vista observado el jardín y sus alrededores en la planta baja.

De pronto Dennis se encontró recordando los acontecimientos del día de la fiesta para Tammy, desde el momento en que Sarah llegó, hasta cuando Mary anunció a todos los presentes que Tammy sería desde ese momento una más a la cabeza de esa empresa, y así recorrió paso a paso los instantes que transcurrieron y sin más pensarlo entró en trance y su mente comenzó a volar, volar por todas partes sin ni siquiera ella notarlo.

Para cuando pudo ella darse cuenta, se encontraba flotando en la habitación de Tammy. La miró desde arriba, ella estaba allí sentada como con la mirada ida, quién sabe dónde. Luego su mente la llevó a pensar en Sarah, y terminó rápidamente viéndola desde lejos. Sarah caminaba a las afueras de la estancia. El siguiente fue Lucas, a él pudo verle conduciendo su auto, él escuchaba música y su cara se mostraba sonriente, lo que la hizo a ella sonreír también.

Luego se vio ella sentada en su oficina y un montón de imágenes comenzaron a rodar como una película en cámara lenta. Vio a Sarah sentada en la mesa aquel día de la fiesta, y en la mesa de enfrente Eileen que le miraba sin sacarle los ojos de encima. ¿Por qué Eileen tendría esa curiosidad sobre Sarah? Pudo ver que Eileen, de pronto se levantó de su mesa y caminó hasta donde estaba Sarah y se sentó a su lado.

La mirada de Eileen hacia Sarah era muy especial, ¿Qué habrá detrás de todo eso? Se preguntaba Dennis. Luego vio cómo Tammy, sentada al lado de su esposo, limpiaba una lágrima que le caía por la mejilla. Él le sostenía fuertemente la mano y parecía estar embargado por la emoción de tenerla ahí a su lado, y lo más importante, con vida, porque había sufrido en silencio la horrible pesadilla de pensar en perder a la que era su compañera y único amor.

Fue justo en ese momento en que Mary llamó a Tammy a que la acompañara para darles la noticia a los demás. Se dio cuenta de que estaba observando todas las cosas que no observó ese día, las cosas que no vio con sus ojos y de repente se vio a ella misma sentada al lado de Lucas. Mientras ella conversaba, Lucas que estaba a su lado, mantenía la mano en el bolsillo de su chaqueta. Dentro sostenía una pequeña cajita, a la que le daba vueltas y vueltas, la cual nunca se atrevió a sacar del bolsillo. pero ella se dio cuenta que su atención estaba en otros lados y no ahí con Lucas, cosa que él también había sentido, de igual forma algo en su corazón le dijo a Dennis lo que esa pequeña cajita contenía. Dennis sintió pena al darse cuenta que en las oportunidades que Lucas había sugerido, oportunidades como para estar a solas, Dennis las había ignorado por completo.

No tuvo mucho tiempo para seguir pensando en eso ya que se dio cuenta que muy discretamente asomaban detrás de Tammy y Mary dos pequeñas luces, ¡pero que sorpresa! Ahí estaban las dichosas luces que ella no pudo ver. ¿Habría esto ocurrido de forma natural, sin estar previsto? ¿O estaba ella supuesta a no verlas ese día? Una sensación extraña, casi de felicidad la invadió en ese momento, Dennis se sentía contenta después de todo sus luces no la habían abandonado, aún seguían cerca de ella y ya comenzaba a comprender que eso era importante para sí misma, quizá parte de la realización final en donde todo converge y se funde como uno solo. Tal vez, eso era exactamente su vida. Un conjunto de situaciones y experiencias que solo podían vivirse así, como un observador, ignorando las preguntas, sin pasarse la vida buscando las respuestas, aceptando a que cada momento tenía un significado especial para cada una de estas personas que conformaban lo que ella podría llamar su familia.

Sin irse muy lejos divisó en la otra mesa a su psiquiatra y amiga, hablando muy contenta con algunos otros invitados. Dennis comprendió que Rona estaba en el camino correcto. El proyecto nuevo y los cambios que ella estaba haciendo eran definitivamente el camino que la llevaría a sentirse feliz y satisfecha con su vida. Con seguridad su hijo había recibido el mensaje y era él quien alguna forma la estaba ayudando a sentirse mejor y a emprender esta nueva etapa en su vida. Dennis sintió que ella estaba feliz de haber tomado esa decisión.

Era más que claro que todos en la fiesta habían tenido sus propios momentos personales, y eso llevó a Dennis a pensar en cuál había sido el suyo, a lo que ella concluyó que no había habido un momento, sino todos. Todos los que estaban ahí, formaban parte de la vida su vida, y eran muy importantes para ella. Era esto lo que había transformado su existencia; desde el comienzo con Mark, luego Tammy, Mary y Eileen, y claro, estaba también Sarah, su querida amiga. Además, no podía dejar de lado a su doctora y amiga, quien la había ayudado inmensamente a comprender las experiencias por las que ella había atravesado, y por supuesto Lucas, quien le había devuelto la esperanza y el amor. Todos eran parte de su vida de una u otra forma. Esta vida en particular, era la vida de Dennis.

El teléfono sonó repentinamente y Dennis salió de su trance. Se sintió un poco atontada, pero después de un par de minutos recordó todo. Recordó cada una de esas imágenes que vio en su mente. Esto la hizo sentir muy bien, sobre todo al recordar que sus luces no la habían abandonado, sino todo lo contrario, siempre estaban y era probable que siempre estuvieran con ella, porque esa era su vida, aunque un poco diferente de lo normal, seguía siendo la suya.

Ahora bien, después de reincorporarse un poco y tratar de volver a la vida normal, y ponerse a trabajar, sus pensamientos iban y venían, y traían ese sabor especial que te dan cuando sientes curiosidad. Pensaba en Eileen y Sarah ¿Cuál sería la conexión entre ellas? ¿Por qué el interés de Eileen en Sarah?

También pensó en Tammy y su esposo ¿sería acaso lágrimas de felicidad aquellas que ella vio? ¡Ah! y Lucas, ¿Qué habría en esa cajita? Dennis sonrió, y se le llenó el pecho de aire. Sintió mariposas en su estómago y pensó que tal vez sí sabía lo que había ahí dentro.

El día transcurrió sin mayores interrupciones y luego llegó la tarde. Ese día se iría a casa, no vería a nadie, después de todo, sentía que los había estado viendo todo el día. Tomó su bolsa y salió de su oficina a eso de las 6. Cuando ya se había alejado un poco el teléfono sonó, era Lucas. Dennis puso el altavoz y le contestó.

—Hola ¿cómo estás?

—Bien, muy bien, iba camino a casa, y pensaba preguntarte si quieres venir a cenar conmigo.

—Mmm —murmuró Dennis.

—Tendría que volver, pues ya había tomado la autopista. Pero no creo que sea demasiado problema así es que si quieres, nos vemos allá dentro de un rato, no es problema para mí. Respondió Dennis mientras su corazón se iba acelerando poco a poco.

—Magnífico, te espero aquí, ah, si no me ves en el estacionamiento estaré dentro del restaurante. Creo que pediré un vaso de agua para tomarme una de estas cápsulas para el dolor de cabeza que no me ha dejado desde el mediodía. Solo espero que no sea indicio de un resfriado o algo así.

—Oh, no sabía que te estabas sintiendo mal, ¿por qué no me avisaste?

—No creo que sea nada serio, para cuando terminemos de comer ya se habrá pasado el malestar.

—Pero no querrás mejor irte a descansar, yo podría cocinar algo si te parece.

—No, la verdad, siento que este aire fresco de la bahía me vendrá muy bien.

—Ok, está bien, te veré ahí dentro de unos quince a veinte minutos.

Dennis buscó por la primera salida de la autopista para buscar la vuelta a la ciudad y así ir al encuentro de Lucas. Esto la distrajo de todo otro pensamiento y en ese momento lo único que tenía en la mente era el nombre del hombre que llenaba su corazón.

Cada vez que hablaba con él era como si algo pasara dentro de ella, todas sus preocupaciones desaparecían y solo tenía sentidos para verlo y escucharlo a él. A veces Dennis comprendía que se había enamorado de Lucas y sentía un poco de temor de pensar en que algo podría separarle de él, pero las otras veces, una sonrisa aparecía en su rostro y un suspiro se le arrancaba desde adentro y eso la hacía sentir en las nubes.

No pasó mucho tiempo y Dennis ya estaba cruzando la bahía, en un par de minutos estaría estacionando en el parque. No era muy tarde, pero ya la gente había disminuido, pues no había muchos automóviles estacionados y cuando ella entró divisó el auto de Lucas de inmediato, y se dirigió a estacionar el suyo justo al lado del de Lucas.

Dennis dejó el auto y se dirigió al restaurante, así como Lucas había dicho que lo más seguro fuese que él estuviera adentro del lugar, esperando por ella. Dennis dio un par de pasos más y lo pudo divisar, ahí estaba, sentado en una de las banquetas a la orilla del agua.

—Hola mi amor, ¿pero qué haces acá?, ¿pensé que estarías dentro, como va ese dolor de cabeza?

—Hola, pensé que el aire me vendría bien, pero he tomado un par de esas tabletas, espero que trabajen pronto. Has llegado rápido, ¿no estabas muy lejos?

—No, por fortuna, solo estaba solo a unas millas y no ha sido problema regresar.

— ¿Quieres entrar ahora?

— ¿Tú crees que nos podemos quedar aquí un rato más? de igual forma podemos comer dentro de un momento.

—Claro que sí, yo no tengo problema.

Ambos se sentaron uno al lado del otro. Lucas le tomó las manos y se las acariciaba con intranquilidad. Dennis se dio cuenta de que algo le preocupaba a Lucas y le preguntó;

—Dime, ¿qué es lo que te pasa?

— ¿De qué hablas?

—Estás muy nervioso, lo puedo sentir y se ve a leguas.

—Mmm ¿nervioso yo? —dijo Lucas.

—Sí tú, no te hagas el que no sabe de qué estoy hablando, pues bien que lo sabes.

— ¡Ay Dennis! En realidad no quisiera hablar.

— ¿Cómo es eso que no quisieras hablar? o sea, que sí hay algo que te trae así, entonces no te demores mucho más tiempo y dime qué es lo que pasa. —Dennis se puso más seria que de costumbre y se dio vuelta a verlo de frente, esperaba escuchar lo que Lucas tenía que decirle.

—Bueno, aquí estoy sentada esperando a que me cuentes, ¿qué es lo que pasa? no me hagas empezar a adivinar, porque no creo que quiera hacerlo esta vez.

—No, no Dennis, es que la verdad no sé por dónde empezar.

—Pues empieza por el principio, ya me estás poniendo nerviosa.

—Solo te pido que me escuches y no me interrumpas, porque me ha costado mucho tener el valor para decirte lo que tengo que contarte.

—Lucas, por favor no me digas que esto se acaba, por favor, si algo está mal creo que podemos conversarlo, no entiendo que es lo que ha pasado que pueda ser tan serio.

—Déjame hablar, por favor te lo pido. —Dennis se echó para atrás y seriamente lo miró.

—Está bien, pues habla de una vez.

—Pues, que te he mentido, sí así como lo escuchas, desde el primer día, aquí en este mismo banco, cuando nos encontramos ese primer día, desde ese día no te dije toda la verdad. —Dennis no entendía de qué estaba hablando. La confusión e intriga la iban a enloquecer, pero se mantuvo callada y solo lo miraba.

—Pues bien, te conté cosas de mí, te hablé de esas habilidades que nadie más ha sabido nunca sobre mí, te conté de mi vida personal, pero hubo algo que no te conté, y que me ha perseguido todos estos meses. Me he enamorado de ti perdidamente. No podría vivir si tú no estás a mi lado, pero cada día me aterroriza la idea de que esto salga a relucir un día cualquiera y me juzgues por no habértelo dicho.

— ¿Recuerdas cuando nos conocimos? ¿Cuándo te conté de mi habilidad para escuchar la mente de otros?, pues ese día aún no sabía lo que vine a saber un tiempo más tarde. Cuando tú me contaste lo del accidente de tus padres, lo que tuviste que pasar al perderlos y todas las experiencias que han venido a raíz de eso.

—Claro que recuerdo, pero te estás tomando mucho tiempo y esto es muy confuso, no sé exactamente qué es, lo que vas a decirme, pero sea lo que sea dímelo de una vez.

—Fue un par de días después, cuando en mitad de la noche desperté con la clara visión de algo que no recordaba bien del todo. Cuando desperté de mi coma, habían pasado varios años y la verdad me habían dado ya casi por muerto hasta ese mismo segundo en que me desconectaron de la máquina, lo cierto es que el alma de aquel muchacho ya había dejado este plano mucho tiempo atrás. Lucas Verdi es el nombre del adolescente que bajo la influencia de alcohol causó el accidente en donde tus padres perdieron la vida. Lucas Verdi es en parte el culpable de tantos sufrimientos que has pasado y por los cuales tu vida ha sido tan complicada. Pero antes que digas algo o que me condenes, por favor, termina de escucharme. —el semblante de Dennis permanecía inmóvil, pálido y casi sin vida. No sabía si en realidad estaba escuchando bien todo lo que Lucas le estaba diciendo.

—Lucas Verdi murió aquel día, y su alma regresó al lugar donde pertenecía. Pues aunque parezca totalmente incomprensible, la vida y el destino de la misma, no se puede cambiar y todos nosotros solo actuamos en ella las partes que nos han sido asignadas, así como si fuera una obra de teatro, y solo estamos en las partes que nos toca estar. —Lucas la miró y continuó su relato. —Sé que tendrás muchas preguntas lo sé, y creo que solo puedo responder algunas, como por ejemplo te preguntarás si Lucas Verdi murió, ¿quién diablos soy yo? Esto te lo diré de una vez, aunque sé que pronto comprenderás algunas cosas que aún no estaban claras.

Yo soy tu alma gemela, y no pienses que estoy bromeando o que esto es una invención, porque no lo es. Quiero que sepas que por nada del mundo yo te haría sufrir, pero la vida terrestre es extraña y muy complicada y mientras estemos en este plano, solo nos queda aceptar las condiciones impuestas y tratar de sobrevivir lo que nos toca. —Lucas trataba de ver alguna reacción en Dennis la que yacía allí casi inmóvil.

—Si me permites, puedo tratar de explicarte algo más. —Lucas esperó por alguna respuesta, pero Dennis no respondió.

—Sé que estarás pensando que todo esto es una infamia de mi parte, pero créeme que no lo es. Jamás haría nada para hacerte sufrir, yo vivo por ti, esperé mucho tiempo para encontrarte. Sabía que al venir tendría que atenerme al destino y esperé, y esperé, y hasta que un día te vi, sin saber de inmediato que eras tú, pero al poco tiempo lo supe...

Tú estabas supuesta a volver a casa junto a mí. Hemos estado juntos desde el comienzo de nuestras vidas y aunque nos separamos por momentos, mientras cumplimos nuestras asignaciones, siempre regresamos a estar juntos. Pero esta vez fue diferente, aquel día en ese accidente, tú te quedaste atrás, fuiste sobreviviente. La única sobreviviente al accidente, aunque no estabas supuesta a serlo.

No sé qué pasó, pero sentí que debía estar a tu lado y busqué miles de formas de llevarte conmigo, pero fue imposible, esta vez te tocó estar sola y seguir tu camino sin mí. Pero cuando venimos a este plano no podemos recordar de dónde somos o qué es lo que realmente somos, por eso es que te ha costado tanto superar todos estos problemas, porque no estaban dentro de lo que tú habías pensado seria tu misión. No sé por qué no volviste a casa. No sé cuál fue la razón para permanecer acá.

Lucas respiró hondo y prosiguió con el relato.

—Cuando apenas recobraba algo de conciencia y pude tener algo de memoria sobre mi vida, fue cuando tú viniste a verme a mí, sé que es confuso, pero no eras tú como persona, sino como lo que eres, luz. Ese día fue el día en que me desconectaron de la máquina y sobreviví, fuiste tú quien me devolvió la confianza que necesitaba para seguir adelante. Luego el tiempo pasó y te vi por primera vez en el café. No pude recordar de inmediato, pero al tiempo supe que te había visto antes y que algo me unía a ti, algo especial. Era algo más que un recuerdo, era como un lazo invisible que existía entre tú y yo. —Dennis palidecida y sin hablar se levantó de la banca y quiso irse pero Lucas le tomó la mano y le dijo;

—Dennis, si hay algo, lo más mínimo que tú sientas por mí, por favor déjame terminar, no te cierres, debes escucharme. No sé de qué otra forma pueda yo pedirte que te quedes y me dejes terminar, más que suplicándote aquí, por este amor que siento por ti, por el amor que nos tenemos. —Dennis volteó a mirarle a la cara y le dijo;

—Es que no sé, no sé por qué me has contado todo esto. ¿No ves que me duele? como puedo yo estar a tu lado, como puedo yo creer que tú y yo hemos estado siempre juntos. No sé, no puedo entender nada. —Dennis lloraba sin consuelo, y la tristeza le invadía su ser.

—Dennis, déjame seguir, no te vayas. —Lucas aún mantenía su mano tomada a la de Dennis, y no quería soltársela. Ella lo miró y volvió a sentarse en la banca, pero no paraba de llorar.

—Sé que no entiendes y que esto es difícil, pero fue más difícil para mí saber que había sido este cuerpo el causante de la desgracia de haber perdido a tus padres. No podía creer que yo había decidido venir a este plano y había aceptado vivir en el cuerpo de quien fuese el causante de tus penas. Creo que en algún momento pensé que de alguna forma lograría que me entendieras o que creyeras en mí, pero aun sin entender por qué tú habías permanecido acá, comencé a acercarme a ti y darte mi amor incondicional de a poco, más luego entendí que tú tenías que haber estado acá, habían otros que te necesitaban, como Mark, y Tammy, tú has sido muy importante para ellos, has sido esa luz que necesitaban para seguir adelante y después de todo, es eso lo que somos. Trabajamos para ayudar a que más almas encuentren su camino a casa, solo eso. —por un instante Dennis dejó de sollozar para hacerle una pregunta a Lucas.

—Lucas, cuando dices *venir* con exactitud ¿a qué te refieres?

—Me refiero a que pedí y supliqué por alguna manera de volver a este plano y la única forma posible de volver, fue la de tomar el cuerpo de Lucas Verdi y fue eso lo que hice. Me tomó tiempo adaptarme y comprender y más aunque solo sabía que mi coma había sido producto de un accidente de auto y que dos personas habían perdido la vida, jamás supe que era tu familia, hasta poco después de conocerte. Fue ahí cuando tuve esa visión en la que tú, como energía pura, vino a verme una vez más. Ahí fue que recordé lo que nos unía y que es lo que había venido a hacer en este plano.

— ¿Y qué es lo que dices que has venido a hacer aquí? — preguntó Dennis sarcásticamente.

—He venido a compartir tu vida y luego llevarte a casa, al lugar de donde somos, al lugar de donde provienen todas estas otras almas que están siempre a tu lado, esas que tú llamas orbes o esferas de luz.

Dennis lo miraba sin pestañear, había algo en esas palabras que la hacían sentir que estaba escuchando palabras sinceras, pero su mente humana aun le peleaba y la hacía sentir que era todo una farsa. ¿Cómo podría ser esto real? Ella sabía que si habían cosas que no se podían explicar. Sabía que Lucas podía escuchar sus pensamientos, sabía que las luces que ella veía eran reales, y tenía el testimonio de Rona, el cual le confirmaba que ella no estaba loca, sino que ella era alguien especial. Pero a pesar de todo esto y las afirmaciones que Dennis pudiera encontrar, ella sentía que no podía creerle. Que Lucas estaba simplemente excusando la irresponsabilidad de no haberle contado que fue él quien mató a sus padres.

¿Cómo poder perdonar o tan siquiera ignorar el hecho que sus padres murieron por su culpa? Dennis no podía pensar claramente en ese momento y la verdad se le hacía difícil pensar que podría llegar el momento en que ella tratase de comprenderlo.

—Lucas, creo que debo marcharme, será mejor así. —la voz tenue de Dennis, lo decía todo, ella estaba devastada.

—No te puedo dejar ir, tienes que creerme. No he sido yo quien ha ocasionado ese accidente y es más, no debes pensar solo en la vida de este plano, tienes que comprender que este es solo tu trabajo. Siempre lo hemos comprendido bien, no sé cómo hacértelo saber. Tienes que buscar la forma de recordar, de ir más allá de esta posición como humano, por favor, haz el intento.

—No puedo Lucas, estoy muy confundida, no sé qué creer o qué debo comprender, en estos momentos, solo sé que estoy frente a un hombre que no es el que creí haber conocido.

Dennis le soltó la mano y él la vio alejarse, provocándole el dolor más grande que él, alguna vez, hubiese sentido. No había palabras de consuelo para Dennis, tampoco las había para Lucas, quien había puesto su vida o al menos esa vida en juego para que Dennis le creyese, pero no hubo suerte. Solo el tiempo diría que es lo que pasaría y si ella podría sobrellevar aquel dolor tan grande que su corazón sentía.

Capítulo 23

Un Corazón Que Late Otra Vez

Día tras día Dennis trataba de seguir adelante. Ella mantenía esa sonrisa en su cara como escudo que la resguardaba ante cualquier pregunta que pudiese ocasionarse. Habían pasado casi dos meses desde el último día que vio a Lucas, pero no había ni un solo instante en ella que no pensara en él. Dennis hubiera preferido no sentir lo que sentía por Lucas. Hubiese querido poder odiarlo y soltar en él una avalancha de sentimientos acumulados por todos esos años, y finalmente poder decir *encontré al culpable de todas mis penas*, pero en cambio, no había soltado ni una lágrima por lo que había acontecido, era más bien como que algo dentro de ella no la dejaba sentirse así. La mayor parte del tiempo se rehusaba a pensar en todo lo que Lucas le había contado, todas esas confesiones acerca de esa conexión entre ellos, era algo en lo que no quería pensar. Pero sentía dentro de sí, que en algún momento tendría que hacerlo.

Por esos días, la vida de todos corría con rapidez, y casi nadie se había dado cuenta de la separación entre Lucas y ella, o al menos es lo que ella pensaba. Dennis no estaba preparada para darle explicaciones a nadie, pero había una persona a la que no podía esconderle nada, aunque tratara. Sarah lo sabía desde antes, desde siempre tal vez, pero cuando Dennis le preguntó a ella si sabía qué pasaría más adelante, Sarah solo le contestó, *es tu vida y tú debes vivirla, todo va a estar bien, ya lo verás.*

Dennis seguía con su rutina y actividades diarias que la mantenían ocupada. Lo único que había dejado de hacer era ir a La Estancia los sábados para no cruzarse con Lucas, pero lo demás seguía siendo cotidiano, excepto cuando caía la noche y Dennis se iba a su cuarto y ya no le veía ahí, tirado en su cama, esperando por ella a que apagara la luz. Era en esos momentos cuando todo dolía y cuando no podía evitar sentir la enorme necesidad de buscarlo, porque no podía vivir sin él. Cada noche Dennis sentía que se ahogaba y que le faltaba el aire, y se dormía pidiéndole a Dios que la dejara comprender todo aquello que había pasado...

Las visitas a Eileen continuaron y lo mismo con Sarah, quien no había hecho ni el más mínimo comentario, aun sabiendo que Dennis sabía que ella debía haberlo visto en sus visiones sobre el futuro de Dennis. Pero ambas mujeres preferían callar y eso lo hacía más fácil aún. Por otro lado, Eileen se había empeñado en crecer la relación con Sarah.

Todo parecía un poco extraño tal vez, pero a Sarah le caía muy bien esta mujer por lo que no le dio mayor importancia, aunque sí había una cosa que le llamaba la atención, ¿Por qué no podía sentir o tener alguna visión sobre Eileen? Sarah no tenía visiones, ni sentimientos sobre ella incluso cuando estaban cerca.

En una ocasión Sarah pensó que las visiones podrían venir luego o al pasar el tiempo, pero Eileen la había estado visitando muy a menudo, casi tres veces por semanas y nada, ni visiones o imágenes que se le vinieran a la mente, era como si no pudiera ver o saber nada sobre ella.

Todos habían notado claramente la recuperación de Sarah. Ella ya no se sentía una más entre los que ahí estaban, al menos no como paciente. Ayudaba desde temprano en la cocina preparando el desayuno, luego se iba a la estación de las enfermeras a ver en qué podía colaborar para después correr repartiendo libros, y así como éstas, una infinidad de otras pequeñas labores. El día se le pasaba volando y se iba a dormir cansada, pero cansada de estar de alguna manera produciendo, ayudando y viviendo de una manera normal.

Esto último ponía una sonrisa en su rostro y regocijo en su corazón. Había algo en especial que la tenía alerta y más despierta, el sentirse productiva y en control de sus acciones, sin tener que arrancar de esas visiones y sensaciones que un día la obligaron a apartarse de todo y todos.

Por otro lado, Eileen no se había sentido tan bien en años si no es que en décadas. No sabía explicarlo, pero sabía que esta inundación de energías positivas, provenían de estar en contacto con Sarah. Desde el primer día que la conoció en la recepción para Tammy, vio el reflejo de algo muy especial y querido por Eileen, pero tan privado que ni siquiera ella podía comprender exactamente por qué estos sentimientos aparecían justo ahora, después de haber conocido a Sarah.

Estos dos últimos meses habían provocado una cantidad de emociones en su corazón, tantas que un día cuando cenaba con Mary, Eileen se atrevió a conversar con ella y a remover cosas del pasado, que parecía que habían sido sepultadas muchos pies bajo tierra.

—Mary, ¿tú crees que tienes tiempo para que hablemos? —dijo Eileen a su hermana.

—Pero claro, sé que he estado en otras cosas y como siempre tan ocupada, pero claro que tengo tiempo para ti, dime ¿de qué quieres hablar? —preguntó Mary.

—Es algo que me está pasando y no sé cómo enfrentarlo.

—Si estás preocupada porque ya no has estado yendo a la compañía, ni te sigas preocupando. Tú sabes que tú eres mi hermana y haré lo que esté en mis manos para que estés mejor y además no es tan necesario, créeme, allá hay suficiente ayuda. —dijo Mary.

—No. En realidad no he sentido la necesidad de volver al trabajo, al menos no ese tipo de trabajo. Le di a la agencia cuarenta años de mi vida y se los di con todo mi corazón, creo que es tiempo que los nuevos puedan asumir esas posiciones. No quisiera ser la causante de que una mente vieja anticuada como la mía, prevenga a la agencia de nuevos crecimientos y nuevas ideas.

— ¡Oh, Eileen! no sabía que ya no querías volver a la agencia, pero no es nada malo, es tu derecho el querer cambiar de ambiente, porque me niego a creer que quieras retirarte y no hacer nada.

—Claro que no, sabes que me moriría sin hacer nada, aunque a veces siento que mi vida ha estado tan vacía… sobre todo después de todo aquello. Nunca más pensé en mí, me escondí detrás de ese gran escritorio y solo me dediqué a trabajar, es lo único que apaciguó mi dolor por años.

—Sí es verdad, todo aquello fue muy triste y creo que es más fácil encerrar esos sentimientos en un baúl que tener que lidiar con ellos. Ya vez cómo han sido las cosas con Tammy, pero estoy feliz de que de alguna forma las relaciones se hayan enmendado y ahora estemos unidas y más que nunca, así es que entiendo tu sufrimiento.

—Sí lo sé, y estoy feliz de que Tammy haya reaccionado y superado las horribles cosas que esa mujer le hizo, porque tú eras su verdadera madre y no lo puedes negar. Siempre me pareció absurda la posición que ella había adoptado, pero después de un tiempo ya no sabía qué más pensar. Lo único que te puedo decir es que mi amor por mi sobrina es tan grande como el tuyo por ella. Pero en realidad no quería hablar de esto, es más bien de lo otro.

— ¿De lo otro? ¿A qué te refieres con lo otro? —preguntó Mary.

—Sí, a lo que me pasó a mí, a mi tragedia personal, a eso me refiero.

— ¡Oh, a eso! tú sabes que yo mucho no recuerdo, aún estaba en mis años de estudiante y todo eso pasó muy rápido, por lo que no retuve mucho y, más aún, ni siquiera pude estar a tu lado, solo hasta cuando tú finalmente decidiste regresar. —dijo Mary con un tono de inquietud y continuó la conversación. — ¿Qué ha pasado? ¿Por qué esta preocupación? Ha pasado una vida entera y nunca dije nada ni pregunté porque pensé que tú habías decidido dejarlo atrás, ¿estoy equivocada? —agregó Mary.

—No, no estás equivocada. De cierto modo fue así. Tú estabas pronto a cumplir los dieciocho años cuando esto ocurrió, lo recuerdo porque no te dejaron salir del país para ir a estar conmigo debido a los documentos legales que se necesitaban. Siendo yo tu tutor legal no podía hacerlos, ya que estaba fuera del país. Fue una situación complicada. Todo fue tan rápido, que nunca entendí qué o cómo pasó todo, solo sentí que me habían partido en dos.

—Sí así mismo, recuerdo que en ese tiempo me habías dejado a cargo de las cosas menores, de la agencia en sus comienzos, porque acabábamos de crearla. Aún no entraba a la universidad, pero tú ya habías egresado y te habías casado y tenía a tu hermosa bebé, era muy bella, aún recuerdo sus hermosos ojos y pelo rizado. ¿Peter aún estaba en la escuela verdad? ¿El aún no había egresado?

—No, era su último semestre. Él tenía posibilidades de irse a ejecutar su práctica a Francia y por eso surgió lo del viaje. Recuerdo que él se reunió con la gente de la empresa que le estaba ofreciendo el trabajo. Era una muy buena oferta. Estábamos felices, habíamos hecho planes y era probable que termináramos viviendo allá. El lugar era hermoso y habíamos encontrado una pequeña casita que nos podía acomodar, teníamos muchas ilusiones, ¿y recuerdas que pensábamos llevarte con nosotros? — los ojos de Eileen comenzaban a llenarse de ese brillo especial al traer nuevamente esos recuerdos.

—Claro que lo recuerdo, no podía estar lejos de ti o de Andreas, ustedes eran mi familia…

—Pero yo sentí algo ese día, y le dije no vayas, pero él insistió y se fue en el auto con Andreas y yo quedé en la residencia en la que nos estábamos alojando. Pasaron horas cuando la preocupación me entró. No podía comprender cómo se tardaba tanto, si solo había ido a buscar algo para comer. Cuando ya no pude más, bajé a la recepción y fue ahí cuando me enteré. Quise morir ahí mismo, no comprendía nada, solo sentía que mi mente se enturbiaba más y más con cada segundo que yo permanecía allí escuchando a esas personas hablar.

— ¿Cuándo fue exactamente que supiste que eran Peter y Andreas los involucrados en el accidente?

—Cuando aquel hombre dijo que el camión había perdido el control y que se había ido contra la barda y se había llevado a un auto por delante.

—Mmm. ¿Por qué has vuelto a recordar todo esto Eileen? ¿Qué ha sucedido para que te sumerjas en estos pensamientos tristes?

—Es que a veces pienso que no me quedé el tiempo suficiente allá, que no debí abandonar la búsqueda. Nunca pude comprender cómo es que no encontraron nada, solo los restos del auto ya quemado después de haber caído al barranco. —lágrimas rodaban por las mejillas de Eileen.

—Pero tú hiciste todo lo que estaba a tu alcance, y además ya había pasado casi un año, no había nada más qué buscar. No te culpes por algo que es imposible de saber. ¿Recuerdas cuántas personas, rescatistas y demás estuvieron por semanas y meses buscando? ¿Tú crees que si hubieran estado vivos no los habrían encontrado? Claro que sí, y estarían hoy aquí con nosotras, pero así ha sido esta vida, muy dura con nosotras y por eso es que hemos trabajando tanto, por eso que ayudamos y entendemos el dolor de otros, ¿o acaso te olvidas de todas esas largas conversaciones que mantuvimos por tanto tiempo?

—No, no lo olvido, pero tengo algo en el corazón y no puedo sacarlo de ahí, pienso en que Andreas hoy sería toda una mujer, tal vez casada con hijos o quién sabe. No puedo evitar pensar que tantas cosas habrían sido diferentes. Sentí que Andreas estuvo conmigo por mucho tiempo. La sentí cerca de mí, la vi en sueños, podía sentir el calor de ella junto a mí, pero cuando el tiempo pasó, un día dejé de sentirla, y después pensé que ya la estaba olvidando. Pero no, jamás la he olvidado, solo traté de guardar esos pensamientos para mí, y aun así, nunca más volví a sentir eso.

—Tal vez ése fue el momento en que finalmente habías aceptado que ellos habían partido, ¿no lo crees? —dijo Mary, tratando de buscar algo que sonara menos doloroso.

—No, por alguna extraña razón nunca pude creer que Andreas estaba muerta, algo me decía que estaba viva. A pesar de que la sensación nunca más volvió y ya nunca más sentí esa conexión con su alma, mi ser siempre pensó que ella no había muerto.

—Y dime Eileen ¿qué es lo que te ha llevado a pensar en todo esto ahora? y no quiero decir que tú no pienses en ella, me imagino como yo, que jamás se olvida, solo se guarda en el corazón.

—Es Sarah.

— ¿Sarah? ¿Qué ha pasado con Sarah? ¿Te refieres a Sarah la amiga de Dennis?   —Mary sonaba un poco confundida.

—Sí, ella misma.

Hubo un silencio y luego Eileen prosiguió.

—Bueno, te parecerá loco, pero ocurrió así tal como te lo contaré.

—Ok, me estás poniendo muy inquieta, cuéntame, por favor.

—El día que fuimos a la recepción y me bajé del auto y vi por primera vez a Sarah, algo increíble pasó, mi corazón latió con el pulso muy acelerado, y me sudaron las manos. No pude dejar de mirarla, casi que estoy segura de que debo haberle incomodado. —Eileen calló.

—Pero, por favor, prosigue. —dijo Mary muy preocupada.

—Entablé conversación con ella y compartimos el resto de la velada juntas, ¡fue increíble! Ese sentimiento que hace muchos años había sentido por Andreas había vuelto. Mi corazón latía con severa intensidad y sentí un calor especial.

— ¿Puede ser que Sarah te hizo recordar a cómo Andreas podría haber lucido hoy? ¿Tal vez por la edad? ¿No crees?

—Eso mismo pensé yo, pero es algo más profundo, es algo en ella, algo que ya no me deja dormir.

— ¿Pero qué es? —preguntó Mary muy ansiosa.

—He seguido frecuentando a Sarah, la visito uno que otro día en La Estancia, platicamos y caminamos, en fin, pasamos un tiempo maravilloso, pero ella es muy cerrada, no le gusta hablar de sus cosas y yo no me he atrevido a decirle ni comentarle sobre mis cosas. Creo que no sería lo más adecuado, ella puede pensar que estoy loca y sentirse perseguida y no quiero que eso llegase a ocurrir, sería horrible. Pero no puedo entender por qué la conexión tan fuerte, ese calor que ella irradia es el mismo que sentía cuando Andreas estaba conmigo. Es más, el otro día estaba caminando en los jardines de La Estancia, llegamos a los establos y nos fuimos a observar a los que estaban montando a caballo y así cuando ella se apoyó en la cerca, levantó su brazo izquierdo y en el antebrazo tenía una mancha igual a la que Andreas tenía, ¡era una mariposa!, en el mismo sitio y diría que del mismo tamaño si considero que la mancha ha crecido con ella, ¿puedes creerlo?

— ¿Estás hablando en serio? ¿Estás pensando que Sarah podría ser Andreas? Esto es muy serio Eileen, ¿te imaginas? A ver calmémonos un poco y vamos más atrás, aparte de cómo te sientes o más bien lo que Sarah te hace sentir y más la mancha del brazo, ¿qué más sabes de ella?

—Ése es el problema, nada, nada más. Es imposible buscarle conversación, no toca el tema, ni quiere ir en esa dirección.

—Mmm, pero tal vez podríamos investigar un poco, hacer algunas preguntas alrededor ¿qué hay de Dennis? ¿No crees que podríamos saber algo a través de ella?

—Bueno, sí. Yo he tratado. En las oportunidades que veo a Dennis, he tratado de encaminar el tema hacia Sarah, pero Dennis es muy reservada acerca de ese tema también. Lo único que siempre dice de ella es que la quiere mucho, y que sabe que pronto Sarah será otra persona, recuperada y totalmente normal.

—Tal vez yo pueda hablar con ella y hacerle otras preguntas, pero definitivamente si esto lo sientes así de importante, no cuestionaré tus sentimientos, sabes que puedes contar conmigo y me alegra que me hayas buscado. No te preocupes más, encontraremos las respuestas, pero debo confesarte algo, uff, el solo hecho de pensar que Sarah pudiera ser Andreas... no sé cómo explicarlo, es verdad que me asaltan miles de preguntas, no puedo negar que sería una dicha que no puedo describir en estos momentos, solo quiero que no abrigues falsas esperanzas, no ahora que han pasado tantos años.

Las dos hermanas siguieron conversando y haciendo memorias por largas horas, hasta que la luz del alba les recordó que un nuevo día estaba a punto de comenzar.

Fue casi de inmediato, tanto o más que como Eileen lo sentía. La necesidad de saber producía una ansiedad increíble en Mary, por esa razón había decidido que lo primero que haría sería llamar a Dennis y comenzar a investigar qué había detrás de

Sarah. Algo debía haber, por lo que su hermana se sentía así. No podía pensar que Eileen estaba simplemente llegando a un estado en su vida en el que las situaciones del pasado reaparecieran solo porque sí, aunque la realidad decía que sí, era posible que su hermana mayor, solo estuviera pensando en todo lo que perdió con ese horrible accidente en el que perdieron la vida Peter y Andreas.

Tal vez la tristeza, soledad y los recuerdos se estaban apoderando de la mente de Eileen. Esto era una posibilidad, definitivamente, pero era difícil de aceptar que una mujer tan brillante y dedicada a su trabajo estuviera perdiendo su salud mental. Mary se preguntó un par de veces, *¿no será que la he descuidado y se siente sola?*, lo que también era posible.

Habían pasado tantas cosas que ya nada se planificaba y todo era de acuerdo a como se fuera dando el día a día, después de todo la enfermedad de Tammy los había traído a todos de cabeza y por supuesto que otras cosas habían tomado prioridad.

Al día siguiente, cuando Dennis llegó a la oficina, recibió un mensaje de Mary, en donde le pedía verla en su oficina, lo cual ella ejecutó casi de inmediato.

—Buenos días Mary. —saludó Dennis como de costumbre.

—Buenos días Dennis.

— ¿Ha pasado algo? sentí en ti el tono de preocupación.

—No, no te preocupes. Bueno, quería conversar contigo, pero nada de preocupación.

—Uff, pensé que algo andaba mal con Tammy.

—No, ni Dios lo quiera. Es algo diferente.

—Ah, si es por lo del festival de arte y la presentación, ni te preocupes, el equipo de personal que tenemos trabajando es excelente, tenemos todo casi listo, creo que a comienzos de la semana que viene, podremos ver una muestra más clara y comenzar a preparar la competencia una vez más. Sabes que esto me da muchas fuerzas para seguir adelante, me encanta el desafío y participar es increíble, además estoy muy agradecida de todas las oportunidades que he tenido sobre todo el apoyo que la agencia me ha dado. —Dennis claramente no tenía ni idea de lo que Mary quería preguntarle.

—Oh, Dennis ni lo digas, creo que una de las cosas buenas que nos ha pasado a todos es conocerte, partiendo por mi hija, ella ha recibido mucho apoyo de tu parte, tanto que ella lo dice, *no podría haber seguido adelante si no fuera por la energía de Dennis*, esas son sus palabras. Tammy dice que tú eres su ángel guardián acá en la tierra.

—No me hagas reír, solo es que la quiero mucho, ella fue mi mentora desde el comienzo. Pero Mary, dime ¿para qué soy buena?

—Ah, ¿te refieres a por qué te he llamado? Necesito conversar contigo acerca de Sarah.

— ¿Sarah? ¿Qué pasa con Sarah? —Dennis preguntó con tono de preocupación.

—En realidad no pasa nada, es solo que Eileen ha hecho amistad con ella y sé que tú también eres su amiga. Solo estoy actuando con un poco de cautela, no quiero que Eileen pueda verse involucrada en algo complicado ¿no sé si me explico? No sé mucho de Sarah y me preocupa Eileen, eso es todo. —a Mary se le hacía difícil tratar de decir algo que no diera a conocer las razones reales de aquella preocupación.

—Ah, bueno, deja que te cuente; conocí a Sarah hace un buen tiempo ya. Mucho antes de que Mark muriera, y desde que la conozco, ella ha estado en La Estancia. Pero si te preocupa por qué clase de problemas mentales tiene ella, te puedo decir que puedes estar tranquila, sus problemas fueron circunstanciales y luego se vio en un lugar en el cual ella sintió más cómoda que estar en el exterior tratando de sobrevivir y decidió quedarse allí. Pero ahora en estos últimos meses ha progresado mucho, es como si nunca hubiera estado ausente, comprende las cosas y está lista para volver a la vida normal. —dijo Dennis con un tono de seguridad en su voz.

—Veo que te has apegado mucho a ella.

—Oh, sí, Sarah es increíble, una mujer bella, su alma es pura y sus sentimientos muy frágiles, razón por la que está ahí, pero está llena de vida.

—Pero dime Dennis ¿qué más sabes de ella? ¿Cuánto tiempo ha estado ahí? ¿De dónde es? En fin…

—Veo que de verdad estás preocupada por Eileen y creo comprenderte perfectamente. Para mi es difícil responder a todas esas preguntas, porque así como Tammy y ustedes, Sarah ha venido a mi vida a llenar un espacio, es como una hermana. Pero entiendo que quieras saber todo de ella después de todo anda mucho loco suelto por ahí y cualquiera podría aprovecharse de la vulnerabilidad y buen corazón de Eileen.

—Mmm bueno sí, pero ya te diré en realidad qué es lo que me preocupa, por ahora solo quiero saber más de ella y te agradezco la confianza, no estás obligada a hacerlo, así es que realmente aprecio todo lo que me dices. —dijo Mary, un poco más tranquila.

—Bueno te diré y me imagino que estarás preguntándote si tiene familia, pues sí, era casada y tiene dos hijos, creo que ya son adolescentes, pero no tienen contacto con ella. Cuando el marido se divorció de ella, también adquirió la tutela legal sobre los niños y les contó a los niños muchas cosas que ocurrieron de modo diferente, así es que los niños crecieron apartados de ella y por esta razón ella se rehusó a recuperarse y se encerró en un estado de soledad. No hablaba con nadie, solo callaba. Hasta hace un tiempo atrás que las cosas comenzaron a mejorar, de hecho, cuando ella fue trasladada a *La Estancia* fue cuando su mejoría comenzó, es más, hoy en día ya no está tomando ansiolíticos y ningún otro tipo de medicina, solo continúa recibiendo las terapias semanales.

— ¡Qué increíble! que tenga familia y que no pudiera ver a sus hijos crecer. Qué injusto. —Mary estaba muy sorprendida.

—Sí, así como lo escuchas, la vida de ella ha sido un poco traumatizante, no quisiera entrar más en detalles, porque eso es más personal y no quisiera violar la confianza que ella me tiene.

—No Dennis, en absoluto, yo entiendo perfectamente, esta información es más que suficiente.

—Me alegro de que veas que Sarah no es una mala persona.

— ¡Oh, no! para nada pensaba que Sarah podría ser una mala persona, tengo plena confianza en ti y sabiendo que es tu amiga, aún más.

—Me alegra saberlo, y sabes tengo una idea que pronto le propondré a Rona.

— ¿Sí? ¿Qué idea tienes? si se puede saber. —preguntó Mary.

—Claro que puedes saberlo. Le preguntaré a Rona si es posible que Sarah trabaje en su nueva consulta. Sé que puede resultar muy bien, Sarah ha dado grandes muestras de estar dispuesta a incorporarse a la sociedad nuevamente, lo único que será duro para ella es que no tiene a nadie, por eso he pensado que quiero ayudarla y desde ya te aviso algo.

— ¿Sí? ¿De qué se trata? Espero no se te ocurra decirme que también te quieres ir a trabajar con la doctora Michaels, porque no lo aceptaré. —las dos mujeres sonrieron.

—No, para nada, pero creo que llamarán a verificar mis credenciales y referencias porque te he puesto tu nombre para referencia. —dijo Dennis.

—Sí, mira que bien, ¿y para qué son buenas mis referencias? Debo pensar bien, porque no daré buenas referencias para que te vayas a otro trabajo no, no y no. —ella sonreía.

—No Mary, claro que no, no me iría de acá por nada del mundo, pero necesito las referencias porque he aplicado a un crédito hipotecario, quiero comprar un departamento más grande y así poder ofrecerle a Sarah una habitación para que pueda recomenzar su vida con un lugar donde vivir.

— ¡Eres increíble! ¿De verdad harías esto pensando en ayudar a Sarah? ¿Tanto significa ella para ti?

Finalmente, Mary comenzaba a entender lo que Sarah significaba para Dennis.

—Sí, mucho. Es alguien muy importante para mí.

—Pues bien, dalo por hecho, no hay más que hablar, tu criterio vale mucho para mí y para todos acá.

—Dennis ¿podría pedirte un poco de discreción sobre este tema?

—Oh, claro que sí. Tú sabes que no me gusta el lleva y trae, aunque podría irle con el cuento a Tammy, ¿qué crees? ¿Tú crees que ella podría opinar que su madre está siendo muy precavida o no? —Dennis hizo un par de expresiones con tono burlón, claro que ella estaba más que en confianza, Mary no solo era su jefe sino alguien mucho más querido, además de ser la madre de su amiga y mentora.

Dennis ni por un segundo pensó en algún otro motivo por el cual Mary podría estar interesada en saber acerca de Sarah, y pero sí que lo había. Había una razón increíblemente importante, tanto así que cambiaría la vida de varias personas.

Todo lo que Dennis le había comentado a Mary era muy importante puesto que le daba a entender que la mujer no era una loca, o una persona con terribles problemas o peor aún, una criminal o algo por el estilo. ¿Pero dónde ponía esto a Mary en su afán de investigar la procedencia de Sarah? La dejaba en el único lugar posible, tendría que buscar ayuda y eso apuntaba a un investigador privado. No podía ir por ahí preguntando a medio mundo qué más sabían de Sarah, sería inapropiado. Mary Harrison no hacía cosas así, ella era una mujer que planificaba, y ejecutaba muy bien sus acciones.

Para el final de aquella semana Mary ya había hablado con un investigador privado que alguien de confianza le había recomendado, y no le había dicho nada a Eileen para no mantener sus esperanzas en alto, en realidad se le hacía muy difícil pensar que realmente pudiera haber alguna relación entre Sarah y la hija de Eileen. La policía en Francia había acabado todos los recursos buscando por su cuñado y su sobrina, lo que se había extendido por largo tiempo. Mary pensaba que esto era imposible, pero a la vez había algo, que la empujaba a buscar más información.

Mary había hablado con Tammy, cenarían todos juntos ese domingo y decidió que era una buena oportunidad para entablar conversación con Sarah, así es que le llamó a Eileen y le dijo que invitara a la cena a Sarah, lo que Eileen le pareció una muy buena idea. Era obvio que la invitación era también para Dennis, cosa que ella tuvo que pensar puesto que nadie sabía nada aún sobre la separación de ella y Lucas, pero igual dijo que sí, solo tendría que pensar en qué inventar para justificar la ausencia de él. Algo se le ocurriría, aunque su corazón quisiera que nada de aquello hubiese pasado.

Eileen fue de visita a La Estancia y le comentó a Sarah sobre la cena, y ella se mostró contenta de que Eileen la quisiera invitar, pero le dijo que en realidad no quería entrometerse en sus planes familiares y que estaba bien, que no se sentía mal, pero Eileen insistió diciéndole que en realidad no era algo solo para la familia, sino que la consideraba su amiga y que se sentía muy bien con ella, además le comentaba que Dennis estaría también, buscando la forma que ella aceptara sin caer en la presión. Pero Sarah seguía diciendo que no, y no fue hasta el momento en que Eileen se subía a su auto cuando algo sintió Sarah y se dio vuelta a mirar a Eileen y le dijo;

—Eileen, ¡espera! — Eileen se detuvo de inmediato.

No quiero que pienses que soy una malagradecida, por favor, pero tampoco quiero que sientas que debes sentirte responsable por mí o algo parecido, no, no es así. Aprecio tu amistad, no sabes cuánto, pero no quiero entrometerme en tus cosas.

—Pero mujer si tú no te entrometes en nada, yo siempre he sido muy solitaria, y ahora que he entablado amistades nuevas quisiera que formaran parte de mi vida, es todo.

— ¿De verdad? ¿No te sientes obligada porque me ves aquí?

—No, para nada. Si no fueras la persona que eres, no habríamos entablado comunicación, te lo garantizo. —las dos sonrieron amenamente.

—Entonces pediré permiso y te aviso para que envíes a tu chofer, aún es difícil para mí salir de aquí en forma independiente, no tendría cómo llegar a sitios más alejados que los establos. —Sarah soltó una carcajada inadvertida.

—Lo sé perfectamente, no te preocupes, solo avísame de que todo está bien y el chofer estará aquí a eso las 12 del mediodía ¿Te parece?

—Sí, claro que lo haré.

Capítulo 24

Finalmente, Claridad.

Dennis miraba muy impaciente su reloj, aún sentada en su auto a un par de cuadras de la casa de las hermanas Harrison. Había tomado valor y se había animado a asistir a la cena, pero en el camino algo la hizo sentir muy incómoda y no sabía exactamente qué hacer, si seguir adelante o inventar alguna excusa para no tener que ver la cara y la expresión de los demás al verla llegar sin Lucas.

El día estaba hermoso, claro, despejado y la temperatura perfecta como para disfrutar de un buen rato con amigos y buenas conversaciones, pero ella se sentía terrible, casi enferma. Temía que no le creyeran que Lucas no estaría porque había decidido cubrir el turno de un compañero de trabajo. En realidad no sabía qué más inventar y fue eso lo primero que se le vino a la mente.

Dennis echó a andar el motor de su auto y continuó el camino, y en cuestión de minutos estaba en la casa de Mary, y a quien primero vio en el jardín fue a Tammy caminando tomada del brazo de Rona. ¿Rona? Dennis se preguntaba qué diablos hacía la doctora Michaels ahí. No pudo evitar sorprenderse, pensó que ya todos sabían lo que le ocurría o inclusive peor, que querrían consolarla por lo que ella estaba atravesando. Pero Dennis estaba muy equivocada y pronto se daría cuenta.

—Hola, ¿cómo están? qué bien se les ve por aquí. Veo que disfrutando del tiempo, ¿verdad? —dijo Dennis tratando de ocultar su nerviosismo, asumiendo que ya todos sabían de la desgracia que ella estaba viviendo.

—Hola Dennis, sí es verdad, si no nos detenemos ahora a disfrutar de lo que se tiene por delante, sabiendo que es tan importante, puede que mañana no esté, ¿verdad Rona? —contestó Tammy.

—Sí claro, tienes razón. —Dennis se había acercado a saludarlas con un abrazo y un beso en la mejilla a su amiga y mentora, a quien ya veía como una hermana, pues la quería tanto o más, y Rona, quien había reforzado en ella la vida. Aunque ella sentía horrible por dentro en esos momentos, como quien dice, todo estaba de cabeza. Pero Dennis mantuvo su frente en alto y siguió con su propia farsa, anticipando que si alguien la descubría tendría que enfrentar la situación y seguir adelante, después de todo, ya no era nada nuevo lo de que su vida era un constante batallar de cosas increíblemente difíciles de explicar.

—Dennis ¿a que no sabes qué? —dijo Rona en un tono de completa felicidad.

— ¿Saber qué?

—He venido hoy a contarles una magnífica noticia.

378

—Sí y ¿cuál es esta magnífica noticia? —replicó Dennis.

—Pues bien, todo está listo y el centro abrirá dentro de poco, todo ha salido de maravilla, los permisos y procedimientos legales están ya listos, ahora solo quedan un par de detalles más y ya podré abrir, por eso he venido hoy a invitarles a todos. Haré una pequeña celebración, nada grande, pero quiero que cada uno de ustedes esté allí, ¡estoy feliz! —terminó diciendo Rona.

—No te puedo creer, ya todo listo, pero qué bien y eso que tú habías contemplado varios meses más. —agregó Dennis.

—Sí es cierto, pero cuando uno tiene ángeles en el camino, las cosas definitivamente suceden más rápido. —las tres mujeres echaron a reír, luego Tammy las invitó a pasar a la casa en donde estaba su madre y su tía junto a Sarah quien ya había llegado una hora antes.

Los hijos de Tammy y su esposo estaban en la parte de atrás de la casa, ya metiendo mano en un jugoso pedazo de carne que se cocinaba lentamente en la parrilla. Junto a ellos, una mesa llena de platos con ricas frutas y vegetales. Dennis al entrar y verlas conversando con tanto entusiasmo, se sintió muy bien. Ahí estaba Sarah, demostrando que su empeño por recomenzar una nueva vida era serio y real. Dennis la quería muchísimo, sentía una conexión especial y no sabía bien por qué, pero no podía ocultar ese cariño que ella le tenía.

—Ay que alegría verlas aquí tan bien, conversando amenamente, ¿cómo están? —preguntó Dennis.

—Hola Dennis, pero qué bueno verte, parece que no te hemos visto en siglos. —exclamó Mary y todos echaron a reír, pues siendo ella su jefe directo sonaba divertido.

—Sí es verdad, podría decir que no te he visto más o menos desde hace unas... ¿doce horas? —Dennis respondió sarcásticamente.

Sarah se levantó del sillón y fue a abrazar a Dennis y un poco inquieta, Sarah le preguntó a Dennis casi al oído;

— ¿Le has visto? —Dennis perpleja la miró de frente y le contestó.

—No.

— ¿Cómo que no? pero si vienes de afuera con ella. —Dennis estaba confundida. Ella había pensado que Sarah se refería a Lucas, pero en realidad Sarah se refería a Rona.

—Hablo de Rona, de ella. —Sarah le mostraba con la mirada hacia donde Rona se había sentado.

—Ah, sí, claro, que sí. —y fue en ese momento que Dennis pudo recordar lo que le había prometido a Sarah antes. Ella le había dicho que en la próxima oportunidad en que se encontrara con Rona sería cuando le hablara sobre algún trabajo para Sarah.

— No te preocupes, buscaremos el momento. —dijo Dennis.

Poco a poco todos se fueron incorporando al patio exterior. Debajo de una bella pérgola se encontraba la mesa muy bien adornada y la parrilla que seguía desprendiendo jugos y olores que estimulaban a los invitados a sentarse rápidamente para disfrutar de una rica comida. Dennis sentía un poco de curiosidad al ver que por alguna extraña razón nadie le había preguntado aun por Lucas ¿cómo era eso posible? cuando Mary le tenía mucho cariño, Rona ni hablar, Tammy también y Sarah… bueno Sarah probablemente sabía la situación, pero no se había atrevido a mencionar nada al respecto. De pronto escuchó esta voz que la hizo palidecer tanto que tuvo que sentarse.

—Ok, aquí estoy con lo que faltaba, los pasteles italianos más ricos que hayan comido jamás. —Lucas hacía entrada cargando una bandeja de dulces y después de dejarlos en la mesa, comenzó a saludar a todos los que ahí estaban. Cuando llegó a donde Dennis estaba, Lucas se detuvo un instante, casi titubeó, pero continuó y le dijo;

—Hola mi amor, ya llegué. ¿No me tardeé mucho, verdad? —y acercó sus labios a los Dennis dándole un beso muy rápido, tan rápido que Dennis no tuvo tiempo a decir o hacer nada. Estaba entumecida y no supo cómo reaccionar. Después de un momento Lucas se acercó y le dijo al oído;

—Yo no diré nada, si tú no dices nada. —Lucas le guiñó el ojo, a modo de excusa.

—Está bien, pero tendremos eventualmente que decirles, comprendo que hoy no es el momento. —agregó Dennis.

Lucas se sentó al lado de Dennis, pero procuró no interferir con ella ni en lo más mínimo, aunque se mostraba atento y cortés cuando era posible. Además, trató de compartir en las conversaciones con los demás y en un punto de la velada se había ido a sentar al lado del marido de Tammy, con quien conversaba muy entretenido y Dennis aprovechaba esos momentos para observarlo desde lejos. Su corazón palpitaba tan rápido que no sabía cómo controlarlo.

Todos volvieron a la mesa a comer el postre. De verdad que los pasteles que Lucas había traído estaban deliciosos y todos tenían algo qué decir, pero entre cumplido y cumplido, de repente Lucas le habló a Rona directamente y le preguntó;

—Rona, cuéntame, ¿cuál es tu posición en lo referente a la reencarnación? —la pregunta de Lucas cautivó la atención de todos con extraña inquietud. La reacción de los ahí presentes, fue casi instantánea, todos querían escuchar la respuesta a lo que Lucas acababa de preguntar. Rona podía haberse mostrado un poco confundida con la pregunta, pero en cambio ella contestó de inmediato;

—Bueno, te diré que más y más gente, tanto científicos como personas comunes están volcando mucha atención a este tema, más aún con los recientes estudios de algunas prestigiosas universidades y simposios a través del mundo. Pero normalmente, por mis propias experiencias, soy una persona que contempla la idea de una vida infinita, lo que daría pie a que nuestra alma vuelva cuantas veces sea necesario a vivir en el cuerpo de un ser humano. Qué extraña pregunta viniendo de ti, ¿a qué vino esta inquietud, si se puede saber? —preguntó la doctora Michaels.

—La verdad no es nada complicado o existencial el origen de mi pregunta, solo curiosidad, tuve un sueño muy increíble y en este sueño aprendía de vidas pasadas.

— ¿De verdad? sería muy interesante que habláramos de esto más adelante si quieres, ahora en la nueva práctica tendré a un experto en regresiones a vidas pasadas. Podría ser muy beneficioso aprender de las vidas antepasadas por las que hemos pasado, ¿no lo crees?

—Me encantaría participar, desde ya me apunto.

—Cuenta con ello, claro que no será gratis, tal vez te puedo hacer un descuento por ser primera vez. —Rona echó a reír mirando al resto de los invitados como miraban con asombro lo que ella decía. — ¡Ya no me miren así! Solo bromeaba. Pero es cierto, el apoyo de todos ustedes ha sido muy importante en esta transición, estoy ansiosa de partir y quiero que sepan que esta práctica se abrirá pensando en ayudar a nuestros problemas del diario vivir. Nos hace falta aprender que para sanar los problemas físicos hace falta sanar el alma primero, así es que ya saben a dónde ir… —Rona continuaba haciendo propaganda a su nueva práctica siempre con un tono divertido y familiar.

—Rona, ¿qué otros servicios habrá? —preguntó Mary.

—Bueno, desde líneas completas de suplementos para la salud, hasta servicios de rehabilitación basados en nuevas técnicas de yoga, también hipnosis, transgresión, tendremos simposios cada cierto tiempo y además un segmento de terapia universal.

— ¿Qué es eso? —preguntó Dennis, bastante intrigada ya por todo lo que había escudado.

— ¿Te refieres a terapia universal? pues bien, tendremos grupos que estarán abiertos a contar sus experiencias sin miedo a ser criticados o condenados por mentes que aún no cruzan la barra de la ignorancia, por decir algo. Será voluntario y creo que será beneficioso para muchos y también será una sorpresa, más bien una grata sorpresa.

— ¿Grata sorpresa? ¿Por qué?

—Bueno Dennis hay muchas personas que atraviesan o más bien debería decir, experimentan situaciones, las cuales se podría pensar que son únicas, pero no lo son, más de una persona experimenta lo mismo que la otra y así, y todo radica en la falta de conocimiento y expresión de las cosas que experimentamos y vivimos.

—Sí, eso es cierto, completamente cierto. —dijo Eileen desde un costado de la mesa, además agregó;

—Cuando yo era joven, tenía una conexión especial, para ser más específica, con una sola persona, esa persona era mi hija. — dijo Eileen. Esto llevó a todos a mirarla con forma de incredulidad y pregunta. —Sí ya sé lo que estarán pensando. Pero es cierto, yo fui casada y tenía una hija, lo que pasa es que los perdí en un accidente y nunca más se habló de ello. Además, esto pasó hace muchos años, cuando era muy joven. Pero es verdad, la conexión que yo tenía con mi hija era muy fuerte, era como algo inexplicable sobre todo después del accidente.

Esto tomó por sorpresa a todos los que estaban ahí, incluyendo a Dennis, quien comenzaba a unir puntos, los cuales estaban armando en su cabeza una loca idea, idea que eventualmente sería muy real.

—Pero mamá, ¿cómo es que yo nunca supe de esto? —preguntó Tammy.

—Hija, esto ocurrió antes que tú entraras en mi vida y decidimos dejarlo en el pasado porque en realidad no había mucho qué rescatar, y tú fuiste llenando gran parte del vacío que el corazón de tu tía tenía.

— ¡Dios mío! de haberlo sabido, qué horror. —Tammy continuaba incrédula a lo que acababa de escuchar.

—Eileen ¿puedo preguntarle a qué te referías con eso de sobre todo después del accidente? —preguntó Rona.

—Claro, sé que habrá muchas preguntas. Mi esposo y mi hija murieron en un accidente de auto, y el cuerpo de mi hija nunca fue hallado ya que el auto se desbarrancó a un gran precipicio. Pero yo, aún años más tarde, sentía viva esa conexión con su alma, era algo inexplicable, pero no supe nunca qué hacer o a dónde ir. Tal vez si las teorías de ahora hubieran existido en esos años, todo habría sido diferente. —hubo un silencio, pero no por mucho tiempo, porque de inmediato Lucas agregó;

—Señora Eileen, mil disculpas. No quise traer a la mesa este tipo de conversación, por favor perdóneme. —dijo él lleno de emoción.

—No te preocupes Lucas, no has sido tú el que ha traído estos recuerdos a mi mente nuevamente. —Mary miró a Eileen como quien dice, *estás segura de lo que dirás a continuación*, pero Eileen cayó y no siguió hablando, hasta más tarde cuando el momento se volvió a dar.

Lucas se vio muy afectado por lo que había escuchado y se dio cuenta que en realidad la vida de cada persona en este plano como humanos era muy complicada. Como laberintos en el cual todos esperamos de alguna forma atravesarlo para al final morir. Claro que él sabía esto de antemano, pero saberlo como alma y vivirlo como humano era muy diferente a su forma de ver las cosas.

Dennis lo vio apoyado en una de las esquinas de la pérgola sosteniendo una taza de café en sus manos y caminó hasta donde él estaba.

— ¿Estás bien?

—Sí, lamento haber dicho lo que dije.

—Pero no es tu culpa. —dijo Dennis.

—Sí, sí lo es, si no hubiese tenido la estúpida idea de preguntarle a Rona sobre las vidas pasadas la conversación no se habría dado.

—Bueno, no sé, ¿y a que vino eso? ¿Lo de la vida después de la muerte?

—Algo estúpido de mi parte, quería que vieras que de alguna forma lo que te he contado es real.

— ¿Pero por qué Rona?

—Porque ella decidió ayudarme y ella cree que tal vez si tú accedieras a una sesión de regresión podrías comprender las cosas mejor.

— ¿Rona lo sabe? ¿Y además te cree? ¿Se lo has contado?

—Dennis no me juzgues, tú no sabes lo que siento. Creí morir, y me ha costado mucho trabajo aprender a vivir en este plano de humanos sin haber estudiado antes, o haber tenido un propósito así como siempre lo hacemos y más aún, cuando recordé, desde ese momento, ha sido un infierno no poder hacerte ver lo que somos, y lo que significas tú para mí. Claro que Rona lo sabe, ella sabe todo de mí, ha sido un apoyo muy fuerte en mi vida, eso sí lo debes recordar te lo mencioné desde el principio. —fue imposible evitar que un par de lágrimas se le escaparan y se rodaran por su mejilla, las mismas que Dennis atinó a secar con su mano.

—Ya no te pongas así, claro, que eso lo sé. —dijo ella.

Mientras en la mesa todos seguían conversando sobre el mismo tema, pero la que estaba muy, pero muy callada era Sarah.

—Sarah ¿y tú no comentas nada a estás incredibilidades que dicen estas personas? —dijo la hija de Tammy casi riendo. Sarah fue tomada por sorpresa, no pensó que nadie ahí podría hacerle una pregunta así, pero más extraño es lo que ella dijo a continuación;

—Bueno, la verdad es que aunque no lo creas, lo que la doctora Michaels explicaba es cierto. Puedes ir por la vida creyendo que algunas cosas solo te pasan a ti, pero la verdad es que más de una persona experimenta lo mismo que tú. Es como cuando tienes gripe. La gripe es común, y la gente tiene gripe, pero si tú no ves a tu vecino por un par de semanas, tú no sabes si ha tenido o está con gripe. ¿Me entiendes? suena raro, pero es verdad. La vida es muy compleja en ese término, en el de creer o ver o comprender. Creo que tratar de ser más abiertos de mente nos daría la oportunidad de compartir más. —pareció que Sarah cerraba su punto de vista, pero en cambio agregó algo que resonó en los oídos de Eileen de una forma impactante. —Yo cuando era niña, escuchaba que una mujer me hablaba, pero no podía entender bien qué me decía o verle, solo la escuchaba en mi mente, era muy raro. —dijo Sarah.

— ¿Qué es lo que era raro Sarah, que escucharas esa voz? — preguntó Rona.

—No, yo podía comprender todo lo que ella me hablaba, solo en algunas ocasiones lograba entender algo. Muchas veces hice el comentario sobre esto y eso fue exactamente lo que me llevó a la situación en la que terminé, ya estaba claro que sería parte del problema al que me vería enfrentada en el futuro. Hubo un par de ocasiones en que estoy segura de que lo que ella me decía tenía que ver con la mancha de mi brazo, era algo así como -*dónde estás pequeña mariposa*- así fue como asocié mi mancha con una mariposa. —agregó Sarah.

En ese preciso momento se escucha un golpe de algo dando contra el piso. Era Eileen quien se había desmayado. Eileen había caído inconsciente al piso, y se le veía ahí tirada en la baldosa. Todo mundo se paró y comenzaron a exaltarse, pero nadie llamaba a la ambulancia. El marido de Tammy atinó a reaccionar, y así poder marcar el número de emergencia y llamar a una ambulancia. No mucho tiempo más tarde, Eileen era trasladada a la clínica para tener atención de emergencia. Nadie sabía qué había pasado, ni podían asociar lo que Sarah había dicho con la reacción que tuvo Eileen, pero en cambio Mary ya sentía en su corazón que estaban frente a lo más increíble que pudieran imaginar. Sarah era en efecto la hija de Eileen, claro que ella conocía el tema de la mariposa en el brazo, Eileen lo había repetido muchas veces desde que su hija había nacido.

Las horas pasaron y Eileen se recuperaba en una sala de la clínica. Ya le habían hecho muchos exámenes y no consideraban nada serio por lo que el doctor pensó que podía haber sido una baja en su presión arterial, y que eso era normal por la diabetes y que debería prestar un poco más de atención, pero que no había nada de peligro. En la antesala estaba la familia, Dennis y Lucas y claro, además estaba Sarah, que no se atrevía a molestar para preguntar si alguien pudiera llevarla de regreso a La Estancia. Rona se había marchado un rato antes pidiéndole a Dennis que le dejara saber cómo seguía Eileen.

Mary salió y les dijo a todos que Eileen estaba fuera de peligro y que había sido solo una baja de presión arterial y que todo estaba bien. Pero Mary no dejaba de mirar a Sarah, ahora definitivamente con otra intención. Mary quería ver rasgos de aquella sobrina que nunca conoció, pero se le hacía difícil.

Tampoco recordaba a su cuñado, cosa que era de entender después de todo habían pasado muchos años. Mientras Mary se despedía de Lucas, Dennis y Sarah, vio como Sarah se ponía el abrigo y se había soltado el pelo. Nunca nadie la había visto con el pelo suelto y sin lentes. La figura de Sarah por detrás la hizo recordar a Eileen muchos años atrás, cuando aún iba a la universidad -¿Qué increíble? - pensaba Mary, -como no lo fui a notar- y así los vio alejarse por ese pasillo, mientras ella se quedaba ahí con su hija con quien compartía la mayor parte del tiempo, como era de esperarse, en las buenas y en las malas. Mary pensaba que realmente era de imaginarse lo que Eileen había estado sintiendo estás últimas semanas. Todo esto era increíble.

Lucas le ofreció a Sarah llevarla de vuelta, pero Dennis le dijo que no se preocupara, que ella lo haría, y no terminaban de ponerse de acuerdo cuando Sarah dijo que la fueran a dejar ambos y se acababa el asunto. Ellos se miraron y Lucas dijo que no había problema con él, y Dennis por su parte asintió sin dar mayor pelea. Se fueron en el automóvil de Lucas, y Sarah y Dennis se subieron en la parte de atrás para así podría conversar, pero Sarah estaba especialmente preocupada esa noche.

—Sarah, ¿estás bien? ¿Qué te pasa? ¿Tanto te ha impactado lo que le ha pasado a Eileen? —preguntó Dennis.

—Es difícil de explicar, tú sabes que puedo sentir y ver cosas, ¿verdad?

—Sí, claro, y también sé que me has dicho que no te gusta hablar de ello.

—Lo sé, pero ese es el problema, cuando pienso que debería ver o sentir para poder ayudar, no puedo. Como ahora, no puedo ver nada, nada en el futuro o pasado de Eileen y me incomoda porque siento algo y no sé qué es.

—Oh, no te preocupes, eso que sientes es preocupación, créeme, yo he sentido lo mismo, miles de veces.

—No Dennis, esto es diferente. No sé por qué hice el comentario aquel, no debí, pero fue casi sin quererlo, espontáneo desde adentro, como si algo me impulsara a decirlo. Tú sabes que no me gusta hablar de estas cosas, ¿verdad?

—Oh, sí, claro que lo sé, pero no te preocupes ya sabrás por qué, pero no creo que sea motivo de ansiedad.

Sarah guardó silencio por el resto del viaje. Cuando llegaron a La Estancia, Sarah se despidió de ellos y les dijo;

—Gracias por traerme, Dennis ¿recuerdas aquella vez que me preguntaste algo específico?

Dennis respondió;

—Creo que sí.

—Pues bien la respuesta es sí. Buenas noches y cuídense.

La vieron entrar y Dennis se cambió al asiento de adelante y se fueron.

El viaje fue en silencio, Dennis no se atrevía a decir palabra, lo mismo que Lucas, pero se aproximaba la llegada al departamento de Dennis y ella no sabía que pasaría después de ahí. El auto se detuvo y Dennis quiso bajarse, pero no sin antes ver a Lucas de frente y decirle;

—Tal vez podríamos ir a tomarnos un café un día de estos, ¿qué dices? —dijo Dennis.

—No sabes cuánto me gustaría. —respondió Lucas con la voz casi quebrada, apenas contenía sus lágrimas casi a punto de explotar, pero se contuvo y fue fuerte y supo poner una sonrisa y decirle;

—Que descanses.

—Gracias. —respondió ella y comenzó a caminar hacia la entrada y ella volteó a verle cuando Lucas le estaba haciendo señales con la mano. Dennis le preguntó que qué pasaba y él le dijo si quería que la recogiera al día siguiente, viendo que no tenía su auto, porque lo habían dejado en la clínica. Dennis no pensó ni un segundo y le respondió;

— ¿Quieres entonces quedarte aquí esta noche?

—Bueno, no quiero presionarte, puedo venir por la mañana.

—No, no es presión, quiero que te quedes.

Lucas puso el auto en reversa y estacionó en donde ya estaba acostumbrado a dejar el vehículo. Cerró el auto y subió detrás de Dennis. Una vez arriba, Dennis se fue a la cocina y encendió el agua para preparar té.

—Haré té, ¿quieres uno? —dijo ella.

—Claro, me vendría bien después de esta tarde tan fuera de lo común.

—Sí es verdad, que increíble. —Dennis seguía hablándole desde la cocina. Lucas tenía miedo inclusive a mover un pie, no quería que Dennis pensara mal de él, todo lo que había pasado era más que suficiente, ahora solo tenía que confiar en que de alguna forma las cosas comenzaran a cambiar.

Dennis volvió de la cocina con dos tazas de té y las puso en la mesita de la sala. Se sentó en el sillón y le dijo a Lucas;

—Ven, siéntate, quiero que me cuentes de esa vida y esa otra persona que dices soy yo.

Esto tomó por sorpresa a Lucas, pero fue una sorpresa de las mejores, no podía creer que Dennis por fin estaba abriéndose a conocer más de la vida de ellos. ¿Significaba esto que ahora las cosas irían por buen camino? Lucas se preguntaba.

Lucas le habló por horas. Le describió el lugar de donde venían, y Dennis parecía cada vez más interesada y hacía preguntas y Lucas trataba de responderle de la mejor forma, pero siempre le dejaba saber que había cosas que no podían decirse y Dennis parecía entender. Había momentos en que Dennis parecía recordar, pero pronto decía no poder hacerlo.

La ofuscación se hacía presente, pero ella ya no se enojaba sino que pensaba. Le preguntaba mucho sobre las luces que ella veía, las que llamaba orbes de luz y parecía que su curiosidad se incrementaba al escuchar de labios de Lucas que ellos en el plano espiritual eran iguales, brillantes y veloces, que podían cruzar infinidad de planos y realidades, que solo podría entenderlo en el mundo del cual provenían.

Finalmente, Dennis le preguntó;

— ¿Y qué es lo que somos tú y yo allá? ¿Dónde vivimos?, ¿Qué clase de vida es la que llevamos?

—Te explicaré, es difícil que tú puedas entenderlo siendo humano pero te puedo asegurar que tú amas lo que eres y siempre has trabajado duro por aprender y crecer, siempre lo hacemos bien, nuestras misiones son cortas y tenemos tiempo para nosotros. La vida no es como la de acá, pero hay algo en lo que ambas vidas se parecen, y lo es aún mucho más fuerte y poderoso, eso es el amor. *El amor es la fuente de energía más grande que poseemos, en donde se busca la cura para toda dolencia y cuando llegue ese día en que finalmente digas encontré el amor, entenderás entonces que no se puede odiar más; el amor es la luz que irradiamos al universo.*

Esa noche se pasó volando y si bien es cierto la relación de Dennis y Lucas no estaba restablecida cien por ciento, iba por el camino correcto. Dennis se fue a dormir esa noche con una idea nueva en su cabeza, estaba tratando de atar cabos y entre tanto pensar, cayó en un profundo sueño y se dejó llevar por el cansancio y el nuevo conocimiento.

Sin ni siquiera pensarlo había recibido las respuestas a todas esas interrogantes que durante su existencia se había formulado. Era increíble pensar que como alma viniéramos a este plano y consideráramos el sufrimiento como aprendizaje, pero era eso exactamente lo que Lucas le trataba de explicar, que cuanto más fuertes nos hacíamos, más grande y poderoso era el Amor.

De un súbito salto Dennis despertó. Lo tenía todo ahí y no quería perderlo. Mantuvo sus ojos cerrados tratando de retener cada instante de lo que había visto en su sueño, si es que había sido un sueño, pues ya no podía diferenciarlo…

Esta vez ella pudo verle, le vio la cara y quería conservar ese recuerdo y por nada perderlo. Sentía algo que no podía explicar, algo que le ponía un nudo en la garganta y aunque quería gritar, no podía.

En aquel sueño, Dennis vio nuevamente a ese gran orbe de luz. Lo vio venir desde lejos, acercándose de a poco para quedar cerca de ella, casi enfrente y luego lo vio tomar la forma física de una persona. Su corazón palpitaba más aceleradamente que nunca, ella quería conservar cada instante de esa visión, y aun estando dentro de ese sueño, ella se repetía una y otra vez, *no olvidarás su rostro, no olvidarás su rostro*. Lo único que ella quería era estar consciente y saber quién era realmente esa luz dorada que la había visitado antes y que ahora lo volvía a hacer.

Sintió un calor especial y sintió cómo su cuerpo pesaba menos, tan liviano que se sentía flotando. Una sensación de relajamiento se apoderó su ser y solo podía observar, ya no se sentía angustiada o exaltada, sino más bien tranquila, en un estado de paz y por más que buscara no habían palabras adecuadas que pudieran describir la experiencia que estaba viviendo.

Trató de mirar a sus alrededores y lo único que veía eran destellos brillantes, entre blancos y dorados, en un entorno casi de algodón, todo resplandecía y en medio del resplandor le vio de frente. Era un ser casi transparente, entre tonalidad blancas, vestía una túnica larga que cubría la mayor parte del cuerpo, no se veían pies, pero sí los brazos y las manos.

Se movía por medio de un deslizamiento suave, casi sin esfuerzo, como a voluntad mental y su rostro... su rostro era pasivo, estructura craneal alargada, lo mismo que el mentón, no podría decir que sus ojos o su boca eran más notables que el resto del cuerpo porque no lo eran, era como todo igual.

Cuando este ser se acercó a Dennis y le sonrió, fue ahí cuando ella sintió esa extraña sensación. Dennis bajó la mirada y se vio junto a él, miro sus manos y eran exactamente como las de él. Ella también vestía una túnica y no alcanzaba a ver sus pies. Dennis no sintió miedo, todo lo contrario, cuando él le tomó las manos, fue cuando Dennis al fin pudo recordar. Recordó su vida, recordó quién era ella verdaderamente y no pudo evitar una sensación de claridad que la invadía por completo dejando todo al descubierto.

Ella recordó en ese momento lo que este ser de luz le había dicho en la visita anterior, eso que ella tanto se había esforzado por recordar se presentaba ahora con tanta claridad. Su mensaje era el mismo, este ser le repetía que todo estaría bien, que confiara en él y confiara en sí misma, que pronto encontraría el camino a casa.

Dennis sabía que al abrir los ojos corría el riesgo de despertar de ese increíble sueño, y que nuevamente no pudiera recordar absolutamente nada, o que tal vez olvidaría por completo lo que acababa de vivir, de ver, de sentir. Pero tenía que despertar, tenía que abrir los ojos y solo le quedaba confiar en que esta vez sería diferente, que podría sentirse libre, aunque entendía los riesgos de saberlo todo, y lo complicada que podría volverse su vida. También sabía que era esa razón que había estado buscando por tantos años. Esto era lo que Lucas había tratado de explicarle de tantas formas, esto era la verdad, y la verdad le estaba mostrando que Lucas nunca le mintió.

Este último pensamiento le dio el ánimo que Dennis necesitaba para abrir los ojos. Saber que Lucas no le había mentido la hacía infinitamente feliz. Ahora que sabía que esta vida como humana, podía vivirla con él, la hacía sentir mucho más feliz, porque la estaría viviendo con quien siempre ha sido su otra mitad.

Dennis soltó las sábanas que tanto apretaba y en ese momento abrió los ojos sin pensar más. Se quedó mirando al cielo de su habitación por un par de minutos, esperando a ver si todo desaparecía, o si en cambio todo se quedaba. Sintió como poco a poco iba recordando menos y las imágenes se iban disipando como viento que mueve las nubes en el cielo. Dennis trataba y trataba, pero luego comprendió que en cuestión de segundos lo perdería todo. De un salto salió de su cama, corrió a abrir la puerta y ahí estaba Lucas, justo enfrente de la puerta, quien le dijo;

—No lo fuerces, toma mi mano y volverás a sentir.

Dennis tomó su mano y luego se echó a sus brazos, le abrazó con toda su fuerza y en ese instante fue cuando todas sus visiones volvieron. Pudo recordar y sentir que estaba en presencia de quien la amaba de una forma única, una que no se podía describir siendo humano. Se aferró a él y él a ella, ahora sí se les había concedido la oportunidad de volver a estar juntos y de saber quiénes eran. Después de todo, Lucas había encontrado eso que por tantos años viviendo como humano, había tratado de reencontrar.

Ni Lucas ni Dennis, sabían en ese momento infinito qué pasaría mañana, solo sabían en ese preciso momento en que se habían reencontrado y demostrado que el amor que se tenían era aún más grande que antes de emprender este viaje. Era de esperar que esta realización ayudara a completar el viaje de

Dennis para un día, así como Lucas se lo dijo, un día volvieran juntos a casa.

La vida es extraña, y es diferente para cada uno de los que en ella viven, es un camino personal y predestinado el que se ha de vivir de acuerdo al tiempo en que estás viviendo. No sirve almacenar rencores o dolencias, ni tampoco bienes materiales, pues solo son parte de la vida en este plano. Cuando vuelvas a casa, solo lo que has aprendido te llevarás, y aquello que dejas atrás, debes asegurarte que de algo servirá para que otros aprendan de tu propio caminar, pero nunca para evitar las experiencias que otros han de vivir.

Capítulo 25

Atando Cabos

La vida y su increíble caminar jamás se detiene,
Pero a veces somos nosotros quienes decidimos detenernos
Para poder apreciar lo que estamos viviendo.

Eileen se había sentido mucho mejor a unas horas de haber despertado en la clínica, pero su doctor de cabecera había decidido correr algunos exámenes adicionales solo por seguridad, así es que Eileen pasó un par de días más hospitalizada. No obstante, la salud de ella, lo único en que ella podía pensar, era en que había encontrado a su hija.

¿Qué clase de milagro era éste? No lo sabía, solo sabía que era ella y que se sentía extremadamente feliz. Mary por su parte, no dejaba de pensar en cómo se lo dirían a Sarah, pues no era algo fácil de decir, había que estar plenamente seguros al dar una noticia de esta magnitud. Así es que ella a modo de prevenir cualquier problema, prosiguió las conversaciones con el detective privado, el cual le aconsejó que un examen de ADN sería lo más indicado.

Mary al principio no tenía idea de cómo podría hacer para que Sarah cediera una muestra sin llegar a saberlo, pero el detective le dijo que tenía gente en la clínica que podrían ayudar, así es que solo tenía que pedir una donación de sangre para Eileen y ya estaba listo, sería la mejor excusa.

La primera llamada fue a Dennis, siendo ella la más amiga de Sarah, tal vez sería fácil que ella lo ofreciera, refiriéndose a invitar a Sarah a donar sangre. En efecto, esto fue exactamente lo que aconteció, no hubo muchas preguntas, más bien un ofrecimiento rápido de parte de Dennis quien se despidió diciendo —le preguntaré a Lucas y a Sarah.

Al día siguiente estaban ellos donando sangre a nombre de Eileen, lo que hizo todo más rápido. Esa misma mañana, los tres donantes pasaron a ver a Eileen en la habitación de la clínica y qué sorpresa se llevaron todos.

—Permiso ¿se puede?

— ¡Claro! adelante

— ¿Pero qué haces fuera de la cama?, pensé que estarías descansando.

— No, ya me siento muy bien.

—Sí, eso se puede ver, ¿y cuando te mandan a casa? —preguntó Dennis.

—Yo creo que esta tarde, además ya no quiero estar aquí, estar encerrada en esta habitación me hace sentir que me falta el aire.

—Es verdad, yo a veces me siento así, allá en La Estancia —dijo Sarah con una voz suave. —Eileen ¿Qué susto nos has dado? Espero no haber sido yo la causante. —agregó Sarah.

— Me lo puedo imaginar. —dijo Eileen y continuó —No te preocupes, no ha sido tu culpa ni la de nadie, solo es que me ha bajado el azúcar, es lo que el doctor ha dicho.

—Eileen me alegra mucho que estés bien, pero lamento dejarte, debo volver al trabajo, y yo también. —dijo Lucas quien sostenía la mano de Dennis más apretada que nunca.

—Oh, pero no se preocupen, me alegra mucho haberlos visto y gracias por donar sangre. Sarah tú no tienes que regresarte aun, ¿verdad?

—Bueno, así como quien dice que debo volver, no, pero tendré problemas para volver ya que si no me llevan no podré regresar por mi sola. —Sarah echó a reír, y luego todos rieron.

—Por eso no hay problema. Sería de mucho agrado si me haces compañía y cuando el doctor me dé de alta me acompañas a casa y luego el chofer te puede llevar hasta La Estancia, ¿te parece?

—Oh, claro, que sí puedo hacerte compañía, así no estás sola.

—Me parece genial, así quedarás bien acompañada. —dijo Dennis y Eileen agregó;

—Me quedaré en excelente compañía, gracias Dennis por traer a Sarah. —por un instante Dennis se le quedó mirando como con cara de no entender con claridad qué es lo que acababa de decir Eileen, pero todo prosiguió rápidamente y ella se apresuró a despedirse de Sarah dándole un beso en la mejilla y ya estaba de salida con Lucas. Dennis no dejó ir aquel pensamiento, y una vez en el auto con Lucas ella le dijo;

— No te parece raro el interés que Eileen tiene por Sarah? — dijo Dennis.

—La verdad no lo he notado, o más bien no creo que sea algo extraño, Eileen es muy buena persona y tal vez siente cariño por Sarah, puede ser que le recuerde a su hija, ahora que sabemos que ella tenía una hija ¿Qué cosas, no?

—Sí tienes razón, debe ser esa la conexión que ella siente, creo que podría ser hasta de la misma edad. Igual me parece increíble que Eileen tuviera una hija y nunca la hubiera mencionado.

—Bueno, quién puede decirlo, estás son cosas personales, debe ser muy doloroso para ella y una vez que has tratado de sobrevivir creo que debe ser difícil tocar el tema a cada rato. Ya no te preocupes más, verás que todo está bien, Sarah está en buenas manos, nada le pasará.

—Sí lo sé, es que mi carácter no me deja ser de otra forma, siempre tiendo a pensar más de la cuenta.

—Oh, sí claro, que no te discuto eso. —ambos rieron.

Mientras tanto el día transcurría y Mary había hablado ya dos veces con el investigador privado. Ella estaba ansiosa por saber cuándo podrían contar con esos resultados de las pruebas de

ADN. Pero no sería de inmediato, desafortunadamente aun tendrían que esperar un par de semanas como mínimo.

Por otro lado, Eileen se entretuvo por horas contándole a Sarah sobre esa hija que ella había perdido y Sarah se notaba muy interesada, tanto que todo lo que ella le contaba, le parecía increíblemente familiar. Casi al medio día el doctor pasó por la habitación de Eileen para revisarla y darle el alta. Con unas tantas indicaciones y un orden de reposo, el doctor la despachó a su casa.

Eileen llamó a Mary para decirle que no hacía falta que la fuera a recoger ya que Sarah la podría acompañar hasta la casa, y que bastaba con mandar al chofer. El chofer no tardó en llegar a recogerlas, cargaron las cosas y caminaron hacia la salida, ahí estaba el viejo, pero distinguido Rolls-Royce que las llevaría a la casa de Eileen. El trayecto fue ameno y aun conversaban sin parar, ella le contaba, y Sarah escuchaba, a veces Sarah hacia preguntas y otras veces solo se quedaba callada, lo que importaba era que el tiempo cuando estaban juntas, volaba y ellas ni cuenta se daban.

La tarde cayó, y Mary llegó la casa y se les unió para la cena. Entre conversación y conversación, Sarah notó que ya era tarde y debía regresar o estaría en problemas, después de todo solo tenía permiso para estar fuera por el día, pero no para no volver. Esto era algo que Sarah ya había estado pensando, sabía que debía darle prisa a lo de buscar un trabajo, sería la única forma que La Estancia pudiera reconocer que su programa de readaptación podría funcionar y finalmente mudarse a otro lugar. Ésa era su urgencia y se lo había comentado a Dennis, por lo mismo Dennis estaba considerando comprar algo más grande y así poder ofrecerle a Sarah un lugar donde vivir, de esa forma no sería tan duro para ella poder recomenzar, pero esto era algo que Dennis no le había comentado a Sarah, era algo así como una sorpresa que ella quería darle.

Todos tenían en qué pensar; a Mary la angustia de poder saber si Sarah era o no su sobrina, lo que ya casi se convertía en desesperación; Tammy por otra parte, tenía miles de ideas para ella y su familia, y quería aprovechar cada minuto de vida que le quedara; por otro lado estaba Rona, quien estaba feliz, y mientras más ocupada estuviera, más feliz se sentía, lo que estaba viviendo era sueño hecho realidad, por fin sentía que estaría en realidad ayudando a los demás; y claro, Lucas también contaba, ahora que Dennis había recobrado la confianza en él, le asaltaban ciertas preguntas, pero definitivamente él era más paciente que Dennis y buscaría el momento adecuado para completar eso que no había podido hacer antes, le pediría a Dennis su mano. Ahora sí estaba seguro de que las cosas tenían un futuro y en ese futuro estaban los dos juntos y felices.

Eileen ya no pensaba en que Sarah podía ser su hija, sino que lo sentía, solo esperaba por el momento para poder decirle la gran noticia, aunque con tanto conversar y conversar, lo más probable es que Sarah ya se sintiera aún mucho más cerca de ella. Sarah, por su parte, no pensaba en que Eileen podría ser su madre o que ella pudiera ser aquella hija, pero sí pensaba en lo afortunada que esa hija sería si estuviera viva.

Sarah parecía que acrecentaba las ganas de salir de La Estancia con cada día que pasaba. Veía y comprendía que aún quedaba mucho por hacer, que había personas que la querían y con las cuales ella se sentía muy a gusto, pero por nada del mundo quería sentirse una carga. Por eso es que contaba los minutos para que Dennis le llamara y le dijera que ya había hablado con la doctora Michaels.

Dennis por su parte, entre todo lo que tenía en su mente, había encontrado espacio para seguir con todas sus obligaciones, incluyendo las instrucciones de *Reiki*, y su activa participación en los eventos de la Agencia, en la que se había atrevido a participar en uno de los últimos desafíos de propuestas para la campaña de Becas. Esto a ella la tocaba en forma personal, sin la ayuda de la agencia tal vez nunca habría podido seguir con sus estudios y podido alcanzar la posición en la que ella estaba ahora. Dennis quería a toda costa ser partícipe de la creación de un fondo permanente para la ayuda a muchachas en la posición que ella había estado años atrás.

Viernes por la tarde…

Más de una semana había transcurrido y Dennis tenía una cita con la doctora Michaels a eso de las cinco de la tarde, justo después de su trabajo se pasaría por la nueva oficina, que abriría ya muy pronto.

—Hola Dennis, ¿cómo has estado?, ¿cómo anda todo?

—Estoy bien, todo anda bien lo que es muy bueno, ya sabes a veces me cuesta creer que las cosas estén bien, pero sí lo están. Veo que todo está a la perfección por estos lados. La oficina es muy linda, y la decoración perfecta, me encanta. Se siente todo muy acogedor y a la vez relajado.

—Gracias, me encanta que lo sientas así, he puesto todas mis ideas en marcha, y creo que finalmente he podido alcanzar y ejecutar lo que tenía visualizado. A mí también me agrada muchísimo el lugar que hemos creado.

—Sí, lo has hecho muy bien. ¿Y cuándo comienza el Centro a operar?

—Créeme que te reirás, solo falta algo en lo que no había pensado, ya veré cómo lo arreglo. Pero no me tengas en ascuas, dime para qué soy buena, claro, que si es para apuntarte en uno de los talleres, no tienes que preocuparte, te dejaré saber lo antes posible, cuando estos estén disponibles.

—No, bueno, no era eso exactamente. Pero sí, no dejes de avisarme por eso, me apuntaré. Sabes… es sobre Sarah.

— ¿Sarah? ¿Qué le pasa a Sarah?

—No le pasa nada, nada malo, solo es que Sarah ya ha hablado con su doctor y él hizo la recomendación de que estaba lista para salir de La Estancia y comenzar un programa de readaptación, tú sabes de esos programas, ¿verdad?

—Pero me parece una excelente noticia, Sarah necesitaba tiempo, yo sabía que en algún momento pondría sus pensamientos en orden. Me alegro mucho. ¿Y qué hará? ¿Volverá a donde su familia?

—No, ésa es la cosa, no quiere regresar a buscar a sus hijos sin antes reorganizar su vida, me refiero a que quiere salir de donde está, y recomenzar, tal vez luego se arme de valor y encuentre el momento para buscarlos.

—Me parece muy buena idea y por supuesto esa predisposición es muy necesaria para recomenzar.

—Sí, ella lleva meses en esto y está lista.

—Y cómo puedo yo ayudar, porque me imagino que necesitas algún consejo o algo en especial, ¿verdad?

—Sí, la verdad es que un día cuando hablábamos de ti y de la nueva práctica que abrirías, surgió la idea de que quizá…

—Dennis no seas niña y dime qué es lo que ibas a decir.

—Sí lo haré, pero no quiero que sientas que es presión, es solo que pensé que tal vez Sarah podría trabajar aquí, cualquier posición le vendría más que bien, ya que le he ofrecido que puede vivir conmigo mientras consigue algo mejor, cosa que estoy segura, en poco tiempo hará.

— ¿De verdad le has ofrecido eso?

—Sí, aprecio mucho a Sarah y sé que es una buena persona y merece que le den la mano para recomenzar.

—Mmm. No es eso, sino que no me di cuenta de que ustedes se habían acercado tanto. Me da mucho gusto, tú eres muy buena Dennis y Sarah es como tú, ha sufrido, pero con esfuerzo ha logrado ponerse de pie. De verdad me da gusto. Pues bien, para que veas como es la vida, recuerdas que te dije que solo me faltaba una tontería que tenía que solucionar ¿lo recuerdas? creo que ya la he solucionado.

—Ah, sí, que bien y ¿qué era?

—Ni te apures, y dime Dennis ¿cuándo se muda Sarah a tu casa?

—Pues no lo hemos discutido ya que yo le había prometido tratar de ayudarla a buscar un trabajo. Ella no quiere dejar La Estancia sin tener un trabajo, aunque yo le ofrecí venirse y luego buscar. Ella es muy orgullosa y sigue parada en que quiere tener su trabajo así no será carga de nadie. Creo que yo actuaría de la misma forma.

—Lo entiendo perfectamente, es obvio, es una mujer sabia y sabe bien lo que quiere, está bien, no te preocupes. Sabes, mañana estaré toda la mañana aquí, tú crees que podrías traer a Sarah, me encantaría conversar con ella.

—Claro que sí, te lo agradezco.

—No me agradezcas nada, déjame hablar con ella primero.

—Ahora supongo que podremos tomarnos ese café y conversar un poco de otras cosas, ¿verdad?

—Claro que sí, quería contarte que estoy participando en una campaña pública, que espero tenga buenos resultados y tal vez de ahí puede salir algún buen proyecto.

—Me parece fantástico y ¿cómo van los estudios de *Reiki*?

—Van bien, creo que muy pronto estaré lista para tomar mi último nivel.

—Y ¿qué quieres hacer una vez que tengas tus niveles en orden?

—Es increíble, pero me creerás que no lo he pensado aun. Creo que buscaré la forma de poner mis enseñanzas en práctica, ¿no lo crees?

—Claro que sí Dennis, pienso que es una excelente idea, y ¿sabes qué es mejor idea aun?

— ¿Qué?

—Simple, ¿no te gustaría dar clases aquí?

— ¿Cómo?

—Sí, así como lo escuchas, tener un grupo y enseñarles lo que has aprendido.

— ¿Hablas en serio? —replicó Dennis casi incrédula de lo que sus oídos escuchaban.

—Claro, podemos coordinar para una vez a la semana, estoy segura de que habrá más de una persona deseosa de tomar clases y aprender a llevar una mejor vida.

—Me dejas sin habla, no lo había pensado, pero es una extraordinaria idea, de verdad, claro, no sé si yo tenga lo necesario como para enseñarles a otros. Me ha costado mucho trabajo comprender la esencia de la vida a mí misma, que no creo que sería la profesora ideal.

—De qué hablas Dennis, de eso se trata exactamente, tú lo has vivido, sabes lo que es el dolor, y lo que es el esfuerzo y conoces de muchas cosas que otros no entienden, tú serías la persona ideal. Piénsalo, puede resultar muy interesante.

—Sabes, siento que me encanta la idea, claro, no sé si pueda, pero suena increíble. De seguro que lo pensaré y te dejaré saber.

Dennis dejó la nueva clínica de la doctora Michaels llena de nuevas ideas, situaciones en las que no había pensado antes, pero que la llenaban de emoción, darse cuenta que de alguna forma podría compartir con otras personas algo de lo que había aprendido a través de estos años, era algo increíble en lo que nunca había pensado. Tendría que verlo con más atención, ya tenía tantas cosas en su agenda que pronto tendría que pedir tiempo prestado. Pero así era Dennis, y de seguro valdría la pena, como en cada cosa en la que ella había puesto su esfuerzo.

La bocina de un auto se escuchaba afuera...

— Sarah ¿estás lista? me tienes que perdonar, pero hoy se me pegaron las sábanas y aunque trate de salir antes, no pude. Rona te espera, pronto, vente que no quiero que llegues tarde.

—No importa Dennis, no te preocupes, todo estará bien, y no estamos tarde, ya verás. —dijo Sarah mostrando una amable sonrisa en su rostro.

—Es que no quiero llegar al puente de la Bahía, recuerda que hoy es sábado, y si nos tocamos con la subida de puente, así sí estaremos tarde. —Sarah y Dennis rieron.

Finalmente, llegaron a la nueva clínica y Sarah se bajó del auto, mientras Dennis le decía que pasaría a recogerla dentro de una hora. Dennis aprovecharía el tiempo para hacer un par de cosas en el centro y luego tenía planeado recoger a Sarah e ir por Lucas, y así los tres podrían pasar la tarde en el parque de la Bahía.

Por el otro lado, Lucas había estado planeando el momento indicado para hacerle la proposición de matrimonio a Dennis. Había buscado a amistades para que le ayudaran clandestinamente a planificarlo, pues él ya no quería esperar más. Además, quería adelantarse a la intención de Dennis de comprar un nuevo departamento y había estado de cabeza buscando algo que les acomodara. Él estaba de acuerdo con la decisión de Dennis, al ofrecerle a Sarah un lugar donde vivir, después de todo, quién mejor que Lucas sabía quién era realmente Dennis, un alma noble y llena de amor para dar.

Ya había pensado que sería durante una cena y que no sería exactamente un anillo lo que le pondría en su mano, si no la llave de un nuevo departamento. También había acordado que las personas más cercanas a ellos estarían en el mismo lugar para después celebrar, contemplando que Dennis aceptara por supuesto. Ahora solo le quedaba esperar que todo lo planeado saliera así, exactamente como se estaba planificando.

Lucas se había tomado la molestia de hablar con Tammy, considerando que ella era la amiga más cercana a Dennis, y Tammy se había llenado de felicidad al saberlo, integrándose de inmediato a la planificación clandestina de esta magnífica sorpresa para Dennis.

Tammy le había comentado a Mary, y Mary a Eileen. Eileen por su parte se lo había comentado a Sarah, quien estaba muy contenta, aunque ella lo sabía desde hacía mucho tiempo. Lucas tenía mucha confianza con Rona, después de todo ella había sido la persona que le había guiado y enseñado a cómo vivir esta vida de humano, por lo que se sentía muy cercano a ella. Por lo tanto,

Rona había sido una de las primeras personas en saber de los sentimientos de Lucas hacia Dennis y claro, ahora encabezaba la lista de quienes estaban confabulando para que esta gran sorpresa fuera algo mucho más que especial.

—Hola mi amor, ¿cómo estás? —Dennis le hablaba a Lucas por teléfono.

—Bien, trabajando como no te imaginas.

—De verdad, ¿estás muy ocupado hoy?

—Como de costumbre. Lo que pasa es que uno de los que estaba supuesto a venir hoy, está enfermo, por lo que yo cubriré su turno.

—A qué pena, pensé que podríamos cenar y luego pasear por el parque, además Sarah estaría con nosotros.

— ¿Sarah? Ah que bien, al menos no estarás sola, desafortunadamente no puedo, pero te veré a la noche.

—Sí, Sarah está en la entrevista con Rona. Bueno está bien, te veré a la noche. Pasaré el resto del día con Sarah, una vez que la recoja.

—Está bien, en eso quedamos, te amo, hoy más que ayer, y menos que mañana. —dijo Lucas.

—Yo también. —le contestó Dennis.

Lucas no tenía que hacer el turno de nadie, le había mentido a Dennis porque ese día iría a concretar los papeles de compra y venta de un hermoso departamento, y así todo iba de a poco dándose como estaba planeado.

Dennis después de terminar las cosas que tenía que hacer en el centro de la ciudad, se dispuso a regresar a la clínica para recoger a Sarah, pero no esperaba lo que luego aconteció.

—Hola, ¿estás lista?, ¿cómo fue todo? —preguntó Dennis curiosa por saber de la entrevista de Sarah. Dennis aún continuaba parada en la entrada.

—Todo ha estado muy bien, ni te imaginas. —Sarah se mostraba extremadamente feliz. —Rona es muy amable, me encanta.

—Entonces ¿sí era sobre trabajo? ¿Cuéntame qué te ha dicho? —Dennis se refería a que si Rona le había propuesto un trabajo o no.

—Sí, pues aquí ves a la nueva recepcionista de la clínica. —dijo Sarah con la cara llena de felicidad.

— ¿De verdad? pero esto es magnífico, felicidades, ya tienes trabajo, pero qué buena noticia, de verdad me alegro mucho. —agregó Dennis muy contenta por Sarah.

—Gracias Dennis, sabes… tú tienes mucho que ver en todo esto, lo sabes, tu amistad me ha devuelto la confianza en mí misma y eso solo te lo debo a ti y también a Mark, si no hubiera sido por él nunca te habría conocido. La vida es increíble, ¿no? Es como un círculo, todo en algún momento tiene conexión, solo tienes que ser paciente y esperar.

—Sí, es verdad, Mark… a veces pienso en él, pero ya no siento lo mismo que antes, ahora mi alma está en paz.

—Sí lo sé, solo tenías que entender.

— ¿Entender? —preguntó Dennis mostrándose un poco confusa.

—Sí, entender tu propósito, y comprender qué eres y de dónde vienes.

—Sarah, es que tu… siempre has sabido más de lo que me has dicho, ¿por qué no has podido ser más sincera conmigo antes?

—Dennis, te lo acabo te decir, solo tienes que ser paciente y esperar, las cosas no ocurren porque sí, todo tiene un motivo, siempre hay un objetivo al que estás sujeto, yo ya lo he aprendido y tú… tú ya casi que lo entiendes por completo.

—Sí, tienes razón, ¿cómo es que puedes saber cosas y guardarlas sin decirle nada a nadie? Eres increíble.

—No fue fácil, tuve que aprender que hay muchas cosas que jamás entendería, pero a la vez abrirme a creer en las cosas más increíbles. Así fue que comprendí que no estaba loca, que solo era diferente, así como tú. Somos diferentes, pero tenemos algo en común, y las dos estamos aquí en este plano, viviendo una vida terrenal.

—Sí es verdad, a veces dejo ir la mente y creo que no comprendo y otras veces pienso en todas las cosas que han acontecido y en las cosas que he podido ver y comprendo que este es mi lugar, aquí y ahora, pero me alegra el corazón ahora que sé quién soy y de dónde vengo.

—Me alegro mucho, ¿recuerdas cuando me preguntabas si yo podía aclararte las dudas que tenías y todas esas preguntas?

—Sí lo recuerdo.

—Me sentía muy mal al no poder decirte que yo había visto tu futuro, pero sabía que debía callar. Creo que la única razón detrás de la habilidad de ver lo que otros no pueden ver, es lo que queda, en este caso nuestra amistad, esta relación me ha devuelto la confianza en mí misma.

—Sí lo entiendo… me pregunto cómo estará Mark, ¿estará en paz?, ¿con su familia?, ¿en otro mundo, u otra dimensión?

—Bueno, ya no nos pongamos nostálgicos.

—Sí tienes razón, ¿nos vamos entonces?

—Dennis, déjame decirte que desde hace una hora ya estoy trabajando. —Sarah sonrió.

— ¿Cómo dices?

—Sí, es que Rona me ha pedido que comience de inmediato, hay muchas cosas por hacer antes de la apertura oficial.

—Oh, no me digas, y ¿te quedarás trabajando todo el día?, yo pensé que tendríamos el resto del día para salir y compartir.

—Oh, Dennis, qué pena, es que he dicho que sí.

—No, ni te apures, entiendo perfectamente la situación, aprovecharé el día para hacer alguna de las tantas cosas que tengo anotadas por ahí. —dijo Dennis.

— ¿Estás segura?, ¿no estás molesta?

—No, ni digas eso, esto es lo que has estado buscando por tanto tiempo y ya ha llegado. Estoy muy bien, te recogeré en la tarde, dame una llamada y aquí estaré.

—Gracias Dennis.

Dennis se sentía contenta por Sarah, pero sus planes de una tarde placentera habían sucumbido. Primero Lucas y ahora Sarah, ¿que sería más tarde? Dennis movió la cabeza y pensó; ¿qué tonterías estoy pensando? todo está bien, es más todo está mejor que nunca, lo único que debo hacer es pensar qué haré esta tarde y eso es todo.

En realidad ella tenía muchas cosas en las que podría haber centrado la atención, pero no era lo que buscaba. En cambio, decidió continuar con lo que ella había planificado temprano esa mañana. Se dispuso a ir al parque de la Bahía, y hacer una buena caminata y después de eso ver si aún le quedaban ganas para cenar, después de todo hacia un buen rato que ella no hacía estás cosas a solas, como acostumbraba a hacerlas tiempo atrás.

Dennis había estacionado dispuesta a comenzar su caminata entre las grandes secoyas, acompañada por la brisa que entraba desde la bahía, era una sensación increíble, y eso la revitalizaba de adentro hacia afuera. No había aun caminado mucho, cuando su teléfono sonó.

—Hola Dennis, ¿cómo estás?

—Bien Mary, ¿y tú?

—Bien, no quería molestarte, sé que en sábados tú haces muchas otras cosas, pero quería ver si podías darme unos minutos. —preguntó Mary.

—Claro, ¿todo está bien? ¿Es sobre Tammy? —Dennis sonaba muy preocupada.

—No, no te preocupes, todo está bien, es algo diferente.

—Ah, qué bien, tú sabes que me preocupo. Pero por supuesto dime ¿en qué te puedo ayudar?

— ¿Dónde estás ahora?, ¿tal vez podría alcanzarte y así platicamos más tranquilas?

—Mmm está muy misterioso esto, ¿de verdad no ocurre nada serio?, por favor no me hagas pensar lo que no es.

—No Dennis, en realidad no es nada de lo que te puedas preocupar, ya verás, pero no quiero comenzar a hablar por teléfono, es un poquito más largo y de verdad que sería mejor en persona. —dijo Mary esperando que Dennis le dijera que sí.

—Claro no hay problema, solo espero que no me vayas a despedir. —Dennis echó a reír.

—No ni lo pienses, dime ¿dónde estás?

—Bueno, estoy aquí en el parque de la Bahía. Tenía planes con Lucas y Sarah, pero ambos me cancelaron, ya después te cuento.

—Perfecto, te veo dentro de unos 30 minutos o menos, aún estoy en la oficina, tú sabes, sábados para mi es ordenar mi escritorio.

—Te espero, no te apures.

Dennis no podía dejar de preocuparse y pensar qué diablos le pasaba a Mary, no podía evitar pensar que era algo referido a Tammy, por lo que la angustia le oprimía el pecho. Los minutos parecían interminables y por más que ella trataba de distraerse mirando a los que por ahí pasaban, esto no ayudaba.

Mary llegó al parque y le llamó a Dennis para saber dónde estaba.

—Sí, entonces yo camino hasta allá, perfecto. —dijo Mary después de haberle preguntado a Dennis en qué parte del parque se encontraba.

Unos minutos más tarde, Mary divisaba a Dennis sentada en una de las banquetas a la orilla de la bahía.

—Hola Mary.

—Hola Dennis, pero qué brisa más exquisita, de verdad que uno debería aprovechar más el tiempo afuera, ¿no lo crees?

—Sí claro que lo creo, antes tenía mucho más tiempo para mis caminatas y excursiones, pero bueno ya, no me dejes más en ascuas y dime qué es lo que pasa, y debe ser algo importante para que hayas decidido venir.

—Sí, es importante.

—Ves como tenía razón, ¿qué es lo que le pasa a Tammy?

—No, no es sobre Tammy, es sobre Sarah.

— ¿Sarah? ¿Qué pasa con Sarah? No estarás aun preocupada por aquello que te conté de que la traería a vivir conmigo, ¿o sí?

—No Dennis, no es exactamente eso, te explico;

— ¿Recuerdas aquel domingo cuando Eileen se desmayó?

—Sí, lo recuerdo.

— ¿Recuerdas sobre qué estaba hablando Eileen ese día?

—Oh, sí lo recuerdo, fue sorpresa para mi saber que Eileen había tenido una hija, créeme que fue sorpresa, y claro, pude deducir que debe ser muy doloroso para ella hablar de eso y debe ser esa la razón por lo que esto ha quedado en el silencio. Yo lo entiendo, pero ¿qué tiene que ver Sarah con todo esto?

—Eileen vino a mí, meses atrás, a decirme sobre una extraña sensación que ella tenía con Sarah. Me dijo que pensaba que Sarah era su hija, sí, su hija muerta, te imaginarás cómo me puse. No sabía si pensar que Eileen estaba perdiendo la cordura o algo así.

— ¿De verdad esto ocurrió? No te puedo creer, nunca pensé que el hecho de integrar a Sarah con mis seres queridos, terminaría en un problema. Te prometo que nunca fue esa mi intención. —dijo Dennis muy apenada.

—No, Dennis, déjame terminar ya luego me puedes preguntar.

—Está bien no interrumpiré más.

—Eileen continuó con esta idea, y día tras día fue más fuerte, por lo que me vi en la obligación de indagar más. Aunque sabía que mi cuñado y sobrina, habían muerto muchos años atrás, igual había algo que me decía que ya eran muchas cosas que apuntaban a que debía investigar más, y se convertía en una situación preocupante. Fue esa la razón de por qué te hice tantas preguntas y además, quería que Sarah viniera más seguido a la casa, en fin.

Contraté a un detective privado, Eileen me había comentado algo muy privado, algo que nadie sabía, de esa conexión especial que ella sintió con su hija por muchos años, era algo real, pero nadie escuchó, o creyó lo que Eileen decía. No encontraron el cuerpo de mi sobrina y por eso yo pensé que ella había querido ver en Sarah a la hija que perdió, pero me equivoqué.

— ¿Cómo?, ¿qué paso?, ¿por qué dices eso?

—Bueno porque el día que Eileen se desmayó, fue el día que ella vio la marca de Sarah, la mariposa en el brazo, eso fue lo último que faltaba. Mi sobrina nació con esa marca y eso no lo pude desestimar, no Dennis. Finalmente, desafiando al sentimiento de mi hermana, yo necesitaba saber con una prueba irrefutable que Sarah es la hija de Eileen, sin dudar de nada, así es que el investigador privado nos ayudó a conseguir para poder hacer una prueba de ADN para Sarah.

— Ya sé, te estarás preguntando si te puedo ayudar. —dijo Dennis.

—No Dennis, ya fue hecho. ¿Recuerdas cuando tú y Sarah fueron a donar sangre para Eileen? fue ahí que la prueba fue hecha y luego mandada al laboratorio. Tendríamos que esperar por dos semanas antes de tener los resultados, pero las cosas cambiaron, y los resultados llegaron antes del tiempo previsto.

— ¿Y qué pasó?

—Que el investigador llamó para decirme que Sarah es cien por ciento compatible con el ADN de Eileen. Sarah es la hija biológica de Eileen, aunque ya lo presentía, sabía que no podía haber tantas coincidencias. No obstante, sentía que tal vez todo era una loca tortura de la vida, solo una mala pasada. Pero no porque no quisiera encontrar a mi sobrina, sino porque es muy difícil pensarlo, sobre todo para mí que fue la que más empujó a que Eileen dejara ese sufrimiento atrás. ¡No le creí!, ¿te das cuenta lo que significa?

—Por Dios Mary, esto que me cuentas es increíble, es muy complicado, no puedo comenzar a imaginarme qué, o cómo.

—Me lo dices a mí, que no he podido dormir pensando cómo ha sido la vida de Sarah, tal vez si la hubiéramos seguido buscando… —Mary sollozaba sin poder controlar su pesar.

—No puedes atormentarte de esta forma ahora, debes sacar lo mejor de todo esto y seguir adelante, y lo mejor es que Sarah es la hija de Eileen. Es increíble no lo puedo creer ¿de verdad, estaré soñando?

—Sí lo sé, pero defraudé a mi hermana y a mi sobrina, debí haber seguido apoyando a Eileen y jamás permitir que los olvidáramos así. Me siento tan culpable que no tienes idea. —Mary no podía ocultar la pena que sentía.

— ¿Eileen ya sabe de esto?

—Sí y no. Sabe que estamos esperando los resultados, aunque ella me dijo que ya lo sabía y no, porque no le he comunicado que ya ha llegado el resultado.

— ¿Estás preocupada verdad?

— Sí, no es que se lo voy a ocultar, pero sé que querrá correr a decirle a Sarah y tengo miedo de que ella la vaya a rechazar, o que Eileen tenga un infarto, o ambas cosas.

—Dios mío, qué horrible, pero no te preocupes. Uff, tenemos que pensar cómo hacer para que nadie tenga un infarto y la verdad no creo que Sarah salga corriendo, déjame pensar qué se me ocurre, aunque esta vez sí que está complicado.

—Gracias Dennis, no sabía a quién más contarle esto, y la verdad tú eres la persona indicada, siempre sabes qué hacer.

—Vamos, caminemos un rato, tal vez así con la cabeza fresca logramos encontrar la solución a cómo encarar esta noticia sin que nadie se nos enferme del corazón y sin que nadie salga corriendo.

—Gracias nuevamente Dennis. —Mary tomó del brazo a Dennis y comenzaron a caminar por la vereda que bordeaba la bahía.

—Ni lo digas.

Capítulo 26

La Mejor Noticia

—Estás muy raro estos últimos días. No sé qué es exactamente lo que estás tramando.

— ¿Yo?, ¿de verdad? cómo piensas así de mí.

—Claro, tú ¿quién más? Estás trabajando mucho, ya casi ni estás conmigo, y cada vez que te llamo, toca que estás ocupado.

—No ¿pero qué dices? Sí, todo es cierto, yo no puedo mentirte, en serio.

—Mmm, la verdad, creo que me buscaré otro novio. Éste ya no demuestra que me quiere. —Dennis jugaba con Lucas, aunque las sospechas de que algo no estaba bien eran muy bien fundadas, pero ella no lo sabía.

—No bromees Dennis, tú sabes que eres mi vida y no haría nada para hacerte sufrir.

—Pues más te vale, no quisieras verme enojada.

—No, ¿pero quién quisiera verte enojada? yo al menos, no.

Se escuchaban las risas de ambos mientras se despedían en la puerta del departamento, de salida al trabajo.

Dennis vio alejarse a Lucas y a ella aun le quedaba un poco de tiempo antes de irse a ver a Rona, con quien había quedado de encontrarse a las diez de la mañana. Eventualmente Dennis terminó de arreglarse, tomó sus llaves y su bolsa y se marchó. Esa mañana en particular, Dennis iba manejando con mucha cautela, a menos velocidad que de costumbre, por lo que no pudo evitar encontrarse justo con la subida del puente de la bahía. Mientras esperaba sin apuro, se dejó llevar por los olores que la brisa traía y recordó cuántas veces perdió el control del tiempo dejando a su mente volar lejos de ahí.

Dennis pensó;

— ¿Si tan solo pudiera recordar a donde vuela su mente?

Pero en realidad ya no importaba tanto, desde que había descubierto su verdadero ser, todas esas situaciones que antes le atormentaban, ya no eran tan importantes. Todo había pasado a segundo plano, ahora todo era más calmado, como que el hambre por respuestas que por tanto tiempo había buscado, se había sosegado.

Aunque en algunas situaciones Dennis se encontraba pensando en ciertas intrigantes de su vida y algunas de las cuales aún le eran difíciles comprender, como por ejemplo, cómo comprender que esta vida y rol en el que veníamos a formar parte de, fuera a veces tan doloroso y difícil de ejecutar. Aún se le hacía difícil, pero ya intuía que las respuestas a todas sus inquietudes sin lugar a dudas, llegarían y especialmente ese día, sería uno de esos días en particular, en que algunas sorpresas traerían esas respuestas tan esperadas.

A Dennis le tocaría ser partícipe de esa gran noticia que le darían a Sarah, sin dejar de pensar que este evento sería algo increíble y no imaginado por Sarah, pero que aclararía muchas de esas preguntas que Sarah se había hecho por tanto tiempo. Dennis se preguntaba si Sarah les creería, o si su reacción sería adversa, inesperada, quizá hasta hostil. No podía evitar sentirse preocupada y ansiosa ante tan difícil e increíble situación.

La misma reacción había tenido Lucas cuando Dennis se lo contó. Pero Lucas mejor que nadie entendía que el propósito de ellos aquí en la tierra, no era exactamente comprensible de primera, y además todo lo que le había costado para que Dennis pudiera finalmente creerle era una muestra de aquello. Al menos había algo en lo que podían afirmarse para pensar que nada malo ocurriría, y eso era que Sarah ya tenía este conocimiento de cosas inexplicables, lo que le hacía pensar a Dennis que tal vez ella no lo tomaría mal.

Dennis llegó a la clínica de la doctora Michaels, que había abierto hacía dos semanas, y Sarah estaba trabajando de recepcionista desde muy temprano hasta muy tarde, todos los días de la semana. A Sarah no le molestaba, todo lo contrario, quería estar ahí la mayor cantidad de tiempo posible.

—Hola, buenos días. —Dennis se acercó al escritorio de Sarah para darle un abrazo y saludarla.

—Hola Dennis ¿cómo estás? me alegra verte. No veo que tengas cita esta mañana, ¿ocurre algo?

—No, la verdad que es algo personal lo que vine a hablar con Rona, ella me había mencionado que tendría tiempo hoy.

—Ah, sí, pues déjame avisarle.

La doctora Michaels le había facilitado un automóvil a Sarah, un tanto viejo, pero que aún andaba y le servía para que ella llegara al trabajo, lo que hacía las cosas mucho más fáciles para ella. Ya Dennis le había dicho que dentro de poco podría decidir vivir con ella si así lo quisiera, ya que estaba en la búsqueda de un departamento más grande, cosa que Sarah había tomado como muy buena noticia, después de todo ya había avisado en La Estancia que estaba buscando un lugar dónde mudarse. Las cosas iban bien, muy bien, Sara estaba feliz, sonreía todo el tiempo y le encantaba su trabajo. Había que esperar a ver qué influencia traería esta nueva noticia a la vida de ella.

Dennis esperaba nerviosa a hablar con la doctora Michaels, aunque ya habían hablado de esto varias veces, pero hoy era el día que le dirían a Sarah lo que habían descubierto. Habían discutido cuál sería la mejor forma de decírselo y habían desechado la idea de que Eileen se lo dijera directamente por miedo al rechazo, así que tocaba esperar a que esta decisión hubiera sido la más apropiada.

—Ya Dennis, puedes pasar, la doctora te espera.

Esto le trajo memorias a Dennis, recordó años atrás cuando tuvo la cita con la doctora Michaels por primera vez, ¡qué increíble! cuántas cosas habían acontecido, definitivamente el tiempo había transcurrido rápido, de eso no tenía dudas.

—Gracias, de ahí te veo, no tardaremos mucho. —dijo Dennis.

—Sí, claro, aquí estaré.

Dennis entró, se saludaron con Rona y conversaron un rato, luego Rona quien ya había revisado la agenda y sabía que no habría mucho movimiento esa mañana, abrió la puerta y le dijo a Sarah;

—Sarah, ¿crees que podrías venir un momento?

—Sí claro, ¿qué necesitas? —preguntó Sarah.

—Nada, pero quisiera comentarte algo. —dijo Rona.

Sarah se paró de su escritorio y entró a la oficina, y se sentó junto a Dennis y le pregunto;

— ¿Qué ocurre? ¿No me dirás que ya me he quedado sin trabajo?

—No tonta, no bromees.

— ¿Pero qué es esto entonces, Rona? ¿Qué me querías decir?

—Sabes Sarah, hay algo importante que tenemos que hablar.

—Sí, ya me lo has dicho, y estoy esperando a que me digas qué es eso tan importante. Por favor, que ya no aguanto la curiosidad e intriga con que estás actuando.

—Bueno, lo entiendo, es que ha sido difícil para nosotras saber si esta noticia te afectará o no, o qué tanto te afectará. —la doctora Michaels estaba muy nerviosa tratando de proceder de la mejor manera.

— ¿Qué noticia? ¿Se trata de mis hijos? Por favor, dímelo, no le des más vueltas.

—No, no es sobre tus hijos o tu ex. Es sobre tu pasado, mejor dicho tu familia. Nunca nos has comentado nada sobre ellos. —dijo ella tratando de suavizar la situación que ya comenzaba a cambiar de tono.

— ¿Mi familia? Pensé que todos sabían, ¿es que no leyeron mi récord de hospital?

—No, disculpa, nunca indagué o busqué ninguna otra información sobre ti, excepto por lo que tú me proporcionaste. —dijo Rona.

—Ah, pues ahí está todo, ¿y eso era lo importante? —preguntó Sarah un poco confusa.

— ¿Sería mucho pedirte que tú nos contaras en persona un poco de tu vida de niña? ¿Qué fue de tu familia? —agregó Rona.

—No, en realidad no hay mucho qué contar.

— ¿Cómo así? tu madre o padre, ¿de dónde son? ¿Dónde creciste? Etc.

—Ah, pues yo no tengo padres, nunca tuve.

— ¿No tienes padres? ah, ¿y cómo creciste? ¿Quién te crió?

—Yo nací en Francia, en un lugar muy rural apartado de todo. Creo que mi madre murió cuando yo nací, y de ahí fui de hogar en hogar, recuerdo que para cuando tenía 6 o 7 años fue que ya me dejaron en un hogar, en donde pase muchos años. Ahí crecí de niña hasta adulta y luego pude trabajar y así con el tiempo conocí al que sería mi esposo, y fue él quien me trajo a este país. —poco a poco la expresión de Sarah en su cara iba cambiando, la sonrisa que allí estaba antes, desaparecía sutilmente.

—Pero yo no sabía que tú hablaras francés, ¡qué increíble!

—Bueno, no lo hablo porque nunca lo necesito.

—De verdad que me sorprendes, pero de todos modos siento mucho por lo que has tenido que pasar. Debe ser muy doloroso, puedo imaginarlo. —a medida que esta conversación avanzaba, Rona se sentía menos segura de poder hacer un buen papel entregándole esta noticia.

Dennis no se atrevía a pronunciar palabra, al contrario, al darse cuenta que en realidad sabía tan poco sobre Sarah, a quien consideraba ya su amiga, la hacía preguntarse qué clase de amiga ella era en realidad. Del mismo modo, pensaba que si Sarah hubiera querido que ella supiera más de su vida, habría sido la misma Sarah quien le contara.

De pronto un pensamiento apareció en la mente de Dennis y recordó aquellas palabras que Sarah solía repetir cuando la oportunidad se daba *"todo en algún momento tiene conexión, solo tienes que ser paciente y esperar"*. Dennis comprendió que lo que estaba pasando, tenía que pasar y que de alguna forma las cosas tomarían un rumbo positivo. Después de todo Sarah se lo había hecho comprender con tanto decirle que debía confiar en que todo estaría bien. Era un buen pensamiento para tener en esos momentos.

— ¿Y se puede saber a qué viene tanta pregunta sobre mi familia en estos momentos?

—Bueno, la verdad es que creo que no sabes todo sobre tu familia. —dijo Rona.

— ¿Cómo? ¿Qué es lo que saben ustedes? ¿Qué tratan de decirme? Sería increíble que me fueran a decir que tengo parientes y que son millonarios. —Sarah comenzó a reír sarcásticamente, pero de buen humor, ella no se imaginaba lo que venía a continuación.

— ¡Pues sí! —agregó Dennis abruptamente. —algo un tanto así.

— ¿Qué clase de broma es ésta Dennis? No me parece que sea el momento para estar haciendo chistes, la verdad. —Sarah había comenzado a levantarse de su asiento para volver a la recepción. Se sentía un poco confundida.

—No, tienes razón, no es el momento y no sería capaz de hacerte una broma así. Es verdad, no sabes todo sobre tu familia. —Dennis se había parado de su asiento para detener a Sarah y evitar que se fuera de la habitación.

— ¿De qué hablas? Hace un rato aparentemente no sabían nada de mí y ahora me dices esto, no entiendo.

—Lo sé, créeme. Hemos estado tratando de darte una noticia y no sabemos cómo. Ésta es la verdad. —dijo Dennis secándose una lágrima que se le arrancaba por la mejilla.

La expresión de Sarah cambió. Su semblante estaba serio, pálido y miraba a Dennis con cierta desconfianza, como si nunca la hubiera conocido.

—Sarah, ven, siéntate acá, te lo diré tal y como es. —dijo Rona.

Sarah volvió a sentarse sin decir una palabra, sus manos temblaban y su cuerpo se había enfriado. Algo le estaba ocurriendo y no sabía qué.

—Pues bien, no eres nacida en Francia, si no aquí en este país. Tu madre y tu padre estaban de viaje por Francia cuando ocurrió lo inesperado, tu padre y tú se vieron envueltos en un accidente, uno que por desgracia trajo la desdicha a tu madre. El automóvil se desbarrancó a un precipicio y por más que los rescatistas trataron, no pudieron encontrarlos. Tu madre…

Mientras Rona le contaba la historia a Sarah, ella iba rápidamente relacionando cada palabra con el relato de Eileen, y fue como si hubiera vuelto de alguna forma a revivir ese domingo, en el que Eileen contaba la historia de su hija muerta, y pudo sentir lo mismo que ha había sentido antes. Ese escalofrío le recorría el cuerpo de pies a cabeza. Los detalles de cómo Eileen buscó a su hija por años, resonaban en la cabeza de Sarah. Ella sentía que pronto su cabeza explotaría. No podía llegar a comprender que todas esas visiones y pensamientos que tuvo cuando niña, después de todo, eran reales. Había luchado tanto tiempo por sacarlos de su mente, por no escuchar la voz de aquella mujer, por no querer sentir aquello que sentía, que ahora al tratar de comprenderlo se le hacía imposible.

Poco a poco un sentimiento casi desconocido para Sarah comenzó a hacerse presente. Sin poder evitar sus ojos se nublaban con la acumulación de lágrimas que comenzaban a brotar desde lo más profundo de su ser. Uno a uno, los recuerdos de aquellas noches cuando era aún una niña, fueron volviendo a su mente. Aquellos en donde sentía que lo único que apaciguaba esa desesperación que tenía dentro, era la voz de esa mujer que escuchaba dentro de su cabeza, sin nunca llegar a saber que ella era su madre. Lo que unía a esa madre y esa criatura, muy por fuera de lo normal, era un lazo muy profundo, casi indestructible y cuando pasó el accidente, hizo esa conexión aún más fuerte. Esa madre lo único que quería y pedía era poder encontrar a su hija.

Pero Sarah nunca supo que esa voz era la de su madre, es más nunca supo que su madre estaba viva, sino todo lo contrario. Todos esos momentos de angustia e intranquilidad por los que Sarah había atravesado, la habían hecho sufrir demasiado, sin saber que lo que escuchaba dentro de su cabeza, no era la pérdida de la cordura sino un don maravilloso cultivado por el amor de una madre desesperada. Ésta era una habilidad increíble, que no muchos poseían, pero que de alguna forma habían ayudado a condenarla con la denominación de ser llamada "loca", y lo que al final después de todo, la llevó a casi perder la razón por completo.

Ahora resultaba que no había sido su imaginación, sino algo mucho más grande, algo que nadie podía explicar, ya que aún no había ciencia que pudiera comprenderlo. Más, eso no significaba que todo lo que Sarah experimentó en el pasado y ahora en el presente, no fueran experiencias reales, solo significaba que no todos podían comprenderlo.

Dennis se acercó despacio para poner sus brazos sobre los hombros de Sarah y darle consuelo. Aun nadie sabía cómo terminaría reaccionando ella, pero por lo que Dennis veía, esto le tocaba lo más profundo y le hacía sentir la ansiedad que ella misma sentido tantas veces en que la vida la había puesto ante situaciones en las que no había forma de explicar con el lenguaje humano qué era lo que estaba pasando.

Sarah, por lo que más quieras, no te encierres en ti misma, nos tienen a todos para ayudarte, verás que las cosas se ven de otra manera. —dijo Dennis, a lo que Rona agregó;

—Dennis te dice lo cierto, podremos hablar de esto cuantas veces quieras, y encontraremos la forma de que te sientas mejor.

—Además, no tienes que hacer o decir nada hasta que tú quieras, si es que quieres, claro. Todos entenderán. —dijo Dennis mientras le ofrecía confort.

Sarah no decía nada, solo se podía escuchar el sollozo y la respiración profunda, y se había quedado ahí sentada en esa silla casi de forma inmóvil. Rona miraba a Dennis y Dennis le correspondía la mirada, como preguntándose qué diablos pasaría a continuación, pero nadie sabía nada en esos momentos, solo les quedaba darle tiempo y dejar que Sarah saliera sola de ese trance en que se hallaba.

Los minutos pasaron y Sarah finalmente reaccionó. Se incorporó de la silla, y con sus manos comenzó a secarse las lágrimas. Luego levantó la cabeza buscando la mirada de su amiga y le dijo;

—Mi querida Dennis, tú has sido algo muy especial para mí, te soñé desde muy joven, sin saber con claridad por qué. Pero sabía que llegaría a conocerte, así como llegué a conocer a Mark. Todo ha formado parte de este laberinto en el que somos prisioneros, y no podemos escapar aunque tengamos más que la intención, porque estamos acá para vivir esta vida. Y aunque muchos, no podamos entender y nos suene repulsivo pensar que el sufrimiento puede ser parte de la enseñanza, debes saber que sí lo es. Rogué y pedí con todo mi corazón para no escuchar esa voz nunca más, sin saber que esa era la única conexión que tenía con mi madre, la única fuerza que me ayudó a pasar esos interminables momentos de soledad, cuando era tan solo una niña muy pequeña. Sin rumbo y sin hogar, sin poder entender nada. ¡Esa voz era la de mi madre! —Sarah se echó a los brazos de Dennis quien escuchaba las dolorosas palabras que ella decía.

—No sé qué podría decirte para calmar este dolor, no quiero sonar como algo redundante, pero tú sabes que te sentirás mejor, ¿verdad?

—Sarah, Dennis tiene razón, como te sientes ahora no será para siempre, te lo puedo asegurar, solo confía en que te sentirás mejor. —tanto Rona, como Dennis no tenían forma de consolar a Sarah, pensaban que ella se sentía destruida por esta noticia, pero en realidad Sarah no sentía ni la más mínima aflicción, sino todo lo contrario.

—Es que no estoy mal, sé que estoy llorando, porque es la noticia más increíble que yo pudiera recibir, ¿es que no lo ves?

¡Nunca he estado loca! todo lo que pensé que imaginada, en realidad aconteció. —la expresión de Sarah en su rostro comenzaba nuevamente a cambiar.

Dennis y Rona, no sabían si reír o seguir en silencio al ver la reacción de Sarah, definitivamente ésta había sido sorpresa, nunca hubieran pensado lo importante y traumático que había sido para Sarah, tener que callar y ocultar las habilidades que ella poseía para poder sobrevivir en este mundo en el que nadie es comprendido.

Esto Dennis lo entendía muy bien, sabía que nadie entendería si ella iba por ahí diciendo que veía luces que se movían a increíble velocidad, y es más, que estas luces eran en realidad nuestra forma original fuera del cuerpo humano. Todo mundo la habría calificado de loca, eso sí que lo sabía. Pero con suerte, ella había encontrado a Rona, que no solo le había creído, sino que la había hecho sentir cómoda con esta situación, más que mal, la misma doctora había experimentado situaciones y vivencias que no podía ir por ahí comentando sin correr el peligro de perder su licencia de psiquiatra.

Sarah volteó a mirar a la doctora Michaels y le dijo;

—Gracias, mil y una vez te daré las gracias, eres un alma muy compasiva, me has dado la mano y hoy además me devuelves algo que creí muerto desde siempre, seré la mejor recepcionista que hayas tenido, esto te lo puedo garantizar. —Sarah, Rona y Dennis, las tres tomadas de las manos soltaron una buena carcajada. Se les podía ver en el semblante que la normalidad estaba retornando.

Mientras todo esto pasaba, y las cosas volvían a su estado normal, Dennis sintió que debía preguntar, fue algo así como impulsivo, tenía que saber que haría Sarah ahora que sabía que su madre vivía y que era nada menos que Eileen, la misma persona con la que ella había estado compartiendo los últimos meses.

—Sarah ¿puedo preguntarte algo? Claro, no quiero presionarte o hacer que te sientas mal. —preguntó Dennis en un tono de curiosidad. —es que me asalta la curiosidad.

—Claro que puedes, pero creo saber que preguntarás, quieres saber que haré ahora, ¿verdad?

—Sí, en efecto, pero no quiero presionarte o sonar entrometida.

—Ay, tú y tus cosas, tú no te entrometes en nada, es más creo que yo en ese caso sería la que se ha entrometido más en tu vida, después de todo yo sé de ti, desde mucho antes. —Sarah sonrió.

—Bueno, como tú digas, pero sí, quería saber, me intriga saber qué harás, es que de la forma que has reaccionado, ha sido diferente a lo que podría haber imaginado. Nada raro, sino que no tenía una visión clara de lo que ha sido tu vida, pero ahora me queda más que claro, —dijo Dennis sosteniendo la mano de Sarah apretadamente.

—Lo que haré será por supuesto ir a ver a Eileen, ¿ella lo sabe? Aunque creo que estoy siendo tonta, por supuesto que debe saberlo. Lo sabía desde aquel domingo en cuando nos relató la historia, ella no le hubiera contado a nadie más, excepto a quien realmente tenía que escucharla, ¿verdad?

—Creo que tienes razón. Pero no creas que todo mundo lo sabe, Mary ha sido muy cautelosa con esto, y de verdad esto ha sido uno de esos acontecimientos, los que ella describe como "la mejor noticia que alguien pudiera recibir". —dijo Dennis.

—Sí, comparto la opinión. No pueden imaginarse lo que esto significa para mí. —agregó Sarah.

—Pues entonces vete, sal de aquí inmediatamente y corre a ver a esa mujer que debe estar ansiosa por verte. —dijo Rona con un profundo sentimiento en su corazón al pensar lo que significó para ella ver a su hijo después de que él había muerto. Pensó ella que una madre daría cualquier cosa por volver a ver a sus hijos, no importando como o cuando.

Rona y Dennis se quedaron mirando, mientras Sarah salía de la oficina. Iría a ver a su madre, finalmente, la hora de un momento feliz había llegado para Sarah. Cuando ya ella había salido del todo, Dennis le marcó a Mary.

— ¿Mary?

—Sí, hola Dennis ¿Cómo salió todo? He estado contando los minutos. —respondió Mary quien estaba impaciente por saber alguna novedad.

—Todo salió mejor de lo que esperábamos, ni te lo puedes imaginar, con decirte que Sarah va en camino para allá.

— ¿Estás bromeando?

—No, de verdad que no, ella va en camino a tu casa, en este mismo momento va a ver a Eileen.

— ¿Pero cómo lo tomo? ¿Qué dijo? ¿Cómo se puso?

—No te apures, ni te preocupes, todo estará bien. Sarah lo ha tomado muy bien, claro, que esto la conmovió bastante, ni pensar verle llorar así esta manera otra vez, no. —comentó Dennis.

— ¿Entonces le ha costado creerlo?

—No, la verdad no, le costó mucho comprenderlo, lo que más le dolía fue el darse cuenta que esas cosas que a ella le pasaban y le siguen pasando, no fueron cosas de su cabeza, con decirte que hasta estaba feliz, feliz de finalmente poder decir que nunca estuvo loca.

—Oh, mi Dios, no me imagino todo lo que ella puede estar pensando. ¿Tú crees que pensará que fue mi culpa? —preguntó Mary.

—No, eso te lo puedo asegurar, Sarah tiene un concepto muy diferente de la vida, por lo que cree que todo ocurre porque así está predestinado a ocurrir, ya no te tortures más. Ahora sé fuerte y avísale a Eileen. —dijo Dennis, tratando de tranquilizar a Mary, quien llevaba semanas sin dormir.

Mary colgó el teléfono y se dirigió a la sala, ahí estaba Eileen, quien leía un artículo en una de esas revistas que siempre mantenían en la mesita de la sala.

— ¿Cómo te sientes?

—Me siento bien, aunque tengo una sensación un poco extraña en el pecho, pero todo está bien, no sé qué podría ser, me he tomado las medicinas como lo indicó el doctor.

—Debe ser otra cosa. —replicó Mary, quien trataba de introducir la noticia a Eileen de un modo suave.

— ¿Otra cosa? ¿Otra cosa como qué? —preguntó Eileen un tanto inquieta.

—Otra cosa, como por ejemplo lo de Andreas.

—Andreas, ¿a qué te refieres? Sé más clara y no te andes con rodeos.

—Bueno ya no te exaltes, que sabes que no te hace nada bien. —dijo Mary, mientras caminaba acercándose a donde Eileen estaba sentada.

—Pero continúa, ¿qué pasa con Andreas? ¿Por qué la traes a la conversación? Tu nunca hablas de ella, ¿Qué es lo distinto hoy?

— ¿Qué no eres tú la que ha sentido esta extraña conexión con Sarah, creyendo que puede ser Andreas? ¿O ya estarás cambiando de parecer?

—Claro que no, no podría cambiar de parecer, mi corazón me dice que estoy en lo correcto y ya verás que la verdad sale a relucir más pronto de lo que te imaginas. He pensado hablar directamente con Sarah, no me andaré más con vueltas, le diré lo que pienso.

— ¿Estás segura que es una buena idea? —dijo Mary.

—Por supuesto, creo que no pasa de este fin de semana, se lo diré todo.

—Y para que vas a esperar hasta el fin de semana, podrás hacerlo hoy. Sarah llamó que viene a verte.

— ¿Te ha llamado a ti? Y por qué no me lo habías dicho antes...

—Te lo estoy diciendo ahora, solo recibí la llamada hace un momento. ¿Está segura de que estarás bien al decirle esto a Sarah?

—Sí, creo que es lo mejor. —contestó Eileen con voz firme.

—Entonces estaré cerca en caso de que necesites ayuda. —Mary le guiñó el ojo y se sentó junto a Eileen. —Creo que debo decirte algo antes de que veas a Sarah, solo para que estés más tranquila cuando le cuentes a ella.

— ¿Qué es lo que tienes que decirme?

—Que tienes luz verde para proceder sin miedo a cometer un error, hermana mía, estabas en lo correcto, ¡Sarah es Andreas!

— ¡Oh, Dios mío, lo sabía, lo sabía! lo supe desde que la vi aquel día. ¿Pero cómo es que tú me lo aseguras ahora?

—Sencillamente porque es la verdad, será largo de contar y ya no hay necesidad, solo importa que ella es tu hija, es mi sobrina y de alguna forma ha vuelto a nuestras vidas. —le dijo Mary, mientras le sostenía las manos a Eileen, tratando de demostrarle lo contenta que ella también estaba al saberlo.

Pasó un rato y ellas continuaron hablando y haciendo recuerdos, las dos estaban más que felices con regocijo que les brindaba la noticia. El timbre de la puerta principal sonó. El ama de llaves de la casa salió a abrirle. Era Sarah.

—Hola señorita Sarah ¿Cómo ha estado usted? —preguntó el ama de llaves.

—Bien, en realidad podría decirle que muy bien. —Sarah se notaba contenta. —Vine a ver a Eileen, ¿Se encuentra ella en casa?

—Sí señorita Sarah, está en la sala con la señora Mary. Pase por favor, usted conoce el camino.

—Muchas gracias.

Sarah le entregó su bolsa y chaqueta al ama de llaves y caminó a la sala sin perder más tiempo. Una vez allí, se las encontró a las dos de frente. Las miradas se cruzaron y los ojos de Sarah comenzaron a llenarse de lágrimas contenidas, pero no por mucho más tiempo. Ella trató de mantener la compostura y siguió caminando hasta llegar donde ellas y con voz temblorosa les dijo;

—Ya estoy aquí, ¿me esperaban, verdad? —Sarah intentó mantener su postura, pero justo enfrente de ellas se dejó caer a los pies de su madre. —No sabes cómo lo siento, no debí nunca haberte echado de mi mente, eventualmente hubiera sabido que eras mi madre. Lo siento. —dijo Sarah, quien lloraba desahogando una pena que tenía muchos años guardada en su corazón.

—Oh, no, no digas eso. Soy yo la que debe pedir disculpas. Yo era tu madre y no debí nunca dejar de buscarte. No sabes cómo te lloré por años, sin poder conseguir consuelo, hasta que un día solo deje de sentir. Es como haber muerto por dentro, pero ese día, el día que te vi por primera vez, ¡ese día mí vida regresó hija mía!

Madre e hija abrazadas, tratando de recuperar en ese preciso instante todo el tiempo perdido. Todos esos besos y abrazos que no se dieron, parecían que encontraban el momento perfecto. Mary aun sentada en la silla de al lado, esperaba su turno para poder abrazar a su sobrina y decirle de frente lo mucho que sentía no haber escuchado a su hermana en esos años y haberla apoyado para continuar la búsqueda.

Pero ya no servía de nada, el pedir perdón o buscar por culpables, la realidad era que de alguna forma, creíble o no, Andreas había regresado a la vida de las hermanas Harrison. Se hacía la cuenta de sucesos al decir que la vida es una montaña rusa, llena de emociones y vivencias, cosas triviales e inesperadas, a veces feliz a veces triste. Todo formaba parte de un plan, el plan divino, en el que tanto Mary como Eileen, estaban ya probablemente completando el ciclo.

Para Mary, el volver a tener cerca de sí a Tammy, y verla batallar y sobrepasar el cáncer que la había estado acechando, había sido algo increíble, comprender que Tammy había peleado y ganado porque quería quedarse acá por su familia y por el amor que ella en el fondo tenía por su madre era algo muy grande para Mary. Después de todo volver a tener el amor de Tammy, era algo que ella no podía explicar, algo que la llenaba de vida y de energía. Y por el otro lado, Eileen quien acababa de dar paso a una nueva etapa, totalmente inesperada, pero que comenzaba ya a traerle los mejores momentos de su vida.

Ambas hermanas respiraban hondo ese día, desde lo más profundo de sus seres, llenas de amor y de sueños de un futuro el que les traería una vida mucho mejor así no supieran cuánto más duraría ese futuro, era claro, que disfrutarían cada minuto de ese futuro.

—No puedo creer que esté al lado de mi madre. —decía Sarah. —Pero es real, esta vez todo lo es, no sabes cómo soñé con este momento, tantas veces que creo en algún momento ya no lo pensé nunca más.

—Mi hija querida, cuanto tiempo perdido, pero ahora nada ni nadie podrá jamás separarnos, ya verás que saldremos de ésta. — dijo Eileen sosteniendo a su hija entre sus brazos.

—Ya verás que desde ahora todo cambiará, seremos la familia que siempre debimos ser. —agregó Mary mientras abrazaba a las dos. Su hermana y su sobrina, - "que felicidad"- pensaba ella.

— ¡Mi familia! es que suena increíble, no puedo creerlo que de la noche a la mañana me haya aparecido familia. —Sarah reía.

—Pues ya ves, no solo has encontrado a tu madre, que por cierto no podría ser una mejor, ahora tienes una tía, la que te va a querer como una hija más, y tienes a una prima, y con ella toda su familia. —dijo Mary.

—Tomará tiempo para asimilarlo, pero lo que no me tomará nada será quererte mamá, he tenido todo este amor guardado por tantos años que ya ni los puedo contar, desde este momento tienes todo mi amor. —el corazón de Eileen ya no podía palpitar más rápido, pero esta vez era de pura y sana felicidad.

—Lo mismo digo, hija mía, nada ni nadie, ni el tiempo ni la distancia jamás lograron extinguir el amor que sentía por ti, solo fue guardado en mi corazón, y ahora que te he reencontrado, nada podrá evitar que solo viva por ti. ¡Te amo mi pequeña mariposa, al fin has vuelto a mí!

Capítulo 27

Concretando Planes

—Alicia ¿estás lista? Solo te estamos esperando a ti. — replicaba Tammy. — apúrate que ya estamos tarde.

—Sí ya voy mamá, no te preocupes aún faltan más de dos horas. —le contestó Alicia a su madre tratando de tranquilizarla, pero Tammy estaba ansiosa por llegar al restaurante lo antes posible.

—No importa, solo apúrate que tengo cosas qué hacer allá y no quiero que Lucas piense que no haré lo que él me ha pedido.

—Sí, ya voy, vamos que estoy lista.

—Y traes la cajita, ¿verdad? —preguntó Tammy.

—Sí mamá, la tengo aquí, y muy bien escondida, ya no te preocupes tanto, todo saldrá bien. —respondió Alicia a su madre.

El resto de la familia de Tammy estaba ya dentro del auto, solo faltaban ellas dos, pero sacar a Alicia del baño era siempre un poco dificultoso. Aún quedaba suficiente tiempo para llegar al lugar en donde se reunirían para la sorpresa, por fin Lucas le pediría matrimonio a Dennis y aunque ya prácticamente todos lo sabían, no dejaba de ser emocionante la anticipación a tal evento. El momento que Lucas había estado esperando por largo tiempo, había finalmente había llegado, ¡hoy sería el día!

Tenían todo planificado, tanto Tammy como su madre, habían confabulado para mantener a Dennis ocupada toda esa semana con diferentes actividades cada día. Mary por su parte le había pedido a Dennis que se ocupara completamente en el certamen en que la compañía estaba participando, y por otra parte Tammy que había decidido finalmente tomar un nuevo cargo en la agencia le había pedido que la ayudara a retomar el trabajo, ya que había pasado bastante tiempo desde que por razones de salud ella había dejado de trabajar.

Esas últimas semanas Dennis había estado tan ocupada que lo único que hacía cada noche al ver a Lucas era decirle cuánto lo sentía, pero que estaba cansadísima y que mañana sería un día mejor. Pero Lucas era el principal precursor de todo esto, él no solo entendía por qué ella estaba tan cansada y agotada, sino que es lo que él deseaba, tratar de que ella no tuviera ni la más mínima sospecha de lo que se estaba tramando para ese gran día.

Por otra parte, estaba Eileen, quien después de intercambiar varias ideas con su hija, había conseguido convencerla de que lo más lógico era que ella se mudara a la casa, que por supuesto era lo que más feliz haría a Eileen, pero le preocupaba que Sarah se sintiera presionada. Por el contrario, Sarah hubiera querido mudarse de inmediato, pero ella pensaba que tal vez Eileen se pudiera sentir un poco acosada, en fin, ambas mujeres tenían un poco de temor con todo lo que había acontecido en las últimas semanas. Pero había una cosa a lo que no temían, y eso era de lo feliz que las hacía sentirse el haber reencontrado el equilibrio en sus vidas, eso que pareció estar perdido por tantos años.

Sarah dedicaba más que nunca su mejor disposición en su nuevo trabajo. Se sentía feliz, llena por dentro y por fuera y aunque le parecía muy raro que ese dolor que siempre mantenía dentro, por haber perdido a sus hijos, ya no lo sintiera con tanta intensidad. Sabía que eso sería algo pendiente hasta que ella decidiera enfrentarlo y así ya no huir más de las amenazas de un pasado hiriente y doloroso. Solo sabía que un día llegaría el momento y ella lo esperaba tranquila. Casi del mismo modo que Lucas, esperó y esperó a que todo pasara y las cosas se fueran dando de a poco, hasta que la relación del con Dennis se estabilizó finalmente. Ahora él sabía que era el momento de seguir adelante y consolidar esa unión.

—Hola Eileen, ¿cómo estás? Bueno, perdón, ¡mamá!, es que se me hace difícil, pero dame tiempo…

—No te preocupes mi niña, nada es más importante que saberte viva y muy pronto a mi lado, ¿o es que te has arrepentido?

—No mamá, no me he arrepentido, solo quiero que no te vayas a sentir presionada, tú sabes que podemos de la misma forma estar juntas, y no tener que vivir en la misma casa. —dijo Sarah tratando de asegurarse que el paso que iba a dar era el correcto.

—Claro que lo sé, pero no puedo pensar en que te sientas más a gusto en otro lugar que en tu propia casa, porque sabes que todo lo que tengo es tuyo, lo sabes, ¿verdad? —dijo Eileen asegurándole otra vez a Sarah, que ella era la única heredera de lo ella poseía, que sin ser una fortuna de esas increíbles, era una herencia considerable y que le permitiría a Sarah vivir cómodamente por el resto de su vida. Y hasta por qué no decirlo, sus hijos también, si algún día llegaban a formar parte de su vida nuevamente.

—Sí mamá, me lo has dicho varias veces y te lo agradezco, tienes que creerme, del mismo modo, no quiero pensar en nada de eso, solo quiero pensar en que tenemos que aprovechar el tiempo en estar juntas y tratar de rehacer todo el tiempo que hemos estado separadas.

—Lo mismo creo yo, pero no quiero que cambies de parecer, aquí estarás bien y estaremos juntas.

—Sí lo sé, y no he cambiado de parecer, ya he notificado a La Estancia que este domingo trasladaré mis pertenencias, solo falta una cosa por eso es que estaba llamando temprano.

—Pues dime qué es lo que falta, ya he arreglado con el servicio de mudanza y todo está listo para el domingo. —dijo Eileen con tono preocupante.

—Nada serio mamá, solo es la carta que necesito. —Sarah necesitaba una carta donde estipulara al lugar que ella se mudaba. Específicamente porque aún estaba muy reciente lo de su trabajo y la dada de alta de su doctor, pues no era suficiente tiempo como para que ella pudiera subsistir por sí sola, por esa razón necesitaba un patrocinador o alguien que le diera sostén por algún tiempo.

— ¿La carta?... Ah, sí, la carta, claro, está lista, te la daré esta tarde, cuando vengas por mí ¿Por qué aun vienes por mí? ¿Verdad?

—Claro, Dennis está confiada que estaré haciendo arreglos de mudanza esta tarde, así como lo habíamos conversado, de esa forma pude zafarme de la invitación que ella me había hecho para que cenáramos juntas.

—Otra cancelación, que estará pensando ella. —agregó Eileen.

—Pobre Dennis. Sí, en realidad le he cancelado ya tres veces en estas últimas semanas, pero le prometí a Lucas ayudar con las decoraciones del restaurante, a pesar de que ellos pusieron casi todo. Pero Lucas quería las luces pequeñitas, tú sabes esas que te mostré, ¿y a qué hora, si no era después del trabajo podría haberlo hecho? Lo bueno es que todo quedo lindísimo. Solo espero que Dennis no se esté sintiendo muy sola y que no se enoje mucho cuando sepa que hemos estado confabulando para esta sorpresa.

—No lo creo, ya verás, Dennis es una mujer especial y verá rápidamente que todos hemos ayudado para que este momento sea aún más especial, ¿cómo se va a enojar porque hemos estado ayudando a Lucas con esta sorpresa? No, no lo creo ni por un instante. —dijo Eileen muy segura de lo que decía.

—Sí tienes razón, ya no me preocuparé más, todo está listo y pasaré por ti a eso de las cinco, ¿te parece? Así tendremos tiempo de tomarnos un café antes de que todos lleguen al restaurante.

—Me parece excelente, te estaré esperando hija. —dijo Eileen.

Entre todas las emociones que Sarah estaba viviendo, la de haber encontrado a su madre era la más profunda, y la hacía pensar mucho, volviendo a traer recuerdos desde cuando ella era aún muy niña. Aunque ella sabía perfectamente que eso no podía ser posible y no lo pretendía así, solo quería poder recordar esa voz que escuchaba cuando niña, esa voz que le hablaba con suavidad, esa voz que era la voz de su madre. Pero a pesar de esta necesidad de querer recordar, ella sabía que era posible que esto nunca ocurriera, quien mejor que ella sabía que la vida era complicada y a veces muy difícil de comprender, especialmente en situaciones como ésta.

Sarah estaba contenta por lo que venía para Dennis, sabía que esto la haría muy feliz. Dennis amaba a Lucas y él la amaba a ella, pero Sarah no conocía mucho más de lo que venía para el futuro de Dennis. Aunque en un momento determinado había querido verlo, no pudo, es más, nunca vio más de lo que ya sabía, Lucas era la persona con la que Dennis terminaría sus días, pero solo eso. No tenía más conocimientos de lo que la vida podría depararle a Dennis y a Lucas, solo le quedaba confiar en que todo lo que fuera a pasar en el futuro, fueran acontecimientos buenos, después de todo, como ella decía; Dennis ya había tenido lo suyo, esa dosis de dolor que cada uno debe sobrellevar.

Pero Sarah había aprendido mucho más que eso en su vida. No solo dolor y sufrimientos, habían llenado siempre su existencia. Ella a veces recordaba que tuvo momentos normales y momentos de amor. Los nacimientos de sus hijos habían sido momentos inolvidables, y aunque Sarah los había dejado guardados en algún rincón de su mente, estos sí existieron y todavía estaban ahí.

El haber retornado a la vida normal, le estaba permitiendo a Sarah ir recobrando poco a poco sensaciones y pensamientos que le daban más seguridad y le levantaban su autoestima, la hacían sentir que todo volvería a la normalidad dentro de poco. Y por qué no pensarlo también, ella confiaba en que, dentro de esa nueva normalidad, estuviera el contacto con sus hijos, aunque no sabía cómo o cuándo, era algo que ella añoraba en privado.

En el trabajo del Centro Holístico de la doctora Michaels, las cosas iban de mejor en mejor. Sarah no solo estaba de recepcionista, sino que estaba desempeñando un papel muy importante. Sarah era muy buena en su trabajo, organizada y de mucha confianza para Rona, ya que ella le ayudaba prácticamente en todo, como quien dice se había convertido en la mano derecha de la doctora Michaels.

Rona había soñado con esto por mucho tiempo. Sabía que al decidir dejar de ser psiquiatra no solo estaba dejando atrás la profesión que había ejercido por muchos años, sino que estaba arriesgando lo más preciado, su profesión. Pero sentía que se debía más a las cosas que ella había aprendido a través de esos años, como por ejemplo, lo que la muerte de su hijo le había dejado, o el haber conocido a personas como Dennis, Lucas o Sarah, y muchas otras que tuvieron la confianza de contarle sus más privados sentimientos y vivencias. Ella comprendió que siendo psiquiatra no podía realmente ayudarlos, fue esto lo que la llevó a abrir este centro, para ayudar a más personas a entender cosas que la ciencia convencional aún no podía.

El centro holístico iba muy bien. Más personas se iban registrando cada día y los servicios se incrementaban de igual forma, así es que Rona esperaba que no más tarde de un año, su centro estuviera funcionando al cien por ciento, así como lo había soñado desde que la idea había nacido. Esto incluía sesiones de regresión, que le interesaban personalmente a ella. Era algo necesario después de haber sido terapeuta de personas increíbles, que a pesar de tener habilidades increíbles, la ciencia, cual ella practicaba, no podía ayudarles.

Rona pensaba que tal vez el secreto de entender y ayudar a personas con estas habilidades, estaría más que nada en aprender de nuestra propia vida, de algún modo más profundo, como por ejemplo, explorando nuestras vidas pasadas y tal vez de esta forma podríamos llegar a entender un poco más de eso que llamamos alma. Todas estas nuevas convicciones eran las que habían empujado a Rona a darse una oportunidad, aunque ésta fuera de una manera distinta, el objetivo sería el mismo, poder ayudar a otros a encontrar el balance existencial.

Rona le había hecho el ofrecimiento a Dennis, para que enseñara *Reiki*, pero la verdad Dennis no había vuelto a tocar el tema, por lo que Rona había pensado que tal vez era bueno dejarlo hasta que Dennis manifestara algún interés, después de todo, el *Reiki* es una enseñanza que se debe entregar porque se siente, y no por presión. Aprender a manipular energía y canalizarla a quienes la necesitan debe ser un acto de dar desde lo más profundo y por esa razón, Rona consideraba que si Dennis sentía ese llamado, ella sería la primera en saberlo, pues vendría a decírselo, mientras tanto se mantenía con las otras actividades que el centro estaba ofreciendo.

Rona también había formado parte de esta sorpresa que Lucas le daría a Dennis, ella le había dado la mano en todo lo referido a ese bello lugar que Lucas había comprado, que pronto sería el hogar de ambos. Diferente a lo que él había querido al principio, ya que terminó por comprar algo un poco más grande a las afueras de la ciudad, no muy lejos de donde ellos trabajaban pero con la suficiente distancia como para descansar los fines de semana.

El lugar era muy lindo, no era inmenso, pero después de algunas renovaciones que le habían hecho en el último mes, habían logrado dejarle con una vista al mar increíble. La casita estaba al final de una calle sin salida. Estaba bastante más alto que el nivel del mar, cosa que era importante para Lucas, el no sentir que perdería su hogar con la primera tormenta.

Pero a la vez, la propiedad tenía un camino directo a un sector de playa, casi privado, ya que no era de uso público. Estaba seguro de que Dennis se sentiría feliz con aquel lugar, ya que era uno de los paisajes que más le gustaban, la brisa del mar le hacía sentir renovada y además la acercaba a su naturaleza propia, lo cual la ayudaría a renovar energías diariamente.

Lucas pasó muchos días buscando el lugar perfecto, y aunque no tenía un gran sueldo, había ahorrado desde muy temprano y tenía suficiente dinero como para hacer la inversión. En los últimos seis meses ya le habían dado 2 locales más a su administración, y eso lo hacía sentir muy bien, después de todo él había puesto su mejor esfuerzo en lo que hacía y esa era la recompensa a su motivación.

Rona le había conectado con algunas personas que lo ayudaron a proceder más rápido en la compra de la casa, y así poder tener el tiempo necesario para las renovaciones necesarias que él quería hacer. Los planes habían cambiado un poco, porque Sarah ya no vendría a vivir con ellos, cosa que se supo después de la compra. Pero Lucas estaba seguro de que un dormitorio extra les vendría muy bien, y por qué no pensarlo, tal vez en un futuro la familia podría crecer.

Dennis por su parte había llamado a la oficina de propiedades y había cancelado la búsqueda de un nuevo apartamento. Había sido como manipulación divina, cada vez que encontraba uno que pudiera servir, algo pasaba y perdía la posibilidad de compra. Estaba como un poco agotada, y cuando Sarah le dijo que Eileen, su madre, le había ofrecido vivir con ella, Dennis se puso un poco triste, pero a la vez lo entendió perfectamente, es más, aunque había un poco de sentimientos encontrados, era más clara la visión que Dennis tenía de la situación. Era lo lógico; Sarah había reencontrado a su madre, y eso era lo máximo que le podría pasar, sería ilógico que ella no hubiera decidido vivir con ella, además Eileen era una bellísima persona, lo mismo que Mary.

Dennis no podía estar más feliz por Sarah, aunque esto significara que no compraría por el momento una vivienda más grande, cosa que también le vendría bien, ya estaba agotada de ver propiedades, y no llegar a nada. Pero Dennis pocas veces pensó en vivir con Lucas de tiempo completo, tal vez porque en realidad no quería perturbar la relación, y no quería hacer planes como los que habían hecho con Mark, que aunque era pasado, salían a infundir temor en ella y prefería sencillamente no pensar en eso.

De vez en cuando dejaba ir su imaginación y trataba de verse con Lucas en algún lugar de su mente en el que los dos vivieran juntos y felices. Pero podía más el miedo y la ansiedad que esto le producía y la obligaba a dejar estos pensamientos de lado. Además, Lucas jamás le había hecho algún comentario que insinuara algo semejante y no quería ser ella quien tocara el tema. Dennis prefería estar así como estaban, a perderlo, lo quería demasiado como para implantar alguna presión en él.

Lucas desde que decidió proponerle matrimonio a Dennis había decidido que no sería un anillo lo que le daría, sino las llaves del lugar en donde formarían un hogar, pero a pesar de esta idea, en las últimas semanas había cambiado de parecer y había decido comprar un anillo para Dennis por lo que le había pedido ayuda a Tammy. ¡Quién mejor que ella! y por supuesto que Tammy se había ofrecido incondicionalmente a ayudarlo.

Visitaron varios lugares buscando ese anillo – "especial" - hasta que encontraron lo que Lucas consideró, - "el anillo perfecto". - No era un anillo tradicional, porque él consideraba que nada era tradicional con Dennis, así es que este anillo tenía que ser algo diferente y así consiguió que le hicieran una banda ancha de oro blanco en el que tallarían las palabras NA- WEER-TIS, alrededor del anillo, con incrustaciones de pequeños diamantes blancos y azulados. En el interior tendría grabada la fecha del día en que le pediría matrimonio. A Tammy le había parecido extraño las palabras que Lucas quería grabar en el anillo, pero ella no se atrevió a preguntarle qué significado tenían. Pensó que era algo privado, y en realidad lo era.

Tammy se encargó de conseguir la talla de anillo de Dennis, cosa que no había sido muy fácil, ya que como ella no usaba prendas en sus manos, no tenían cómo saber su talla, así es que le había tocado inventar una serie de historias locas para que Dennis la acompañara a ella a una joyería. A Tammy se le ocurrió la excusa de que tenía que mandar a reparar su anillo de matrimonio, porque le quedaba muy suelto a causa de la enfermedad, cosa que era cierta y hacía la historia creíble, pero esto aún no daba pie a la situación en que Dennis tuviera que probarse un anillo, Tammy tendría que inventar algo más para así lograr de alguna forma improvisada en la que Dennis aceptara ponerse un anillo en su mano.

Aunque el primer intento de Tammy fracasó, porque Dennis no quiso por nada del mundo probarse un anillo por gusto el día que llevaron el anillo a la joyería, y Tammy no quiso presionarla, porque quería evitar que ella se fuera a dar cuenta de cuál era la intención real detrás de todo ese barullo. Pero el segundo intento estuvo mejor, se le ocurrió que podría hablar con la dueña de la joyería y pedirle ayuda, así es que armó el plan, y cuando Tammy llamó a Dennis para pedirle de favor que pasara a recoger su anillo que ya estaba listo, Dennis no puso objeción alguna.

Una vez en el local, la señora le dijo de inmediato que el anillo estaba listo, pero que tenía una pequeña duda, lo que a Dennis no le pareció nada raro, al contrario Dennis actuó de modo muy servicial. Al preguntarle a la señora qué es lo que le preocupaba, ella dijo;

—Creo que lo han achicado demasiado.

— ¿Cómo así? ¿No le tomó la medida? —dijo Dennis.

—Sí, lo hice, pero a veces las medidas que mando llegan mal. —dijo la dueña del local, iniciando la conversación, la cual llevaría eventualmente a que Dennis se probara el anillo.

—¡Qué problema!, entonces creo que lo mejor es que Tammy venga a recogerlo, de esa forma si la medida está mal lo pueden mandar de vuelta de inmediato, creo que es lo mejor. —dijo Dennis preparándose para irse.

— ¿Y no podrías probártelo tú? ¿Qué talla eres? —replicó la señora.

— ¿Yo?, en realidad no sé, creo que podría ser un ocho, no estoy segura. —contestó Dennis con tono de inseguridad.

Pero ésa era exactamente la respuesta que la señora esperaba, y continuo sin más demora. Se acercó al mostrador ya cargando en sus manos el llavero de metal, que tenía para probar la talla de anillo y le dijo;

—A ver, déjame ver qué talla eres, así, si tú eres siete podrás probártelo y veremos de inmediato si la talla que ha llegado es la correcta. —agregó ella muy rápido sin darle tiempo a que Dennis fuera a pensarlo dos veces, la señora le cogió la mano y buscó por el dedo anular para ponerle el probador con la talla 7.

La dueña de la joyería tenía una vasta experiencia y ya había calculado que por la estética de las manos de Dennis, ella era siete, pero claro estaba que no podía basarse solo en eso, debía probarle la talla para así estar segura.

Mientras la señora le medía el dedo, al cual le calzaba perfectamente un siete, Dennis levantó la mirada hacia el techo de la habitación y se dio cuenta de que había un orbe brillante situado en la esquina de la habitación, inmóvil, pero que brillaba de una manera esplendorosa.

Dennis había aprendido a amar las luces, ya eran parte de su vida y cada vez que las veía, comprendía ahora que era algo bueno, aunque algunas veces le hubiesen causado pena o angustia, nunca representaron un mal para ella, y Dennis ahora lo comprendía. Se preguntaba internamente qué era lo que observaba aquella luz, ¿sería a ella? O ¿tal vez a la señora?

La voz de la dueña de la joyería trajo a Dennis de vuelta a la realidad cuando le dijo lo siguiente;

—Yo sabía que eras siete, tus manos lucen delgadas y estilizadas. —ella sonrió al ver que estaba en lo correcto. —Ahora te pido que te pongas el anillo de Tammy para ver si ha quedado bien. —replicó la mujer.

—Está bien, creo que es bueno saber la talla, nunca había tenido necesidad de saberla. No uso anillos. —dijo Dennis.

— ¿Alguna razón en especial? Es raro encontrar a personas que no usen prendas en las manos. —agregó ella.

—La verdad no lo sé, no recuerdo nunca haberme fijado en algo para mis manos, no anillos ni pulseras. Ahora que lo menciona me parece raro a mí también, creo que nunca se dio la oportunidad. —dijo Dennis contemplando el anillo de Tammy en su mano, éste era una banda simple, nada de decoración o algo especial, simplemente una banda de matrimonio tradicional.

—Creo que a Tammy le quedará bien, puesto que me calza perfecto. —comentó ella.

—Me alegra, así no tendremos que mandar este anillo de vuelta a la compañía. —la dueña de la joyería sonrió.

Así fue que entre la idea de Tammy y la ayuda de la dueña de la joyería pudieron conseguir la talla perfecta para el anillo que Lucas le daría a Dennis esa tarde, la que parecía que nunca iba a llegar, pero había llegado. Finalmente, esa noche podría pedirle matrimonio como lo había planeado por largo tiempo y así comenzar lo que él llamaba, *el camino a casa*.

Alicia, la hija mayor de Tammy, terminó saliendo de la casa y junto con el resto de la familia se fueron en el auto rumbo al restaurante en el parque de la Bahía, donde se juntarían con los demás. Tammy no estaba nerviosa, más bien estaba ansiosa por ver la reacción de Dennis cuando se enterara de la bella sorpresa que Lucas con la ayuda de todos los demás, le habían preparado.

Sería algo como de cuento de a hadas, pensaba para sí, tan emocionante, el lugar decorado divinamente, flores, luces, comida y toda la gente que los querían a los dos, ¿Qué más podría ella pedir?

La verdad es que a pesar de que Tammy estaba ciertamente en lo correcto, cuando ellos llegaron al lugar, se dio cuenta de que su idea de cómo estaría decorado el salón, se quedaba corta, muy corta. Cuando entraron al restaurante, una de las coordinadoras se les acercó para guiarles de inmediato al salón contiguo, y apenas ella les abrió la puerta, la sorpresa que Tammy y los demás se llevaron fue tan grande y emocionante que tuvo que sentarse para poder apreciar todo lo que veía.

Ese salón siempre estaba destinado a fiestas y eventos y en realidad era muy hermoso por sí solo, pero en esta oportunidad lo habían embellecido aún más. Las paredes que estaban empapeladas en un brocado antiguo color dorado como el oro. Lucían especialmente más bellas decoradas con guirnaldas de luces pequeñitas de las que colgaban cuentas de vidrio que brillaban como puro cristal.

En el centro de la habitación colgaba un candelabro de tres pisos, con múltiples luces en cada uno de ellos. El brillo chocaba en los pequeños cristales que colgaban por toda la habitación y producían un brillo multicolor el que se esparcía por todas partes, cubriendo todo lo que ahí estaba.

Las mesas tenían unos manteles en un color crema, y en el centro había un arreglo floral hecho de rosas blancas y amarillas, bordeando una pequeña vela ubicada en el centro y los destellos de los cristales parecían hacer dibujos en los manteles. El ambiente había sido preparado con mucha dedicación, las flores, las luces, las velas, y cada uno de los detalles habían sido puestos con el cariño más profundo, que las personas cercanas a Dennis sentían por ella.

Aunque la celebración no sería tan grande, Lucas esperaba que fuera algo muy especial para Dennis, la mujer que él amaba, la mujer que era su compañera en cuerpo y alma, y que finalmente podría volver a tenerla con él para siempre.

Dennis por su parte, había estado tan consumida por el trabajo y las actividades extras, que de pronto le habían caído encima, que no se había dado cuenta de que casi todos la estaban eludiendo, excepto por Sarah. Cuando ella canceló la última invitación para cenar juntas, Dennis sintió como algo extraño en el aire, después de todo, se habían apegado mucho en los últimos meses, compartían mucho tiempo y sus cosas personales, como dos buenas hermanas. Pero esa última cancelación la hizo pensar solo por un minuto en que algo pasaba y ella no se había dado cuenta.

Pero luego, todo volvió a la normalidad, solo tuvo que pensar en todo lo que Sarah había pasado ese último mes, desde encontrar a su madre hasta el punto de ahora se mudaría a vivir con ella. –Definitivamente Sarah tenía motivos para estar corta de tiempo — pensó Dennis.

Lo que Dennis no sabía era que Sarah se había pasado horas y horas decorando el lugar, desde conseguir esas guirnaldas de luces en miniatura, los arreglos de flores y todo lo demás. Todos habían cooperado, y se habían turnado para ayudar a que todo estuviera perfecto, pero sin lugar a dudas, Sarah era quien había coordinado todo junto con Lucas.

Los días habían transcurrido con cierta rapidez, la mañana llegaba y ya Dennis no paraba hasta que ponía la cabeza en la almohada. Las últimas semanas habían sido claramente las más consumidoras de tiempo. Tenía mucho trabajo y obligaciones con las que se había comprometido. Parecía que todo y todos requerían de su presencia.

Pero en el fondo Dennis había aprendido a amar esas situaciones, ya que gracias a estar llena de trabajo, ella había sobrellevado las peores etapas de su vida. Estar ocupada era la mejor terapia para ella. Claro que en esta oportunidad, ella no se sentía deprimida, sino todo lo contrario. Dennis sentía que la vida le sonreía y le hacía sentir la necesidad de tener un poco más de tiempo para ella y para Lucas. Para disfrutar un poco más de tiempo junto a él. Pero la verdad, Dennis estaba tan acostumbrada a trabajar y trabajar que el añorar por tiempo libre era algo nuevo para ella.

Pronto habría más cosas nuevas en su vida, sensaciones que no había sentido antes se harían presente en su vida, sensaciones que la llevarían finalmente a recordar de donde ella venía y a quién había dejado atrás.

Capítulo 28

El Momento Esperado

—Hola mi amor, ¿Cómo estás? No he sabido de ti en todo el día, espero que nada malo haya pasado. —dijo Lucas quien había llamado a Dennis.

—Hola, no mi vida, nada malo, solo es que he estado ocupadísima y no me he dado tiempo ni para comer algún bocadillo, creo que mis tripas están muriendo de hambre. —contestó Dennis.

— ¿Pero cómo? ¿No has almorzado? Dennis te vas a enfermar si sigues así.

—No, ni lo digas, solo ha sido hoy, es que no me di cuenta de la hora, pero comeré algo, no te preocupes.

—Está bien, no me preocuparé si tú lo dices, ¿pero por qué no cenamos juntos hoy? después de todo ha sido una larga semana —dijo Lucas. — ¡Ah! Pero ahora recuerdo, es el día en que cenarás con Sarah, ¿verdad? —dijo Lucas jugando una partida fenomenal al hacer creer a Dennis que todo estaba más que normal.

—Sí es cierto, pero Sarah no podrá cenar conmigo, aun esta con eso de la mudanza y no quiere que yo le ayude, me lo ha dicho así es que no cenaremos juntas y la verdad creo que preferiría irme a casa y descansar.

—No sabes cuánto lo siento, pero de verdad ¿no quisieras cenar conmigo esta tarde? Hace rato que no disfrutamos de una comida afuera. Podríamos ir al Parque de la Bahía ¿no te parece? Ahí siempre se come delicioso, y la vista es bella, además podríamos disfrutar de una caminata con un rico helado después de la cena ¿no te suena apetecible? Anda, di que sí... Yo creo que nos vendría bien un rato para nosotros, ¿no lo crees? —Lucas trataba de armar de la mejor forma su argumento para que Dennis aceptara y no fuera a poner todo más difícil, ya que no tendría ninguna mejor idea de cómo llevarla hasta ese determinado restaurante si ella se negaba al ofrecimiento.

—La verdad es que a pesar de que me siento cansada, creo que tienes razón, nos hace falta estar tranquilos y disfrutar un poco más, así es que sí, nos vamos a cenar y a disfrutar un buen rato juntos, gracias mi a amor por la invitación, ¿entonces nos vemos allí? —dijo Dennis con tono de muy entusiasmada con la idea.

—Pero claro, ¿a qué hora piensas que nos podemos encontrar allá? Yo estaré desocupado después de la seis, creo que podría llegar a eso de las seis y media o algo así. —contestó Lucas, buscando que Dennis dijera que a las siete, hora que habían planeado ya desde antes con la coordinadora del restaurante.

—Pues sabes que no quiero que corras o te apresures por mí, creo que a las 7 estará bien, después de todo creo que yo estaré dejando la oficina a eso de las seis y algo.

—Perfecto, no se diga más, nos vemos a las siete en el restaurante. Te amo. —Lucas estaba feliz, ya había dado el primer paso y todo comenzaba a rodar como estaba planificado.

Lucas colgó el teléfono rápidamente, no fuera a ser que Dennis cambiara de parecer, de este modo quedaba todo arreglado, ya había logrado que Dennis fuera a la cita sin mucho replicar. Dennis por su parte, aceptó sin mucho pensarlo ya que le había estado preocupando la idea de que ella estaba trabajando mucho y podría estar descuidando la relación, era una sensación que sentía de vez en cuando y no le gustaba, por eso de todas maneras habría hecho lo que fuera necesario para complacer a Lucas. Lo que Dennis no preveía era todo lo que había detrás, no solo ella se preocupaba de la relación, sino que Lucas y todos los demás querían ver esa relación unida para siempre.

Sarah pasó por su madre y llegaron al restaurante alrededor de las cinco y media, tuvieron tiempo para tomarse aquel café el que habían comentado antes y hablar de los últimos planes de su mudanza a la casa de su madre. Sarah le mostró a Eileen todas las decoraciones del salón, que había quedado precioso. Eileen está impresionada de lo talentosa que Sarah era y cada vez que ella le decía, *pero tú eres increíble*, Sarah le respondía, *mamá, de qué hablas, es que en realidad debo de ser tu hija, tú siempre has sido una mujer brillante*, y ambas soltaban una carcajada. Pero Sarah estaba en lo correcto, Eileen siempre había sido una mujer de brillantes ideas, lo mismo que Mary, por eso es que lo que crearon, había crecido y se había fortalecido hasta transformarse en una compañía de sólida reputación y Sarah se sentía orgullosa de que esa compañía hubiese sido creada y fundada por su madre.

Había pasado un buen rato desde que habían llegado cuando vieron llegar a Tammy con su familia. Eileen y Sarah se levantaron de sus sillas para ir a saludarlos y entre saludo y saludo, Tammy preguntó por su madre, a lo que Eileen respondió;

—No te preocupes hija, creo que ya debe estar por llegar, ha ido por el pastel a la pastelería de Villanueva, puedes imaginarte el tráfico, siempre es complicada esa parte de la ciudad, pero verás que ya no tarda. —dijo ella tratando de tranquilizar a Tammy.

—Está bien tía, no te preocupes, es que no pude llamarla antes de salir de casa, ya sabes… tratando de sacar a todos, uno a uno, se me hizo difícil, pero finalmente llegamos. —comentó Tammy con una sonrisa en su rostro.

Ya a eso de las seis y media comenzaron a llegar otros invitados, algunos amigos de Lucas y gente de la compañía, con la que Dennis trabajaba. Rona llegó acompañada de Lucas y detrás de ellos, casi corriendo llegó Mary, quien venía cargando la caja que traía el pastel. Aún quedaba tiempo para que Dennis llagara, pero Lucas ya tenía el teléfono en sus manos en caso de que ella se adelantara. Estaba nervioso, lo sabía, pero no podía evitarlo, porque a pesar de que todo estaba listo, aún faltaba lo más importante, esperar a que Dennis dijera que sí.

Lucas había pensado en todo, lo de la casa, el anillo, la recepción, en fin… pero en ningún momento había pensado en que Dennis pudiera decir que no, pero por supuesto que era posible y era en ese momento preciso, minutos antes de que ella llegara, es que el miedo le invadió haciéndolo pensar que era una posibilidad muy real, la cual él no había contemplado. Una sensación repentina y desagradable le inundó de forma espontánea. Rona lo observaba desde la esquina del salón, acababan de poner el pastel en la mesa, ella lo estaba observando y había visto que Lucas movía las manos, clara indicación de que estaba nervioso, por lo que decidió acercársele para ver si podía ayudar en algo.

— ¿Qué es lo que te ocurre Lucas? ¿Te he estado observando y te noto preocupado? ¿Puedo ayudar en algo? — preguntó Rona con cierta preocupación en el tono de su voz.

— No es nada, creo. — dijo Lucas.

— Pero qué dices, si te he estado observando, ¿Es que Dennis te ha llamado?

— No, la verdad, creo que no es nada, solo que pensé en algo que no había considerado antes.

— ¿A qué te refieres? ¿Es que te has olvidado de algo?

— No, no me he olvidado de nada, solo que…

— Pero ya dime qué es lo que te preocupa.

— Deben ser solo tonterías mías, solo eso. — dijo Lucas tratando de mejorar la expresión de su rostro.

Al ver que Lucas y Rona conversaban, Tammy se les fue a unir, pero se dio cuenta de que algo no andaba bien. Al enterarse de que Lucas estaba nervioso, ella le dijo que no tenía nada de qué preocuparse, ella sabía que Dennis le quería muchísimo y que estaba segura de que esa noticia a ella la pondría muy feliz. Justo en ese momento el teléfono sonó.

— ¿Aló?

—Hola mi amor, ya he llegado, estoy estacionando el auto ¿ya estás dentro del restaurante? —preguntó Dennis.

—Sí, recién he llegado, ya tengo una mesa para nosotros. Apenas entres me verás a la izquierda. —dijo Lucas.

— ¿Todo bien? Suenas un poco triste.

—No, qué dices, todo está bien. Te espero.

Lucas colgó el teléfono y miró a los demás y les dijo:

—Ok, creo que el momento ha llegado, deséenme suerte. —exclamó Lucas y dejó el salón para ir a sentarse en la mesa que tenía ya reservada en el piso del restaurante.

En el momento que él se marchaba, Alicia lo alcanzó casi corriendo para entregarle lo que ella había estado guardando esa tarde. Era el anillo para Dennis. Lucas mostró una expresión de sorpresa al darse cuenta que se iba sin llevar el anillo en el bolsillo. Luego respiró hondo y prosiguió.

Lucas pensaba en tantas cosas, todo lo que había acontecido desde que él recuperó su memoria, el saber de dónde venía y lo que había venido a buscar. La vida en el plano humano era algo muy serio y complicado y más aún, el haber tenido que acercarse a Dennis, ganar su confianza y para que creciera nuevamente el amor en ella había sido aun mayor desafío. Claro que tenía razones para estar nervioso. No había forma de saber si ella realmente le diría que sí, sin tener que preguntarle directamente. Así es que ahí estaba, en los momentos previos a esa gran pregunta. Lucas estaba hecho un atado de nervios. Sintiéndose como un chiquillo inmaduro y sin experiencia, aunque sabía que Dennis era su otra mitad en el plano astral.

—Ahí estás, ¡Hola! Por fin llego. —dijo Dennis, mientras ponía su bolsa en la silla contigua a Lucas.

—Hola mi vida, sí es verdad, ha sido un largo día. —la verdad es que Lucas no quería sonar preocupado, pero tampoco sabía qué decir, tenía un nudo en el estómago. — ¿Cómo estaba el tráfico viniendo para acá?

—No había mucho, la verdad es que me sorprendí de no tener esos atracaderos que se forman usualmente los fines de semana.

—Ah, qué bueno, mejor así.

—Claro que es mejor, ¿y tú? ¿Llevas mucho rato esperando? —preguntó Dennis ya sentada al frente de Lucas.

—No, creo que unos minutos más o menos. —Lucas tomó la jarra con agua y le sirvió un vaso a Dennis y uno para él, del que bebió de inmediato.

—Mmm ¿pasa algo? Te noto un poco nervioso. —Dennis ya relajada comenzaba a darse cuenta de que algo no andaba bien, le miró de frente y le volvió a preguntar —En serio, deja de decirme que no ocurre nada, lo estoy viendo, tu semblante está pálido y tú nunca tienes necesidad de tomar agua antes de la cena, ¿Qué es lo que ocurre? —esta vez utilizó un tono más serio.

— ¡Hay Dios! Sí, es la verdad, no puedo mentirte, pensé que sería más fácil, pero no.

—Ves como sí pasaba algo, ¿qué es? ¡Dímelo de inmediato! No me hagas tener que arrancarte las palabras de una a una, creo que no estaría para ese juego. —se notaba el cambio en la expresión de Dennis, se le había enfriado la sangre y estaba emblanqueciendo.

—Dennis, tú sabes que te quiero y eres lo más importante que tengo, eres mi otra mitad, ¿lo sabes? —dijo Lucas, mientras le tomaba las manos en el centro de la mesita en la que estaban sentados. —Es importante para mí que lo sepas, hoy y en todo momento.

—Pero claro que lo sé, no hace falta que tengas que ponerte así. No pienses que mis sentimientos han cambiado, lo sé, sé que he estado trabajando mucho… —Lucas acercó su mano con suavidad y la puso sobre los labios de Dennis.

—No, no es por tu trabajo o nada que puedas pensar. —Dennis permaneció callada mientras él continuó hablándole.

—Lo que ocurre, es que desde hace mucho tiempo he estado pensando en algo y no sabía cómo decírtelo. Luego cuando pensé en cómo te lo diría, vinieron muchas ideas a mi cabeza, y decidí que esperaría por el tiempo oportuno. Al pasar de los meses pensé que estaba listo, pero ahora no sé cómo hacerlo. —Dennis lo miraba más confundida de lo que él esperaba, la verdad es que

470

Dennis no tenía ni la más remota idea de lo que él estaba hablando. Lucas continuó.

— ¿Recuerdas cuando finalmente te puede contar todo sobre nosotros? Estaba feliz porque eso significaba que ya comprendías que nuestra historia no es solo de este mundo, sino de nuestra existencia y me sentía muy afortunado, pensé que era todo lo que necesitaríamos para ser felices, pero luego pasó el tiempo y comprendí que no era así. —Dennis interrumpió de súbito.

—Está bien Lucas, no tienes que seguir, creo que entiendo a dónde vas… lo entiendo. —la mirada de Dennis estaba triste, y los ojos se le estaban aguando, ella había tomado las palabras de Lucas de la manera equivocada.

—No Dennis, No, por lo que más quieras no pienses lo que estás pensando. — las manos de Lucas sostenían más apretadas que nunca a las manos de Dennis. —espera, no lo estoy haciendo como pensé, te lo dije, estoy haciéndolo mal.

— ¿De qué hablas? de verdad es que no te entiendo. ¿No es que quieres terminar conmigo? ¿No se trata de eso acaso? Lo estoy sintiendo en tus palabras, pero no quieres herirme, pues no te preocupes, no tienes que decir nada más.

—No mi amor, no lo digas ni en broma, me moriría sin ti.

—Entonces qué diablos es todo esto, me estás martirizando, no puedo saber lo que pasa si no me lo dices. —Dennis le habló golpeado, ya sus nervios estaban descontrolándose, y eso que ella casi nunca perdía compostura.

—Lo sé, espera… —Lucas retiró su mano izquierda y la llevó al bolsillo de la chaqueta que llevaba puesta, y de ahí sacó la pequeña cajita y la llevó hasta las manos de Dennis.

La expresión en la cara de Dennis volvía a cambiar, esta vez su corazón palpitaba de una forma impresionante, algo le decía internamente qué es lo que encontraría en aquella cajita negra aterciopelada.

—Dennis, mi vida, esto no es presión, pero quiero saber… — Lucas abrió la cajita, muy despacio, dejando al descubierto el anillo que él había diseñado para ella. — ¿Si te gustaría ser legalmente mi otra mitad? —dijo Lucas, levantando la mirada a los ojos de Dennis.

Los ojos de Dennis se llenaron de lágrimas que brotaban sin poder controlar su cauce. Era una sensación que no sabía explicar, su corazón parecía palpitar desde el centro de su garganta, y sus músculos no podían ya articular. Esta noticia la había tomado totalmente por sorpresa, pero era una sorpresa excepcional, la que le inundaba su ser de algo que no había sentido desde hacía mucho tiempo. Esa sensación de felicidad desbordante se veía demostrada en el caudal de lágrimas que escapan rodando por las mejillas de su rostro. Los segundos pasaron para convertirse en minutos y ella aún no decía nada, solo estaba allí contemplando aquel anillo, mientras su sollozo continuaba.

—Dennis, mi amor, mi vida, no llores, si no quieres, no tienes que darme una respuesta, no quiero presionarte, pensé que esto sería una buena idea, pero ya veo que debí haberlo hablado contigo primero. —dijo Lucas casi desconcertado y claramente preocupado. —Dennis, mira, ¿por qué no nos olvidamos de esto y lo podemos conversar en otra oportunidad? —Lucas continuaba esperando que Dennis dijera algo, sin poder pensar en qué o cómo haría, para ir a decirle a los que estaban sentados detrás de esas puertas, esperando por ellos para celebrar juntos la buena nueva.

En el momento en que Lucas movió sus manos, tratando de retraer la caja con el anillo y así sacarla del medio, Dennis reaccionó.

—No, no, espera, lo siento. —mientras ella rescataba la cajita de las manos de Lucas. —Soy una tonta, eso es lo que soy, ¡perdón! No te lo lleves, ¡es mío! ¿Verdad?, lo has comprado para mí, así es que ya no me lo puedes quitar. —las lágrimas no habían parado aun, pero la sonrisa afloraba en su rostro, y el brillo en su mirada irradiaba miles de destellos de felicidad. —Claro que sí, por supuesto que me casaré contigo, te amo, siempre estaré a tu lado, no sabes cómo me siento. —por fin Lucas podía respirar, casi se había quedado sin aire al ver a Dennis tan perturbada.

—Mi vida, qué susto que me has dado. Es más, pensé que me daría un ataque al corazón. Sentí que te estaba haciendo sufrir y no sabía qué más decirte.

—Es que ha sido todo tan inesperado, que la verdad es que aún no lo puedo creer. —dijo Dennis con la mirada fija en su anillo.

— ¿Quieres ver cómo te queda en tu mano? —preguntó Lucas.

—Oh, sí, claro, que sí, ¿no ves que soy una tonta? Ni se me ocurre probármelo. —Lucas lo sacó de la cajita y lo deslizó en el dedo de Dennis. Ella lo contemplaba y mientras esto ocurría, visiones de imágenes comenzaron a aparecer en su cabeza. Dennis comenzaba ver otras memorias de su existencia, las cuales no había visto antes.

— ¿Te gusta? —preguntó Lucas.

—Espera... —algo llevó a Dennis a sacarse rápidamente el anillo de su dedo para leer de cerca la inscripción que se veía sobre la banda. — ¿NA-WEER-TIS? —lo leyó como pensando saber el significado.

—Sí, te explicaré lo que significa. —dijo Lucas, preparándose para dar la explicación.

— ¡No!, creo saberlo, y creo que no tienes que darme una explicación. —Dennis tomó el anillo con sus manos y lo llevó a sus labios para besarlo y luego lo llevó a ponerlo junto a su corazón. La mirada de Dennis fue de inmediato a buscar los ojos de Lucas y desde su mente, ella comenzó a hablarle.

—Ése es mi nombre ¿verdad?, y el nombre del final es el tuyo, ¿correcto? ¿Y el nombre del medio en es el nombre de quién? ¿De nuestra hija? ¿Verdad que es el nombre de ella? Por qué no me habías dicho que tenemos una hija, ¿dónde es que ella está?, ¿por qué no puedo verla? —Dennis estaba tan emocionada que no se había dado cuenta que estaba hablándole con la mente, pero pronto Lucas le respondió.

—Calma mi vida, sí estás en lo correcto, y ella está en nuestro hogar, allá de donde vinimos, y claro que la verás. Podrás verla cuantas veces quieras cuando volvamos, así lo hemos hecho siempre, ¿no lo recuerdas? —dijo Lucas con cariño, quería que

474

Dennis se sintiera segura de que las cosas volverían a ser de la forma en que eran antes de venir a este plano.

—Sí, estoy recordando, pero no puedo entender que tengamos que esperar hasta regresar para verla nuevamente, no quisiera esperar tanto, siento que quiero verla ahora mismo. —dijo Dennis. — ¿Qué haré para esperar tanto tiempo sabiendo que ella está allá sola?

—No te preocupes, ¿te acuerdas que te explicaba por qué razón venimos a este plano sin poder recordar todo lo que somos y de dónde venimos?, es exactamente por esto, porque no podríamos hacer nuestro trabajo pensando en lo que dejamos en casa. Pero todo se arreglará, ya verás, no te pongas triste. Creo que deberíamos seguir esta conversación al modo humano, ¿no te parece?

— ¿Qué quieres decir?

— Qué tal vez deberíamos hablar en forma normal para que así no nos observen por estar callados por tanto tiempo. —Dennis no se había percatado que lo había estado haciendo de forma natural, sin pensar que otras personas podrían estar observándolos.

—Oh, mi Dios, es que no me di cuenta de cómo ocurrió —dijo ella. Lucas volvió a hablarle de la forma normal y Dennis pudo contestarle, y así los dos rieron al darse cuenta de que ella se había dejado llevar por su ser interior. Al cabo de unos minutos, Dennis volvió a ponerse su anillo y lo miraba emocionadamente, pero ya no habían lágrimas, sino una abundante sonrisa en su cara.

—Amor, te tengo que decir algo más, pero, por favor, no llores, no es para llorar. —dijo Lucas tratando de evitar que Dennis se fuera a emocionar otra vez.

—Ay no me digas, ¿qué más hay que no me has dicho? Es que sinceramente me vas a matar con tantas sorpresas.

—Te prometo que solo una más.

—Oh, ¿entonces sí hay otra? ¿Y qué es ahora? No quiero adivinar, tendrás que decírmelo tú. — dijo Dennis sonriéndole.

—Está bien, pues ésta será más fácil.

— ¿Sí? Qué bueno, y ¿Cuál es la sorpresa?

—Es fácil y sencilla, solo debes venir conmigo.

— ¿A dónde?

—Es aquí mismo, no te apures. —Lucas se paró de su asiento mientras le guiñaba el ojo a la coordinadora que le miraba desde la puerta del salón. Dennis se paró detrás de él y le siguió.

— ¿Y qué será ahora?

—Ya verás, en realidad nada que te vaya a impresionar como lo del anillo. —Lucas soltó una carcajada un tanto nerviosa.

Ambos caminaron y al llegar al salón, la mujer les abrió la puerta y entraron.

— ¡Sorpresa! —gritaron todos los que estaban allí, y cada uno de los presentes, comenzaron a acercarse para felicitarles. Uno a uno, entre abrazos, risas y sorpresas, Dennis no tuvo tiempo a respirar y menos para absorber lo que estaba aconteciendo. En momentos no sabía si ponerse a llorar por la emoción, o si restregarse los ojos para despertar de ese hermoso sueño.

Mientras trataba de conversar y saludar a todos los que allí estaban, Dennis se daba unos segundos para mirar a su alrededor. El decorado era maravilloso y quería apreciarlo y disfrutar de ese momento al máximo, sin dejar escapar ni un solo detalle. Advirtió que había guirnaldas de luces pequeñitas colgadas por todas las paredes, los arreglar de flores en las mesas, y toda la delicadeza puesta en cada uno de los detalles. En la mesa en donde estaba la comida, también estaba un pastel de *selva negra*, favorito de Dennis y junto a éste un sobre blanco, cosa que le llamó la atención.

Sarah vino a abrazarle y no la soltaba, sentía tanta emoción, casi con la misma intensidad que Dennis lo había sentido. Cuando finalmente la soltó, Sarah la miró a los ojos y le dijo;

— ¿Te gusta? Espero que no estés enojada conmigo, ésta era la verdadera razón de por qué no cenamos juntas. —dijo Sarah quien quería que Dennis supiera de una vez que el motivo de no haber pasado más tiempo juntas no era alejamiento sino lo contrario.

—Oh, no, ni lo digas, creo que estaré por el resto de mis días agradeciéndoles a ti y a todos lo que han hecho, no sabes cómo me siento, esto es mucho más que una maravillosa sorpresa, esto es todo para mí. Y ya no quiero ponerme a llorar de nuevo, no sé si esta vez podría contener el llanto. —Sarah y Dennis rieron.

Luego Dennis decidió acercarse a cada una de las mesas a saludar y agradecer nuevamente a cada uno de sus amigos. El enterarse de que todos habían contribuido a tan maravillosa sorpresa, la hacía sentir muy especial, que casi podía flotar en el aire que la rodeaba.

Habló con Eileen, quien estaba muy feliz porque su hija se mudaba a vivir con ella, y quien le dio nuevamente las gracias infinitas a Dennis, por haber sido el mejor soporte para su hija. Luego se fue a sentar con Mary, quien estaba con Tammy y su familia, todos sonreían, era maravilloso ver a su amiga y mentora ahí presente, recuperada y llena de vida, no solo ella, pero todos en su familia parecían haber recuperado la vida. El esposo de Tammy sostenía su mano de tal manera que demostraba a leguas que él la amaba, y sus hijos permanecían a su lado, bromeando y riendo, disfrutando de ese momento familiar.

En la otra mesa estaba la doctora Michaels con algunas personas del Centro Holístico, y dos doctores amigos de Lucas. Cuando Dennis paró en esa mesa, fue directo a tomarle la mano a Rona y le dijo;

—No sé cómo agradecerte esto, y todo lo que has hecho por mí. —le dijo ella en un tono sutil. —es más, te debo todo lo que vino después de conocerte, gracias a ti, a que me escuchaste y me diste la mano es que hoy veo esto como mi presente, pues antes no tenía futuro.

—No digas eso, tú siempre has tenido futuro, lo que pasa es que no lo podías ver, pero ahora estás bien, sabes quién eres en realidad y eso es todo lo que importa. Dennis tú eres una bellísima persona, de nobles sentimientos y siempre has estado ahí para todo aquel que lo necesite. No digas más, yo soy la afortunada por haberte encontrado, de verdad, mi vida cambió cuando tú apareciste en ella. —la doctora Michaels se levantó para darle a Dennis un beso y un abrazo y además hacerle un comentario. —Creo que te gustará la otra sorpresa que Lucas tiene para ti.

— ¿Qué dices? ¿Otra sorpresa? Es que no lo puedo creer.

—Oh no, creo que he metido la pata donde no debía. —sonrió Rona dejando al descubierto que Lucas efectivamente tenía algo más que darle a Dennis.

—Pues creo que sí, Lucas me dijo que no habían más sorpresas, ahora tendrás que decírmelo, no podré quedarme así. —Dennis sonreía.

Después de haber conversado con todos por unos momentos, Dennis volvió a su mesa a sentarse con Lucas quien también había estado disfrutando de conversaciones con los invitados. Él estaba más que feliz, ya por fin había pasado esa terrible angustia que sintió mientras esperaba por Dennis, ¡había sido horrible!

Dennis por su parte aún estaba como en las nubes, no había logrado asimilar los acontecimientos de esa tarde, y aún le quedaba más, pero encontraría el momento en que todo fuese un balance absoluto, en donde pudiese apreciar y absorber todo lo que estaba experimentando.

Dennis y Lucas aprovecharon de comer lo que habían servido, pues todo mundo estaba disfrutando de la cena. No era mucha gente, pero eran los que debían estar. Todo estaba ameno y familiar, ése era el mundo de Dennis y Lucas, al menos en el plano terrenal. Dennis se llevaba la comida a la boca por inercia porque no tenía hambre, pero aprovechaba el momento para mirar y disfrutar. De cuando en cuando miraba a Lucas, le veía sonriente, feliz, lleno de ese brillo especial. Todo mundo estaba contento, incluyéndose ella, ¿qué más podría ella pedir?

La mirada de Dennis se detuvo al sorprender a varias orbes brillantes que parecían jugar escondiéndose entre el reflejo de las luces en las guirnaldas que colgaban en las paredes. Se movían con rapidez de un lado al otro, sin un patrón fijo, y entraban y salían de la pared casi con ritmo juguetón. Nadie más había notado algo extraño o diferente puesto que nadie las miraba así como Dennis, quien no solo las veía sino que podía sentir esa energía que los orbes irradiaban. Pensaba por un instante y se preguntaba si ellas estaban ahí porque tenían que estar, o por curiosidad a lo acontecido. Como no escuchaba respuesta alguna, se dejó llevar por lo que su corazón sentía, y éste le decía que estaban allí porque se sentían tan felices como ella, que estaban ahí para compartir ese hermoso momento en la vida de NA.

—Mi amor ¿a dónde vas? —preguntó Dennis al ver que Lucas se paraba de la mesa.

—Voy por el pastel. —respondió Lucas, pero cuando llego a la mesa donde estaba el pastel, tomo una copa de cristal y la golpeó con uno de los cubiertos, llamando así la atención de todos. —Perdonen que les corte la inspiración ahora en la cena, comeremos postre dentro de poco, pero antes de eso quería personalmente agradecerles a todos los que aquí están y especialmente a aquellos que forman parte de la vida de quien será mi esposa dentro de muy poco. De todo corazón les doy las gracias por estar aquí y por todo lo que hicieron para que esto fuera posible. —Lucas se notaba un poco emocionado, las palabras salían despacio de su boca, mientras él quería con su mirada recorrer todo el salón y no dejar de ver a nadie. —Mi amor, sé que te dije que no habían más sorpresas, pues hoy he sido el mentiroso más grande, puesto que queda algo más. —todos se reían y abucheaban a la misma vez. —pero será la última vez, te lo prometo, solo esta última, te doy mi palabra.

—Bueno, está bien, dime lo que tengas que decirme. —Dennis se había parado de su silla y había caminado hasta donde estaba Lucas. Se le apegó muy cerca y le dio un abrazo y colgada del cuello le dijo —Esta bien, dame esa última sorpresa que después de todo sé que tú no me harías sufrir, así es que esta sorpresa sé que será algo que me hará feliz.

Lucas tomó el sobre blanco que estaba junto del pastel y se lo puso en las manos a Dennis y le dijo;

—Ábrelo, espero que esto te guste mucho ya que no sería fácil tener que cambiarlo. —muchos de los que estaban ahí sabían de lo que Lucas estaba hablando y se echaron a reír sin disimulo alguno, por lo que Dennis comprendió que esto más bien era sorpresa solo para ella y no para los demás.

—Veo que ya saben lo que es, y que soy yo la única que lo ignora, pues bien entonces me daré prisa, ahora sí que me mata la curiosidad. —dijo Dennis tratando de compartir el momento ameno con todos.

Nuevamente Dennis no tenía idea de lo que había en el sobre, cuando lo abrió, vio documentos y al tratar de abrirlos se cayeron unas fotografías. Ella las recogió y vio, trataba de ver si pertenecían a algún lugar que ella conocía y a pesar de que todo era muy bonito, Dennis no logró imaginarse donde era, pero de un momento a otro saltó y gritó;

—Ya lo sé, ¡éste es el lugar donde iremos de luna de miel! —todos la miraban con cara de que *estás cerca, pero eso no es,* en eso escuchó a Rona quien le dijo;

—Dennis lee la dirección. —ella la miró y luego fue directo a la primera hoja y buscó alguna dirección y cuando con un poco de calma pudo leer, se dio cuenta de lo que tenía en sus manos.

Era un título de propiedad. Ella tenía en sus manos los derechos de una vivienda, sin saber aún muy bien qué o dónde estaba. Ella tomó las fotos y las miró con detenimiento. Observó que era un bello lugar, lindísimo, con mucha luz y cuando llegó a la cuarta foto, vio que era una casa a la orilla de la playa y Dennis dijo;

— ¡Esto si no lo puedo creer! —Dennis miraba a Lucas, sus ojos mostraban un brillo de incredulidad, pero a la vez algo le decía sí, que eso era exactamente su última sorpresa.

Lucas había comprado una vivienda para ellos dos y nada menos que en la playa, con una hermosa vista y estaba toda decorada, lista para que se mudaran.

—Pero de verdad que me has dado la sorpresa de mi vida hoy, no sé si estaré soñando, ¿puede alguien venir a despertarme? —Dennis reía nerviosa. No sabía realmente cómo tomarlo, ya era demasiado, y sin pensarlo mucho, se le echó a los brazos y lo besó.

A los dos se les arrancaron un par de lagrimitas, claro, de felicidad y regocijo. Así continuaron por unas cuantas horas más, compartiendo y disfrutando con sus amigos, incluyendo a esas luces que ya desde hacía rato celebraban la unión de ellos.

Dennis necesitaría mucho más que un par de horas para asimilar todo lo que había acontecido, y cómo su vida estaba cambiando. Lucas por su parte, él no necesitaba tiempo para asimilar nada, él solo estaba reforzando lo que tenía con Dennis, eso que era tan fuerte y poderoso que a pesar de todo, sobresalía y perduraba sin importar cómo fuese, o dónde estuvieran.

Él la amaba a ella y ella a él.

Capítulo 29

Un Regalo Especial

Los días pasaron como era de esperarse, poco a poco todo debía volver a un punto de normalidad, sin tanta excitación como los previos, pero no antes de haber concretado ciertos eventos que habían acontecido en los últimos días.

El día de la recepción todo fluyó tan rápido que Dennis temía olvidar los detalles, ella quería haber conservado cada instante de ese día, desde la primera llamada en que Lucas la invitó a cenar, hasta el último momento cuando recogían las decoraciones y demás cosas que quedaban en el salón. Todo era importante para ella, y todo lo quería conservar, pero la vida es como es y ésta sigue y se mueve con rapidez, tanta que a veces no alcanzamos a darnos cuenta que es solo ese preciso momento el que podemos conservar.

A la mañana siguiente Dennis se despertó muy temprano, no quería perder ni un solo instante, estaba ansiosa por poder salir ya rumbo a su nueva casa. Pero Lucas parecía estar más cansado que de costumbre, tanto que realmente parecía que finalmente el estrés que se había echado encima por más de un mes, le estaba pasando la cuenta. Después de un rato de dar vueltas, y vueltas por el departamento, Dennis consiguió fijarse en una caja vacía que había dejado para llevar al reciclaje, pero se le ocurrió que ahora mejor que nunca podría usarla y se puso de inmediato a echar cosas dentro de la caja.

Una vez que la llenó se fue derecho a la habitación y le dijo a Lucas que se levantara, que ella estaba lista para ir a ver la casa nueva. Ya no podía esperar más, aunque solo eran las seis de la mañana de un día sábado, para Dennis que llevaba un par de horas despierta, era más que suficiente.

Era obvio que Lucas no podría dormir más, aunque quisiera, pues Dennis estaba deseosa de llegar a ese nuevo lugar, así es que se fueron apurados y ni desayuno tomaron, solo les quedó comprar y llevar algo para la casa nueva. No era una gran distancia la que tendrían que recorrer, probablemente solo unos cuarenta a cuarenta y cinco minutos desde donde estaban, pero para Dennis eso no era importante, ella solo sabía estaba feliz.

Al llegar al área donde estaba la casa, Lucas bajó la velocidad para que ella pudiera apreciar la zona, y cuando se iban acercando, él le mostró apuntándole con el dedo la casa que estaba al final de la calle. Lucas finalmente estacionó en el frente de la casa. Un búngalo de un piso, muy normal por fuera, se notaba que la entrada había sido renovada y que la puerta de calle era nueva.

Lucas sacó las llaves del bolsillo y las puso en la mano de Dennis. Ella sin demorar más, impulsivamente fue y abrió la puerta, parecía una niña pequeña abriendo su regalo de Navidad o tal vez lo era. Dennis quedó impresionada cuando vio la distribución del interior de la vivienda. Su boca casi abierta y sus ojos grandes gritaban a lo lejos la expresión de sorpresa en su rostro. Lucas había renovado el piso completo y había diseñado toda la pared exterior, que daba al lado del océano, fueran ventanales, los más grandes posible. Dejando las habitaciones, la sala y la cocina conectadas por un corredor exterior, de esta forma, desde donde ella estuviera podía ver el mar.

En el corredor exterior había puesto una mesa y sillas de patio y muchas flores por toda la baranda, haciendo de esta nueva casa un lugar muy acogedor, para pronto convertirse en el hogar de ellos. Claro que Lucas había tenido ayuda, Rona había proporcionado varias ideas en lo que se refería a decoración, lo mismo que el hombre que manejó la reconstrucción del lugar, él ayudó a diseñar el mejor funcionamiento de espacio. Lucas estaba muy complacido con el resultado y en esos momentos, se daba cuenta de que Dennis también, ya que su asombro era tanto, que sus ojos se aguaron de felicidad.

Lucas sostenía la caja que Dennis había llenado de cosas y desde la entrada la miraba;

— ¿No dices nada mi amor? —dijo Lucas iniciando la conversación.

—Es que no sé qué decir, siento que quiero llorar, estoy muy emocionada. —dijo Dennis, la que no dejaba de mirar a su alrededor. Todo le parecía hermoso.

—No llores por favor, no quiero verte llorar, quiero que estés feliz, ésa era mi intención.

—No, si no es de pena, es que esto es mucho, no me lo habría imaginado nunca, además el lugar está… maravilloso. —dijo Dennis.

—Pues me alegro, ven, déjame mostrarte el resto, ya no llores. —Lucas se acercó y de la mano se la llevó a mostrarle el toda la casa.

Recorrieron las habitaciones y el corredor exterior. Éste estaba elevado de la arena como unos cuatro pies, lo que permitía una vista panorámica bastante amplia de todo el espacio. Bajaron una pequeña escalera y caminaron en dirección a la playa.

Pasaron el resto del día recorriendo el pueblito costero, el cual tenía una calle principal llena de negocios, restaurantes y locales que vendían antigüedades, también algunos negocios de souvenires y recuerdos propios del lugar, como todos los pueblitos pequeños del área. Compraron comida en uno de los establecimientos locales y se la llevaron a la casa nueva. Dennis en esos momentos solo quería regresar a su nueva casa y comer ahí para disfrutar de su nuevo hogar. Ella estaba más que feliz, era algo que sentía dentro, algo que no había llegado a sentir antes.

Mientras comían en la casa, Lucas le dijo;

—Mi amor, he pensado que podríamos casarnos dentro de un mes, ¿Qué te parece la idea? —dijo Lucas.

— ¿Un mes? Mmm… —Dennis estaba un poco indecisa, no había tenido tiempo a pensarlo, ni sabía qué era lo quería para su boda, pues nunca había tenido realmente pensamientos acerca de eso.

— ¿Te parece muy poco tiempo? Creo que podemos hacerlo, además… —Lucas calló.

— ¿Además, qué? Dime —dijo Dennis.

—Bueno, no sé, haremos lo que tú quieras, pero creo que sería estupendo si hacemos algo aquí, me refiero a tener una recepción aquí en casa ¿Qué opinas?

—Oh, claro, que sí, el lugar es precioso, además hay espacio suficiente, me parece genial. Es una idea excelente. —dijo Dennis quien tenía sus ojitos llenos de brillo.

—Fantástico, entonces estamos en el mismo plano, haremos la recepción acá y a la brevedad posible ¿te parece?

—Está bien, por qué no, todo está dado así. Creo que encontraré algún vestido que me quede. —Dennis se echó a reír y corrió a los brazos de Lucas, le abrazó y lo besó profundamente.

Esa tarde, en ese lugar, solo había una sola cosa y eso era el amor que Lucas y Dennis se tenían. No solo se amaban en ese momento, sino que eran dos almas que habían estaba mucho tiempo juntas, y en ese momento volvían a unirse, como quien dice, una vez más.

En ese momento dejaban atrás las penas y los dolores que la vida humana traía consigo, y se entregaban el uno al otro como seres de luz que eran, con esa energía casi mágica de la que sus almas estaban compuestas, dejando fluir la intensidad de esa luz, sin miedo a ser vistas. Ambos se entregaron a vivir ese momento como lo que era, solo un momento. Uno entre tantos otros miles que tenían guardados en sus memorias.

Los días transcurrieron y Dennis habló con Sarah y con Tammy para que le ayudaran a ir de compras por su vestido, ambas estaban felices de ayudar. Mientras, por otra parte, Lucas contactó al mismo restaurante en donde le había pedido matrimonio para que les hiciera la comida y servicio de *bufette* en el nuevo domicilio.

La comida, el lugar, las flores y demás, ya estaba todo preparado y coordinado en menos de una semana, hasta Dennis había encontrado un precioso vestido que estaría listo en unos cuantos días. Todo estaba de maravilla, a veces se le hacía difícil creerlo, y pensar que todo esto era real y dejar de temer que algo pudiese salir mal, pero era inevitable dejar de sentir ese miedo interior, siempre era como lo mismo, mucha felicidad y algo malo ocurría pensaba Dennis.

El día de la mudanza para Dennis llegó. Dos semanas antes de la boda Dennis recogía todas sus cosas del departamento. Lucas lo había hecho la semana anterior. Había sido cansador para ella, pues había pasado toda la semana armando cajas que se llevaría y llenando bolsas las cuales donaría y por supuesto siempre está lo que se va a la basura, eso que todos acumulan a través de los años. En algún momento Dennis removió sentimientos del pasado, como las cosas que había guardado desde que era una niña, las fotografías de sus padres, algunas prendas de ropas y el joyero de su madre. Al tenerlos enfrente, se dijo a sí misma;

—Ya no estarán más en una caja, finalmente, irán a casa, a mi casa conmigo, mamá y papá, tendrán un lugar de importancia, porque sé que siempre han estado ahí, de alguna forma guiándome y velando por mí. Lo sé. —dijo Dennis, mientras elevaba la vista para encontrarse observada por varios orbes de luz, quienes inmóviles en la esquina de esa habitación parecían escuchar las palabras de Dennis.

—Si tan solo… bueno no quiero presionar, pero ¡como quisiera verlos! —exclamó Dennis.

Pero los orbes no hicieron nada, solo se quedaron en el mismo lugar por un rato más, hasta que poco a poco se fueron yendo uno a uno. Dennis ya lo había comprendido y no se sentía mal al no recibir respuesta de ellos. Aceptar que las cosas eran de un modo diferente había sido tarea ya sobrepasada y esto había ayudado mucho a Dennis a comprender el resto de los acontecimientos que la acompañaban en esta vida.

Había algo entre todas las cosas que a pesar de que ella trataba, no podía dejarlo de lado. Desde que había sabido que ella tenía una hija en ese otro lugar del que ella provenía, por más que quería, no podía dejar de pensar en cuándo sabría más de ella o cuándo la vería. Era esa curiosidad que no podía contener, pero ella no le había comentado nada a Lucas, aunque moría de ganas de pedirle que le contara más de esa vida y por supuesto, que le hablara más de ella. Sabía que era muy probable que él le dijera que no era posible. Por eso fue que decidió hablar con Sarah para preguntarle lo que no podía preguntarle a Lucas.

—¿Estás nerviosa? Es que ya queda poquito tiempo. —Sarah estaba muy entusiasmada con la boda de su amiga.

—Bueno, sí, estoy nerviosa, pero creo que es normal. Es algo en el estómago, no sé cómo explicarlo.

—Pues como muchos dicen, -"maripositas"- o algo así. Pero ya pasará, y todo estará bien, no te apures que la calma volverá. — le comentaba Sarah a Dennis, tratando de calmar sus ansiedades.

—Gracias mi amiga, lo sé, es que es algo que no puedo evitar, después de todo Lucas y yo, hemos estado juntos desde hace algún tiempo, y hemos compartido el apartamento y no sé en realidad que es lo que me pone nerviosa. Deben ser nervios de novia. —ambas echaron a reír.

—Sarah, sabes, yo quería pedirte un favor, sé que han pasado tantas cosas en los últimos meses que no quiero ser una presión o nada parecido.

—A qué te refieres Dennis, no tengas cuidado, tú sabes que eres mi amiga y puedes preguntarme o pedirme lo que sea. — dijo Sarah mirando seriamente a Dennis.

—Bueno, es que no sé si deba, pero igual, te lo diré —dijo Dennis un poco temerosa de hacer la pregunta equivocada. — Recuerdas en una de esas conversaciones que tuvimos tiempo atrás, en realidad bastante tiempo ya, ¿cuando Mark estaba delicado?

—Tendrás que ser más específica Dennis, tuvimos miles de conversaciones en ese tiempo. Sarah ya sabía a lo que Dennis iba con esa pregunta.

—Bueno, esa vez en que me mostraste a dónde iría Mark después de dejar esta vida.

—Ah, te refieres a esa conversación, ¿Qué es lo que quieres saber?

—Es que es algo que no sé cómo preguntártelo, sé que debo aprender a esperar, pero quiero saber, es que me estoy muriendo por saber.

— ¿Saber qué?, ¿Qué es lo que te tiene así? —preguntó Sarah.

— ¿Aún sigues teniendo visiones? ¿Aún puedes ver la vida de otras personas?

—Sí y no, no es a voluntad, es difícil, pero es solo en algunas ocasiones. ¿Por qué me lo preguntas?

—Bueno, iré al grano, ¿quiero saber si puedes ver algo en mi futuro?

— ¿Qué es lo que quieres ver en tu futuro Dennis?

—Quiero saber… Ay no lo sé, solo quiero saber si ves algo que yo deba saber. —dijo Dennis, sin llegar a hacerle la pregunta real, porque no se atrevió.

—Si quieres saber si he tenido alguna visión que me muestre algo de ti, pues la respuesta es no, ninguna a excepción de las que tuve hace mucho tiempo, pero dame tus manos, puedo intentarlo. —dijo Sarah, tomándose muy en serio la petición que Dennis le hacía.

Dennis le dio sus manos y Sarah las tomó fuertemente y cerrando los ojos se dejó llevar. Pasaron unos minutos antes de que Sarah volviera a abrir los ojos. Ella le miró de frente y le dijo;

—Pues creo que sé qué es lo que quieres saber, y la verdad, lo siento mucho, amiga mía. —dijo Sarah, usando el mejor tono posible.

— ¿Qué es lo que has visto? —dijo Dennis.

—He visto tu vida en tu otro hogar.

— ¿Lo has visto, y que más has visto?, ¿Has visto a Lucas?

—Sí le he visto, y tú junto a él, claro, que él luce un poco distinto, lo mismo que tú.

— ¿Y le has visto a ella? —dijo Dennis con un tono un tanto temeroso.

—Sí, la he visto. Es muy hermosa.

— ¿Entonces lo sabes, sabes que tengo una hija, y que no sé cuándo la veré?

—Pues si lo sé, siempre lo he sabido, pero, por favor, no te enojes conmigo, entiende que hay cosas que no debemos saber sino hasta que es el momento correcto. Esta vida es complicada, pero ha sido diseñada de esta forma. El aprendizaje es diferente en todos los planos y eso creo que ya lo entiendes, ¿verdad? — dijo Sarah un tanto preocupada de la actitud que Dennis fuese a tomar.

—Sí, lo sé, pero es que desde que lo sé, no puedo dejar de pensar en ella, tan pequeñita, y yo no puedo estar con ella.

—Pero lo estarás, solo piensa que el tiempo no es lo mismo aquí, que lo que es allá. Lo que llamamos toda una vida aquí, es nada allá. Ya lo verás, y es más, estoy segura de que pronto sabrás más, solo confía y espera. Estoy segura de que pronto hallarás serenidad en todo esto, solo debes ser paciente. —dijo Sarah tratando de tranquilizar a su amiga quien parecía estar realmente confundida.

La verdad era que aunque Sarah tratara de tranquilizarla, era algo difícil de hacer, y Dennis por su parte, aunque ella trataba de comprender basándose en todo lo que Lucas le había explicado, se le hacía muy difícil aceptarlo. Dennis necesita encontrar la forma de poder comprenderlo mejor, pero no sabía qué, o cómo hacerlo.

Los días transcurrieron rápidamente y el día de la boda llegó. Desde muy tempranas horas, Dennis y Lucas habían estado arreglando cosas que habían traído a la casa la noche anterior. Mary les había enviado flores y de verdad que habían flores para regalar. Los arreglos estaban maravillosos, rosas blancas y alelíes de múltiples clores inundaban la casa de una fragancia exquisita. Además, la gente del banquete vendría temprano por la mañana a arreglar todo, para luego volver a eso de las tres. La boda sería a las cinco de la tarde, es lo que habían acordado para que así les quedara toda la tarde para compartir con sus amistades.

La lista de invitados era pequeña, casi las mismas personas que para la petición de matrimonio, salvo a unos familiares de Lucas, que llegaban desde lejos. Por lo demás Dennis había extendido la invitación a un par de personas que ella conocía, pero no había recibido confirmación, y todos los demás prácticamente ya eran como de la familia.

Dennis no se apegaba a tradiciones típicas, que comúnmente se estilaban en casos así como cuando alguien se va a casar. Por eso es que ella no pidió nada prestado y no usaría nada viejo. Pero por alguna razón, no había dejado que Lucas viera el vestido y no tenía intención de que él la viera con el puesto hasta que no fuera la hora de ponerse el vestido.

No quería nada convencional, más bien algo sencillo y simple, por lo que no haría ni una caminata larga o nada parecido. Habían buscado quien oficiara la ceremonia en la casa y un conocido le había recomendado a la mujer que lo haría. Era una señora ya bastante mayor de edad, pero muy dulce y con muchos años de experiencia, y por ahí comentaban que ella siempre ponía excusas para casar a personas, pero era porque veía que no durarían. Pero cuando Dennis y Lucas hablaron con ella, la mujer les dijo que sí de inmediato, fue como que si ella les hubiese estado esperando.

La casa se había trasformado casi en un lugar muy especial. Era un día espectacular, las flores estaban por todas partes, adentro y afuera. Había mesitas con sillas cubiertas de blanco en el corredor exterior, y unas sombrillas de sol de las cuales colgaban unas guirnaldas en plateado, lo que daba mucho brillo cuando los rayos del sol pegaban en ellas. También pusieron sillas abajo en la arena, ya que la ceremonia la oficiarían ahí, cerquita del mar, es más Dennis había decidido que eso era lo que quería, el mar y la brisa de fondo.

Los invitados habían comenzado a llegar a eso de las cuatro y media, pero Sarah y Tammy habían llegado a eso de las dos de la tarde. Habían preparado unos tragos y se habían sentado afuera a disfrutar de unos minutos para ellas tres. Lucas por su parte aún seguía dando vueltas por todas partes, procurando que todo estuviera bien y no fuera a faltar nada.

Afuera las tres mujeres se reían y hacían comentarios de sus propias memorias. Sarah era prácticamente la mayor, luego venía Tammy, y Dennis quedaba dentro del grupo como la más joven, pero a ella eso no le importaba, porque ella no sentía ni veía diferencia de edad con ellas, solo sabía que las quería muchísimo a las dos.

Luego entre las dos, Sarah y Tammy, ayudaron a vestir a Dennis y aunque ella no quería dejarse llevar por la emoción, se le aguaban los ojos a cada instante.

—Es que no puedes ponerte a llorar en estos momentos, ¡se arruinará el maquillaje! — le decía Sarah.

—Ya Dennis, no te pongas triste que nos pondrás triste a nosotras también. —replicó Tammy, enfatizando para que Dennis no rompiera en llanto.

—Lo sé, es que no puedo contener estas ansias que tengo aquí en el pecho, es como si algo que no entiendo, estuviera ocurriendo. —dijo Dennis.

—Ya mujer, todo pasará rápido, y estaremos riendo y celebrando en menos de lo que te imaginas. —dijo Sarah.

—Y además deberías estar feliz, el día está hermoso, y no hay nada, pero nada de viento, solo una cálida brisa. ¿Qué más podrías pedir? —agregó Tammy.

Por dentro era que Dennis lo sentía, y lo pensaba, claro, que ella hubiera querido que sus padres estuvieran ahí, con ella, para que le dieran la bendición y la encomendaran a esa nueva vida. Lo que Dennis no imaginaba era lo que pasaría a continuación.

—Ya parece que todo está listo, tu cabello ha quedado perfecto.

—Gracias Sarah, de verdad es que tú deberías dedicarte a todo esto, desde el peinado, el maquillaje y sin hablar de las decoraciones, parece ser que eres increíble para este tipo de cosas y eventos, todo te queda a la perfección. De verdad muchas gracias.

—Ni lo digas, no solo lo hago porque me gusta, sino porque te quiero mucho y no lo olvides, siempre estaré ahí para lo que necesites. —comentó Sarah secándose una lagrimilla que acababa de arrancársele por la mejilla.

—Oh, no, ahora tendré que ver cómo le hago para que estas dos no comiencen a llorar, ¡qué bien! —dijo Tammy tratando de alivianar el ambiente, antes de que ella también se les agregara y formaran un trío de mujeres llorando. —Ok, Dennis ¿estás lista? te ves hermosa, a ver... párate aquí —señalaba Tammy.

—Oh, sí, está lindo el vestido, ¿verdad que sí? —decía Dennis, mientras se miraba al espejo en su habitación.

Dennis les dio un abrazo fuerte a cada una de ellas y les dijo que le dieran un par de minutos a solas, que quería un momento en privado. Las dos amigas dejaron la habitación no sin antes repetirle un montón de veces que no debía llorar y que no podía ponerse triste. Dennis les prometió que no, y les pidió que fueran a ver si Lucas necesitaba algo, quien se había tomado la otra habitación para vestirse.

Dennis se paró nuevamente enfrente del espejo y reflexionaba acerca de ese momento. Se miraba y contemplaba la mujer en que se había convertido, ya no era una niña, sino una mujer adulta, y aunque sola, había aprendido a batallar y salir adelante. El recuerdo de Mark vino a ella, y esta vez no fue triste, sino que más placentero, ella ya había aceptado que él estaba en el pasado y que las cosas se habían dado de esa forma, y ella no podía cambiar lo que había ocurrido.

Comenzó a pensar en todos esos recuerdos en donde se sentía atormentada, sobre todo en los que se referían a las luces, esos orbes brillantes que tantas veces la habían perturbado, pero era grato saber que ya no más, simplemente porque ahora sabía que no era nada malo, sino todo lo contrario.

Dennis abrió los brazos, dio vueltas en círculos y dijo;

— ¡Venid a mí! Todos están invitados, hoy es mi gran día. — ella lo dijo de manera simbólica, haciendo paces con su pasado, pero en ese preciso momento fue cuando luces brillantes de todos tamaños comenzaron a entrar a la habitación. Venían desde todas partes, las paredes, desde el techo, hasta por el vidrio de la ventana estaba entrando. Todas daban vueltas por todas partes, como quien diría, estaban alborotadas.

Pero había más, mucho más que eso, Dennis las contemplaba y sentía que le transmitían una tranquilidad que ella no esperaba. Una paz interna invadió su ser, y mientras dio vueltas y miró de frente a la pared del fondo, notó que todos los orbes se estaban juntando en el centro de la pared, formando un círculo, que se acrecentaba a medida que más orbes se apegaban. El resplandor era increíble, y Dennis miraba casi de una manera estática, no articulaba movimiento y era como si no pudiese hablar.

El círculo se agrandó y en el centro comenzó a formarse algo. Era como si se abriera un hueco en la pared, aún no podía verlo claramente, pero éste se hacía más grande a cada segundo. El hueco en la pared creció hasta que el espacio que se formó fue tan grande como el porte de una persona. De repente Dennis observó que una sombra se comenzaba a acercar a la distancia, pero no podía verla bien aún, esperó y esperó, trataba de forzar sus ojos para ver con más claridad. De pronto sintió esta fuerza que la impulsaba a moverse hacia adelante, y la acercaba a donde la apertura de la pared se había formado.

Dennis no sintió miedo alguno, esa tranquilidad que la embargaba la ayudaba a no mostrar exaltación ante esta situación, más bien era lo contrario, su cuerpo estaba más ligero y liviano y ya no podía sentirse a sí misma. Sintió como que si estuviera flotando y así mismo se movió quedando al borde de esta apertura en la pared.

Sus ojos miraban fijamente el centro de esta luminosidad, y comenzó a vislumbrar poco a poco la figura que se formaba en el centro, que parecía venir acercándose muy lento. Esto la hizo recordar lo mismo que había visto y sentido la noche que pudo ver a Lucas por lo que era. Aquella noche en que comprendió que su alma venía de otro plano. Que el plano espiritual era algo real y que aunque no sabiéndolo muy bien, comprendía que la vida no terminaba como tal, cuando el cuerpo humano moría.

Sus ojos penetraron por entre la imagen difusa y se forzaban a distinguir y así fue que su corazón empezó a palpitar un poco más rápido de lo normal. La imagen fue aclarándose y dejando al descubierto dos siluetas que se acercaban a Dennis. Ella aun sin saberlo, extendió sus manos queriendo alcanzarles y poder sentirlos. Dennis estaba en presencia de un regalo muy especial y estaba a punto de verlo.

Aquellas siluetas tomaban forma humana, irradiando luminosidad por todo el contorno de la figura. Las manos de Dennis finalmente pudieron alcanzar las de estas figuras, y fue en ese preciso instante en que Dennis les pudo tocar cuando sintió quiénes eran. ¡Eran sus padres! Y venían a estar con ella en un momento tan importante como era ese, el día de su boda.

— ¿Realmente son ustedes? —preguntó Dennis entablando comunicación mental con aquellas figuras que estaban enfrente de ella, al otro lado de la pared.

—Sí mi querida niña, somos nosotros, y hemos venido a verte. —dijo la voz femenina.

— ¿Papa eres tú? ¿En realidad son ustedes? ¿No será que estoy soñando o algo parecido? —Dennis quería asegurarse que eran ellos y que no era solo un deseo de su corazón.

—Sí mi vida, somos nosotros, aquí estamos, no queremos que te sientas que estás sola, porque siempre estamos contigo, siempre. —dijo la voz masculina.

— ¡Es que no lo puedo creer! ¡Están aquí, enfrente de mí y no los puedo abrazar! Los he extrañado tanto, no tienen idea. — Dennis trataba como de ponerlos al día, pero ellos sabían mejor que nadie todo por lo que Dennis había pasado.

—Sí mi hija querida, no te preocupes, lo sabemos, porque siempre hemos estado contigo, siempre. Eres muy importante para nosotros, y siempre cuidaremos de ti mientras estés en este plano. —dijo la voz nuevamente.

—Pero nunca les he podido ver, ¿Por qué no se han acercado antes?

—Hija, no podemos alterar lo que está dispuesto, ésta es la vida que hemos de vivir, y aunque difícil te parezca, es la que cada uno decidió recorrer. —dijo la mujer.

—Mamá, porque eres mi madre, ¿verdad? —preguntó Dennis.

—Por supuesto mi niña, claro, que lo soy.

— ¿Por qué se tenían que ir? los he extrañado tanto, me han hecho mucha falta.

—Lo sabemos, y nos hubiera gustado que fuese diferente. Tú venías a casa con nosotros aquel día en que todo ocurrió.

— ¿Y qué pasó?

—Ocurrió algo que no podemos entender, cosas que cada uno arregla antes de venir, es algo entre tú y el Creador.

—No entiendo.

—Es difícil que lo entiendas, pues estás viviendo en un plano astral menos avanzado que al que tú perteneces, pero el tiempo pasará y volverás a casa, al lugar de dónde vienes.

— ¿Pero cuando? yo ya quiero irme.

—Sí lo entendemos.

—Además, ¿saben lo de mi hija?

—Claro que sí, no te preocupes por nada, ella está bien, ya lo verás.

— ¿Pero cuándo? Ya no quiero esperar más, de verdad quiero ya volver a casa.

—No desesperes mi niña, ya pronto pasará y todo estará bien.

—No, ¡no quiero seguir aquí! quiero volver a donde dices es mi casa.

— ¿Y dejarás a Lucas solo?

— ¿Por qué dices eso? ¿Es que acaso, él no puede volver también?

—Dennis, él pidió volver solo por venir a estar contigo, porque algo había ocurrido y tú no volviste a casa, como ocurre cada vez. El no podrá volver a casa hasta que sea el tiempo de volver.

— ¿Pero mi hija? nuestra hija, ¿qué pasara con ella?

—Hija mía, no sufras más, lo que pase de aquí en adelante es lo que tú has decidido, ya verás que todo estará bien. Además, es probable que no te sientas tan sola de ahora en adelante.

— ¿A qué te refieres mamá?

—No seas tan desesperada, disfruta este momento en que estás nuevamente junto a quien es tu verdadero amor y con quien has estado siempre.

—Mamá se refiere a que desde el principio de tus tiempos, ha sido Tis quien ha estado contigo, han sido almas gemelas desde siempre.

—Papa, ¿me estás diciendo que el nombre de Lucas es Tis?

—Sí hija.

Dennis recordó en ese instante lo que su anillo tenía inscrito - "NA-WEER-TIS"- y pensó de inmediato que tal vez la primera palabra correspondía a su nombre.

— ¿Es acaso mi nombre NA? —preguntó Dennis a sus padres, quienes le sostenían las manos firmemente.

—Sí mi pequeña, ése es tu nombre y has venido a este plano a ayudar a quienes lo necesitan, tu energía será importante y necesaria para muchas personas más, durante el tiempo que estés aquí. —dijo su padre.

— ¿Esto significa que el nombre que está en el medio es el nombre de mi pequeña?

—así es Dennis, ese es el nombre de tu pequeña, quien así como tú, será un ángel de luz y sanación y que irá a universos remotos tratando de llevar la energía que otros necesiten.

—Mamá, papá ¿son todas las almas así? ¿Son todos iguales?

—No Dennis, no todas las almas tienen la misma misión, si es eso a lo que te refieres. Todos somos Luz, pero todos tenemos misiones diferentes, volvemos a vivir, para enmendar errores, mejorar situaciones, o aprender nuevas emociones. Para comprender los diferentes planos de existencia que el universo ha ido formando. No hay solo una razón, sino miles, pero todos en nuestra forma original somos luz.

—Tengo tantas preguntas… —dijo Dennis mirando a sus padres como si aún fuera esa pequeña criatura que un día dejaron atrás, tan pequeña e indefensa, quien creció sola y llena de resentimiento.

—Lo sabemos hija, pero ya irás aprendiendo con el correr del tiempo, nosotros siempre estaremos a tu lado, siempre, no lo olvides.

— ¿Pero no les veré?

—Claro que puedes vernos, tal vez no de la forma que quisieras, pero estaremos aquí contigo hasta el último momento en que ya puedas volver a casa.

Dennis no le gustaba mucho lo que escuchaba, sentía que ese momento se estaba acabando.

—Recuerdas aquel día, cuando al salir de la consulta de tus terapias, en el estacionamiento ¿viste una luz muy brillante? — Dennis titubeó por un segundo y dijo;

—Sí, claro, que lo recuerdo ¿Por qué me lo dices?

—Porque esa luz era yo. Siempre hemos estado a tu lado, solo tienes que saber a dónde mirar y ahí estaremos. —dijo el padre al momento de comenzar a soltarle las manos a Dennis.

—No, ¡no se vayan!, ¡no ahora! —replicó Dennis.

—Es hora. Todo debe seguir adelante, solo confía en que todo estará bien, muy pronto ya lo verás, confía en estas palabras y disfruta esta vida, no olvides que es tu misión y haz todo lo que esté en tus manos por ayudar a quien lo necesite. —dijo su madre, mientras ambos comenzaban a alejarse.

Dennis trataba de asimilar la vivencia que había tenido, algo en su interior le decía que después de todo, su más anhelado deseo se había cumplido, había visto a sus padres, y ellos le habían hecho ver que ellos siempre estaban cerca, cuidando de ella. Tal vez no era lo que ella hubiese deseado, pero había sido algo extraordinario.

Dennis, quien aún estaba ensimismada en la visita de sus padres, comenzaba a oír los golpes en la puerta. Era Tammy quien la estaba llamando, que ya era la hora y la estaban esperando.

—Dennis, ¿estás bien?, ¿puedo pasar? —preguntaba Tammy desde el otro lado de la puerta.

—Oh, sí, claro que sí —Dennis trataba de componerse y al mirar a la puerta se dio cuenta que estaba en la misma posición que antes, parada frente al espejo, como si nada hubiera pasado. En eso Tammy entró.

—Perdona, sé que casi no te quedó tiempo, pero ya todos están listos esperando por ti.

— ¿Qué dices?, si me has dado tiempo suficiente. —Dennis sonrió. Ella comprendió en ese instante que el tiempo no había transcurrido. Nuevamente una prueba más de que su existencia, en efecto provenía de otro plano.

Entre la dicha de haber visto a sus padres y la seguridad de que estaba dando un paso trascendental, Dennis salió de su habitación hacia la sala. Caminó con la cabeza en alto, y poniendo una amplia sonrisa entró a la sala. Ahí estaba toda la gente que Dennis conocía. Todos los que eran parte de su círculo, uno un tanto espacial, ese círculo al que ella llamaba *mi familia*, y además ahí estaba el hombre y el ser que más la ha querido y que ha hecho lo imposible por hacerla feliz en esta vida terrestre.

Ese era finalmente el día en que todo acababa y a la vez todo comenzaba, ese día Dennis se casaba con Lucas. Cuando la señora que oficiaba la ceremonia le preguntó a Dennis si aceptaba como esposo a Lucas, ella respondió;

Sí ¡acepto! Nuevamente hoy, así como antes, quiero compartir esta vida y todas las otras, así como la eternidad también.

Capítulo 30

Al Fin Juntos

L as reminiscencias de los últimos meses se dejaban caer como un manto suave sobre Dennis, quien sorbía una taza de café sentada en el corredor exterior, mientras disfrutaba de una mañana de invierno, arropada con una frazada para pasar el frío que el cambio de estación traía consigo.

Trataba de ver las cosas en orden, pero se le hacía difícil. Recuerdos saltaban a su mente como gotas de aguas cuando está comenzando a llover. Una a una, le salpicaban la cabeza y le traían recuerdos de emociones y sensaciones que tal vez nunca olvidaría.

La recuperación de Tammy había sido algo muy importante para ella. Tammy había sido no solo su mentora, sino que se llegó a convertirse en su amiga, casi como una hermana, de quien había aprendido prácticamente todo lo que sabía plano laboral. Tammy había sido quien empujó a Dennis desde que la conoció en la escuela cuando era una estudiante y ella su profesora. Desde ese tiempo y en los momentos más difíciles, incitó a Dennis a que no se rindiera, que siguiera adelante y que diera la pelea para continuar sus estudios, y así fue que cuando Tammy necesitó apoyo, Dennis fue la primera en estar ahí. Dennis no sabía en ese entonces, estar ahí para ayudar a Tammy en ése, y otros momentos de su vida era parte de su misión en este plano terrenal.

El trabajo siempre había sido el soporte más importante para Dennis, después de que ella aceptó entrar a trabajar a la Agencia Harrison, Dennis se había refugiado en sus nuevas obligaciones por largo tiempo, entregando lo mejor de sí misma, y ayudando a crecer la compañía. Dennis se había vuelto casi indispensable para la agencia, porque ella contaba con esa personalidad única, que siempre estaba dispuesta a poner el hombro para que lo que fuese necesario, y esto fue algo que las hermanas Harrison no pudieron pasar desapercibido, por lo que se volvió obvio que en Dennis tenían algo más que un trabajador eficiente.

A raíz de esto, los lazos que Dennis creó con Mary y su hermana Eileen se habían vuelto muy fuertes. Ellas no solo le tenían un gran cariño a Dennis, sino que este sentimiento iba mucho más allá, más aun cuando Mary vio todo lo que Dennis había hecho y era capaz de hacer por su hija Tammy. Comprendió que ella jamás podría encontrar la forma para agradecerle a Dennis. Casi el mismo sentimiento era el que Eileen tenía por Dennis, ella siempre lo decía, no solo que Dennis era muy capaz profesionalmente, pero además su entrega como persona era algo difícil de describir con solo un par de palabras. Eileen siempre que se refería a Dennis terminaba comparando a Dennis con los ángeles y tal vez podría ocasionar algunas risas, pero Eileen no estaba muy lejos de la verdad después de todo.

Claro que había otras personas importantes en su vida, como la doctora Michaels, aquella mujer que no solo no la había juzgado, sino además le había creído, dándole la autoestima y seguridad que ella necesitaba para hacerle frente a todas esas inexplicables experiencias por las que Dennis atravesaba en ese tiempo.

Dennis nunca comprendió lo importante que ella había sido para la doctora Michaels, porque lo había sido. Tan importante como que el hecho de conocer a Dennis y saber de todas estas experiencias que Dennis no podía confiarle a nadie, eran la prueba que Rona había buscado por largo tiempo. Era la prueba de que las experiencias que ella misma había tenido, no habían sido ficción provocada por su mente entristecida por la pérdida de su hijo, sino una clara muestra de que la existencia humana va mucho más allá de lo que como tal podemos comprender. Esto ayudó a que Rona finalmente se atreviera a buscar aquello que verdaderamente fuera con las nuevas convicciones que ella tenía, y así había terminado por crear el Centro Holístico, en el que Rona podía ayudar a muchas más personas, además de brindarles apoyo y mostrarles un camino alternativo para comprender el porqué de sus aflicciones.

Dennis conoció a Lucas, o más bien lo reencontró, o él la reencontró a ella, como hubiese sido, en un periodo en que ella estaba ya más calmada y aceptaba con más facilidad el don que ella tenía aunque en ese tiempo aun batallaba por saber si aquello era bueno o malo. Rona sin proponérselo fue quien de alguna forma influyó para que ellos se conocieran. Y gracias a ella también volvió a reencontrarse con Mark, Mark… esa terrible relación que solo le había dejado grietas en el corazón, casi dejándola imposibilitada para amar nuevamente. Pero no había herida que el tiempo no curara y no había amor más grande que el de Lucas como para reparar aquellas grietas en el corazón de Dennis.

El haberse encontrado nuevamente con Mark, le había dado la posibilidad de darle respuesta a tantas preguntas que se había hecho cuando aquella relación se desvaneció de un momento a otro dejando a Dennis en el más profundo dolor por mucho tiempo. Este reencuentro ayudó a Dennis a que le perdonara o más bien diera por terminada una etapa de su vida, y además pudo decirle que a pesar de todo ella le quería y que su corazón nunca había dejado de amarle. Esto era cierto, Dennis lo amó siempre, claro, que ese amor del que ella hablaba, era el amor de niña, un amor puro e inocente. Mark fue todo lo que Dennis tuvo después de haber perdido a sus padres.

Y Sarah… ella llegó a la vida de Dennis por medio de Mark. Esto es lo que finalmente Mark dejó en la vida de Dennis, a otro ser, a una nueva amiga, hermana, a otro ser especial para que ayudara a Dennis y cómo no, para que Dennis fuese nuevamente un puente de conexión entre la vida de Sarah y Eileen Harrison. Sarah y Dennis se hicieron amigas casi sin darse cuenta. Dennis con su persistencia de querer ayudar, se dedicó a Sarah. La iba a ver a menudo, y la sacaba de su cuarto para hacer caminatas al aire libre o para leer libros que ella le traía.

Dennis estuvo a su lado apoyándola y viéndola recobrar su verdadera personalidad y por consecuente su balance emocional. Sarah fue reintegrándose poco a poco, a la sociedad, primero en La Estancia, en donde dejó de ser paciente para convertirse en una residente, y después de un tiempo Sarah, de alguna forma pudo por fin salir por si sola de esa nube en la que se había se había escondido por años. Este era el círculo de Dennis, las personas a quienes ella había aprendido a querer incondicionalmente, quienes se habían transformado en la familia que no había tenido, ellos eran eso importante en la vida de Dennis.

Esa mañana, sin esconderse de la brisa helada que estaba cayendo, Dennis se había hecho presa de las memorias que había ido acumulando. Ella lo sabía, ese era su mundo, un mundo especial en el que no solo la vida de este plano tenía cabida, sino todas las otras también. Para ella todo era especial y en esos momentos en que las emociones se hacían presente y provocaban una que otra lágrima se arrancara de sus ojos era cuando más entendía el privilegio que era el poder estar ahí, en ese instante, viviendo esa vida.

Dennis no se había sentido bien los últimos días y había visto al médico un par de días antes, quien había recomendado que descansara, que eso sería lo mejor en caso de que fuera estrés causado por todo lo que había acontecido los últimos meses. Ella tomando el consejo del médico se quedó en casa para descansar y esperar que la llamaran con el resultado de los exámenes que le habían hecho para asegurarse que nada estuviera fuera de lo normal.

El teléfono sonó y Dennis contestó;

— ¿Aló?

—Hola Dennis, le hablo de la oficina del doctor Cortez. —dijo la voz de la mujer que llamaba desde la consulta. —señora Dennis, los resultados ya están listos.

—Que rápido, pensé que no estarían listos hasta el martes. Entonces pasaré a recogerlos apenas pueda. —dijo Dennis.

—Está bien, pero el doctor me dijo que le dijera que no había nada de qué preocuparse.

—Entonces ¿todo está bien? —preguntó Dennis.

—Claro que sí, solo lo normal en su estado. —dijo la mujer al otro lado del teléfono, sin saber que estás palabras causarían una tremenda emoción para Dennis.

— ¿En mi estado? ¿A qué se refiere con eso de *estado*, exactamente? —exclamó Dennis con un tono de preocupación.

—Sí, pues en estado de embarazo. —dijo ella sin mucho alarde sin saber que Dennis no tenía ni la más mínima idea, es más ella no lo había pensado ni por un minuto.

— ¡Es que no lo puedo creer! —exclamó Dennis casi gritando, ella no sabía si llorar o reír, tenía mil emociones cruzadas dentro de su ser.

—Señora Dennis, perdón, yo no sabía que usted… —era imposible hablarle a Dennis en esos momentos, prácticamente la cabeza de Dennis estaba ya volando lejos, muy lejos.

—Está bien, está bien. —repitió Dennis. —llamaré luego para hablar con el doctor, ahora necesito llamar a mi esposo.

—Pero prométame que se calmará, señora Dennis, por favor. —le decía la mujer, pero era en vano, Dennis estaba muy exaltada, desbordando felicidad.

—Sí, claro que sí, adiós.

Dennis lo único que quería era poder llamar a Lucas y contarle la maravillosa noticia, pero le marcaba y el teléfono no contestaba. Con insistencia, ella continuó marcando hasta que después de un rato Lucas por fin recogió el teléfono.

— ¡Lucas! Por Dios, por fin contestas.

— ¿Qué es lo que pasa? ¿Estás bien? —preguntó Lucas bastante asustado por el tono de voz de Dennis.

—Me han llamado de la oficina del doctor, los resultados están listos.

—Oh, no, por favor, dime qué es lo que pasa. —Lucas había comenzado a ponerse muy serio, no sabía lo que venía a continuación.

—Bueno, ¿es que no quieres adivinar? —dijo Dennis muy seria.

—No, no quiero, ¿Qué es lo que pasa Dennis? ¿Es algo serio? ¿Debemos ir de vuelta al médico? ¿Qué es? ¡Dímelo! —Lucas estaba al borde de perder los nervios, la preocupación realmente lo estaba devorando.

—Está bien, quisiera que estuvieras aquí para decírtelo de frente, pero creo que no podré esperar.

—Ok, Dennis, está bien, pero, por favor, dímelo de una buena vez, ¿qué es lo que ocurre?

—Es que pronto… ¡tendremos visita! —exclamó Dennis.

— ¿Visita? ¿Quién viene?

—No mi vida, ¿es que no te lo imaginas?

— ¿Dennis? ¿Es lo que estoy pensando? Por favor, termina de hablarme claro, mi estómago está desajustándose y creo que tengo náuseas.

—Sí mi vida, ¡sí! ¡Estamos embarazados! —la exaltación de Dennis se dejaba sentir sin duda, y Lucas al otro lado del teléfono comenzaba a sentir la emoción dentro de sí mismo.

—Mi amor, no sabes lo feliz que me siento. Dame unos minutos y estaré de camino a casa, esto debemos celebrarlo.

—Sí mi vida, te espero.

Esa tarde se les vio a Dennis y Lucas, tomados de la mano, sentados en la arena, mirando al horizonte, tratando de absorber la dicha que los inundaba. Aunque Lucas había podido recordar gran parte de su existencia en el otro plano, no significaba que pudiera saber cómo se desenvolvería el resto de esta vida como humano, por lo que esto era una gran sorpresa, pero una sorpresa increíblemente gratificante, ahora solo quedaría esperar a que el tiempo pasara rápido.

La noticia no se hizo esperar, prácticamente Dennis llamó a Tammy de inmediato y casi al mismo tiempo a Sarah, y con eso ya había sido suficiente para que la noticia llegara a todos los demás. El teléfono de Dennis no dejó de sonar esa mañana y aunque ella estaba feliz, para cuando la tarde cayó ya estaba cansada, y agotada de haber experimentado tanta emoción. Sentados ahí en la arena, mirando al horizonte, ambas almas pensaban y trataban de vislumbrar el futuro. ¿Era esto un regalo extraordinario? ¿O era parte de la vida que les tocaba vivir? Cual fuese la razón de esta nueva vida, Dennis y Lucas estaban seguros de que harían todo lo que en ellos estuviera para recibirla con los brazos abiertos. Y así, hombro a hombro, apegados y tomados de las manos, veían como el futuro se hacía más brillante y esplendoroso. Unos cuantos orbes de luz se habían allegado y comenzaban a soltar sus destellos, los que se veían más radiantes a medida que la noche se acercaba. Ellas también querían estar ahí, siendo parte de ese momento especial.

Los meses fueron pasando uno a uno, y Dennis estaba acostumbrada a la noticia de que sería mamá muy pronto. Lucas por su parte feliz de poder pasar más tiempo en casa cuidando de esa criatura que aún no llegaba, pues él cuidaba a la madre y Dennis no se quejaba, le encantaba que Lucas la mimara y la consintiera en todo. Era un tiempo maravilloso y aunque Dennis quería que pasara una más rápido, los nueve meses pasaron exactamente como tal, nueve meses, no más no menos. Dennis se sintió muy bien durante este tiempo por lo que no vio necesidad de dejar de trabajar, pero ya lo habían conversado con Lucas, ella haría un paréntesis para atender a su bebé, no había nada más importante para ella en esos momentos que pasar el mayor tiempo con los seres que amaba.

No tenían claro qué nombre le pondrían al bebé, porque no habían querido saber si sería niña o niño, así lo habían decidido, así es que los regalos con color blanco y amarillo inundaban la habitación que habían arreglado para el nuevo integrante de la familia Verdi-Russell. Qué lindo sonaba, decía Dennis, y aunque muchas veces la asaltó la duda y se hacía preguntas, no quiso nunca decírselo a Lucas, pero ella sí lo pensaba. Pensaba en esa hija que ella tenía, allá, en ese otro lugar, del cual ella, Lucas y los otros provenían. Podía ver su carita y su corazón se angustiaba por no poder saber más o estar con ella. De vez en cuando soltaba un suspiro y le hablaba a los orbes que siempre aparecían por ahí, y les decía;

— ¿Es que de verdad nunca me dirán nada sobre mi hija? Yo solo quiero saber que ella está bien.

— ¿No podrían tal vez dejarme saber algo sobre ella?

Pero los orbes nunca decían nada, es como si se escuchara el silencio más profundo cuando Dennis hacia estás preguntas, pero siempre era lo mismo. Por eso es que Dennis decidió no preguntar más, por ahí por el sexto mes fue que había tomado la determinación de aceptar que la vida que estaba viviendo era la vida de Dennis Russell en el plano terrenal y así mismo lo aceptaría, nada más que eso y haría de esta vida lo mejor que ella pudiese.

Entrando al séptimo mes Dennis dejó de trabajar, oficialmente había entrado en su tiempo prenatal, así es que se dedicó a pasar más tiempo con Sarah, quien a su vez solo estaba trabajando tres días a la semana, por estar más tiempo con su madre. Eileen estaba bien de salud, pero tenía miles de planes y cosas para hacer con Sarah lo que les entretenía a las dos. Una de esas tardes en que habían salido de compras, Sarah le dijo a Dennis;

—Tengo algo que contarte

— ¿Ah, sí? Cuéntame, ¿pasa algo?

—No te preocupes, nada malo, solo que… —Sarah titubeó un poco, pero continuó. —He pensado en contactar a mis hijos, ya no esperaré más a que uno de ellos se decida a buscarme.

— ¿De verdad? Me parece una excelente idea, maravillosa en realidad. —los ojos de Dennis se veían con ese brillo especial cuando ella se emocionaba.

—Sí, creo que es tiempo, ya será un año desde que estoy viviendo en casa con mi madre y ella me ha dado las fuerzas para volver a intentarlo, después de todo ha pasado mucho tiempo y no podemos volverlo atrás.

—Tienes razón, me alegro mucho y claro, que puedes contar con nosotros, yo también creo que te debes dar esa oportunidad.

—Mamá dice que buscaremos la ayuda profesional de la misma persona que mi tía Mary usó para asegurarse que yo era su sobrina. Creo que será lo mejor, al menos él ya es de confianza.

—Por supuesto, creo que es lo mejor. ¿Tú recuerdas algo de ellos?

—La verdad que los datos que he juntado son pocos, pero al menos le podré dar algo. Mi registro médico tiene una última dirección y aunque el teléfono ya no corresponde, creo que con la dirección podrá comenzar algún tipo de seguimiento.

—Estoy segura que sí, no te apures, todo saldrá muy bien, no sabes lo mucho que me alegro.

Dennis y Sarah continuaron su tarde yendo de tienda en tienda, para concluir con un rico helado en la heladería que estaba en el Parque de La Bahía, lugar favorito de Lucas y Dennis.

Todo iba de maravilla, y ya había dejado de trabajar hacía un par de semanas, tenía tiempo para descansar, salir, pasear, en fin para lo que se le ocurriera. Sus controles médicos iban muy bien, pero esa tarde Dennis se sentía rara, algo no andaba bien. En la cena Dennis le comentó a Lucas que algo la preocupaba, pero que no sabía qué era. Lucas por su parte, le dijo que si quería ir al hospital, que él prefería cerciorarse de que todo estaba bien antes de dejarlo así, pero Dennis insistió en que no pensaba que fuese nada serio. Le dijo –"es como un presentimiento de algo, pero no sé qué es"- y así lo dejaron, no hablaron más del tema y aquella sensación continuó despertando la intriga de Dennis por un par de días.

Exactamente dos días más tarde, un día como cualquier otro, Dennis se fue a dormir un poco más tarde que de costumbre, había estado en la pieza del bebé acomodando cosas y juguetes que estaban por todas partes. Se sintió muy cansada y cerró los ojos para caer en un profundo sueño.

Parecía estar soñando y veía imágenes mezcladas, nada claro, aún. Se sintió muy liviana, como en esa oportunidad en que pudo salirse de su cuerpo y viajar, cuando llegó donde Lucas estaba, esa era la sensación que sentía en esos momentos. Trataba de mirar hacia abajo, pero no veía nada. Escuchaba algo como murmullos, que poco a poco se fueron aclarando. Era la voz de una mujer que hablaba con otra persona, no muy lejos de donde ella estaba. La imagen de su alrededor se fue haciendo más clara y visible, ella estaba en un jardín, hermoso, floreado y muy grande. Ella estaba sentada en un banco de jardín, y pudo divisar un grupo de personas, todas vestían unas túnicas largas por lo que no les veía los pies, pero si las cabezas. Parecían personas normales a excepción de un brillo sutil esplendoroso que les bordeaba la figura. Era un grupo como de diez seres.

Dennis miraba a sus alrededores como buscando más, algo que le dijera dónde estaba o que le diera alguna pista si estaba sonando o eso era algo real. De pronto vio venir a una de esas personas. Era una mujer y se acercaba lentamente. Cuando llegó hasta donde Dennis estaba, ella se paró enfrente de Dennis y le dijo;

— No esperarás mucho, ya ella está viniendo. —le habló mentalmente la mujer a Dennis, quien permanecía sentada, o al menos eso creía.

— ¿A quién espero? —preguntó Dennis, porque no sabía a quién vería ni mucho menos dónde estaba.

—Por favor, ven conmigo. —la mujer le habló en forma mental, pero Dennis parecía no tener problemas para entenderle. Ella se paró y la siguió. —Ya está viniendo. —dijo la mujer casi al mismo momento que se retiraba.

Dennis quedó sola dentro de una pérgola, construida de madera, estaba centrada en medio de un área de jardines y se podía ver un cielo celeste cristal. Ella la vio marcharse por el mismo caminito por donde había venido, un sendero hecho de piedras sobre el césped, que iba bordeando una corrida de grande y frondosos árboles, al otro costado habían flores de distintos colores lo que completaba el paisaje glorioso que Dennis tenía enfrente de sus ojos.

Dennis no vio que nadie viniera en esa dirección, pero como sorpresa escuchó la voz armoniosa de otra persona detrás de ella. Cuando volteó a mirar quién le hablaba, se dio cuenta que estaba en presencia de alguien que ya conocía porque su ser se sentía alegre. Dennis vio a esa mujer vestida una túnica al igual que los demás. La mujer era alta, blanca, de rasgos delicados, con una cara como de porcelana, ojos azules profundos y el pelo blanco, lo llevaba tomado hacia un costado, el que terminaba en una larga trenza. La mujer abrió los brazos y los extendió hacia Dennis, y ella fue a su encuentro y la abrazó.

La mujer le hablaba a través de la mente a Dennis, ella podía comprenderlo, pero a la vez no podía entender exactamente porqué lo que ella le decía no podía asociarlo con nada. Pasó un momento o más bien, eso fue lo que Dennis creyó y se dio cuenta de que parecía que aquella mujer se estaba despidiendo de ella. Le acarició el rostro con ternura y le movió el cabello hacia el lado, se acercó y ella le dijo algo, a lo que Dennis asintió, aun sin poder ciertamente entenderlo. Era como si hubiese dos personas dentro de Dennis, una que sabía y comprendía lo que esa mujer decía, y la otra... bueno la otra era ella, ahí parada sin saber qué hacer o decir, porque no podía moverse a voluntad y tampoco hablar.

Era una extraña sensación, pero la impresión fue aún mayor cuando vio venir una luz brillante, con muchos destellos de precioso colores como quien tiene un cristal enfrente del sol. No era sorpresa ver aquella luz, sino la sensación que sintió dentro de sí, era como un calor que le recorrió el cuerpo, sintiendo como una pequeña corriente eléctrica. Dennis sabía quién era, reconocía la esencia de aquella luz. La mujer que aún permanecía ahí, enfrente de Dennis, recibió esta luz en sus manos y con delicadeza la acercó a Dennis. Ella intuitivamente abrió las manos y junto las palmas para recibirla.

La sensación era increíble, y no podía ser descrita con excepción de decir que era algo más allá de lo que un ser humano podría llegar a describir. Sentía el calor en sus manos y de pronto, la luz que este orbe irradiaba comenzó a expenderse más y más hasta el punto de cubrir a Dennis con este brillo. Era como si Dennis hubiera quedado envuelta en una burbuja hecha de destellos luminosos. Dennis vio a la mujer alejarse y todo a su alrededor comenzó a perder el color, una nube de blanca densidad aparecía por doquier y de un momento al otro, todo desapareció.

Se escuchaba una suave melodía a lo lejos, era música instrumental, la preferida de Dennis, pero ella dormía aún plácidamente. No despertó cuando Lucas se había levantado y tampoco con la música, pero cuando Lucas vino a despertarle para que fuera a tomar desayuno con él, Dennis no solo despertó sino que además tenía algo pegado en la mente.

Se levantó casi corriendo, se fue al baño y se miró en el espejo, necesitaba verse, saber que ya no estaba soñando y cuando lo hizo, casi de forma inmediata llevó sus manos a su estómago, necesitaba sentir a su bebé y fue en ese preciso instante que lo comprendió todo.

— ¡Lucas! ¡Lucas! No me vas a creer... —le gritó Dennis desde el baño.

— ¿Qué pasa Dennis? ¿Estás bien? —respondió alarmado por lo que Dennis decía.

—Sí, sí que lo estoy. —Dennis salía del baño casi corriendo, necesitaba abrazarlo a él. —Es que he tenido una experiencia increíble. Primero pensé que estaba soñando, pero después no podía entender lo que pasaba y después todo fue aún más complicado.

—A ver Dennis, de qué me estás hablando, cálmate y cuéntamelo despacio, es más, vamos a desayunar, que el desayuno ya está listo y ahí seguimos conversando. —dijo Lucas, mientras le ponía la bata de levantarse a Dennis.

—Es que es increíble, es que estoy muy emocionada espera a que te diga.

—Está bien, dímelo, cuéntame de qué se trataba el sueño. —dijo nuevamente Lucas.

— ¡Ya sé lo que será nuestro bebé! —dijo Dennis muy emocionada.

— ¿Le has preguntado al doctor?

—No, claro, que no. Fue el encuentro de anoche.

— ¿De qué encuentro hablas?

—No lo sabía al principio, pero luego fui comprendiendo que no estaba soñando. Estaba en un lugar y vi a una mujer, alta, bella, muy blanca, de profundos ojos azules y de cabello blanco, lo llevaba de lado con una trenza larga. —Lucas parecía estar muy atento hasta que Dennis dijo lo último, lo de la trenza larga. Solo había un solo ser con esa descripción.

—Dennis y ¿Qué te dijo? ¿Sabes quién es ella?

—Bueno, no lo sé en realidad, pero sí sé lo que ella me entregó. —dijo Dennis feliz.

— ¿Qué fue lo que ella te dio?

—No, no me dio nada, me entregó, ¡ella puso en mis manos a mi hija!, ¡nuestra hija!

—Dennis de qué hablas, no lo entiendo.

—Hablo de que dentro de mí esta nuestra hija Weer, es ella, lo sentí cuando la vi llegar, brillante y esplendorosa, pero la sentí desde que la vi. Fue la mujer aquella que la puso en mis manos y podía entenderle dentro de mí, sabía lo que ella me estaba diciendo, ahora no puedo recordar nada, pero no importa, sé que ella se vino conmigo y está aquí para quedarse con nosotros.

Dennis continuó contándole a Lucas los detalles de aquel maravilloso encuentro, y Lucas por su parte no podía negar lo ocurrido, pues él sabía muy bien quién era la mujer que Dennis había descrito. Ella era la guía espiritual del grupo al que pertenecían Dennis y Lucas. A ella fue que Lucas le había pedido con tanta insistencia que lo dejara venir al plano terrenal en donde Dennis estaba. Era ella quien lo había hecho posible, y sin dudarlo ni un instante, comprendió que era ella quien les dejaba compartir esta vida con Weer.

Mientras Dennis continuaba describiendo su experiencia, Lucas había puesto sus manos en el vientre de Dennis, y era evidente que el lazo espiritual se había dado, ese bebé se movía como nunca antes y las lágrimas brotaban de los ojos de aquel joven padre. Nuevamente estaban los tres juntos, y lo estarían por mucho más tiempo.

Las semanas pasaron y finalmente, Dennis dio a luz a una hermosa criatura a quien llamaron Sofía Weer, saludable y rebosante de vida, la alegría de Dennis y Lucas. La pequeña Sofía Weer fue recibida por un gran grupo de personas, las que llegarían a ser su familia también. Unos días antes de que Sofía Weer naciera, Dennis le había escrito unas letras para su pequeña hijita, cuando aún no nacía y decía así;

Oh, mi niña querida, cómo expresarte lo que siento…

Tu tierna carita, aquella que vi meses antes de tu llegar,

Fue ahí cuando entendí que eras tú mi hija, mi pequeña, mi razón

De existir, la que me impulsa a seguir.

Quería ya sostenerte y abrazarte y tantas cosas decirte,

Y con la voz del corazón te hablé.

Tiernas palabras te dije, con susurros de esperanza,

¡Falta poco para ya tenerte!

Mi corazón grita de emoción para que todos sepan,

Lo feliz que soy al recibirte entre mis brazos,

Colmada de orgullo, rebosante de vida,

¡Finalmente, mi angelito ha llegado!

Epílogo
La Vida Siguió Su Curso

L a vida continuó para todos los que de alguna forma crearon esta nueva familia, unida mediante situaciones que la vida misma había puesto ahí, tal vez como único propósito el de cruzar caminos. Por bastante tiempo todos los sucesos y eventos fueron alegres y llenos de vida para cada uno de los integrantes de esta familia, pero cuando alguna situación difícil se presentaba, todos se unían y se apoyaban entre sí. A menudo se juntaban a pasar tardes de domingos en donde compartían sus vivencias. La conversación nacía fácil, y el diálogo era ameno. Cada uno de ellos tenía un lazo que lo unía a este grupo de personas, quienes casi sin darse cuenta habían consolidado sentimientos más fuertes que los que da la sangre misma.

Sarah finalmente rehízo lazos con sus hijos, quienes no tardaron en incorporarse a esta nueva familia que se había formado por coincidencias de la vida, o más bien como Sarah un día dijo, como parte del *Plan Divino*. Ambos hijos estaban casados y tenían sus propias familias y el que había sido su esposo, había fallecido muchos años atrás en un accidente automovilístico por conducir embriagado, y se había llevado con él toda la información sobre Sarah. El hombre se había dado a la bebida por sus propios fantasmas, los que no lo dejaban en paz desde que decidió dejar a Sarah de lado y prácticamente borrarla de su vida y así también de la vida de sus hijos.

El esposo de Sarah había hecho todo lo posible por borrar el recuerdo de ella en la mente de sus hijos y parecía que lo había logrado. Pero al ver a Sarah nuevamente fue como si algo se hubiese abierto en sus mentes y corazones, haciéndoles recordar memorias que estaban enterradas en lo más profundo. Sarah siempre les había amado y ellos pudieron comprenderlo y aunque no había forma de reparar el tiempo perdido, si había mucho tiempo por delante para hacer memorias nuevas y reforzar los lazos de amor.

Como todo en la vida, el día de la verdad llegó para ellos cuando la hija de Sarah recibió una llamada telefónica en donde alguien en el otro extremo de la línea le iba contando una historia casi increíble. Aunque difícil de creer al comienzo, las palabras de quien le hablaba lograban reabrir un corazón sellado por el dolor que la supuesta partida de su madre le había dejado. El detective que se había encargado de la investigación de Sarah había sido el encargado de buscar a los hijos de ella y para felicidad de Sarah y su madre los había encontrado a los dos. El hijo mayor de Sarah siempre había conservado memorias de su madre dentro de su ser. A pesar de que por la edad podía haberlas olvidado, él nunca las dejó ir. Él atesoraba esos recuerdos y el volver a reencontrar a su madre era como volver a vivir, pero ahora sin ese dolor que llevaba por dentro.

Eileen estaba feliz por todo lo que había acontecido en los últimos tiempos, se le hacía casi increíble asumir que no solo su hija vivía sino que también ahora tenía nietos y bisnietos a quienes podía darles su amor y consentirlos por todo el tiempo de ausencia. Qué más podría pedir ella, ahora solo necesitaba tiempo y salud para disfrutar al máximo de lo que la vida le había entregado, después de todo, el destino de una manera sarcástica le estaba finalmente sonriendo.

Mary siguió como de costumbre al pie de la Agencia Harrison junto con su hija Tammy con quien le daban de frente a más proyectos cada día. La hija mayor de Tammy se graduó de publicista y vino a trabajar a la agencia en un departamento nuevo que Dennis había creado. La beca Harrison se había vuelto un estímulo socioeconómico en el área donde ellos vivían por lo que conservarla y hacerla crecer era ahora fundamental y como parte de ese desarrollo más mentes nuevas como la de Alicia eran muy necesarias.

La beca Harrison abarcaba desde trabajo temporal para prácticas en la agencia hasta pagos por totalidad del costo de estudios universitarios, para aquellos que fuesen los ganadores. En un comienzo había sido un proyecto en donde eran aplicados únicamente fondos de la compañía, pero con el tiempo, muchas otras compañías se sumaron a este evento, viendo la posibilidad de obtener nuevos y además buenos profesionales creando así, una parte muy importante del desarrollo económico de la ciudad.

Alicia quien había crecido a ser una bella mujer por dentro y por fuera, estaba feliz con su nuevo trabajo. A ella le encantaba lo que hacía y era la persona perfecta para aquella posición; como

Dennis diría, Alicia tenía las agallas necesarias, y eso era todo lo que importaba. Pero además había algo, algo muy especial que todos notaban y decían de Alicia. Ella era la copia fiel de su abuela Mary Harrison, por lo que no era muy difícil imaginar en manos de quien quedaría algún día el futuro de la Agencia Harrison.

El hijo de Tammy en cambio, se quedó más cerca de su padre quien había puesto su propio negocio, algo relacionado con la informática y automatización de viviendas, en donde los conocimientos del muchacho podían crecer y de este modo perfeccionar lo que había estudiado en la universidad. Aún era muy joven y no tenía una relación seria, pero el tiempo lo guiaría por buen camino y en algún momento encontraría a esa otra persona con quien compartiría su vida, por ahora lo importante era su crecimiento como persona y la relación con sus padres la que había mejorado notablemente.

El negocio del esposo de Tammy prosperó rápidamente ofreciéndoles una estabilidad económica por la que habían trabajado arduamente. La relación entre ellos finalmente había encontrado un equilibrio perfecto ente todos esos altos y bajos por los que habían atravesado. Se entendían mejor y la comunicación era recíproca y clara. Parecía como si todos hubieran crecido a consecuencia de la enfermedad de Tammy. De cierta forma estaban agradecidos de haber tenido una segunda oportunidad de reconfigurar la familia y sus valores y que ella aún estuviera con ellos.

Rona había estabilizado el Centro Holístico, y tenía una serie de servicios de los cuales mucha gente se beneficiaba. Ella había logrado que Dennis se les uniera y diera clases de *Reiki*, ya como *Máster*. Si bien es cierto Rona, o la doctora Michaels como todos la llegaron a conocer, se sentía satisfecha de lo que había logrado y a pesar de que nunca más llegó a ver a su hijo, ella tenía la certeza de que él estaría esperándola el día que el momento de partir llegara para ella. Ella estaba lista desde hace mucho tiempo.

A Lucas se le habían presentado buenas oportunidades y él las había tomado. Ahora tenía varias otras administraciones, lo que le permitía tener una vida holgada para su familia, Dennis y su hija a quienes adoraba. La vida en familia definitivamente era lo mejor que al él le pudiera haber pasado. Ya no pensaba mucho en lo que era su otra vida. Ambos, Dennis y Lucas, habían decidido dar lo mejor de sí en esta vida terrenal por el tiempo que ellos permanecieran en este plano. Pero esto no cambiaba los factores de que ambos contaban con ciertos dones, los cuales nunca nadie más que ellos, Sarah y la doctora Michaels supieron. Era mejor así, ellos tenían que aprender a vivir de una forma natural y normal, como cualquier otro ser humano lo haría. Aunque en algunos momentos ellos no pudieran escapar a la situación en la que sin darse cuenta se encontraban de pronto teniendo una conversación mental, rápidamente reaccionaban dejando esto como algo muy privado entre ellos, no podían dejar de reconocer que aquello era parte de esa otra vida que ambos compartían.

La vida les dio nuevamente una razón para ser felices y experimentar la plenitud aquí en este plano con la llegada de su hija Sofía Weer. Había sido como un regalo, o una especie de concesión del plano espiritual, tal vez porque los deseos se conceden o tal vez porque así está escrito, como parte del *Plan Divino*, lo importante era que tenían la posibilidad de vivir sintiendo eso que la gente llama felicidad. La niña creció y poco a poco fue dejando al descubierto que también era un alma noble, llena de sensibilidad y compasión por todo lo que tenía vida.

Con el correr de los años comprendieron que la pequeña Sofía Weer, también podía observar la presencia de luces brillantes, cosa que ellos presentían y que o les llamó la atención. De igual forma la ayudaron y guiaron para que no tuviera miedo y supiera que no era algo malo. Como a eso de los cinco años la niña no solo miraba a los orbes de luz, sino que también les hablaba en forma natural, como si esta acción no fuese algo extraño sino normal. Pero para cuando tenía siete años, ella sola había comprendido que las personas no lo entenderían y dejó esta actividad para cuando estaba en presencia de sus padres, era como si ella siempre lo hubiese sabido y nunca tuvo la necesidad de pedir explicaciones.

Y Dennis... Ella decidió dejar de trabajar en la agencia cuando la pequeña Sofía Weer cumplió los cuatro años, comprendió que su hija necesitaba más tiempo y ella estaba lista para dárselo. Durante este tiempo Dennis completó sus estudios de *Reiki* convirtiéndose en un Máster, y ahora daba clases gratis en el Centro Holístico de la doctora Michaels. No obstante, todas las actividades que Dennis tenía, ella había decidido emprender un proyecto personal y así fue que creó y publicó una línea de libros infantiles.

Dennis había tomado gran gusto por el dibujo por lo que se dedicó a dibujar e ilustrar las imágenes de sus propios libros, ejemplo que ayudaría a formar el futuro de la pequeña Sofía Weer, quien terminaría un día no muy lejano como editor de libros infantiles. Carrera que le permitiría al igual que su madre entregar mucho apoyo a la creatividad de los niños, quienes de alguna forma inexplicable son tan inocentes y vulnerable y son quienes necesitan más amor.

Sofía Weer llevaría consigo, no solo la enseñanza y amor que sus padres le darían, sino que ella también llevaba esa luz dentro, la que usaría en pro del bien. Ella llegaría a tener una familia con una larga descendencia que recordarían a Dennis y Lucas como los pilares más importantes de sus familias. Dennis dotó sus libros de una visión diferente, algo mezclado entre lo mágico y lo real, un mundo en que los niños pudieran dar lugar a creer en lo increíble sin miedo a ser juzgados erróneamente, como quien dice, reforzó los valores del corazón infantil.

La vida de Dennis y Lucas, continuó por muchos años, en los que siempre se amaron intensamente y en los que siempre dieron lo mejor de sí. Dennis, continúo llevando esa luz de sanación en silencio a quien la necesitara, y los orbes de luz siempre iban con ella. Ése había sido el compromiso que aquel día la guía espiritual le había comunicado a Dennis, cosa que ella fue descubriendo poco a poco y asimismo lo respetó. Nunca más hubo preguntas de la otra vida, más ella sabía que el día llegaría, pero no quería pensar en eso, había aprendido a amar esta vida en el plano terrenal y si fuera por ella, aquí seguiría por mucho tiempo más.

Había aceptado que su vida había sido complicada, pero también había aprendido que la vida de todos los seres humanos era igual de compleja y difícil de comprender. Algunos lo podían asimilar mejor que otros, pero todos al final se levaban consigo solo la esencia de las cosas buenas. Ya no había diferencia entre la vida de Dennis y la vida de los demás. Ella se había vuelto una más dentro del sistema y así se sentía bien. Estaba contenta consigo misma, y sí, de vez en cuando se le arrancaba una lágrima al recordar cosas del pasado, ahí mismo se la secaba porque sabía que un día no muy lejano ella volvería a ver a quienes ya no estaban.

Dennis comprendió que después de todo lo que uno puede vivir solo queda la esencia de la experiencia, eso que es lo único que nos llevamos de este mundo. Lo demás solo se vive en el momento, en el instante en que todo ocurre, eso es la esencia, lo demás se queda atrás. Los recuerdos de las cosas vividas se irán quedando en el pasado y tal vez se olviden, pero esa esencia, aquello que solo se siente dentro, es la que perdura y alimenta el alma.

Nuestra alma es la energía universal que vive dentro de cada uno de nosotros. Ese poder centrado en eso que llamamos corazón, es lo que nos da la fuerza cuando ya no podemos más, o es la determinación de seguir adelante cuando todo nos dice que no. Eso que, aunque estemos muy tristes, nos hace reír, eso es nuestra alma, es lo más grande y poderoso que tenemos, aquí, y en cualquier otro lugar.

El alma no puede herirse o dañarse o destruirse, porque es la fuerza de energía que da la vida, recordémoslo siempre. Dentro de ti mismo está la respuesta a lo que buscas, la luz siempre ha estado y estará en ti.

Dennis finalmente volvió a casa cuando en el plano terrenal había cumplido los 78 años. Esa noche después de celebrar su cumpleaños, junto a todas esas bellas personas que habían formado por tantos años su círculo familiar, el cual había crecido y estaba más fuerte que nunca, Dennis se fue a dormir con un sentimiento de felicidad dentro de sí misma. Se sentía feliz por la esencia maravillosa que su alma pudo retener esa noche al compartir con todos una última vez, y como cada noche, ella besó la fotografía de su esposo, quien ya había partido dos años antes, y se dispuso a dormir. Esa noche Dennis terminaba una vida, pero no había sido en vano, sino todo lo contrario.

Dennis dejaba atrás a la hermosa familia que habían formado, pero sabía que Tis la esperaba al cruzar el portal, momento por el que ella había esperado día a día desde el último instante en que besó los labios de Lucas, su compañero, su amigo, amor eterno.

— ¿Cómo estás mi vida? — preguntó Tis.

—Ahora estoy mucho mejor mi amor, ¡te extrañé! —respondió Na.

—Yo también, pero aquí estamos otra vez.

— ¿Nos vamos a casa?

—Sí, ¡vámonos a casa!

Fin

www.ingramcontent.com/pod-product-compliance
Lightning Source LLC
Chambersburg PA
CBHW051055030726
47504CB00006B/1632